HAYMON taschenbuch **332**

AF131653

Isabella Archan
Die Schlange
von Sirmione

Ein Gardasee-Krimi

Isabella Archan

Die Schlange von Sirmione

Das ist die Strafe für deine Sünde,
dass du sie nicht mehr für Sünde hältst.

Dante Alighieri (1265–1321), italienischer Dichter und Philosoph

A tutto c'è rimedio fuorché alla morte.
Gegen alles gibt es ein Mittel, außer gegen den Tod.

Sprichwort

Prolog

Der Fluchtinstinkt setzte Zehntelsekunden zu spät ein.

Sie hatte lediglich die Erschütterungen wahrgenommen, doch allzu träge reagiert. Der frühe Morgen war kühl, ihre Körpertemperatur noch nicht hoch genug, um ihr ein rechtzeitiges Entkommen zu ermöglichen.

Dass es zwei Metallhaken waren, an denen sie aus ihrem Versteck in die Höhe gehoben wurde, wusste sie nicht. Aber dass es unangenehm und ein wenig schmerzhaft war, sehr wohl. Sie züngelte hektisch. Der Stress nahm in Sekundenbruchteilen zu. Ein Druck, der auf ihre Körpermitte ausgeübt wurde, verstärkte sich. Sie begann sich zu winden, drehte sich hin und her, versuchte, den Verursacher zu orten. Ihr Kopf schnellte nach vorne.

Zubeißen wollte sie, nicht aus Böswilligkeit oder Aggressivität, allein nur, um sich zu verteidigen. Als Drohgebärde zischte sie. Es hörte sich an, als würde die Luft aus einem Schwimmreifen entfliehen. Zwei Scheinangriffe startete sie, ohne ihr Ziel zu kennen. Doch das giftige Sekret, das sie zum Jagen von Mäusen, Fröschen, Blindschleichen und anderen Tieren benötigte, sollte nicht einfach verschwendet werden.

Die Verteidigungsbisse aber gingen ins Leere. Mit ihrer Größe war sie keine Gefahr für diejenigen, die sie aus ihrer morgendlichen Ruhe gerissen hatten. Die gehörten auch nicht in ihr Beuteschema, ganz im Gegenteil. Hier und heute war sie diejenige, die überfallen wurde. Selbst, wenn sie einer logischen Analyse fähig gewesen wäre, wäre der Schock zu groß, um klare Gedankengänge fassen. Nichts hatte sie auf das Ereignis vorbereitet, nichts dergleichen war ihr in ihrem bisherigen Leben je geschehen.

In der Sekunde, als sie das dritte Mal ihr Maul aufriss, legte sich einer der Haken auf ihren Nacken, presste sie auf unbekannten Untergrund. Wieder tat es weh. Kein Gras, keine Erde, keine Steine mehr, sondern ein glattes Material, das sie noch nie an ihrer Schuppenhaut wahrgenommen hatte.

Der Stresspegel nahm zu. Ihre Gegenwehr ebenfalls.

„Sie zickt. Schau, wie sie sich bewegt. Aber sie kann nicht mehr entkommen. Herrlich. Ich fasse gleich ihren Kopf mit der Hand."

„Pass auf, dass sie dich nicht erwischt. Dio mio!"

„Sei still. Ich muss mich konzentrieren. Schieb ihr das Schnapsglas mit der Folie ins Maul. Die Zähne, siehst du sie? Mach zu."

„No, no! Mai! Niemals."

„Das schaffst du. Los."

Mit den Stimmen konnte sie nichts anfangen, sie hörte keine Schallwellen. Doch mit ihrem empfindlichen Innenohr und einer funktionierenden Hörschnecke registrierte sie die Bodenschwingungen, die die Töne erzeugten. Auch über die ungewohnte Fläche, auf die man sie niedergezwungen hatte, konnte sie die Vibrationen erfassen.

Schließlich wurde sie am Kopf gepackt. Etwas drückte sich gegen ihren Kiefer. Diesmal musste sie ihr Maul weit öffnen, sie hatte keine andere Wahl.

Ihre Sinne begannen sich zu bündeln, ihr ganzes Empfinden bestand nach und nach einzig aus dem Bedürfnis zu fliehen. Es war eine Welle greller Todesangst, die sie überrollte.

Eine Weile geschah nichts. Als wäre ihre ganze Welt erstarrt.

Dann wurde ihr Maul mehrfach gegen einen harten Rand gestupst, wurde unter Zwang geöffnet. Es war ein dumpfes Pochen, hart und konstant, das sie bis in die Knochen spürte. Ihre Giftzähne richteten sich automatisch auf, stachen durch einen Widerstand, der kein lebendes Gewebe war. Tropfen ihres wertvollen Toxins gab sie nun doch ab, ohne sich wehren zu können.

Obwohl sie den Tod als solchen nicht ahnen konnte, war er für sie greifbar nah. Sie gab sich dem Sterben hin. Gab final jeglichen Widerstand auf.

„Es klappt. Ein paar Tropfen noch, dann lass ich sie los. Pass auf und geh zurück."

„Wir sollten sie töten."

„Spinnst du? Kommt nicht infrage. Den Tod heben wir uns für später auf."

Plötzlich war sie frei. Ihre Reaktionsfähigkeit war sofort wieder da. Als sie einen Schatten über ihrem Kopf wahrnahm, schlängelte sie sich voran, schnell und wendig. Ihr Ziel war die Steinritze vor ihr.

Schließlich erreichte sie die dunkle und enge Nische, drückte sich an die hintere Begrenzung.

Eine Weile blieb sie dort, reglos. Wartete, atmete, ließ die Zeit in Wellen vorbeiziehen.

Als sie keine fremden Bodenschwingungen mehr erspüren konnte, verließ sie freiwillig das Versteck, um sich auf dem Stein in der Sonne zu wärmen.

Hier am Gardasee war sie eine unter vielen Kreuzottern, die in höheren Lagen lebten.

I

Furia – Wut

1

Edwina streckte sich und gähnte.

Sie hatte schlecht geschlafen, der schrille Gesang der Grillen hatte sie wach gehalten. „Oberhalb von 23 Grad fangen sie an zu zirpen", hatte Toni, ihr Lebensgefährte, erklärt. „Dabei sind es ausschließlich die Männchen, die diese Gesänge veranstalten. Natürlich, um sich interessant bei den Damen zu machen. Ich hätte dich auch besungen, wenn ich dich damit bezirzen hätte können." Er hatte sie geküsst, sich im Bett zur Seite gedreht und war eingeschlafen. Beneidenswerter Kerl. Auf vielen Ebenen.

Jetzt und hier, im *ufficio oggetti smarriti*, einem kleinen Fundbüro in der Via Emilia, war es noch erstaunlich ruhig an diesem Samstag, dem ersten Tag im Juni. Wobei klein nur der Empfangs- und Kundenbereich im Souterrain war, in dem Edwina hinter dem Tresen saß und auf Suchende von Verlorenem wartete. Die Bezeichnung mochte Edwina, die Arbeit klang dabei geheimnisvoller, als sie in Wahrheit war.

Nebenan folgte ein größerer Raum mit Regalen und den Fundsachen, nach den letzten Eingangsdaten geordnet. Ein paar Stufen weiter nach unten, schloss sich ein Keller an, in dem sich noch viel mehr Gegenstände türmten. Laut der Betreiberin Rosa Rinaldi war es eine Ansammlung aus längst vergangenen Zeiten. Edwinas Chefin war kein Mensch, der leicht loslassen konnte, wie sie selbst von sich sagte.

Die Luft vor und hinter dem Tresen schmeckte nach Rauch, obwohl das einzige Fenster auf der Seite zur Straße hin offen stand und die leichten Vorhänge sich im Luftzug des warmen Windes bauschten. Edwina fragte sich, ob die alte Rosa hin und wieder heimlich paffte.

Nicht ungefährlich bei all der Menge an Fundgegenständen.

Was die Menschen, fast ausschließlich Touristen, alles verloren, aber auch abgaben, übte in der vierten Woche ihres freiwilligen Ferienjobs noch immer eine Faszination auf sie aus. Erst vor fünf Tagen hatte eine junge Mutter das Kuscheltier ihres Babys auf einer Toilette beim Windelwechseln liegen gelassen. Ein Einhorn mit Glitzerapplikationen. Tatsächlich hatte es jemand ins Fundbüro gebracht.

Wenn Edwina länger allein im Laden war, begann sie manchmal einzelne Gegenstände zu inspizieren und sich Geschichten dazu auszudenken.

Das Springmesser mit dem Holzgriff und dem eingeritzten Totenkopf zum Beispiel eignete sich perfekt für eine spannende Szenerie: Der Besitzer hatte es stets bei sich getragen, selbstbewusst mit dem Gedanken, sich verteidigen zu können gegen Leonardo, seinen Erzfeind. Bis zu dem Tag, an dem er es verloren hatte. Demselben Tag, an dem ihn ein Halbwüchsiger mit einem schlichten Küchenmesser bedroht hatte und er dem Dieb ohne Gegenwehr seine Geldbörse überlassen musste. Vielleicht sogar ein Segen, denn in einem Kampf wäre einer der beiden verletzt worden.

Oder der grüne Filzhut mit den blauen Farbklecksen, der einem Kunstmaler gehören könnte, der kurz vor seinem Durchbruch stand.

Ein Kichern stahl sich auf Edwinas Lippen. Die Fantastereien in ihrem Kopf halfen, die Zeit zu vertreiben.

Obwohl sie keiner zwang, hier Dienst zu tun. Sie war von ihrem eigentlichen Beruf freigestellt, eine

Auszeit, die sie dringend brauchte. Zumindest, wenn sie ihrer Ärztin Glauben schenken wollte. Was Edwina nicht tat. Die Therapeutin, Doktor Matschulla – „Nennen Sie mich gerne Claudia!" –, hatte unrecht. Chefinspektorin Edwina Teufel war völlig entspannt, hier und heute sogar gelangweilt.

Trotzdem hatte Edwina den Ratschlag befolgt, weil der Zusammenbruch keine Bagatelle gewesen war. Toni hatte sie gedrängt, ihn bei seinem nächsten Auftrag als Landschaftsgärtner zu begleiten. „Gardasee, ein halbes Jahr oder länger, Winnie. Sirmione. Dienstwohnung, Dienstwagen. Keine Frau der Welt könnte meine Einladung ablehnen."

Nun, sie hatte es fast getan. Wenn ihr neben der Ärztin nicht auch der Vorgesetzte bei der Kriminalpolizei in Wien die Pause nahegelegt hätte. Als sie nach dem Gespräch mit ihm wieder in ihr Büro gewechselt war, hatte ein hastig geschriebenes Blatt Papier auf ihrem Schreibtisch gelegen: „Liebe Zornnatter Edwina, erhol dich endlich – Bussi!" Sogar mit einem Herz versehen. Sie hatte gelacht, wohl wissend, wer ihr die Botschaft hatte zukommen lassen.

Die Zornnatter – Edwina mochte ihren Spitznamen, den sie trug, weil sie, dem Reptil gleich, zubeißen und nicht mehr loslassen konnte, wenn sie ein Fall gepackt hatte. Über die Benennung war sie noch nie in Wut geraten. Die Tatortbilder zu der anderen Sache, wegen der sie zornig und unbeherrscht einen Computer zerlegte, hatte sie im Kopf weit nach hinten geschoben.

„Chefinspektorin Edwina Teufel rastet aus", die Schlagzeile hatte es sogar in die Presse geschafft. Jemand aus der Landespolizeidirektion in Wien hatte geplaudert.

Das Geschehen hatte sie in „*Edwinas Wutbuch*"
schriftlich festgehalten und damit noch einmal Revue passieren lassen. Ebenfalls ein Ratschlag, oder
mehr eine Anweisung von der gestrengen Doktor
Claudia. Vorne war das Notizbuch rot, auf der Rückseite mit einer blauen Folie beklebt. Vom Groll zur
Entspannung, sollte das wohl bedeuten. Edwina
schwankte zwischen: es echt blöd bis ein bisserl hilf-
reich zu finden. Lieber hätte sie es mit erfundenen
Storys gefüllt.

Der nächste Eintrag ließ ohnehin auf sich warten,
Edwinas Wutbuch hatte einen Stammplatz in der Umhängetasche und wurde seitdem nie mehr hervorge-
holt. Dabei gab es noch genügend Episoden, die sie
aufschreiben und analysieren sollte, mit all den Emotionen, die hochkommen mochten.

Das Glöckchen an der Eingangstür riss sie aus ihren Gedanken.

Jedes Mal, wenn der helle Ton erklang und einen
Kunden ankündigte, musste Edwina an Weihnachten
denken. Selbst heute, an einem 1. Juni, an dem sich
die Temperaturen bereits hochsommerlich anfühlten.
Mittags, wenn Rosa kam und sich Edwina ins Wochenende verabschiedete, würde der erste Weg sie an den
Strand von Santa Maria di Lugana führen. Einmal im
Lago schwimmen, bevor sie in ihr ebenfalls auf Zeit
gemietetes Zuhause in San Martino della Battaglia
marschierte. Sich in der Wohnung auf die Terrasse zu
setzen und die schweren Beine hochzulegen, würde
ein Genuss sein. Dazu, nicht vergessen, sich auf dem
Heimweg ein Eis zu gönnen. Un gelato, diesmal einmal
mehr die Kreation *bacio*, was Kuss bedeutete und Ed-

wina an eine Praline erinnerte. Es war eine Mischung aus Schokolade und Haselnuss. Weich, cremig und jedes Mal ein Hochgenuss.

Der Kunde räusperte sich.

Er war an der offenen Tür stehen geblieben. Ein überdimensional großer Schattenriss zwischen dem Sonnenschein auf der Via Emilia und dem dunkleren Innenraum des Fundbüros.

Seine Gesichtszüge konnte Edwina nicht erkennen. Der Umstand verursachte ihr eine leichte Gänsehaut, auch wenn sie in den Jahrzehnten ihrer Arbeit als Polizistin unvergleichbar schlimmere Begegnungen erlebt hatte. Doch es lag an dem Gegenstand in seiner linken Hand. Er hielt etwas fest, das auch eine Waffe sein könnte.

Sie schüttelte innerlich den Kopf. So ein Quatsch. Wer würde ein kleines Fundbüro in einer ruhigen Wohnstraße überfallen?

„Buongiorno!", begrüßte sie den Neuankömmling und setzte ein halbes Lächeln auf. „Wunderschön heute, finden Sie nicht?"

Der Kunde machte die zwei Schritte die Treppe nach unten. Die Tür fiel ins Schloss, das Glöckchen kündigte die kommenden Weihnachtsfreuden zu Natale an. Edwinas Anspannung verlor sich im Lüftchen und segelte aus dem Fenster.

Weitere vier Schritte und der Mann stand ihr gegenüber an der Theke. Er war groß, aber auch hager. Als hätte er über einen längeren Zeitraum gefastet, waren seine Wangen eingefallen. Sein Haar war von grauen Strähnen durchzogen, es war ungekämmt und stand in alle Richtungen ab.

Sein Blick tastete Edwina ab. „Ist Rosa nicht da?"

Die Stimme klang, als hätte er lange nicht geredet. Ein Krächzen im Ton, ein Räuspern am Ende der Frage.

„Rosa hat sich einen freien Samstag gegönnt. Ich vertrete sie. Edwina Teufel, zu Ihren Diensten. Verlorenes wiederzufinden, ist meine Passion, denn ich werde nicht bezahlt."

Jedes Mal, wenn sie sich mit diesem Spruch, den sie sich bereits am ersten Tag ausgedacht hatte, vorstellte, musste sie ein Lachen unterdrücken.

Die Idee, dass sich Edwina neben der Ruhe, die ihr rasch zu viel geworden war, tatkräftig beschäftigen sollte, war eine von Tonis besten gewesen. Er war die meisten Tage mit seinem Auftrag ausgelastet, die Bepflanzung im gesamten Hotelkomplex Astoria innen und außen am Rivoltella-Strand zu erneuern. Der Bereich der Vegetationstechnik, der Entwicklung und Realisation eines harmonischen Vegetationskonzepts, war sein Element. Deshalb konnte er sich nur peripher um seine Liebste, seine Winnie, kümmern. Nach dem Hotel stand ein zu begrünender Freizeitpark auf seiner beruflichen To-do-Liste. Dabei würde seine Zeit noch intensiver von Pflanzen und seiner Leidenschaft für sie eingenommen werden.

„Allora! Was also haben Sie verloren, Signore?", setzte Edwina nach.

Sie schaffte es nicht, das R im Gaumen sinnlich zu rollen, wenn sie italienisch parlierte. Es hörte sich nach einer erlernten Fremdsprache an. Das stimmte zwar exakt, aber Edwina wäre nur zu gerne mit einer Einheimischen verwechselt worden.

Wozu redete sie eigentlich auch mit Toni zu Hause meistens in dessen Heimatsprache? Der gebürtige

Römer seinerseits liebte es zu „wienern", wie er es nannte. Sollte jemand sich bei ihnen einschleichen und das Paar belauschen, hätte derjenige eine Mordsgaudi dabei gehabt.

„Worum geht es? Heraus mit der Sprache, Signore. Sia coraggioso!"

Das Erste, was der Mann ihr reichte, war eine Schachtel. Genau die hatte Edwina vorhin als Waffe angesehen. Lächerlich, schimpfte sie sich beim Anblick der Box, in die, von der Größe her, ein paar Kinderschuhe gepasst hätten. An allen vier Seiten waren Löcher zu erkennen, die wie mit einem Stift oder einer Schere ausgestochen wirkten. Um Schachtel und Deckel war ein Gummiband gewickelt.

„Mein Poem." Der Mann räusperte sich. „Das hier gegen mein Poem. Es ist tödlich, müssen Sie wissen, Signora. Ich habe es vor Jahrhunderten abgegeben. Rosa hat mir versichert, dass ich es wiederhaben kann, wenn es keiner will."

Sie musste sich verhört haben. Der Kunde hatte sicher nicht „tödlich" gesagt. Auch die Zeitangabe verwirrte sie.

„Ich verstehe nicht. Jahrhunderte, sagen Sie? Ein Scherz."

„Mein tödliches Poem, Signora. Es ging verloren, muss aber gefunden werden. Ich habe gewartet, nichts ist geschehen. Heute bestehe ich darauf, dass Sie es mir aushändigen. Ich brauche es. Los! Suchen Sie es. Sofort! Oder holen Sie Rosa. Ich will Rosa sprechen. Das wollte ich schon damals. Wegen der Wahrheit."

Ein Kunde mit einem Sonnenstich. Oder einer, der zu viel getrunken hatte, selbst, wenn er nicht nach Alkohol roch. Edwina seufzte.

„Bitte, Signore, ganz ruhig. Rosa ist nicht hier. Und ein Gedicht, das töten könnte, haben wir in den letzten Wochen, seit ich hier arbeite, nicht hereinbekommen. Möchten Sie einen Schluck Wasser? Geht es Ihnen nicht gut?" Sie hielt nun eine Karaffe hoch, die unter dem Tresen auf der Ablage neben dem Teller mit den Biscotti stand. Gerne hätte sie genau jetzt eines gegessen. „Ein kühles und erfrischendes Glas Wasser. Danach fühlen Sie sich besser und können mir genauer beschreiben, was Sie verloren haben."

„Das Poem. Mein Poem. Meine Zeilen, meine Abbilder!" Er wurde leiser, was die Situation für Edwina angespannter werden ließ. Laute Personen, die pöbelten oder auch aggressiv brüllten, waren oft Angsthasen, die man mit einem beherzten Gegenschrei mundtot machen konnte. Die Leisen, die Zischenden, konnten gefährlich werden. Edwina schaltete ihre Sinne in Alarmbereitschaft.

Sich zur Wehr zu setzen, war ebenfalls eine Option, sollte der Mann körperlich übergriffig werden. Auch wenn Edwina die fünfzig seit vier Jahren überschritten hatte und in ihren Wechseljahren mit den Pfunden kämpfte, lag doch eine Polizeiausbildung hinter ihr. Einen Kerl in den Schwitzkasten zu nehmen, würde ihr zwar niemand zutrauen, aber es wäre nicht die erste Situation, bei der sie schneller und effektiver reagierte als erwartet.

Zum Glück kam es nicht so weit. Statt weiterhin über sein Poem mit Todesfolge zu reden, begann er zu weinen. „Mein winziges Gedicht. Ich weiß, dass es hier sein muss."

Die Tränen, die über seine Wangen liefen, ließen ihn allerdings weitaus befremdlicher erscheinen. Edwina musste an einen alten Zauberer denken, der verwirrt durch die Welten irrte auf der Suche nach verlorenen magischen Sprüchen. Gleich würde sie den Notruf wählen und den Mann versorgen lassen.

Sie stellte Karaffe und Box ab, hob stattdessen die Klappe hoch, die Kunden- und Arbeitsbereich trennte.

Direkt vor dem Hünen zu stehen, erforderte, dass Edwina ihren Kopf in den Nacken legte. Nun roch sie ihn auch. Verdorrtes Obst kam ihr in den Sinn, Lebensmittel, die zu lange in der Sonne gestanden hatten.

„Es ist alles gut, Signore. Trinken Sie Wasser. Ich rufe jemanden an, der Sie abholt. Gibt es eine Nummer, die Sie mir geben möchten, oder soll ich einen Arzt verständigen?"

„Sind Sie aus Tirol?" Die Gegenfrage kam überraschend. „Meine Uroma stammt aus Terfens. So schön, aber zu wenig Eis, das man kosten könnte."

Edwina versuchte seufzend einen neuen Anlauf. „Wie kann ich Ihnen helfen, Signore?"

„Nur mein kleines Poem. Und meine Einzigen. Ich wiederhole, meine Abbilder. Die suche ich. Die Zeit ist gekommen."

Eine neue Information. Er suchte möglicherweise nach Freunden, Menschen, die ihm zugewandt waren. „Kennen Sie deren Nummer? Wir bitten jemanden, herzukommen. Währenddessen schaue ich hinten nach, ob in letzter Zeit ein Gedicht abgegeben wurde. Ja?"

Der Mann hob die Hand an die Nase, Rotz tropfte über seine Finger. Edwina griff erneut unter die Theke, um nach einem Taschentuch zu angeln.

In der Sekunde begann sich die Schachtel des Kunden zu bewegen. Mit einem Ruck nach vorne, dann, nach einem kurzen Stillstand, seitlich. Immer weiter

Richtung Rand. Automatisch legte Edwina eine Hand darauf.

Die Luftlöcher. Sie hätte es sofort erkennen müssen. In der Box war ein lebendes Tier.

In rascher Abfolge löste Edwina den Gummi und hob den Deckel an.

Die Schlange war zu schwach, um die Flucht zu ergreifen. Sie hob ihren schuppigen Kopf, sie züngelte und stieß ein leises Fauchen aus.

Ein anderer als Chefinspektorin Edwina Teufel in ihrer Auszeit am Gardasee wäre zusammengezuckt, hätte die Schachtel mit einem Aufschrei fallen lassen oder wäre davongerannt. Doch Edwina liebte nicht nur die kuscheligen Geschöpfe, die sich mit treuen Augen in die Herzen der Menschen einschlichen, über die allerliebste Videos in den sozialen Medien verbreitet und rührende Geschichten in Dokus erzählt wurden. Nein, sie konnte sich auch für die schuppigen, die achtbeinigen und schlängelnden Lebewesen erwärmen. Jedes Geschöpf hatte ein Recht auf anständige Behandlung.

Gelb-grün waren die Schuppen des Reptils, die Länge geschätzt ein Meter. Eine Zornnatter, wie sie hier am Gardasee zu finden waren. Ungiftig und sichtlich in schlechtem Zustand.

Jeder, der Chefinspektorin Teufel kannte, hätte gewusst, was nun folgte.

Edwina öffnete den Mund.

Sie holte tief Luft und hielt sie an, während sie den Kopf der Schlange sanft nach unten drückte. Nicht glatt und geschmeidig fühlte sich die Haut an, sondern rissig. Eine Verletzung an der Seite schillerte rot. Edwina setzte den Deckel wieder drauf.

Dann erlaubte sie ihrem Zorn aufzuwallen. Ein Feuer, das keine Rücksicht auf den verwirrten Mann nahm. Keine seiner Tränen konnte ihre flammende Wut aufhalten.

Edwina ratterte los in einer Mischung, die Italienisch und Wienerisch auf eine unnachahmliche Weise verband. „Sag einmal, haben s' dir ins Hirn geschissen, Deppata? Pazzo! Cazzone! Cretino! Was hast du mit dem armen Tier gemacht?"

2

„Was ist passiert?"

Rosa sah aus, als wäre sie eben von einem Friseurbesuch fortgerissen worden. Eine Seite ihrer grauen Haare war gelockt, die andere unordentlich und struppig. Ihr Blick drückte Skepsis aus, sie schien die ersten Informationen, die Edwina ihr übers Handy durchgegeben hatte, nicht glauben zu wollen.

Nach Edwinas Wutanfall hatte der seltsame Mann sich umgedreht und war unter dem Klingeln des Glöckchens in den Tag hinaus verschwunden. Ohne die Schachtel mit der Natter. Edwina hatte ihre Chefin Rosa angerufen, dann nach einem Tierarzt in der Nähe im Internet gesucht.

Noch während sie googelte, war Rosa mit ihrem Enkelsohn Bruno aufgetaucht. Bruno Rinaldi, der, soviel Edwina wusste, als Fahrradkurier jobbte und im Herbst ein Studium beginnen wollte, war seiner Großmutter wie aus dem Gesicht geschnitten. Bloß, dass sein Haar noch tiefschwarz und seine Haut fast faltenfrei war. Doch Gesichtsform, Augen, Kinn und Nase hätten Nonna und Nipote austauschen können.

Er lief auf Edwina zu und umarmte sie. „Sie sehen blass aus, Signora Teufel. Soll ich die Polizei verständigen?"

„Zuerst die Geschichte bitte!" Rosa zog ihn an der Schulter zurück. „Dann entscheiden wir."

Edwina merkte erst jetzt, wie angespannt sie immer noch war. Sie hob die Karaffe mit Wasser hoch, die sie auch dem Hünen angeboten hatte, und trank daraus. Sich ein Glas hinter der Theke zu holen, wäre mit ihren weichen Knien ein zu weiter Weg gewesen.

Nach einem weiteren Schluck fühlte sie sich bereit, die Begegnung zu schildern.

Am Ende hatte sie die Schachtel mit der Schlange zwischen ihren Händen. „Wo ist der nächste Tierarzt? Das hier hat Priorität."

„Ich übernehme", bot sich Bruno an. Während Edwinas Schilderung hatte er sich die Haare gerauft, die nun kreuz und quer standen. Sein Dreitagebart ließ ihn älter erscheinen, aber Edwina wusste, dass er gerade einmal zwanzig war. Nonna Rosa hatte ihn nach dem frühen Tod der Mutter großgezogen. Er war ihr ganzer Stolz, wie es so schön hieß, und in dem Fall stimmte es zu hundert Prozent. „Geben Sie mir das Tier. Ich nehme mein Moped, dann geht es schneller. Ein Stück nach dem Kreisverkehr ist eine Praxis. Ich kenne die Ärztin. Sie wohnt über den Behandlungsräumen."

„Grazie, Bruno." Rosa nickte ihrem Enkel zu und blickte ihm hinterher, als er mit der Schlangenbox verschwand. „Er regelt das. Bruno ist gleich tierlieb wie du, Edwina."

„Was für ein Irrer vorhin." Edwina hatte inzwischen die halbe Karaffe leer getrunken. Trotzdem fühlte sich ihre Kehle trocken an. „Aber du hättest mich hören sollen. Ich habe geschimpft, nein gewütet. Das erste Mal, dass ich ausgerastet bin, seit ich hier am Gardasee wohne. Wahrscheinlich hättest du über mich gelacht. Mein Kopf wird rot wie eine Tomate, wenn mich die Wut übermannt. Ehrlich, Rosa, als ich das arme Tier gesehen habe, ging es mit mir durch. Ein *tödliches Poem* hat der gesucht, so ein Schwachsinn. Was soll das denn sein?"

Rosa setzte sich auf einen der zwei Stühle vor dem Tresen. Öfter kamen mehrere Kunden gleichzeitig und beschwerten sich, dass sie warten mussten. Konnten sie sitzen, waren sie geduldiger.

„Ich weiß, wer der Mann war, Edwina." Rosa ächzte. „Es tut mir leid, dass du eine Konfrontation mit ihm hattest."

„Wie? Du kennst ihn?"

„Wie du ihn beschreibst, habe ich ihn noch nie erlebt, ehrlich gesagt. Aber kennen werden ihn die meisten in Sirmione. Es ist Giovanni di Levia, der *re dei ghiaccioli*."

„Der Eis-am-Stiel-König?" Edwina stieß ein schrilles Lachen aus. „Du machst dich lustig über mich, um mich aufzuheitern, stimmt's?"

Rosa runzelte die Stirn und zog die Mundwinkel nach unten. Ihre tiefen Falten waren wie Täler auf einer Landkarte. Edwina schätzte die Chefin auf Mitte siebzig, hatte sich aber bisher nie zu fragen getraut. Allein, dass sie immer noch fast jeden Tag im Fundbüro arbeitete, war bemerkenswert. Ob sie es aus finanziellen Gründen tat oder über das Rentenalter hinaus beschäftigt sein wollte, auch darüber hatten sich Edwina und Rosa nie ausgetauscht. Rosa Rinaldi redete nicht viel über sich. Selbst bei der Einarbeitung hatte sie Edwina nur das Nötigste über den Job erklärt. Klatsch und Tratsch gab es mit ihr fast überhaupt nicht.

„Lustig über dich? Das tue ich nicht, Edwina. Warum sollte ich?" Rosa hob die Hände nach oben. „Giovanni di Levia, der Eistüten-König, sagt man auch zu ihm. Ihm gehören drei Viertel aller Eisdielen in der Stadt. Nicht nur das: Er ist der Eigner einer Hotelkette. Das Astoria, in dem dein Toni arbeitet, gehört dazu. An der Villa di Levia, in der er wohnt, müsstest du schon vorbeigelaufen sein."

Den Namen di Levia hatte Toni nie erwähnt. Auch das Gebäude war Edwina nicht aufgefallen. Sie schüttelte ungläubig den Kopf. „Aber der Mann war nicht ganz richtig im Kopf. Dazu unangenehm. Dieses Gerede, und dann die arme Schlange."

„Giovanni di Levia ist kein sympathischer Mensch. War er nie."

„Was denkst du, was er tatsächlich gesucht hat? Da muss etwas anderes dahinterstecken. Mehr als ein paar Verse, meine ich."

„Bei dir kommt dein Beruf durch, nicht wahr?" Rosa wechselte zu einem Lächeln und steckte damit Edwina an.

„Natürlich hast du recht. Die Neugierde lässt sich nicht so leicht abstellen. Ich hoffe, es ist okay, wenn ich frage. Bitte erzähl mir ein bisschen mehr über ihn."

„Von Jahr zu Jahr geht es bergab mit ihm. Nach seiner letzten Scheidung hat er sich zu einem seltsamen Alten entwickelt. In ein Heim würde er nie gehen, Angestellte vergrault er. Wir werden sehen, wie lange das noch gutgeht."

„Wie viele Scheidungen hat er hinter sich?"

„Dreimal war er verheiratet."

„Hui! Ein fleißiger Mann."

„Du sagst es. Immer dramatisch getrennt. Immer in der Klatschpresse aufgetaucht. Seine letzte Frau, Greta Galli, schreibt angeblich ein Buch über diese Zeit. So was mag ich nicht. Nenn mich altmodisch, aber intime Angelegenheiten sollte man unter sich regeln." Erneut warf sie die Arme nach oben, als würde sie mit der Geste das Vorkommnis abschließen können.

„Warum die Gedichte und die Schlange?"

„Ach, Edwina. Er dichtet eben gerne."

„Das erklärt nicht sein Verhalten."

„Sagen wir so. Er hält sich für einen Poeten. Jedes Jahr gibt es am Lago einen Poesie-Wettbewerb und jedes Jahr nimmt er daran teil. Letztes Jahr hat er gewonnen, wobei es heißt, er hätte die Jury bestochen."

„Ein Betrugsdelikt? Hat er sich strafbar gemacht?"

„Edwina, es ist bloß ein Gerücht." Rosa erhob sich langsam, ein nächstes Ächzen folgte. „Schließen wir das *Ufficio* und schauen wir, was Bruno für die Schlange erreicht hat."

„Gut, aber lass uns auf dem Weg weiter überlegen. In meinem Kopf rattert es bereits."

Rosa schloss das Fenster, hängte das *Chiuso*-Schild an die Eingangstür. Kaum im Freien, ging sie mit Tempo voran, dass Edwina Mühe hatte, nachzukommen.

„Noch etwas Lustiges, Rosa. In meiner Kollegenschaft in Wien trage ich den Spitznamen Zornnatter. Willst du wissen, wieso?"

„No, Edwina. Wir haben genug geredet. Mein Kiefer schmerzt. Andiamo."

3

Da es weder Mann noch Frau noch Tier ist, kann Edwina das Unheimliche nur als Es bezeichnen.

Und Es ist hinter ihr her.

Edwina rennt. Sie reißt die Knie hoch wie bei einem 100-Meter-Sprint bei den Olympischen Spielen. Ihre Oberschenkel brennen und in ihrem Bauch breitet sich eine ansteigende Hitze aus. Sie rennt und brennt.

Sie ist in einem Traum, einem Albtraum. Edwina weiß das, aber die Erkenntnis nützt ihr nichts. Sie kommt nicht voran, egal, wie sie sich auch anstrengen mag, wie heiß es in ihr auch wird. Die Außenwelt, die aus einem Wald rechter Hand und einer Wüste linker Hand besteht, fließt erschreckend träge an ihr vorbei.

Es holt auf. Es wird Edwina gleich am Nacken packen, ihr ins Genick springen und sie zu Boden reißen. Dann ist sie hilflos ausgeliefert.

Sie kann sich Ihm nur stellen, es ist die einzig verbleibende Option.

Also stoppt sie – seltsamerweise gleitet die Landschaft weiter und ihr wird übel von der unnatürlichen Bewegung.

Eine Drehung und sie wird dem Ding, das sie verfolgt, in die Augen schauen.

Doch hinter ihr steigen nur Seifenblasen auf. Eine besonders große schillert in allen Farben und ist undurchsichtig. Dort sitzt der Feind, Es. Sie greift danach, aber die Seifenblase ist glitschig und lässt sich nicht fassen.

Edwina packt die Wut. Nicht im Genick, sondern in der Brust. Die Wut ist kalt. Edwina brennt immer noch und friert, sie verglüht und zittert. Edwina ist klein, allein und kann nichts tun.

Da zerspringt die riesige Seifenblase und heraus steigt –

Edwina riss den Kopf nach oben.

Sie konnte den Speichelfaden an ihrem Mundwinkel sehen und spüren, wie er sich auf ihr Kinn legte. Mit einem Handgriff wischte sie ihn weg. Ihr Sonnenhut fiel ihr vom Kopf. Sie hob ihn auf, schüttelte den Sand aus und fächelte sich Luft zu.

Um sie herum herrschten Lärm und Trubel. Ein typischer Samstagnachmittag an der Spiaggia. Sonnenanbeter, Volleyballspielerinnen, Sandburgenbauende erfreuten sich lautstark. Ein Wunder, dass sie bei dem Geräuschpegel so tief und fest eingenickt war, aber die Aufregung vom Vormittag hatte sie Kraft gekostet.

Erst einmal musste sie sich orientieren.

Sie saß auf ihrem Handtuch am Strand von Rivoltella. Ihre Zehen waren unter dem körnigen Sand vergraben, nur das Lila ihres rechten großen Zehennagels blitzte hervor.

Seit sie und Toni hier am Gardasee gelandet waren, trug Edwina Nagellack. Alle Nägel glänzten in ihrer momentanen Lieblingsfarbe. Sie mochte den Anblick ihrer Zehen in den Sandalen und liebte es, die Finger rasch zu bewegen und die Farbtupfer springen zu sehen. Nebenbei kam sie sich auch ein wenig elegant vor. Mehr wie eine Dame als eine Chefinspektorin in Auszeit. Deshalb war auch eine ihrer Haarsträhnen lila. Ton in Ton – Edwina, eine Urlauberin, die versuchte, sich zu stylen.

Ansonsten reichten seit Wochen luftige Kleider oder eine Short und ein T-Shirt. Der Badeanzug darunter war obligatorisch. Der Mai hatte, nach einem verregneten April, seinem Beinamen Wonnemonat alle Ehre gemacht. Dabei hatten die Sommermonate gerade erst begonnen.

Vor ihr breitete sich das blaue Wasser des Sees aus. Die Wellen, mit weißen Schaumkronen versehen, klatschten gegen vereinzelte Steine auf dem Sand. Die Weitsicht war getrübt von einem Schleier, obwohl Edwina meinte, in der Ferne am westlichen Ufer das Naturschutzgebiet um die Festung an der Rocca di Manerba zu erkennen. Dort am Felsen vor dem aufgestellten Gipfelkreuz bei der Ruine hatte sie mit Toni gestanden und die fulminante Aussicht auf den gesamten Gardasee genossen. Eine herrliche Wanderung. Bei 216 Höhenmetern von einem Aufstieg zu sprechen, war etwas übertrieben, dennoch war ihnen beiden die Anstrengung anzumerken gewesen.

„Wir werden alt, Winnie", hatte Toni gescherzt und dabei den Nagel auf den Kopf getroffen. Dass er immerhin sechs Jahre jünger als Edwina war, merkte man nicht an seinem schütteren Haarwuchs, aber an seiner immer noch beneidenswert faltenfreien Stirn, wie Edwina fand.

Das Museum dort hatten sie besucht und waren vom Gipfel an der Küste entlang zum Hafen von Manerba gelaufen. Die Zitronenlimonade und die Pizza Funghi e Mozzarella danach schmeckte sie heute noch auf ihrem Gaumen.

Das bisher letzte Ausflugsziel von ihnen. Seine Arbeit in den Grünanlagen rund um den Hotelkomplex Astoria, der sich fußläufig vom Strand entfernt erstreckte, nahm Toni derart in Anspruch, dass er morgens das Haus verließ und meist erst in den späten Abendstunden zurückkam. Edwina musste sich allein vergnügen und langweilte sich mehr und mehr. Ausflüge solo mochte sie nicht besonders. Der Aushilfsjob im Fundbüro war deshalb eine prickelnde Abwechslung.

Wenn nicht ein *pazzo* wie heute Edwina aufwühlte.

Als sie Rosa hinaus in die Sonne und Hitze gefolgt war, hatte sie noch schnell ihre große Umhängetasche geschnappt, in der das Wutbuch ebenso sein Zuhause hatte wie ihre Badesachen. Zu jeder Tageszeit konnte man einen Sprung in den See machen. Aber heute war es ein dringendes Bedürfnis gewesen.

Sie rieb sich die Augen, legte die Handflächen auf ihr Gesicht und dachte über den Traum nach.

Er war die Folge der Begegnung am Vormittag, war sich Edwina bewusst. Wenigstens war der Kerl rasch verschwunden, als Edwina zu schimpfen begonnen hatte. Zum Glück ging es der Schlange gut, sie war versorgt und würde vorerst bei der Tierärztin bleiben. Rosa und Bruno hatten sich vorhin am Handy gemeldet, sich noch einmal nach Edwinas Befinden erkundigt. Oma und Enkel waren wirklich zwei gute Seelen, die gemeinsam durch dick und dünn gingen.

Edwinas Schultern brannten. Erst jetzt erinnerte sie sich, dass sie sich nach dem Schwimmen hatte eincremen wollen. Doch bevor sie in den See sprang, hatte die Erschöpfung sie zu dem Nickerchen gezwungen. Mit hängendem Kopf, schlafend und schnarchend, hatte sie sich einen Sonnenbrand eingefangen. Zu Hause würde sie die Stelle kühlen. Wenigstens trug sie ihren Sonnenhut, sonst hätte es einen Sonnenstich geben können. Abgesehen davon aber war die Lust auf ein Eis inzwischen größer als das Bedürfnis, baden zu gehen. Über den Traum wollte Edwina keine Sekunde weiter nachdenken.

Sie zog sich das Kleid über, schlüpfte in ihre Sneaker und stopfte das Handtuch in die Umhängetasche.

„Da begegne ich dem Eistüten-König vom Gardasee und statt leckerem Eis bringt er mir eine arme Schlange vorbei, ha! Ein Poem? Ein *tödliches Poem*! Was für ein seltsamer Samstag", flüsterte Edwina in einem Selbstgespräch. „Der soll mir noch einmal in die Quere kommen."

„Sag jetzt bitte nichts. Hör nur zu: Ich habe es schon getan. In einem wilden Traum, in einem grandiosen Gedankenspiel. Mit all meinen Sinnen konnte ich fühlen, wie es war. Es war wunderbar. Verstehst du?

Tu, il mio sangue, tu, la mia vita. Mein Blut, mein Leben, ich habe es getan. Gestern Nacht und die Nacht davor. Immer und immer wieder. So leicht wie in meinen Gedanken wird es auch in der Realität sein. Das ist die Wahrheit. Ich weiß es. Glaube mir also.

Und du hattest unrecht, was das Töten angeht, denn danach wird es keine Schuld geben. Es wird nicht für dich, nicht für die Welt, nicht einmal um der Gerechtigkeit willen geschehen, sondern für die Stille.

Wenn das Klopfen des Herzens endet, wenn nach dem Einatmen kein Ausatmen mehr folgt, wird das Schweigen in uns und um uns absolut sein. Leben und Tod vereint. Die Zeit selbst wird ihre Stimme verlieren. Kein Rascheln, kein Plätschern, kein Säuseln mehr. Das Drängende wird verstummen. Du und ich, wir fallen in eine Tiefe, die alles und jedes jenseits des Lärms zurücklässt.

Genauso sind auch meine Träume, meine Gedankenspiele. Danach hält diese Grabesruhe an, bleibt und macht mich selig. Glückliche Stunden lang schwebe ich in einer Kugel der absoluten Lautlosigkeit.

Deshalb träume ich stetig weiter, imaginiere ich, wie wunderbar es laufen wird. Wie ich es vollstrecke, wie ich mich auf diesen neu erschaffenen Leichnam, diesen Kadaver einer besiegten Bestie setze und in die erstorbenen Augen sehe. Da wird nichts mehr sein, da gibt es nichts, da geschieht nichts – ich schwöre es dir. Keine Seele, die den Körper verlassen wird. Nichts. Was sie uns predigen über das Aufsteigen nach dem Sterben, ist nicht wahr.

Widersprich nicht. Vertrau mir einfach.

Wir sind in diese Welt geworfen, zum Guten oder Schlechten. Es spielt am Ende keine Rolle, weil nach diesem Ende nichts mehr da ist, das in einen Himmel aufsteigen könnte. Nichts. Also erzähl mir auch nichts von einer Sünde, rede nicht von einem Gott, der über uns urteilen würde.

Es fühlt sich richtig an, das allein zählt. So machbar, so gut. Ich kann es kaum erwarten.

Ich sehne mich nach genau dieser Stille, die Sehnsucht nagt und kratzt. Was gut ist. Was so bleiben kann. Ich weiß, dass du mich erst verstehen wirst, wenn du es selbst erlebst.

Ja, ich habe gebetet. Gleich nach dem Aufwachen, direkt nach den tödlichen Gedanken. Gebetet, dass der Himmel über mir und die Nacht in mir ihre Schwärze behalten. Sie sind es, die mir Kraft und Möglichkeit geben werden. Die Zeichen, die wir suchen, verdichten sich. Erinnere dich an all unser Reden. Wenn der Hass zu groß wird und die Wut zu gewaltig, muss der Weg der Befreiung ein dunkler sein.

Ich bin nun in Dunkelheit gehüllt, in Schwärze geborgen. Meine Hände zittern nicht, mein Herz schlägt gleichmäßig seit der dunklen Träumerei. Keine Scham, keine Reue, kein Gewissen war und ist da – nur der Wunsch, dass die Lautlosigkeit danach wiederkehrt.

Nicht! Sag nichts, bitte. Widersprich nicht, bejahe nicht. Ich erfahre und erspüre alles aus deinem Schweigen. Töten ist wie Nachhausekommen, deshalb zögere nicht. So leicht, so weich, so leise. Den Lärm alles Lebenden können wir hinter uns lassen. Neu bin ich. Anders wirst auch du sein. Ciao – tu, il mio sangue, tu, la mia vita. Mein Blut, mein Leben! Es ist so weit."

„Wie? Er ist tot?" Edwina verschluckte sich an ihrer Brioche und musste erst mal heftig husten. „Der Eistüten-König ist tot?"

Beatrice und Toni wandten sich ihr synchron zu.

„Edwina, du kennst ihn? Woher denn?" Beatrice Schurt, die geschwätzige Nachbarin im Erdgeschoß und zugleich Vermieterin des Appartements im ersten Stock, schüttelte verwundert den Kopf. Ihre langen Ohrringe wippten dazu. Die roten Glitzersteine waren perfekt auf ihre rot gefärbten Haare abgestimmt. Dazu der rote Hosenanzug. Sie hätte gut in einen Film gepasst, fand Edwina.

Beatrice war heute Morgen an der Tür gestanden, als Edwina und Toni noch in ihren Pyjamas gewesen waren. Edwina hätte die Vermieterin am liebsten abgewiesen, aber Toni, gastfreundlich, wie er stets war, hatte sie auf einen Espresso hereingebeten. Nun saßen sie auf der Terrasse im morgendlichen Sonnenschein, der überhaupt nicht zu dem Thema passte.

„Ich habe keine Ahnung, worüber ihr redet. Wer ist gestorben?" Toni war erst gegen zehn Uhr abends von der Arbeit im Astoria nach Hause gekommen. Edwina war zu müde gewesen, um ihm von dem *tödlichen Poem* und der armen Natter zu erzählen.

Beatrice und Toni redeten jetzt durcheinander. Edwina konnte nichts Zusammenhängendes verstehen und unterbrach die beiden. „Einer nach dem anderen, bitte. Ich erkläre euch alles. Aber zuerst zu dir, Beatrice, ist das wahr? Dieser sogenannte Eistüten-König ist tot?"

„Warum sollte ich es erzählen, wenn es nicht stimmt?" Sie machte große Augen, als würde sie sich sonst nie um Gerüchte kümmern oder Geschichten weitergeben. „Tot ist der Mann."

„Ich fasse es nicht." Edwina schüttelte den Kopf. „Gestern war er im Fundbüro. Ein unangenehmer Kunde, ein richtiger Ungustl, wie man in Wien so schön sagt. Ein sehr merkwürdiges Zusammentreffen."

„Tatsächlich?" Beatrice stand vom Tisch auf und bewegte sich in Richtung Küchenzeile. Sie hatte augenscheinlich vor, ihren Besuch zu verlängern. „Viel weiß ich noch nicht, aber dass er seit gestern Nachmittag mausetot ist, steht fest."

Mausetot. Giovanni di Levia hatte am gestrigen Samstag nicht im Geringsten einer Maus ähnlich gesehen. Eher einem Gecko. Edwina stellte sich vor, dass Beatrice die Schachtel mit der Schlange geöffnet hätte und kreischend davongerannt wäre. Es belustigte sie trotz der Neuigkeiten.

Die Nachbarin war schnell wieder zurück am Frühstückstisch, mit einem Apfel in der Hand. Toni rollte mit den Augen, was nur Edwina sehen konnte. Fast hätte sie laut gelacht.

Stattdessen begann sie mit ihrer Schilderung. Die gruseligen Einzelheiten versuchte sie außen vor zu lassen, nur die Schlange erwähnte sie kurz. Beatrice würde sonst Stille Post spielen und am Ende eine noch monströsere Geschichte in die Welt setzen. Abgesehen davon, Edwinas Liebsten gruselte es vor Schlangen im Allgemeinen. Deshalb war sie auch nach wenigen Sätzen wieder am Ende. „Das war's schon."

„Klingt eher banal. Ich habe mir mehr erwartet." Beatrice wirkte sichtlich enttäuscht. „Schlangen hatten wir auch schon öfter im Garten. Ich schicke dir eine Nummer vom hiesigen Schlangenabholservice, oder wie man den nennt. Du kannst dort Tag und Nacht anrufen und sie kommen."

„Danke, Beatrice. Ich hoffe allerdings, dass ich sie nicht brauchen werde."

„Aber, Edwina", die Nachbarin legte eine Hand ans Herz, „was für eine schicksalhafte Begegnung."

„Schicksal? In welchem Sinn?"

„Na, in dem Sinn, dass du Giovanni di Levia am Vormittag vor seinem Ableben triffst. Unter solchen Umständen. Wahnsinn, oder? Er ist übrigens in seiner Villa gestürzt. Angeblich. Hat sich den Schädel dabei verletzt. Sofort tot. Tragisch. Aber nicht verwunderlich. Er war verrückt. Un pazzo! Was übrigens nicht nur an seinem Alter liegt." Mit erhobenem Zeigefinger, als wollte sie eine Belehrung aussprechen, ratterte sie weiter. „Der Mann hatte Geld wie Heu, aber nichts in seiner Villa je renovieren lassen. Dass eine neue Küche eingebaut wurde, haben wir seiner Exfrau zu verdanken. Als ich dort einmal zum Essen eingeladen war, hat sie mir ihr Leid geklagt. Keine drei Monate später ist sie ausgezogen. Er allein zurückgeblieben. Wieder einmal. Wundert mich nicht. Giovanni gehörte zu den Männern, die man sich angelt, weil man sich ein Luxusleben erhofft. Stattdessen hat man seine Allüren zu ertragen. Arme Greta. Nebenbei, ich habe sehr gut gegessen. Sie hatten eine Köchin."

Gerne hätte Edwina zu einigen Punkten in Beatrices Rede Stellung bezogen, aber die Tatsache, dass der alte Mann so kurz nach ihrer Begegnung das Zeitliche gesegnet hatte, interessierte sie vor allem anderen. Ungeachtet dessen sollte sich Beatrice Rosa zum Vorbild nehmen, was das Tratschen anging.

Andererseits bekam Edwina dadurch mehr Informationen. „Ist es denn sicher, dass es ein Unfall war? Wann genau ist es passiert?"

„Dio mio, du stellst Fragen." Beatrice biss in den Apfel. „Mein Mann hat es mir erzählt. Ihm wiederum unser Weinbauer. Knut war heute früh schon bei ihm, um unseren Vorrat an Bardolino aufzufüllen. Soll ich ihn hochbitten?"

Knut Schurt war ein Unternehmer aus Köln, der sich mit seiner Angetrauten den Gardasee als Zweitwohnsitz ausgesucht hatte. Beatrice stammte wie Toni ursprünglich aus Rom, was den Ausschlag für das Vermieten der leer stehenden Wohnung gegeben hatte, die Schurts hätten es finanziell nicht nötig gehabt. Die Bleibe, die Tonis Arbeitgeber, der Hoteldirektor Max Grob, ihm zur Verfügung gestellt hätte, wäre wesentlich kleiner und in einem Haus an der Straße gewesen. Hier gab es drei Zimmer, eine Terrasse mit herrlichem Ausblick und Ruhe. Außer natürlich Beatrice plapperte.

„Nein! Lass es." Edwina lehnte strenger ab als beabsichtigt. Beatrices Gatte war zwar nicht so gesprächig wie sie, hatte aber besseres Sitzfleisch. Der Sonntag sollte endlich einmal Toni und Edwina gehören. Eigentlich.

„Wahrscheinlich hat mein Knut ohnehin nur über Vino sinniert."

„Weißt du denn, Beatrice, wer ihn gefunden hat, wenn er allein dort wohnte?"

Toni lachte laut auf. „Beatrice, gleich wirst du verhört. Die Chefinspektorin Teufel kann es nicht lassen."

„Ich dachte, sie ist mit dir hier, weil sie sich eine Auszeit genommen hat."

„Eigentlich schon, aber wenn es einen Toten gibt, wird es spannend."

„Ist ja auch verständlich. Immerhin war sie eine Koryphäe."

„Sie sitzt zwischen euch, Herrschaften!" Edwina wedelte mit einer Hand.

Wieder lachte Toni und erhob sich. „Ich brauche noch einen Kaffee. Du auch, Winnie?"

„Die beste Idee." Edwina blinzelte ihm zu. „Danke, mein Schatz."

Beatrice stand ebenfalls auf, zog Edwina aber zum Geländer hin.

Die Landschaft, die sich hier ausbreitete, leuchtete in sämtlichen Grüntönen. Blühende Gärten und viele hohe Bäume. Eingebettet die Wohnhäuser und Ferienunterkünfte. Grasflächen wechselten sich mit Feldern und Wäldchen ab. Noch hatte der Sommer nicht Einzug gehalten, die Vegetation strotzte vor Saft. Dazu eine weite Aussicht bis an den See. Wenn sie sich weit nach vorne lehnte und den Kopf nach hinten drehte, konnte Edwina den letzten oberen Abschnitt vom Turm von San Martino della Battaglia ausmachen. Mit seinen geschwungenen Bögen rundum und der italienischen Flagge, die sich im Wind bewegte, war er ein Blickfang, für den sie sich gerne streckte und verdrehte. Es beruhigte sie, die Erhabenheit des Bauwerks zu bewundern. Unbezahlbar der Blick. Edwina wunderte sich nicht zum ersten Mal, dass das Ehepaar Schurt unten im Parterre lebte und nicht längst nach oben gezogen war.

Ihre sogenannte Auszeit hatte schon am ersten Tag der Ankunft von Edwina Teufel und Antonio Russo begonnen.

Eine milde Märzsonne hatte geschienen, als die Chefinspektorin aus Wien und ihr Lebensabschnittsgefährte, seines Zeichens Landschaftsgärtner und eine treibende Kraft hinter Edwinas Pause von der Verbrechensbekämpfung, die Tür zum Appartamento in der Via Colli Storici im oberen Stock aufgesperrt hatten.

Eine schnelle und perfekte Entscheidung war es gewesen. Neben der schönen Wohnmöglichkeit gab es eine Bushaltestelle fast vor der Haustür. Aber man konnte Sirmione und seine Strände und Sehenswürdigkeiten ebenso in einer Dreiviertelstunde zu Fuß erreichen.

Sich zu bewegen, hatte ihr auch die Ärztin geraten. „Marschieren Sie sich Ihren Zorn von der Leber", hatte Doktor Claudia betont. „Bewegung und Schreiben, mal das eine, dann das andere. Bald sind Sie wieder die Alte. Oder besser eine fast neue Ermittlerin."

Neu wollte Edwina nicht werden, entspannter schon. An diesem Ort waren Spazieren, Flanieren, Marschieren oder Wandern nicht nur möglich, sondern eine willkommene Tätigkeit. Nicht zu vergessen die Menge an Eiscafés mit zum Teil bombastischen Eissorten wie *frutta di scusa, spumoni* und eben *bacio*, Edwinas Liebling. Man schlemmte, um sich das schlechte Gewissen anschließend wegzutrainieren.

Als Krönung von allem und über allem, finalmente, gab es den Lago, in dessen Wasser das Schwimmen zur Meditation wurde. Das kühle Nass fühlte sich auf der Haut wie Seide an. Hineingleiten und sanft umhüllt werden, konnte man sagen. Auch wenn Wasser an sich geruchlos war, meinte Edwina stets einen Hauch von Olive zu erschnuppern, der sie heiter stimmte. Erdig, würzig, leicht scharf, leicht süß – beides. Die grünen und schwarzen Früchte der Olivenbäume gehörten zum Lago wie die Zitronen, der Wein und das köstliche Olivenöl.

Edwinas Herz hatte die lange Zugfahrt über ab Wien, mit Umstieg in Innsbruck, gehüpft, beim zweiten Umsteigen in Verona Freudensprünge gemacht und schließlich beim Anblick des Sees dazu veranlasst, zu Toni zu sagen, genau hier und nirgends anders alt werden zu wollen.

„Schau nach vorne, Edwina." Beatrice riss Edwina aus ihren Gedanken. „Du kannst sie nicht sehen, aber ein Stück vor Sirmione stehen der Park und die riesige Villa von di Levia. Daran bist du sicher schon oft vorbeigelaufen. Wenn du magst, spazieren wir hin. Ich will ohnehin Fotos machen."

Ein absoluter Minuspunkt für Beatrice. Edwina mochte die Gaffer und Schaulustigen nicht, die an Unglücksorten wie die Geier heranflogen und sich Leckerbissen an grausigen Szenerien einverleibten.

„Ja, ich komme mit", erklärte sie dennoch, mit einem unangenehmen Gefühl im Magen, ein Stück weit auch zu denen dazuzugehören. Doch die Neugier war stärker. „Aber bitte lass das Fotografieren. Mir zuliebe."

Hinter ihr räusperte sich Toni. Er balancierte ein Tablett mit drei weiteren Espressi. Edwina hatte das Gefühl, sich ihm gegenüber rechtfertigen zu müssen. „Mein Erlebnis gestern mit Giovanni di Levia könnte die Polizei durchaus interessieren, Toni."

„In einer Stunde können wir starten", ereiferte sich Beatrice und schnappte sich einen Espresso. „Ich muss noch duschen." Sie trank in einem Schluck die Tasse leer und setzte direkt zum Gehen an.

Toni gab keine Antwort, aber Edwina konnte an seinem Gesichtsausdruck ablesen, dass er viel lieber mit ihr den Sonntagsbrunch genossen hätte.

Ich doch auch, schickte sie ihre Gedanken in seine Richtung. Aber du warst nicht dabei, als der *pazzo* von einem todbringenden Gedicht gefaselt und mir die Schlange übergeben hat.

Sie wollte es laut sagen, unterließ es aber. Erst wenn Beatrice verschwunden war, würde sie Toni in die Details einweihen.

6

Erstens kommt es anders, zweitens als man denkt.

Edwina überlegte während des Luftschnappens zwischen zwei Tiraden, ob es auch einen entsprechenden Spruch in Italien gab. Ganz sicher war auch hier diese Weisheit verbreitet, aber ihr fiel nichts dazu ein. Heute Abend würde sie Toni befragen.

Im Moment kämpfte sie mit einer Hitze, die ihr von den Zehenspitzen bis in die Ohrläppchen hochstieg. Dazu flatterte ihr Herz und sie hatte das Gefühl, rot anzulaufen. Die Symptome der überbordenden Wärme konnten von ihren Wechseljahren stammen, auch wenn sie selten von Wallungen geplagt wurde. Das flatternde Herzklopfen allerdings kannte sie bereits. Bei ihrem Zusammenbruch in Wien hatte es sie wie ein Vorbote des Unheils mehrfach in den Tagen davor ereilt.

Die Kombination von Zorn und Menopause war eine brisante Mischung. Doch genau jetzt begann sie, so richtig wütend zu werden.

Dieser Mann vor ihr, der unhöflich und arrogant war, trug daran Schuld.

Edwina hatte sich die Begegnung mit dem zuständigen Ermittler in dem Fall Giovanni di Levia anders vorgestellt.

Keine halbe Stunde nach dem Gespräch mit Beatrice auf der Terrasse hatte sie sich allein auf den Weg gemacht. Toni hatte den Auftrag erhalten, die Nachbarin zu vertrösten. Er hatte zwar gestöhnt, sich aber nicht absolut geweigert. Edwina hatte die Adresse der Villa im Internet herausgesucht. Tatsächlich lag der Wohnsitz des Verstorbenen auf einem der Wege vom Fundbüro nach Sirmione.

Unterwegs noch einmal nach dem Standort zu fragen, war unnötig gewesen, denn die Villa war bereits von einer Menge an Schaulustigen eingenommen worden. Die Leute hatten sich bis an die Toreinfahrt, an der das polizeiliche Absperrband im lauen Wind dieses schönen zweiten Junitages flatterte, gruppiert.

Edwina wusste, dass ihr weiteres Vorgehen nicht korrekt gewesen war. Statt sich in dem Pulk der Handyfilmer einen Platz an vorderer Front zu erkämpfen, hatte sie einen jungen Mann in Uniform zu sich herangewinkt.

„Ich bin Chefinspektorin Edwina Teufel, bitte lassen Sie mich durch", war ihr Statement. Dazu wedelte sie mit ihrem österreichischen Dienstausweis, den sie extra eingesteckt hatte.

Die zwei Wörter „in Auszeit" hatte sie weggelassen.

Der Polizist hatte bloß kurz bei Edwinas Nachnamen, den sie mit *diavolo* übersetzt hatte, gezuckt, sie aber sonst ohne Widerspruch ans Tor begleitet. Dort parkten zwei weitere Wägen von Polizei und Rettung. Kein Leichenwagen mehr, was bedeutete, dass die Leiche längst abtransportiert worden war.

Edwina hingegen hatte versucht, sich an den Autos vorbei, über den Zufahrtsweg, Richtung pompösen Eingangsbereich mit zwei Säulen und mehreren Steinstufen, die zur Tür führten, vorzuarbeiten.

Ein paar Meter weiter nur war sie gestoppt worden.

„Signora, darf ich Sie nach Ihrer Funktion fragen?", hatte ein Mann mit dunklen Haaren und einem ebenso dunklen Schnurrbart ihren geplanten Durchmarsch verhindert. Er war kaum größer als sie und sehr schlank, aber sein Auftreten und seine tiefe Stimme verliehen ihm eine gewisse Autorität.

Zu Jeans und Jeanshemd trug er einen dunkelblauen Blouson, der für die Temperatur zu warm wirkte. An den Füßen hatte er Outdoorschuhe, als wollte er bald zu einer Wanderung aufbrechen.

Hinterher war Edwina klar geworden, dass es an ihrem Sommerkleid lag, das sie als Außenstehende verraten hatte. Keiner der Beamten sonst trug ein Blumenoutfit.

Noch einmal war ihr Ausweis zum Einsatz gekommen, doch diesmal half es ihr nicht weiter.

„Was ist das?"

„Mein Name ist Edwina Teufel, ich bin Chefinspektorin bei der Wiener Polizei."

„Tatsächlich?" Sein Ton drückte Skepsis aus. „Wie kommt es, dass die Polizia di Vienna so rasch an meinem Tatort ist?" Den Ausweis drehte und wendete er dabei, als würde er die Echtheit anzweifeln.

In dem Moment spürte Edwina ihre Wut wieder hochsteigen. „Ich bin nicht offiziell hier. Zugegeben."

„Dachte ich mir. Sie haben hier als österreichische Beamtin nichts verloren, Signora. Das Unglück, besser, der Unfall ist auf italienischem Boden geschehen, und wie Sie sehen, haben meine Kollegen und ich alles im Griff. Gaffer mögen wir nicht."

„Ich bin mitnichten eine Gafferin, Herr ..."

„Commissario Adriano Alceste. Von der Squadra mobile aus Brescia." Die leichte Verbeugung hatte etwas Eigentümliches. „Ich würde Sie bitten, sich wieder hinter die Absperrung zu begeben." Er winkte eine junge Frau zu sich, die ihn um einen halben Kopf überragte. „Ispettore Giorgia Punta wird Sie begleiten."

„Ich habe aber eine Aussage zu machen."

„Ach ja? Ist das so?" Sein Blick wanderte einmal an ihrem Kleid auf und ab und blieb an ihrer Haarsträhne hängen.

„Ja, so ist es." Edwinas Verstimmtheit stieg an, Zornesfunken gaben Hitze in ihr ab. „Ich bin extra hergelaufen, weil ich davon ausgehe, dass es Sie interessiert, wenn nicht sogar für die Mordermittlungen wichtig sein könnte."

„Wie kommen Sie gerade auf Mord, Signora Teufel? Hätten Sie denn ein Alibi für den Samstagnachmittag und Abend, direkt gefragt?"

„Ja, das habe ich. Aber darum geht es nicht. Lassen Sie uns kurz zur Seite gehen und unter vier Augen reden." Er bewegte sich keinen Millimeter, was bei Edwina die Glut anfachte. „Na gut, dann hier, mitten im Trubel. Hören Sie also ..." Sie berichtete in atemberaubendem Tempo von ihrem Zusammentreffen mit Giovanni di Levia, dem *tödlichen Poem* und der Schlange in der Schachtel. „... und ein paar Stunden später ist er tot. Schädel eingeschlagen. Ziemlich obskur, finde ich."

„Woher kennen Sie die Todesursache, Signora? Aus den sozialen Medien, von den Wichtigtuern, die sich in Szene setzen müssen?"

Von meiner Nachbarin, die gerne tratscht, wäre ihr fast herausgerutscht. „Alles weiß ich natürlich nicht. Aber man hört so einiges", sagte sie stattdessen.

„Was denn? Mir ist bisher nichts zugetragen worden, was wichtig gewesen wäre, weder einiges noch anderes."

„Jetzt lassen Sie mich doch nicht so auflaufen, Commissario. Was halten Sie von meinem Bericht und dem seltsamen Besuch des Mannes im Fundbüro?"

„Recht interessant, das gebe ich zu."

Nach dieser Ansage jedoch gähnte der Polizeibeamte. Der Punkt, an dem Edwina richtig sauer wurde. Kochend sauer, könnte man sagen.

„Langweile ich Sie, Commissario? Ja? Wäre es nicht besser, meine Angaben zu protokollieren? Sie mit anderen zu vergleichen? Der zeitlichen Abfolge nachzugehen? Für mich als Ermittlerin wäre es viel zu früh, den Fall als Unglück oder Unfall abzutun. Jedenfalls nicht ohne Obduktion. Sie haben doch eine angeordnet, nicht wahr?" Nun stemmte Edwina ihre Hände in die Hüften, holte Luft und kämpfte gegen das Glühen in allen Poren an.

„Was denken Sie denn?" Er hob die Augenbrauen.

Sie spitzte die Lippen. „Ich frage nur. Haben Sie?"

„Darüber werde ich Sie wohl kaum informieren." Auch der Commissario wurde unüberhörbar unwirscher. „Noch einmal zum Mitschreiben: Ispettore Giorgia Punta, die mir vor Ort unterstellt ist, wird Ihre Geschichte aufnehmen. Geben Sie ihr Ihre Daten, wo man Sie erreichen kann. Falls es überhaupt nötig sein wird. Und sonst gehen Sie lieber ein Eis essen. Oder schwimmen. Schönen Badeurlaub noch, Signora."

„Ich bin in einer Auszeit am Gardasee, Commissario, nicht in den Ferien. Doch das ist nebensächlich. Was mich wundert, ist Ihre Art, mit einem Kapitalverbrechen umzugehen. In meiner Abteilung in Wien ..."

„Dort sind wir nicht." Seine Schnurrbartspitzen bebten leicht. „Es ist genug. Giorgia, kümmere dich!" Er drehte sich demonstrativ von Edwina weg. „Die Dame möchte eine Aussage tätigen. Und frag sie, wer von den Polizisten an der Absperrung sie überhaupt durchgelassen hat."

„Hallo? Sie steht immer noch vor Ihnen, Commissario Alceste."

„Was mir nicht gefällt, Signora. Hier ist ein tragischer Unfall geschehen. Ob mehr dahintersteckt, wird sich zeigen. Die Squadra mobile wird ermitteln, niemand sonst. Ich kann Ihnen auch gern Handschellen anlegen und Sie verhaften lassen, weil Sie sich zu Unrecht Zugang zu dem Gelände verschafft haben. Ausweis hin oder her. Am Gardasee sind Sie als Privatperson."

„Ja, das ist wahr." Edwina schaffte es nicht, lockerzulassen, trotz oder vielleicht auch wegen der Abfuhr, die sie nicht verdient hatte. „Aber mit meiner Erfahrung und meinem Fachwissen könnte ich Ihnen eine Hilfe sein, Commissario. Ohne mich aufzudrängen, ich kann Ihnen direkt meine Nummer geben. Ich bin ..."

„Ihre Daten werden sowieso alle gespeichert. Ich mag Schaulustige nicht, möchte ich noch mal mit Nachdruck hinzufügen. Arrivederci, Signora."

Zweimal hintereinander unterbrochen zu werden, war Edwina lange nicht mehr passiert. Bevor sie sich verbal intensiver gegen die Unhöflichkeiten wehren konnte, wechselte der Commissario mit zwei großen Schritten zu einem der Carabinieri.

Seine Kollegin nahm seinen Platz ein. „Mein Name ist Giorgia Punta, Signora. Ich bin aus dem eilig zusammengestellten Team des Commissario. Aber ich werde Sie nicht verhaften, keine Sorge. Außer Sie haben etwas mit dem Fall zu tun."

„Der, laut Ihrem Capo, wahrscheinlich nur ein Unfall war."

Edwina stand weiter vor Wut dampfend und unschlüssig vor der Polizeibeamtin, die mit einem dunkelblonden, dicken Zopf über der linken Schulter und einer blau schattierten Sonnenbrille auf der Nase Jugend und Strenge gleichermaßen ausstrahlte. Edwina schätzte sie auf Mitte zwanzig, in dem Alter war auch Edwina voll in den Beruf eingestiegen.

„Bitte, machen Sie sich keine Gedanken, Signora. Wir werden in alle Richtungen recherchieren." Giorgia Punta redete leise, was auf Edwina erstaunlicherweise leicht besänftigend wirkte. „Das tun wir immer."

„Sorge ist das falsche Wort. Es geht mich ja eigentlich nichts an, aber mein berufliches Interesse lässt sich nicht einfach ausschalten."

Die junge Frau beugte sich zu Edwina hin. „Wie es scheint, war es ein Sturz von der Leiter. In der Bibliothek. Der Rechtsmediziner hat ein erstes Statement abgegeben. Giovanni di Levia war allein in der Villa. Sein ständiges Personal, zwei junge Männer, hatte frei. Wie gesagt, all das wird weiter überprüft."

„Ach." Edwina freute sich über die Auskünfte, die ihr die Ermittlerin freiwillig zukommen ließ. Voller Elan hakte sie sofort nach. „War er betrunken? Krank? Vielleicht verwirrt wie bei mir im Fundbüro?"

„Mi dispiace! Mehr kann ich Ihnen nicht sagen. Commissario Alceste hat vorhin mit der Presse gesprochen, also werden die Details ohnehin öffentlich." Sie schob die Sonnenbrille auf die Stirn. „Lassen Sie uns bitte mit Ihren Ausführungen beginnen."

Das Zusammentreffen mit dem Eistüten-König am gestrigen Tag wiederholt zu schildern, ließ bei Edwina Hitze, Flattern, Zorn auf und ab wallen wie Wellen am Lago bei Sturm.

Immerhin notierte die Polizeibeamtin Edwinas Aussage. „Im Fundbüro von Rosa Rinaldi. Gegen elf. Und ein *tödliches Poem*, sagen Sie, von dem Giovanni di Levia gesprochen hat. Klingt sehr befremdlich."

„So ist es, Ispettore Punta. Vielleicht hat er danach auch in der Bibliothek gesucht. Wer weiß." Edwina nickte. „Dazu die Box mit der Zornnatter. Zum Glück ist das Tier inzwischen versorgt."

„In der Villa gibt es noch weitere Reptilien, wissen Sie." Giorgia Punta zog die Schultern hoch. „Schlangen und ... Stopp! Ich rede zu viel. Keine guten Voraussetzungen für eine Karriere als Ermittlerin. Ich stehe noch relativ am Anfang. Zweites Jahr nach meiner Ausbildung."

„Glauben Sie mir, Ispettore Punta, am Beginn meiner Laufbahn habe ich geredet wie ein Wasserfall, um meine Unsicherheit zu überspielen. Sie werden sich einarbeiten."

„Mille grazie!" Das Lächeln war breit, das Edwina von der jungen Frau erhielt, verschwand aber sofort wieder. „Sie arbeiten im *ufficio oggetti smarriti* in der Via Emilia, haben Sie angegeben. Täglich?"

„Nein, nicht arbeiten. Ich helfe aus. Hobbymäßig, könnte man sagen. Ich verdiene nichts. Kein echter Job, auch wenn ich als Aushilfe bezeichnet werde. Aus Langeweile."

Die Polizeibeamtin lächelte. „Ich wohne und arbeite hier in der Gemeinde von Desenzano. Der erste Ortswechsel in meinem Job. Am Gardasee kann es doch niemals so öde sein, dass Sie sich spannende Abwechslung wünschen?"

Der Ärger verschwand gänzlich, wie sich auch die anderen Symptome bei Edwina zurückzogen. „Oh, da sagen Sie etwas absolut Wahres. Sirmione allein ist schon wundervoll und beschert mir täglich neue Freude. Aber ich brauche immer eine Aufgabe. Nur die Füße hochlegen liegt mir nicht."

„Sind Sie in Rente?"

Diesmal durchrieselte Edwina ein Schwall Frustration. „Sehe ich so alt aus?"

„Scusi, Signora, natürlich nicht. Ich wollte Sie nicht beleidigen." Die junge Frau errötete. „Es geht mich auch nichts an. Wenn Sie mir bitte Ihre Wohnadresse geben würden, dann sind wir fertig und Sie können gehen. Montagfrüh würde ich Sie bitten, zu uns in die Questura zu kommen. Der Commissario wird mit Ihnen die Aussage noch einmal durchgehen wollen, nehme ich an. Dazu müssen Sie sie auch unterzeichnen."

„Der Commissario hat immer noch meinen Dienstausweis. Ohne den bewege ich mich hier keinen Millimeter von der Stelle, sagen Sie ihm das."

7

„Warum interessiert dich das so? Was geht dich das an, Winnie?", hatte Toni sie gefragt.

Mit einem Schulterzucken hatte Edwina geantwortet: „Nichts! Das ist es ja."

„Verstehe ich nicht, cara mia." Sein Kuss in ihren Nacken hatte geprickelt. Toni schaffte es spielend, Edwina abzulenken.

Sie hatte sich rascher gelöst als gewollt. „Es ist nur ... so seltsam gewesen. So unerwartet. Die Begegnung und der Tod. Beides. Das beschäftigt mich."

Dann hatte sie an diesem Montagmorgen noch vor ihrem Liebsten das Haus verlassen, ohne ihm zu erklären, wohin.

Eben nahm sie auf einer der Holzbänke im hinteren Teil der Parrocchia di Santa Maria Maggiore Platz, einer Kirche abseits vom belebten Zentrum von Sirmione.

Von der ersten Besichtigung an hatte sie das schlichte Äußere des Gotteshauses angesprochen. Die Treppen, die Richtung Eingang führten, und die graue Steinfassade, die an eine Zeit, lange bevor es Autos und Internet gab, erinnerte. Edwina fiel ein, wie sie Toni an der Hand gepackt und hineingezogen hatte. Beim ersten Mal waren sie nicht die Einzigen gewesen. Eine Gruppe deutscher Touristen hatte den Ausführungen der Fremdenführerin gelauscht.

„Aus dem 15. Jahrhundert stammt die Kirche", hatte die Frau im Flüsterton ihrer Gruppe erklärt. Trotzdem hatten Edwina und Toni jedes Wort verstehen können. „Bis auf die der Westfassade vorgelagerte Säulenhalle, in der unter anderem eine Säule aus römischer Zeit zu finden ist, ist es ein erstaunlich bescheidenes Bauwerk. Im Inneren befinden sich wundervolle Holzschnitzereien und Fresken aus der Zeit. Der Hauptaltar wird von Marmorarbeiten aus dem 18. Jahrhundert geschmückt."

Hier saß Edwina nun und schaute auf den Altar vor sich. Eigentlich sollte sie längst im Polizeirevier, in der Questura Desenzano, sein und höchstwahrscheinlich ein weiteres Mal Commissario Adriano Alceste treffen. Ihre Aussage zu Giovanni di Levia und seinem ungewöhnlichen Auftauchen am Tag seines Todes musste nach der Protokollierung von ihr unterschrieben werden.

Nach dem Streitgespräch mit dem Polizeibeamten hatte sie keine Lust, sich zu beeilen. Sollte er doch auf sie warten müssen. Vielleicht, so überlegte Edwina, würden dann die Enden seines Schnurrbarts ein weiteres Mal vibrieren. Darüber musste sie lachen, ganz leise, um keinen ungebührlichen Laut im Kirchenraum auszustoßen.

Ganz allein war sie heute hier. Fast unfassbar, bei den Touristenströmen, die den Gardasee und jeden seiner Orte und Sehenswürdigkeiten abklapperten wie Spatzen alle möglichen Futterquellen. Der Marmorboden in seinem Karomuster glänzte, als wäre er frisch gebohnert. Überhaupt strahlten die hölzernen Bänke, die Empore mit der Orgel auf der einen, die Kanzel auf der anderen Seite eine Reinheit aus. Die Wände waren mit Fresken und Wandmalereien geschmückt, die wiederum von den Lüstern an der Decke beleuchtet wurden. Säulen unterbrachen den Innenraum, die die Deckenbögen trugen. Durch die frei liegenden Balken, die mit Terrakottafliesen verkleidet waren, verlieh das Innere dem Betrachter ein Gefühl der Weite.

Automatisch hatte Edwina beim Hinsetzen die Hände im Schoß gefaltet. Sie war nicht gläubig, wenn auch getauft, und betete nicht. Sie dachte nach, ließ das Ereignis am Samstag und das Zusammentreffen mit dem Commissario am Sonntag mehrmals Revue passieren, ihre Methode bei der Aufklärung eines Falles. Sich mit dem Tatort, dem Opfer, den ersten Indizien vertraut machen, alles sammeln und anhäufen im Kopf. Sich danach zurückziehen und sortieren. Aussagen, Festlegungen und Vernehmungen einzeln zerlegen. Sie in Zeitlupe durchspielen, jedem Satz hinterherspüren – das waren ihre ersten Arbeitsschritte. Sich ein Auge im Sturm einer neuen Ermittlung erschaffen, in dem Stille herrschte. Wie in dieser Kirche.

Mit einem gewichtigen Unterschied. Edwina Teufel ermittelte hier nicht. Durch einen Zufall war sie zur Zeugin geworden. Der Commissario hatte sie gestern völlig zu Recht gerügt, sie hatte bei dem Verbrechen nichts anderes zu tun, als ihre Angaben zu machen. Unterschreiben, was sie zu Protokoll gegeben hatte, und basta!

„Ich kann Ihnen auch gern die Handschellen anlegen und Sie abführen lassen, Signora", hatte Alceste gemeint. Hätte sich bei ihr jemand am Tatort eines Mordes mit einer derartigen Wucht eingemischt, hätte Edwina es sogar getan.

Doch es war ja kein Mord. Nur ein Unfall. Ein Sturz von der Leiter. Trotzdem musste Alceste eine genaue Obduktion anordnen, um sicherzugehen. Erst danach entschied man sich für die eine oder andere Richtung. Sonst würde sich womöglich ein Mörderlein die Hände reiben, weil es so leicht davongekommen war.

Gut, das Opfer war angeblich allein im Haus gewesen. Hatte Giovanni di Levia die Eingangstür von innen verschlossen? Selbst wenn, bei einer großen Villa wie der des Eistüten-Königs gab es mehr als einen Eingang. Was war mit einem Zugang zur Küche, mit einer Außenstiege zum Keller? Eine Terrasse in den oberen Stockwerken hätte mit einer Leiter leicht erklommen werden können, die Balkontüre hatte vielleicht bei dem warmen Wetter offen gestanden. Ganz abgesehen von den vielen Fenstern, die sie bei ihrem ersten raschen Blick erfasst hatte. Jedes von ihnen hätte als Einstiegsluke dienen können.

Die beiden jungen Männer fielen Edwina ein, die die Assistentin des Commissario als das ständige Personal bezeichnet hatte. Wo waren sie gewesen? Warum genau zum Todeszeitpunkt nicht im Hause? Welche Aufgaben hatten sie und wie standen sie zu dem Opfer?

Überhaupt, wer hatte den Toten gefunden? Giovanni di Levia allein zu Hause hieß, es musste jemand die Leiche entdeckt haben, der einen Schlüssel zur Villa besaß.

Schlangen und andere Reptilien im Haus hatte Giorgia Punta ebenfalls erwähnt. Es gab demnach mehr arme Geschöpfe, die dringend der Fürsorge bedurften. Hatte Alceste sich darum gekümmert? Das Veterinäramt eingeschaltet? Sicher hatte er das. Er war ein Profi, wenn Edwina auch der Schnurrbart und vor allem seine Umgangsformen ihr gegenüber nicht gefielen.

Wenn Edwina etwas zu sagen hätte, würde sie sich mit Nachdruck auf die Sache konzentrieren, derentwegen der Eistüten-König überhaupt den Weg ins Fundbüro angetreten hatte: das *tödliche Poem*. Einmal mehr schüttelte sie bei der Bezeichnung den Kopf. Doch es konnte ein mögliches Motiv dahinterstecken, wenn es wider die Annahme des Commissario ein Tötungsdelikt war. Aber hatte Adriano Alceste sich bereits auf die Unfalltheorie festgelegt oder nur die lästige Wienerin damit reizen wollen?

„Wir ermitteln in alle Richtungen", hatte die Assistentin betont. Natürlich tat die Polizei das, egal in welchem Land.

Wie genau sich Dichtkunst mit Reichtum und Tierquälerei verbinden mochte, konnte Edwina nicht erfassen, bei der Recherche würde sich eine Schlussfolgerung daraus ergeben.

„Genug!", sagte sie laut. „Hör sofort auf."

Höchste Zeit, ihrem fortlaufenden Denken Einhalt zu gebieten. Denn sie steckte bereits mitten in Spekulationen. Dabei gab es vielleicht keinen Mordfall und, vor allem gesichert für Edwina, ganz persönlich keinen Grund, sich einzumischen.

„Ich habe gar nicht angefangen", antwortete eine helle Männerstimme hinter Edwina.

Sie sprang derart rasch hoch und drehte sich um, dass ihr für den Augenblick schwindlig wurde. Durch schwarze Punkte hindurch sah sie einen Pfarrer, der so jung wirkte, dass er auch ein Schüler hätte sein können, wenn er anders gekleidet gewesen wäre.

„Scusi." Edwina spürte Röte auf ihren Wangen aufsteigen. „Ich war in Gedanken. Bin gleich wieder draußen."

„Gebet und Gedanke sind immer eins, finde ich." Er lächelte freundlich. „Bleiben Sie gerne und denken Sie weiter. Haben Sie gewusst, dass die Widmung an Santa Maria Maggiore mit dem Wunder der Madonna della Neve verbunden ist? Bei vielen Kirchen in ganz Italien übrigens."

„Ist mir neu." Edwina nahm wieder Platz, der junge Mann kam an ihre Seite.

Er war mit Sicherheit jünger als Edwinas Sohn Carl, der diesen Herbst fünfundzwanzig wurde. Ihr Ein und Alles, noch vor Toni.

Das längst erwachsene Kind aus einer früheren Beziehung hatte bei der Ankunft von Edwina und Toni mit einem bis zum Dach vollbeladenen, gemieteten Kleinbus schon auf sie gewartet. Nach vier gemeinsamen Tagen war er zurück nach Wien gefahren. Wie stets hatte Edwina Tränen vergossen.

Sie schob den Gedanken an Carl zur Seite und konzentrierte sich auf den jungen Pfarrer. Sein Blick war mit einer gewissen Verzückung auf den Altar gerichtet. „Ein Schneefall war es, der am 5. August 352 nach der Geburt unseres Herrn auf dem Esquilin-Hügel stattfand. Damit hat die Jungfrau Papst Liberius und dem Patrizier Johannes den Ort angegeben, an dem die ihr geweihte Kirche gebaut wurde."

„Schöne Geschichte." Edwina wusste nicht so recht, was sie erwidern sollte. „Ich habe im Reiseführer gelesen, dass die Nordmauer ein Teil einer mittelalterlichen Festung sein könnte. Und die Wandmalereien zur alten Kirche San Martino gehören, auf der Santa Maria Maggiore errichtet wurde."

Er schüttelte den Kopf. „Nicht sicher, Signora. Das einzige bisher gefundene Dokument zum Bau der Kirche ist das Testament des Pfarrers Giovanni de Bissi aus dem Jahr 1450. In dem verpflichtet dieser seine Erben zur Zahlung einer Geldsumme für den Bau der Kirche. Ob die alte da bereits abgerissen war oder integriert wurde, weiß man nicht."

„Sehr spannend." Edwina stellte die nächste Frage, ohne nachzudenken. „Apropos Dokument: Sagen Ihnen der Name Giovanni di Levia und sein *tödliches Poem* etwas?"

Der junge Pfarrer sah sie nun direkt an. Sein Lächeln trübte sich ein. „Di Levia. Oje! Das letzte Mal, als wir hier mit ihm zu tun hatten, wollte er seine Gedichte vor einer heiligen Messe vortragen. Er meinte, die Akustik sei besonders. Wenn Blicke töten könnten, hätte mein Vorgesetzter hier eine Todsünde begangen."

„Wie ging es weiter?" Die Neugierde war auch eine Sünde, überlegte Edwina. „Wenn Sie es mir erzählen mögen."

„Gar nicht. Er verschwand. Je älter di Levia wird, desto verschrobener wird er. Warum fragen Sie, Signora?"

Edwina korrigierte den jungen Mann, der anscheinend vom Tod des Eistüten-Königs und Poeten noch nichts wusste, nicht. „Nur so. Vergessen Sie es gleich wieder."

„Die Messe beginnt um zehn Uhr dreißig, wenn Sie bleiben wollen." Er bewegte sich durch die Reihen und legte Blätter mit Liedtexten aus. „Sonst noch einen wunderbaren Tag, Signora."

Edwina quetschte sich aus der Bankreihe. „Ein anderes Mal. Grazie, padre. Ihnen auch una bellissima giornata."

Kaum im Sonnenschein, holte Edwina ihr Handy heraus und suchte den Weg zur Questura und zu Commissario Adriano Alceste. Sie war so lange mit den Ereignissen nicht fertig, bis sie ihre Fragen beantwortet fand.

„Es interessiert mich und es geht mich etwas an", flüsterte sie diesmal in den blauen Himmel hinauf.

II

Paura – Angst

8

Der weitere Start in die neue Woche verlief hektisch, mehr Touristen als gedacht betraten unter dem Klingeln des Glöckchens das Fundbüro.

Rosa war sogar bei Edwina geblieben, um den Strom an Suchenden zu bewältigen. Zeit für ein Gespräch hatte es bisher nicht gegeben. Deshalb schlug Edwina ihrer Chefin in der Mittagspause vor, einen Spaziergang zur Scaligerburg zu machen. Unterwegs würden sie einen Cappuccino trinken und eine Kleinigkeit essen.

Beim Durchschreiten des monumentalen Tores stellte sich Edwina vor, wie es wäre, wenn sie im 14. Jahrhundert hier gelebt hätte, als ein Mitglied der Famiglia della Scala. Frauen hatten im antiken Italien mehr Möglichkeiten, am gesellschaftlichen Leben teilzuhaben, als anderswo, konnten sogar ein recht unabhängiges Leben führen. Wobei es vom gesellschaftlichen Stand der Familie abhing.

Nach der beeindruckenden Sehenswürdigkeit, die den Zugang zur Altstadt markierte, folgten Edwina und Rosa den schmalen Gassen von Sirmione mit den Ziegelhäusern, den Geschäften, den Restaurants, Cafés und Eisdielen. Wohin Edwina auch sah, es gefiel ihr. Bunte Sonnensegel waren gegen die Sonnenstrahlen aufgespannt, blühende Pflanzentöpfe bildeten ein Zusammenspiel mit den alten Ziegelmauern und überall das Gefühl, in der Zeit zurückgefallen zu sein.

Mittendrin empfand sie den Lärm des Besucherstroms wie das Rauschen eines wilden Baches. In den kleinen Läden entdeckte Edwina in Sekundenschnelle mehrere Dinge, die ihr gefielen, aber sie war nicht zum Shoppen hierhergekommen.

Als die beiden die Brücke überschritten, streckte Rosa den Zeigefinger in Richtung der Festungsmauer. Sie hatte sich das graue Haar zu einem Zopf geflochten und hochgesteckt. Um ihre Schultern trug sie ein weißes Häkeltuch. Edwina ging jede Wette darauf ein, dass es selbst gemacht war.

„Früher befand sich hier eine Zugbrücke. Schau, Edwina, man erkennt noch die Löcher, in denen die Balken zum Heben der Brücke ruhten."

Sie durchschritten den Laubengang.

„Wusstest du, dass die Burg nach Napoleon eine Zeitlang unter österreichischer Herrschaft stand?"

„Nein, ehrlich?" Edwina beeindruckte das Bauwerk mit den Türmen und den Seebefestigungsanlagen jedes Mal aufs Neue. Wie von Riesen erbaut, wirkte es so, als würde es bis zu den Wolken am Himmel reichen.

Sie bestaunte die beiden Marmorwappen der Scaliger sowie den Markuslöwen. „Ich habe gelesen, dass die Burg ab dem 16. Jahrhundert ihre Bedeutung verloren hat, bis schließlich die Gemeindeämter, das Postamt, die Unterkünfte der Carabinieri und ein kleines Gefängnis hier untergebracht waren."

„So, wie du alles heute siehst, ist es nach 1919 renoviert worden." Rosa hielt an der Kasse kurz an. „Ciao, Marita." Sie lächelte einer älteren Frau zu, die sie beide wiederum durch den Eingang winkte.

„Ich werde nur noch mit dir hier flanieren, Rosa. Damit erspare ich mir den Eintritt." Edwina hakte sich bei Rosa unter.

Als sie den zentralen Innenhof betraten, konnte Edwina nicht länger ihr Hauptthema seit dem Samstag umschiffen. „Rosa, magst du mir nun ein wenig mehr über Giovanni di Levia erzählen?"

Rosa zog sich das Häkeltuch enger um die Schultern, als würde sie an diesem warmen Tag frieren. Sie löste sich von Edwina und stellte sich nah an die Mauer des Hauptturms. Die anderen Besucher – allesamt Touristen in Sandalen, engen Shorts, bunten Shirts und Hemden, mit Sonnenhüten auf den Köpfen und spiegelnden Sonnenbrillen auf den Nasen – zogen an ihnen vorbei.

„Es ist dir wichtig, nicht wahr?"

„Davvero." Ein Seufzen stieg lauter als gewollt aus Edwinas Brust hoch. „Es beschäftigt mich. Was hat der Mann wirklich im Fundbüro gewollt? Doch kein tödliches Gedicht. Oder? Du kennst mich inzwischen und weißt, ich muss es einfach wissen."

Rosa nickte. „Ich habe allerdings keine Ahnung, was Giovanni angetrieben hat. Sein Auftreten bei dir reiht sich in eine Folge seltsamer Aktionen seinerseits in der Stadt ein. Warum er eine Schlange mitgebracht hat, was er mit diesem Poem gemeint hat, das alles ist auch mir ein Rätsel. Wäre ich da gewesen, hätte er vielleicht eine Erklärung geliefert. Genauso hätte er sich auch mir gegenüber verwirrt zeigen können. Es tut mir leid, dass er derart abgebaut hat im Alter. Doch du, cara Edwina, lass los. Hier bist du Urlauberin und Aushilfe in meinem kleinen Laden. Auszeit bedeutet: Kopf aus, Lago an."

Edwina hob entschuldigend die Hände. „Schöner Spruch, aber ..."

Rosa redete weiter. „Weißt du, Giovanni di Levia kenne ich schon mein ganzes Leben lang. Wobei ich in der Vergangenheitsform sprechen muss, was mich traurig macht. Ich kannte ihn. Mich hat sein Tod durchaus erschüttert."

„Das kann ich mir vorstellen, liebe Rosa. Ein Verbrechen im Umfeld schürt Ängste."

„Ein Verbrechen? Weißt du mehr? In den Nachrichten haben sie von einem Sturz mit Todesfolge berichtet. Und dass weiter ermittelt wird."

„Die Polizei wird sicherlich genau recherchieren." Das zumindest erwartete Edwina und fragte weiter. „Wart ihr befreundet, du und Giovanni?"

Jetzt lachte Rosa auf, ein kummervolles Lachen. „Nein, Edwina. Mit Giovanni konnte man nicht befreundet sein. Man konnte für ihn arbeiten oder mit ihm verheiratet sein. Oder ein Anhänger seiner Dichtkunst, aber ich glaube, außer ihm selbst haben inzwischen nur noch wenige seiner Poesie gehuldigt. Früher mochte ich, was er über das Leben fabuliert hat. Es war nie weltbewegend, aber zumindest ganz ansprechend und, im Gegensatz zu seinen neueren Werken, verständlich."

„Hat er einmal ein Poem geschrieben, das jemanden getötet hat?"

„Niemals." Der Blick von Rosa drückte Erstaunen aus. „Hört sich nach einer seiner wirren Geschichten an. Das Alter ist nicht freundlich mit ihm umgegangen, würde ich sagen. Das Nachlassen der geistigen Fähigkeiten verändert Menschen. Er war nicht immer so, wie du ihn erlebt hast."

„Bitte, erzähl mir mehr." Edwina merkte, dass sie einen bettelnden Ton angenommen hatte, wie ein Kleinkind, das ein Eis möchte. „Eistüten-König, Womanizer, Hotelbesitzer, Dichter und am Ende ein verwirrter Greis mit einer armen Natter im Gepäck."

„Himmel, ja, diese Vorliebe für Reptilien. Gott allein weiß, warum er diesen Spleen entwickelt hat. Laut den Gerüchten hat es nach der dritten Eheschließung begonnen. Wobei ich nicht sage, dass das eine mit dem anderen zusammenhängen mag."

„So viele Storys gibt es hier, die nicht zusammenpassen."

„Also gut." Nun seufzte Rosa. „Dann versuche ich, die Einzelteile für dich zu verknüpfen. Giovanni ist in Sirmione geboren, er ist etwas älter als ich. Seine Urgroßeltern, Bisnonna aus Tirol, Bisnonno von Brescia, haben hier eine Eisdiele aufgemacht. Ihr Sohn hat das Geschäft ausgeweitet. Gefolgt von Giovannis Vater, der allerdings beinahe alles wieder verloren hat wegen seiner Spielsucht. Schließlich Giovanni selbst. Er hat alle seine Verwandten überflügelt. Ehrgeizig war er und, ich gestehe es, gutaussehend."

Wenn Edwina an den hageren Mann mit den ungekämmten grauen Haaren und den eingefallenen Wangen dachte, konnte sie sich das kaum vorstellen.

„Mit dem Verkauf von Eistüten ein Vermögen zu scheffeln, ist schon bemerkenswert, das erkenne ich an."

Rosa nickte. „Mehr noch, er hat den bankrotten Hotelkomplex Astoria beim Rivoltella-Strand vom Onkel seiner zweiten Frau übernommen und die Anlage zu einer Fünf-Sterne-Residenz gemacht. Die Villa, die seit dem Kauf seinen Namen trägt, war in früheren Jahren ein Schmuckstück. Dort zu wohnen, passte zu ihm. Ein erfolgreicher Mann, wirklich. Dazu berühmt für seinen charmanten Umgang mit Frauen, seine Affären sind zahllos."

„Klingt nach einem Film. Allerdings einem der früheren Monumentalschinken."

„Oh, Edwina, ja! Ein italienischer Film, gedreht in der Cinecittà in Roma." Ein Schmunzeln zeigte sich auf Rosas Lippen. „Vor Jahrzehnten hat Giovanni tatsächlich herrliche Liebesgedichte geschrieben. Seine zweite Frau hat einmal eine Lesung mit einem berühmten italienischen Schauspieler organisiert. Dort war ich mit meiner Tochter Elena. Wir waren begeistert."

Rosa machte eine Pause, das Schelmische verschwand sofort wieder und wurde durch eine Melancholie ersetzt. Selten erwähnte Rosa die verstorbene Mutter ihres geliebten Enkels Bruno. Edwina hatte durch Beatrice von dem Schicksalsschlag erfahren, der Rosa und Bruno vor Jahren getroffen hatte.

„Ich kann dir nicht sagen, Edwina, wann es bei Giovanni gekippt ist. Ich erinnere mich nur, dass es erst in einer der kalten Jahreszeiten Gerüchte gab, wenn die Touristen weniger wurden und die Alteingesessenen wieder mehr Zeit zum Tratschen hatten. Erst baute Giovanni körperlich ab, dann geistig, einige sprachen von beginnender Demenz. Möglicherweise eine Alzheimererkrankung. Doch ich weiß, dass er Ärzten nie vertraut hat. Sicher ist aber, er vernachlässigte sich selbst, die Villa, seine dritte Ehefrau. Die poetischen Anwandlungen wurden obsessiv, er lief durch die Stadt, las vor, nein deklamierte und schimpfte gleichermaßen. Nur seinen Geschäftssinn, den hat er sich wohl erhalten. Ich habe nie gehört, dass er kurz vor dem Ruin gestanden hätte. Ende der traurigen Geschichte."

„Warum hatte er bloß diese Schlange mit dabei, als er ins Fundbüro gekommen ist?"

„Was fragst du mich das schon wieder, Edwina? Nur, weil ich mit ihm in derselben Stadt gelebt habe, weiß ich nicht, warum er sich so merkwürdig verhalten hat. Ja, ich kannte ihn. Nein, ich habe mich nicht um seinen Verfall gekümmert. Es gibt immer wieder Menschen, die im Alter seltsam werden. Geh am besten zur Polizei und erkundige dich. Du hast die Kontakte."

Hab ich eben nicht, wollte Edwina einwenden.

Rosa von ihrer Begegnung mit Commissario Adriano Alceste berichten, seiner abweisenden Art, ihrem Trick, sich einzuschleichen, der gescheitert war, all das wollte Edwina nicht. Ihre Aussage hatte sie längst gemacht, ein Angebot, ihn als Fachfrau auf dem Gebiet der Kapitalverbrechen zu unterstützen, ebenfalls. Eine Reaktion ließ auf sich warten, würde wahrscheinlich nie kommen.

„Ich dachte mir, jemand von hier ist die bessere Quelle", erwiderte sie deshalb. „Hatte er Kinder?"

„Nicht, dass ich wüsste." Rosa sah nach oben, in den inzwischen vollkommenen blauen Himmel. „Komm, lass uns weitergehen. Genug Gerede über andere. Wir könnten den Hauptturm hochsteigen. Das tut dem Kreislauf gut und die Aussicht über den Lago ist herrlich. Bist du schon im Hof des Hafenbeckens gewesen? Dort führt ebenfalls eine Treppe hinauf. Folge mir."

***

Edwina war ins Keuchen gekommen, die alte Rosa nicht.

Als sie im Wehrgang standen und auf das trapezförmige Hafenbecken schauten, drehte sich Rosa einmal im Kreis, als wollte sie die ganze Umgebung, die Türme, die Boote, das Wasser und die dicken Mauern in sich aufsaugen.

Unerwartet fasste sie Edwinas Hand. „Mein verstorbener Mann hat mir vor diesen Mauern vor einer Ewigkeit seine Liebe gestanden. Er fehlt mir nach all den Jahren immer noch. Nachdem ich auch noch meine Tochter verloren hatte und mein Enkel seine Mutter, bin ich mit Bruno oft hierhergegangen. Wir haben uns Geschichten über Gardasee-Piraten ausgedacht, die versuchen wollten, Sirmione zu erobern. Es hat ihm gefallen."

„Es tut mir leid, dass deine Liebsten so früh verstorben sind. Verluste hinterlassen Wunden. Selbst wenn sie vernarben, schmerzen sie immer noch. Ich trauere manchmal um meinen Vater, obwohl wir ein kompliziertes Verhältnis hatten. Aber ein Kind zu verlieren, wie du deine Tochter, stelle ich mir gewaltiger vor."

„Erst mein Mann, dann Elena. Wobei Roberto um einiges älter war als ich. Er hatte ein Leben, Elenas war zu kurz. Gut, dass Roberto vor ihr gegangen ist. Doch nicht für mich ist es am schlimmsten, sondern für Bruno. Er war erst elf."

„Und sein Vater?"

Ein verbitterter Zug zeigte sich auf Rosas Lippen. „Elena hat nur einmal darüber geredet. Ein – wie sagen die jungen Leute? – One-Night-Stand. Eine kurze Affäre. Egal. Elena war alles, was Bruno brauchte. Eine wunderbare Mamma. Danach habe ich versucht, ihm die Familie zu sein. Ich habe das Privileg, Elena viel länger an meiner Seite gehabt zu haben als er."

„War es eine Krankheit oder ein Unfall? Wenn du es mir sagen magst."

„Heute rede ich viel. Mein Mund tut schon weh, aber du sollst es wissen." Rosas Griff wurde fester, als müsste sie sich an Edwina festhalten. „Elena litt unter akuter myeloischer Leukämie. Eine Krebserkrankung der weißen Blutkörperchen. Trotz der Behandlung hat es von der Diagnose bis zum letzten Atemzug keine vier Monate gedauert. Eine wirklich schlimme Zeit. Bruno hat im ersten Monat nach dem Tod seiner

Mamma kein Wort mehr geredet, kein einziges. Danach blieb er lange ein verschlossenes Kind, ein einsames Kind. Erst nach und nach hat er sich wieder dem Leben eines jungen Menschen geöffnet. Als er seinen ersten Freund von der Schule mit nach Hause brachte, habe ich geweint. Vor Freude."

Das weiße Häkeltuch rutschte Richtung Boden. Mit einer schnellen Reaktion konnte Edwina es auffangen. Sie legte es auf Rosas Schultern zurück. Plötzlich fröstelte auch sie.

„Was meinst du, Edwina?" Rosa deutete auf die Stadt. „Ein Gelato auf dem Weg zurück?"

„Gerne. Ich gebe eines aus."

„Machen wir die Erben von Giovanni di Levia, dem *re dei ghiaccioli*, noch um ein paar Euro reicher."

„Ich dachte, di Levia hatte keine Kinder, Rosa."

„Natürlich nicht. Aber irgendwer wird schon erben."

Rosa ließ Edwinas Hand los, drehte sich abrupt um und machte sich auf den Rückweg.

9

Nicht einmal bei einer beeindruckenden Wanderung zur Rocca di Manerba einen Tag später konnte sich Edwina zur Gänze vom Thema Mord oder Unfall ablenken. Obwohl es ein Erlebnis war.

Im Parco Archeologico Naturalistico ging es los. Eine Gruppe von neun Touristen, denen sie sich angeschlossen hatte, plus einem Führer, der Edwina in seinem rot-weiß-rot gestreiften T-Shirt an die Flagge von Österreich denken ließ.

Der erste Weg führte über die Via Rocca ein Stück bergauf durch ein gemauertes Portal. Die alten Steine strahlten neben Hitze eine Erhabenheit und zugleich Gelassenheit aus, als hätten sie alles bereits gesehen, zu dem Menschen fähig waren, und aus dem Grund das Recht, über den Dingen zu thronen.

Weiter über Treppen und Holzstege folgten die Wanderer dem Gruppenleiter hinauf bis zur Ausgrabungsstätte und den Überresten der ehemaligen Langobarden-Festung. Final am Gipfelkreuz der Rocca di Manerba wurde Halt gemacht und das Rundumpanorama nahm Edwina beinahe den Atem. Der Blick auf die Berge, Monte Pizzocolo und Monte Baldo wie Colline della Valtènesi, ließ auch die anderen für einen Moment verstummen. Dazu das Wasser des Lago, so unfassbar blau, als würde er den Himmel nachahmen.

Einfach zu schauen, genügte.

Der Gipfel war durch einen Schützengraben umrundbar. Edwina imaginierte sich diesmal, wie es gewesen sein musste, dort zu hocken, voller Angst und Ungewissheit. Jede Anstrengung der Welt war es wert, Kriege, wo auch immer auf dem Globus, zu verhindern.

Auf steilen Stufen mit lockerem Geröll, zum Teil seilgesichert, stiegen sie wieder hinab. Eine Schlange, die sich auf einem der Steine sonnte, huschte ins Gebüsch. Ihre Schuppen schimmerten in einem grünlich-gelben Ton. Die drei Männer in der Gruppe zuckten erschrocken zurück, die Frauen, inklusive Edwina, versuchten, das Tier weiter zu beobachten.

„Ah, eine Zornnatter", stellte der Wanderführer fest.

„Sie beißen zu und lassen nicht mehr los." Edwina legte ihr Wissen offen. Ein wenig reizte es sie, von ihrem Spitznamen zu erzählen, aber diese Offenbarung hätte eine Menge Fragen der Mitwandernden ausgelöst, deshalb hielt sie sich zurück.

„Stimmt." Der Österreichflaggen-Mann hob den Daumen. „Die Zornnatter ist eine ungiftige Schlange, die ihren Namen genau der Eigenschaft verdankt, dass sie gerne zubeißt, wenn sie gefangen wird. Sie lässt nach dem Zubeißen nicht sofort wieder los, sondern macht eine Art Kaubewegung. Eine tagaktive Schlange. Ernährt sich von Mäusen, Eidechsen und kleinen Vögeln. Auch das Gift der Viper scheut sie nicht. Weiter geht's."

Edwina war versucht, die Begegnung als Omen zu interpretieren, sich in den Fall des toten Eistüten-Königs einzubringen, aber sie wischte die Überlegung wieder beiseite. Auszeit ist Auszeit, Kopf aus, Lago an, wie Rosa es formuliert hatte.

Eine nächste kurze Pause in einer schattigen Waldsenke mit Wegkreuzung nutzte Edwina mit einer anderen Frau, um einen Abstecher nach rechts zu einem Biotop zu machen. Dort führte sie ein Pfad zu einem Aussichtspunkt direkt am Abgrund, einer Felskante, die tief zum Seeufer abfiel, an dem sich versteckt einige romantische, schmale Badestrände zeigten.

Wer hier stürzt, fällt tief und tödlich, philosophierte Edwina und hatte dabei leider sofort wieder Giovanni di Levia im Fundbüro vor Augen. Kein Argument vom Commissario würde ausreichen, dass sie an die Theorie eines Unfalls glaubte. Wobei der sich, wie erwartet, nicht gemeldet hatte. Es war bestimmt vollkommen in Ordnung aus seiner Sicht, aber Edwina kämpfte mit der Frustration darüber.

Warum sollte er sie denn kontaktieren, argumentierte sie gegen sich selbst und ihre Gefühle. Chefinspektorin Edwina Teufel war in ihrem Sabbatjahr, nicht tatsächlich außer Dienst, wie es so schön hieß, aber ohne Befugnisse. Hier war sie Signora Teufel, eine Gardasee-Bewohnerin auf Zeit, die la Dolce Vita genoss und sich ein Stückchen Langeweile in einem Fundbüro vertrieb. Noch dazu war ihr erstes Auftreten am Tatort ein peinliches gewesen.

Weiter mit dem Ausflug, weg mit dem Sinnieren, befahl sich Edwina.

Endlich am Betonturm Casello angekommen, bevor es in ein Waldstück ging, lösten sich die Grübeleien über Giovanni di Levia und Commissario Alceste auf. Im Yachthafen von Porto Dusano, an dem die Gruppe baden ging, gab es für Edwina nur noch den Olivenduft des Wassers, die Sonne und den Liebreiz der Landschaft.

***

Am folgenden Morgen war Edwina wieder unruhig, um nicht zu sagen unleidlich. Als säße ihr die schlechte Laune im Nacken, wie Toni es formulierte.

Schon vor dem Frühstück grübelte Edwina über die Begegnung mit dem Mann, der es zu Reichtum und schönen Frauen gebracht hatte und der doch im Alter einsam und verwirrt geworden war. Sie ging die Szene ein ums andere Mal durch, versuchte, Zusammenhänge zwischen seinem suchenden Anliegen und seinem Tod herzustellen. Aber außer den Geschichten, die ihr Rosa erzählt hatte, hatte sie nichts in der Hand, das sie weiterbringen konnte.

Einzig Beatrice hatte Edwina nach ihrer Rückkehr gestern Abend noch mit schaurigen Details versorgt, die sie allerdings nicht glauben wollte.

„Ein faustgroßes Loch im Schädel hatte er, als man seinen leblosen Körper entdeckt hat. Drei Meter tief ist er gefallen, über die gesamte Treppe", hatte die Nachbarin mit schreckensgeweiteten Augen berichtet, in denen die Sensation zu erkennen war. „Jemand hat seine schlechten Gedichte nicht mehr ertragen und ihn bei einer Verfolgungsjagd bis in die Bibliothek und dort auf eine Leiter gezwungen. Eine streunende Katze, die ins Haus eingedrungen ist, hat ihn dann absichtlich zu Fall gebracht, weil er sie nicht füttern wollte."

„Beatrice, woher hast du diese widersprüchlichen Informationen?"

„Im Friseursalon erzählt man es sich. Ich höre zu und gebe es nur weiter, Edwina."

„Das ist keine Quelle, sondern ein Hort der Legenden. Wie es auch das Internet oft ist. Dort habe ich ähnliche Storys wie deine gefunden."

In den sozialen Medien war der Abgang des Eistüten-Königs nur kurz interessant gewesen, inzwischen hatten sich genug banale und abstruse Dinge ereignet, die die Internetgemeinde viel lauter aufschreien ließen. In der Presse gab es einiges an Artikeln, aber ohne konkrete Neuigkeiten zu Ermittlungsergebnissen. Nach dem ersten Aufschrei auf Seite eins zum Tod des Eistüten-Königs von Sirmione war die weitere Berichterstattung nach hinten gerutscht.

Edwinas Handy klingelte beim ersten Kaffee, aber es war eine ihr unbekannte Polizeibeamtin, die eine Nachfrage zu Edwinas Angaben hatte. Adriano Alceste selbst schien sich mit einem Tod durch Sturz, sprich einem Unfall, abgefunden zu haben. Der einfachste Weg, aber eben falsch, wie Edwina sich sicher war. Doch ihr waren die Hände gebunden, was sie mehr und mehr ärgerte. Sie war eine Zornnatter, die sich in ihren eigenen Schwanz biss.

„Geh bitte schwimmen, geh noch mal wandern, iss Eis oder kauf dir was Schönes." Toni sah sie hilflos an, bevor er sich auf den Weg zur Arbeit im Astoria machte. Im Gegensatz zu ihr blühte er förmlich auf. Heute sollten die Zitronenbäume geliefert werden, die entlang der Begrenzung des äußeren Frühstücksbereichs abwechselnd mit Oleander ihren Platz erhalten würden. „Wenn du magst, begleite mich. Die Tongefäße, in die die Bäumchen kommen, sind von einem bekannten Künstler gemacht und verziert worden. Sie würden dir gefallen."

„Ich bleibe zu Hause. Du hast deine Gartenideen, ich meine schlechte Laune. Damit hat jeder von uns was zu tun."

„Winnie, es gibt keinen Grund." Er warf ihr zum Abschied einen Kuss zu, den sie nicht erwidern wollte. „Sei froh, dass dich der Commissario nicht angerufen hat. Du hast deine Aussage gemacht, das genügt."

„Mein Grant hat nix mit dem Mord zu tun." Sie fiel tief ins Wienerische. Wie stets, wenn sie zornig wurde. „Abgesehen davon, dieser Kieberer is a Beidl."

„Warum beleidigst du den Polizisten? Du kennst ihn nicht. Chi troppo vuole, nulla stringe, mia bellissima Edwina."

„Genau, Toni: Wer zu viel will, hat am Ende nichts. Ich will doch nur wenig. Nur eine Info vom Commissario." Edwina gab sich empört. „Fahr los, sonst erwischt dich noch mein Unmut voll und ganz. Das will ich nicht, kann es aber auch nicht verhindern. Wir sehen uns am Abend. Ich krieg mich schon wieder ein."

Kaum war ihr Liebster weg, setzte sich Edwina demonstrativ mit einer Zeitschrift auf die Terrasse. Sie versuchte, abwechselnd die Aussicht zu genießen und eine Seite umzublättern, bis ihr Hirn einmal mehr überlegte, was ein *tödliches Poem* sein könnte.

Das nächste Handyklingeln riss sie aus dem Dreiertakt. Jetzt erst fiel ihr auf, dass sie das Magazin verkehrt herum gehalten hatte, was ihr immerhin ein Lächeln entlockte.

Sicherlich rief Beatrice an, die Anschluss suchte und beobachtet hatte, dass Toni weggefahren war. Oder mit etwas Glück war es Edwinas Sohn. Ihn nach dem Neuesten aus Wien auszufragen, wäre eine gute Ablenkung.

Doch die Nummer war Edwina unbekannt. „Pronto! Wer spricht?", meldete sie sich etwas unfreundlich.

„Signora Teufel, oder besser, Chefinspektorin. Buongiorno!" Es war der Commissario. Edwina konnte ihn vor sich sehen, den schmalen Mann mit den dunklen Haaren und dem Schnurrbart. „Sie klingen verschnupft. Alles in Ordnung bei Ihnen?"

In der Sekunde, in der er sie mit ihrem Titel angesprochen hatte, war Edwina klar, dass es sich nicht um einen Höflichkeitsanruf handelte. Dafür war Adriano Alceste nicht der Typ. Überhaupt hätte er sich niemals wieder gemeldet, wenn sich nicht etwas Wichtiges ergeben hätte. Etwas ziemlich Aufregendes, mutmaßte Edwina. Etwas, das ihn quasi gezwungen hatte, ihre Daten herauszusuchen und anzurufen.

Ohne es verhindern zu können, schlug ihr Herz rascher, ein leises, singendes Pfeifen entstand in ihrem linken Ohr. Jetzt durfte sie nur nicht die Nerven verlieren und vorpreschen. Dass er sie kontaktierte, war genau die Entwicklung, auf die sie gehofft hatte.

„Mir geht es hervorragend, lieber Commissario." Ihre Stimme wechselte sofort zu einem Flötenton, was Edwina amüsierte. „Mit Ihnen habe ich nicht gerechnet. Trotzdem schön, dass Sie mich nicht vergessen haben."

„Wie könnte ich, Chefinspektorin. Eine Frau wie Sie bleibt einem im Gedächtnis."

Oh mein Gott, er raspelt Süßholz, dachte Edwina, der Grund seines Anrufs musste eine gewaltige Überraschung sein.

„Womit kann ich Ihnen dienen, Commissario?"

Ein Seufzen am anderen Ende der Leitung erklang. Edwina wurde bewusst, dass ihn der Anruf nach dem Streitgespräch vor der Villa eine ziemliche Überwindung gekostet haben musste.

„Edwina Teufel, Sie hatten recht. Die Unfalltheorie ist längst passé. Die Ermittlungen zu einem Kapitalverbrechen ziehen sich jedoch in die Länge. Alles dauert."

Seine Offenheit erstaunte sie nun doch. „Commissario, es war also ganz klar Mord."

„Vielleicht. Noch einmal fassen wir nicht zu schnell ein Urteil."

„Wir?", fragte Edwina nach. Oder nur du, Adriano, dachte sie.

„Mein Team, darunter Ispettore Punta, die Sie bereits kennen. Auch mein Vorgesetzter, der leider auf einen zu schnellen Abschluss gedrängt hat." Sein Ton wechselte von süßlich zu ernst.

„Was hat Ihre Meinung geändert?" Edwina ging nach dem anfänglich zuckrigen Austausch in medias res. „Bitte, gestehen Sie!"

„Haha. Natürlich die Ergebnisse der Obduktion. Dottor Manuel Locatelli hat eine mögliche Ursache festgestellt, die durchaus den Sturz verursacht haben könnte. Sehr ungewöhnliche Umstände, möchte ich betonen." Er räusperte sich. „Wobei unser Rechtsmediziner nichts mit dem Fußballspieler von Juventus Turin zu tun hat. Bloß eine Namensgleichheit. Was ich bedaure, weil ich diesen Club mag und gerne mit einem prominenten Spieler Kontakt hätte."

Edwina war diese halbprivate Mitteilung vollkommen egal, sie war eher ein gemäßigter Fußballfan, den höchstens Endspiele bei großen Turnieren interessierten. „Ich bin ganz Ohr. Bitte, klären Sie mich im Sachverhalt di Levia auf."

Diesmal hustete er am anderen Ende der Leitung. „Anders, Chefinspektorin Teufel. Ich würde Ihnen in einer halben Stunde einen Wagen vorbeischicken. Der Kollege bringt Sie zu mir an den Tatort. Zur Villa. Dort reden wir."

Warum auf einmal der Zusammenschluss, überlegte Edwina. Warum will er mich jetzt einbinden?

Die Wissbegierde ließ sie mit einem Laut, der mit dem Ohrpfeifen korrespondierte, Luft holen.

„Haben Sie damit ein Problem, Chefinspektorin?"

„Unsinn. Sie kennen ja die Adresse, Commissario. In zwanzig Minuten stehe ich unten vor der Tür."

10

Von außen war die Villa des verstorbenen Giovanni di Levia ziemlich eindrucksvoll anzusehen.

Durch das Tor und über die weitläufige Gartenanlage kam Edwina diesmal bis zum Eingangsbereich. Das Gebäude, aus rötlichen Ziegelsteinen errichtet, glich in seiner Wucht eher einer Burg mit zwei turmähnlichen Seitenteilen und einer breiteren Mitte. Ein Wappen, das Edwina nicht kannte, zierte als Holzschnitt das Relief.

Bei ihrem zweiten Versuch, den Tatort in Augenschein zu nehmen, hatte sie niemand aufgehalten, im Gegenteil. Sie war von einem Uniformierten abgeholt und nach Ankunft bis zum Eingang begleitet worden. Er hielt ihr die schwere, mit Holzornamenten verzierte Tür auf, blieb selbst aber draußen stehen. Nicht einmal ihren Ausweis hatte sie vorzeigen müssen.

Aufgefallen waren ihr auf dem Weg der wuchernde Rasen und die Hecken, die dringend eines Schnittes bedurften. Wäre Toni an Edwinas Seite, er hätte sich wohl direkt an die Arbeit machen wollen.

Hinter einer Gruppe von Bäumen entdeckte sie die Statue einer römisch gekleideten Frau, deren linker Arm abgefallen war und achtlos am Boden lag. Ein Brunnen schloss sich daneben an, ohne Wasser, vertrocknet und mit Zweigen gefüllt. Eine leere Bank, deren Anstrich abgeblättert war, verstärkte den Eindruck einer vergangenen Schönheit, die der Tristesse Platz gemacht hatte.

Als sie hochsah, fielen ihr die geschlossenen Fensterläden auf, ein Dutzend, wenn sie richtig zählte, die in einem verblassten Grün gehalten waren. So, als wollte das Haus vor dem Tod seines Besitzers die Augen verschließen. Nur eine Terrassentür im ersten Stock war geöffnet. Dahinter waren Gestalten zu erkennen, die unruhig hin und her liefen.

Im Inneren setzte sich das Gefühl einer verlorenen Pracht mit Intensität weiter fort. Was für ein Fest für die Besucher hätte die Villa di Levia sein können, wären nicht überall die Spuren von Vernachlässigung sichtbar gewesen.

Im Empfangsbereich zeigte ein Gemälde linker Hand eine Jagdgesellschaft. Doch an den Hunden, die zu Füßen von elegant gekleideten Damen und Herren saßen, hatte jemand die Augen bemalt. Schwarze Kreise entstellten die Tiere, unangemessen und schändlich gleichermaßen.

Zentral führte eine Treppe nach oben. Rechter Hand stand eine Flügeltür offen, die in einen dämmrigen Bereich führte. Lichtpunkte schimmerten wie Sterne durch die geschlossenen Fensterläden, um sie herum tanzten Staubflocken. Kurzerhand wählte Edwina diesen Weg, um sich ungestört einen weiteren Eindruck zu verschaffen.

Sie zückte ihr Handy und schaltete die Taschenlampenfunktion ein. Der Marmorboden in einem schwarz-grauen Schachmuster war unsauber und staubig, hinter ihr zeichneten sich ihre Fußabdrücke ab.

Sie trippelte einen breiten Gang entlang. Die Decke über ihr war hoch und in Abschnitten mit Lüstern bestückt. An den Seitenwänden hingen weitere Gemälde, die Szenen einer Familienfeier, Porträts aus früheren Jahrhunderten und die Villa selbst im Glanz einer vergangenen Periode zeigten. Drei Türen links führten in weitere Räume, doch sie alle waren verschlossen, wie Edwina feststellte.

Auf einer üppig verzierten Anrichte, die jeden Antiquitätenhändler in Verzückung versetzt hätte, türmten sich Schuhschachteln neben einer Anhäufung von losen Papieren. Als sie sich die Schriften ansehen wollte, stob eine Staubwolke hoch, die sie zum Husten brachte. Das Gekritzel auf den Bögen konnte sie nicht entziffern.

Der Gang endete vorerst mit zwei breiten Marmorstufen nach unten, über die Edwina fast gestolpert wäre. Sie schaffte es gerade noch, sich an der Mauer abzustützen.

Von dort öffnete sich der Raum zu einer weitläufigen Küche, die sich zu Edwinas Überraschung modern und fast wie neu entfaltete. Kurios war hier das Fehlen jeglicher Kochutensilien. Edwina öffnete ein paar der Schränke, aber die gähnten ihr leer entgegen. An der Fensterbank stand ein Blumentopf mit vollkommen verwelktem Basilikum.

Schritte hinter ihr rissen sie aus ihrer Begutachtung.

„Edwina Teufel." Der Commissario hatte die Hände in die Hüften gestemmt. Im Licht der Handylampe meinte Edwina, dass sein Schnurrbart frisch gestutzt aussah, was sie amüsierte. „Sie sollten nicht allein herumstromern, hier kann man sich verlaufen."

„Buongiorno, Commissario", Edwina beendete die Handyfunktion, im Dämmerlicht wirkte Alceste wie ein schmales Gespenst. „Ich stromere nicht, ich versuche, ein Gefühl für das Zuhause des Ermordeten zu bekommen."

„Folgen Sie mir. Sie werden staunen."

Er machte kehrt, stolperte wie eben Edwina fast über eine der beiden Stufen. Sie lief wieder mit Trippelschritten hinter ihm her. Aus einem undefinierbaren Grund fiel ihr in dem Gebäude das feste Auftreten schwer.

„Danke, dass Sie sich gemeldet haben." Edwina versuchte, direkt ein Gespräch zu starten. Sie hoffte auf die Neuigkeiten, die er ihr versprochen hatte. „Das meine ich ernst."

Doch bis zur Haupttreppe im Eingangsbereich blieb der Commissario schweigsam. Erst dort legte er einen Stopp ein. „Greta Galli hat nach der Trennung einiges an Mobiliar und an Gegenständen abholen lassen. Das ist die Exfrau. Also, die letzte. Falls Sie sich über die leeren Flächen gewundert haben. Und sie hat ein Alibi. Eine Freundin war bei ihr."

Fast wäre Edwina in ihn hineingelaufen. Ihr Oberkörper beugte sich leicht nach vorne. „Die Küche wirkt neu, aber die Utensilien sind fort. Kein Topf, kein Teller."

„Auch kein Kühlschrank. Herd und Spüle sind fest eingebaut, die stehen noch. Im ganzen Gebäude fehlen zum Großteil Möbel. Laut den Angestellten war die Gattin diejenige, die sich um die Einrichtung gekümmert hat. Überhaupt um das meiste. Aber nur bis zur Trennung. Die Stücke, die in den Zimmern verblieben sind, sind antiquiert. Haben, anzunehmen, immer schon hierhergehört."

Edwina dachte an die Erzählungen von Rosa und die Bemerkungen von Beatrice. Giovanni di Levia hatte wohl die letzten Jahre in einem Zustand des fortschreitenden Verfalls gelebt. Er und seine Villa waren miteinander langsam dabei gewesen, sich aufzulösen. „Es ist ein Haus, aus dem sich das Leben zurückgezogen hat."

Der Commissario sprintete nun den Aufgang nach oben. „Nun ja, Leben an und für sich gibt es in der Bude genug."

„Bude ist ein vermessener Ausdruck für diesen Prachtbau. Was meinen Sie mit Leben?" Edwina kam nur mit Mühe hinterher. So gerne sie lange Strecken zu Fuß zurücklegte, so ungern stieg sie Treppen hoch. „Was erwartet mich?"

„Die Bibliothek. Das Studierzimmer. Oder anders: der Raum der Poesie, wie die Herren Stacherer und Brand mir erklärt haben."

„Wer?"

„Felix Stacherer, sein Sekretär und Assistent. Und Luis Brand, der Chauffeur. Freuen Sie sich, Chefinspektorin, es sind Landsleute von Ihnen."

Am Treppenabsatz standen zwei junge Männer, die Brüder hätten sein können. Beide groß, beide helle Haare, der eine einen Undercut-Haarschnitt, der andere Locken. Sie trugen jeweils ein blaues Hemd zu einer Jeans und darüber ein leichtes Sakko. Der eine in Grau, der andere in Beige.

„Hallo!" Edwina hob die Hand zum Gruß. „Edwina Teufel. Aus Wien."

„Griaß Gott, g'freut uns", antwortete der Lockenkopf knapp in seinem Dialekt, bevor er ins Italienische schwenkte. „Commissario Alceste hat Sie schon angekündigt."

Aus Tirol, dachte Edwina. Zumindest der eine. Wie Giovanni di Levias Urgroßmutter.

Bevor Edwina den zweiten jungen Mann und die anderen Anwesenden im oberen Bereich näher in Augenschein nehmen konnte, erfasste ihr Blick weitaus Ungewöhnlicheres.

Ihr blieb erst mal der Mund offen stehen.

Der sogenannte Poesieraum war eine wundervolle Bibliothek, die ihresgleichen suchte. Regale voller Lesestoff bis an die hohen Decken, die mit Stuck verziert waren. In der Mitte ein massiver Kronleuchter, der über einem antiken Schreibtisch angebracht war. Der Stuhl dahinter ebenfalls ein antiquarisches Juwel mit verzierten Armlehnen und besticktem Sitzpolster. Den Boden bedeckten Perserteppiche. Ein dunkelrot bezogener Lesesessel mit breiten Ohren, davor eine Fußbank, dem Tisch gegenüber. An den Fenstern neben der Tür zur Terrasse Sitzbänke mit ebenfalls samtroten Kissen.

Wunderbar anzusehen auch die Leitern an den Regalwänden, die einem interessierten Leser die Möglichkeit boten, an die Bücher ganz oben zu gelangen. Alles lud förmlich zum Verweilen und Schmökern ein. Einzig fehl am Platz schien ein blauer Klappstuhl aus Holz, der an den Schreibtisch gelehnt war.

Doch nicht die opulente Bibliothek machte Edwina für eine Weile fassungs- und sprachlos. Denn unter dem Licht des Kronleuchters konnte sie dazu noch völlig Unerwartetes erkennen, das einzig ein Stöhnen aus ihrer Brust aufsteigen ließ.

Übereinandergestapelte Glasterrarien mit Schlangen unterschiedlicher Arten. Auf einer Ablage ein Behälter mit einer Vogelspinne. Als wäre das nicht genug, lagerten vor einer der Regalwände Boxen mit anderem Getier am Boden. Sie trat näher, konnte eine Gottesanbeterin auf einem dünnen Zweig sehen, daneben eine kleine Schildkröte. In einigen der viel zu kleinen Terrarien waren träge Bewegungen zu erkennen, aber da waren auch Boxen, in denen es kein Leben mehr zu geben schien.

Neben einer tödlichen Dichtkunst hatte der Hausherr wohl eine tragische Faszination für Reptilien, Insekten und Spinnentiere gehabt. Edwina erinnerte sich an Rosas Worte zu seinem neuen Spleen im Alter und an Ispettore Puntas Anmerkung.

„Herrschaftszeiten!" Edwina unterbrach ebenfalls mit einem österreichischen Ausruf ihre Sprachlosigkeit.

Adriano Alceste machte eine Geste, die das gesamte Zimmer umfasste. „Hier hat der Mann seine meiste Zeit verbracht, laut den beiden Herren. Ich nehme an, auch die Schlange, mit der er bei Ihnen im Fundbüro erschienen ist, kommt von hier."

„Die armen Geschöpfe." Edwina waren im Moment der Tote und die Verbrechensaufklärung egal. Sie hob ihre Stimme an. „Warum hat man sie nicht längst abgeholt und woanders versorgt?"

„In einer Stunde haben sich die Mitarbeiter aus dem Reptiland angekündigt. Die werden die Tiere mitnehmen und unterbringen." Der junge Mann mit dem Undercut kam an Edwinas Seite. „Einige könnten wir wohl auch in die Freiheit entlassen. Der Chef hat oft wahllos auf seinen Spaziergängen Nattern und Ottern eingefangen und sie gehalten."

„Warum das denn? Was hat das ihm gebracht?" Edwina rang um Fassung.

Der junge Mann zuckte mit den Schultern. „Er war eben so. Wenn ich ehrlich bin, war ich froh, dass ich ihn bloß chauffiert habe und selten ins Haus musste. Der Felix war schlimmer dran."

„In letzter Zeit hat er mich kaum gebraucht", der andere Beschäftigte von di Levia gesellte sich zu ihnen. „Wie ich der Polizei bereits erklärt hab, bin ich auch am Todestag nur zufällig vorbei, weil ich ein fehlendes Dokument für die Steuererklärung abholen wollt. Online ging beim Chef nichts, alles, was nur möglich war, musste auf Papier sein, das er zwischen den Fingern spüren konnte. Luis und ich, wir wohnen beide nicht im Haus, was den Wünschen von Signor di Levia entsprochen hat. Er wollte die Villa ganz für sich. Ehrlich gesagt, uns war das sehr recht."

„Heute soll die Spurensicherung fertig werden. Zumindest fürs Erste." Der Commissario beobachtete fasziniert eine Würfelnatter, die sich in ihrem Terrarium an der Scheibe nach oben wandte. „Deshalb haben wir mit dem Abtransport gewartet."

„Gibt's noch mehr?" Edwina beugte sich nach unten zu einer größeren Box hin, die jedoch leer war.

Alceste schüttelte den Kopf. „Wir haben die Villa durchsucht. Nur hier hat er die Tiere gehortet."

Es knackte in ihrem Rücken. Edwina richtete sich wieder auf. Jetzt erst nahm sie die anderen Anwesenden in der Bibliothek genauer wahr. Vier männliche Polizeibeamte. Im Raum verteilt registrierte sie nun auch Tafeln mit Nummern, die Spurensicherung hatte den halben Raum damit belegt. Auf der anderen Seite des Treppenaufgangs, an einem der hohen Regale, begann ein Absperrband, das sich um den Schreibtisch und bis zum Lesesessel zog.

So nah es möglich war, ging Edwina an den abgesperrten Bereich. „Hier ist di Levia gestorben?"

„Von oben abgestürzt." Alceste deutete auf eine der Leitern. „Mit Hinterkopf und Nacken auf die Schreibtischkante geknallt. Sein Genick ist durch den harten Aufprall gebrochen."

Er winkte nach einem der Polizisten, der ihm ein iPad in die Hand drückte. Die Bilder, die Alceste darauf Edwina präsentierte, zeigten das Opfer auf dem Teppichboden liegend. Der Kopf war etwas zur Seite gedreht, eine Wunde hinter dem Ohr sah auf den ersten Blick eher harmlos aus. Kaum Blut war zu sehen. Selbst bei einer Nahaufnahme hätte ein Laie bei der Verletzung nicht sofort den Tod vermutet.

Nur der weit offene Mund und die starren Augen wirkten unheimlich. Als hätte sich der greise Eistüten-König und Poet noch einmal mit einem Schrei an seinen Mörder gewandt.

Edwina würde zwar Beatrice nichts von diesen Details preisgeben, aber sie regte sich im Nachhinein über die Gerüchte vom faustgroßen Loch auf. Noch mehr über das Auftauchen einer angeblich schuldigen Katze.

„Genau dort am Boden hab ich ihn gefunden." Felix Stacherer meldete sich vom Treppenabsatz her, ohne näher zu kommen. „Zuerst hab ich noch gedacht, ich könnte ihn mit Erster Hilfe retten, aber dann gesehen, dass er nicht mehr geatmet hat. Daraufhin hab ich sofort Luis verständigt. Wir haben sonst nichts angerührt."

„Die Herren wurden heute einbestellt, damit wir mit ihnen deren erste Momente am Tatort rekonstruieren", ergänzte der Commissario. „Dazu werden sie beim Abtransport der Tiere dabei sein."

„Verstehe." Edwina versuchte, sich auf die Informationen zu konzentrieren und nicht mehr an die Reptilien und Insekten in den Terrarien zu denken. „Also doch ein Unfall? Ich bin verwirrt, Commissario."

„Wäre es, wenn ich nicht auf Ihr Anraten hin eine zweite Obduktion angeordnet hätte, Chefinspektorin. Wobei diese Formulierung falsch ist. Es gab eine Sektion, die um einige spezielle Untersuchungen im Labor erweitert wurde. So ist es richtiger gesagt."

Dass Alceste sie erneut mit ihrem Titel ansprach, ließ bei Edwina die Neugierde zurückkommen, die sie die letzten Tage begleitet hatte. „Also haben wir es mit Mord zu tun, Commissario? Klären Sie mich auf."

Adriano Alceste gab stattdessen seinen Kollegen Anweisungen. „Paolo, lass dir noch einmal den Ablauf beim Auffinden der Leiche schildern. Massimo, überprüfe, ob du alle Terrarien auf Spuren durchgecheckt hast, bevor die Tiere abgeholt werden." Er klemmte sich das iPad unter den linken Arm, mit dem anderen wies er auf die beiden jungen Männer, die immer noch etwas hilflos nebeneinanderstanden. „Signor Brand und Signor Stacherer. Danach sind Sie hier fertig für heute."

Die Angestellten nickten Edwina und dem Commissario sichtlich erleichtert zu.

„Wir beide können raus in den Garten gehen", schlug Alceste Edwina vor. „Dottor Locatelli ist unterwegs und wird jede Minute dazukommen."

Mit verschränkten Armen fixierte Edwina den Commissario. „Ich rühre mich nicht vom Fleck, bis ich weiß, was die erste Annahme der Polizei geändert hat."

„Es ist eine Entwicklung, die zu Ihrer Begegnung mit Giovanni di Levia passt. Allerdings schicke ich voraus, ein Indiz, das von uns nicht an die Presse weitergegeben werden wird." Er hielt ihrem Blick stand. „Halten Sie sich unbedingt daran."

„Stillschweigen Journalisten gegenüber liegt in meiner DNA, Commissario. Schießen Sie also los, wenn ich das so sagen darf."

Adriano Alceste kam Edwinas Gesicht so nahe, dass sein Schnurrbart fast ihre Wange berührte. „Im Mageninhalt des Toten wurde Schlangengift gefunden. Begleiten Sie mich jetzt einfach. Draußen reden wir weiter."

11

Noch auf der Treppe startete in der Hosentasche des Commissario mit ziemlicher Lautstärke *Azzurro* mit der unvergleichlichen Stimme von Adriano Celentano.

Alceste riss das Handy derart schnell ans Ohr, dass Edwina den Aufprall auf seinem Kieferknochen hören konnte. Während des Telefonats hingegen brummte er viermal, ohne ein einziges Wort klar auszusprechen. Dann beendete er das einseitige Gespräch.

Edwina konnte sich eine Bemerkung nicht verkneifen. „Adriano Celentano, toll. Das Lied hat Paolo Conte geschrieben. Wurde auf der B-Seite einer Single 1968 veröffentlicht. Rasch danach war es ein Hit. Bis heute. Grandios, finde ich. Wie Sie sehen, kenne ich mich aus. Mein Partner ist Italiener, er stammt aus Rom."

„Mmh." Der Commissario kommentierte Edwinas Wissen und ihre Annäherung ebenfalls bloß mit einem tiefen Brummen und lief an ihr vorbei.

Vor dem Eingang parkte gerade ein weiteres Fahrzeug der Polizei. Hinten stiegen Ispettore Giorgia Punta und ein Mann aus, der der angekündigte Rechtsmediziner sein musste.

Die junge Ermittlerin trug das dunkelblonde Haar heute offen, es wellte sich über ihre Schulter. Dottor Manuel Locatelli sah mit Wohlstandsbauch, Glatze und Brille überhaupt nicht wie ein Fußballer aus.

„Signora Teufel", Alceste drehte sich zu Edwina um, „die Lage hat sich eben geändert. Ich lasse Sie mit Giorgia und dem Dottore allein. Leider muss ich direkt los. Der Vice-Questore ist eingetroffen und hat eine – sagen wir, sehr spontane – Pressekonferenz anberaumt. Ohne es mit mir abzustimmen. Ich wollte eine Nachrichtensperre." Er zwinkerte ihr zu. „Was erzähle ich

Ihnen das? In Wien gibt es sicherlich ebenso Schwierigkeiten mit den Vorgesetzten."

Eine Auseinandersetzung über eine Zuständigkeit zwischen ihr und dem Major Lieblich fiel ihr ein, kurze Zeit vor ihrem Zusammenbruch, die nichts mit Lieblichkeit zu tun gehabt hatte. Die Fetzen waren zwischen ihnen geflogen, aber Edwina hatte sich durchgesetzt.

„Ich kann gut auf mich aufpassen, Commissario."

„Davon bin ich überzeugt. Lauschen Sie den Neuigkeiten, das bin ich Ihnen schuldig."

Bevor sie sich erkundigen konnte, ob sie nach den Offenlegungen weiter mitmischen durfte, flüsterte Alceste seiner Kollegin noch etwas ins Ohr. Er nahm seinerseits auf dem Rücksitz des Polizeiwagens Platz. Der Fahrer gab Gas.

Edwina schüttelte die Hände von Giorgia und dem Dottore, dann konnte sie ihre Neugierde nicht mehr im Zaum halten.

„Bevor Sie loslegen, Dottore, ich weiß noch nicht einmal den genauen Todeszeitpunkt. Commissario Alceste hat mit manchen Details gegeizt."

„Zwischen vier und fünf Uhr nachmittags." Der Rechtsmediziner strich sich über den kahlen Schädel. „Sonst bin ich selten derart präzise im Zeitrahmen. Aber als ich gerufen wurde, war die Leichenstarre gerade erst vom Kiefergelenk zu den oberen Extremitäten fortgeschritten. Dadurch meine sehr genaue Angabe."

„Also nur einige Stunden, nachdem der Mann bei Ihnen aufgetaucht ist, Signora Teufel", fügte Giorgia Punta hinzu.

Edwina nickte. Es fühlte sich eigenartig an, zu den Letzten zu gehören, die ein Mordopfer noch quicklebendig erlebt hatten. „Dottore, jetzt bitte zu den Neuigkeiten. Vergiftet, sagte Commissario Alceste. Mit Schlangengift? Mehr weiß ich noch nicht, darf aber eingeweiht werden." Sie fixierte den Rechtsmediziner.

Der warf einen nervösen Blick zu Giorgia, die sich eben ihre offenen Haare mit einem grünen Gummi hinter dem Nacken zusammenband. „Rede weiter, Manuel, Signora Teufel wurde extra herbestellt."

„Nun gut." Er räusperte sich. „Signora Teufel, nur zur Klarstellung. Natürlich wurde eine gründliche Obduktion durchgeführt. Der Mageninhalt wurde bei der Sektion standardmäßig von mir zurückbehalten. Bei der Überprüfung auf Toxine habe ich Restmengen an Gift einer Kreuzotter festgestellt."

Edwina sog hörbar die Luft ein. „Wow, das ist verblüffend. Und ich möchte mich direkt entschuldigen, Dottore, dass ich an Ihrer gründlichen Arbeit gezweifelt habe. Ich war bei der ersten Begegnung mit dem Commissario leicht aufgewühlt, könnte man sagen. Schlangenserum also."

„Nein, kein Serum, sondern unbehandelt, wie bei einem Biss. Die toxische Mischung aber war es, die dem Mann so heftig zugesetzt hat."

„Toxische Mischung, sagen Sie?"

„Das Schlangengift allein wäre nicht letal. Nicht im Verdauungstrakt." Er faltete die Hände und begann auf- und abzugehen, als wäre er am Vortragen. „Wie wirkt das Toxin der Vipera berus? Sie produziert ihr Venenum, wie alle giftigen Schlangenarten, in speziellen Giftdrüsen und injiziert dieses eigentlich über ihre spitzen Zähne. Übrigens ein Nervengift, das als sehr stark gilt, aber kaum tödlich. In den letzten fünfzig Jahren gibt es, soweit mir bekannt ist, nur einen Todesfall. Allerdings ist eine medizinische Versorgung nach einer Attacke obligatorisch."

„Aber wie ist die Giftmischung in seinen Magen gelangt? Und welche Substanzen wurden verbunden?"

„Lassen Sie den Dottore ausreden, Signora Teufel", wandte Giorgia ein. „Es lohnt sich."

„Grazie, Giorgia." Mit einem Räuspern kündigte der Dottore eine weitere längere Ausführung an. „Also, wie gesagt, ein Biss lässt sich medizinisch behandeln. Als Getränk wäre das Gift allein ohnehin so gut wie wirkungslos. Hier allerdings wurde ein Gemisch hergestellt. Schlangengift und das Toxin einer Pflanze. Dieser Mix, oral zugeführt, hat den Mann umgehauen, wenn ich es so salopp sagen darf."

„Was für ein Gewächs?"

„Es war der Italienische Aronstab." Er ließ eine Spannungspause. „Die roten Beeren enthalten Oxalat, zudem Saponine sowie das Alkaloid Coniin. Ein Auszug der Pflanzenfrüchte wurde mit dem Schlangengift vermengt. Die Dosis in dem Cocktail hat das Opfer nicht umgebracht, das nicht, aber einige Symptome verursacht. In so einem Zustand kann man leicht stürzen. Nicht zu vergessen, der Mann war alt."

Die Aussagen zu Giovanni di Levias Geisteszustand fielen Edwina ein. „Litt er unter Alzheimer?"

„Ich konnte eine Atrophie feststellen, vergröberte Hirnwindungen und Furchen. Daran würde ich allerdings eine solche Diagnose nicht festmachen. Dazu müssten wir einen Neuropathologen hinzuziehen. Doch die Todesursache hat nichts damit zu tun. Die war eindeutig der Genickbruch."

„Zurück zum Giftcocktail." Edwina musste ein weiteres Mal unterbrechen. „Ein solches, sagen wir, Getränk kommt mir sehr ungewöhnlich vor."

Manuel Locatelli verdrehte die Augen. „Ja, natürlich ist es ungewöhnlich. Die Aronstabbeeren schmecken meines Wissens zwar recht annehmbar, das Schlangengift hingegen sehr bitter. Er hat es entweder freiwillig zu sich genommen mit viel Zucker oder es wurde ihm serviert, ohne dass er eine Ahnung hatte. Dritte Variante: Es hat ihn jemand gezwungen zu trinken. Das muss das Ermittlungsteam herausfinden, nicht ich."

„Verzeihen Sie, Dottore, dass ich schon wieder nachhake. In welches Getränk wurde das Gemisch geträufelt, wissen Sie das?"

Über die Lippen des Rechtsmediziners huschte ein Lächeln, das Zehntelsekunden später sofort wieder verschwand. „Amaretto Crema. Wäre das Opfer erst später gefunden worden, hätte sich weder der Amaretto noch sein schädliches Beigemisch mehr nachweisen lassen."

„Auch dabei sind wir noch nicht am Ende der Untersuchung", meldete sich Giorgia Punta. „Laut dem Personal liebte Giovanni di Levia Mandellikör. Die Note des Amaretto ist von sich aus süß, wahrscheinlich war es dem Opfer nicht bewusst, was noch in dem Glas war."

„Hat man das Glas gefunden? Ist eine Flasche aufgetaucht?" Für Edwina taten sich immer mehr Fragen auf. „Hatte er einen Hausarzt? Hat er regelmäßig Medikamente genommen?"

„Den gibt es, ja. Giovanni di Levias Hausarzt hat uns erst heute bestätigt, dass er an einer fortschreitenden Alzheimererkrankung litt. Die hätte schon längst und dringend eine Behandlung erfordert. Er hasste im Übrigen jede Art von Arzneien, weigerte sich Pillen zu schlucken. Ob er freiwillig einer Behandlung alternativer Art zugestimmt hat, konnten uns weder der Arzt, die Exfrau noch die Angestellten sagen." Die Polizeibeamtin zuckte mit den Schultern. „Alle Gläser in der Villa wurden ins Labor gebracht. Leider ohne ein Ergebnis. Bei zwei geöffneten Amarettoflaschen auf dem Schreibtisch wurden nur di Levias Abdrücke festgestellt. Deren Inhalt war allerdings unbedenklich."

„Welche Auswirkungen hat so ein Giftcocktail?" Edwina schluckte. „Eine Heilkur mit Schlangengift gibt es zum Beispiel auch in der Homöopathie."

„Oh nein. Die Verabreichung war nicht in derart minimalen Dosen." Der Dottore meldete sich wieder. „Sonst wäre garantiert nichts mehr nachweisbar gewesen. Bei der Menge hingegen gehe ich von Symptomen wie Magenkrämpfen und Schwindelanfällen aus bis hin zu Herzrasen, Atemnot und zum Verlust des Bewusstseins. Ein Glück, dass die Leiche rasch entdeckt wurde und ich die Toxine extrahieren konnte."

„Dann hat die Wirkung des Getränks seinen Sturz von der Leiter verursacht. Richtig?"

„Ich kann mir einen kausalen Zusammenhang vorstellen, zumal keine klinische Behandlung auf die Vergiftung erfolgt ist. Denn in kritischen Fällen kann auch eine Therapie mit einem sogenannten Antivenin, also einem Gegenmittel, notwendig werden. Die Antivenine sind Antikörper, die die Giftstoffe im Körper neutralisieren können. Aber dennoch ..."

Dieses Mal war es Giorgia, die dem Dottore die Rede abschnitt. „Der Giftcocktail hat den Commissario und mich stutzen lassen, müssen Sie wissen, Signora Teufel. Deshalb auch die erweiterte Spurenermittlung vor Ort. Der Fallwinkel beim Auftreffen des Kopfes auf der Schreibtischkante stimmt ebenfalls nicht präzise mit dem Sturz überein. Giovanni di Levia hätte ein paar Millimeter vor der harten Kante auf einem der Teppiche landen müssen, wäre also nicht zwingend gestorben. An besagter Stelle gab es Haare und Hautschuppen von ihm. Was wiederum darauf schließen lässt, dass sein Oberkörper nach dem Sturz noch einmal hochgehoben und sein Hinterkopf beziehungsweise die Nackenpartie mit Kraft gegen die Kante geschlagen wurde. Was final zum Genickbruch geführt hat."

„Damit zu seiner Ermordung."

„Sie sagen es, Signora Teufel." Mit einer großen Geste unterstrich die Ermittlerin den letzten Satz. „Um sicherzugehen, dass er tot ist."

„Also keine Spuren an einem Glas oder Trinkgefäß. Aber dann vielleicht Fußabdrücke? Fingerabdrücke? Hautschuppen und Haare einer fremden Person? Wie weit seid ihr da?"

Unvermutet stieß Giorgia einen Pfiff aus. „So viele Fragen, Signora. Aber mehr darf ich nicht sagen. Anweisung vom Capo."

„Das ist doch lächerlich. Der Commissario bestellt mich her, zeigt mir den Tatort, lässt mich wissen, was wohl die Todesursache sein könnte, und dann hänge ich in der Luft?"

Wieder folgte eine große Geste von Giorgia mit beiden Armen. „Sie kennen Adriano Alceste nicht. Dass er Sie bis hierhin eingebunden hat, ist schon ein Kompliment. Allerdings hatten Sie ja von Anfang an auf Mord getippt. Ohne Ihr Auftauchen hätte möglicherweise als Todesursache *Unfall* im Bericht stehen können. Nicht wahr, Manuel?"

„Denke ich nicht. Die Rechtsmedizin arbeitet stets genau." Der Dottore sah aus, als hätte er in eine Zitrone gebissen. „Ich verabschiede mich schon einmal. Man braucht mich drinnen." Er eilte die Treppen hoch.

Zugleich kamen Chauffeur und Sekretär aus der Villa heraus. Hinter ihnen der Uniformierte, der wieder am Eingang seinen Posten bezog. Erneut dachte Edwina an Brüder oder einen anderen Grad der Verwandtschaft, doch im nächsten Moment beobachtete sie, wie Felix Stacherer mit den Locken und Luis Brand mit dem Undercut sich ganz wie nebenbei mit den Fingern berührten.

Eine zärtliche und leise Geste, die Edwina auf eine andere Beziehung der Männer zueinander schließen ließ. Gerne hätte sie die beiden befragt, aber das war nicht angebracht neben einer der tatsächlich ermittelnden Beamtinnen. Vielleicht ergab sich die Gelegenheit anderswo.

Die Männer blieben vor Giorgia stehen.

„Können wir auf der Straße vorne auf die Abholung der Tiere warten? Wir brauchen frische Luft und Abstand. Drinnen riecht es so verdorben." Felix Stacherer redete, Luis Brand stand mit gesenktem Blick neben ihm. „Noch etwas: Sobald die Leiche in der Rechtsmedizin freigegeben ist, wollen wir uns auch um das Begräbnis für unseren verstorbenen Boss kümmern. Greta Galli, Signor di Levias Exfrau, hat uns darum gebeten."

Giorgia brauchte bloß einmal zu nicken und die beiden liefen im Gleichschritt den Gartenweg entlang Richtung Toreinfahrt.

„Halten Sie sich bereit für eine nächste Befragung", rief ihnen Alcestes Kollegin hinterher. „Wir sind noch nicht durch." Dann wandte sie sich an Edwina. „Sie geben sich gegenseitig für die Tatzeit ein Alibi, das wir noch nicht verifizieren konnten."

„Die zwei sind ein Paar, oder?" Schon bereute Edwina ihr schnelles Statement. „Ist nur eine Überlegung von mir."

„Gut möglich, Signora. So viel ist aber von di Levia bekannt, dass er sehr altmodische Ansichten hatte, was die Liebe anging. Wenn Sie verstehen, was ich meine."

„Er hätte sie gefeuert, wenn er von einem Verhältnis gewusst hätte?"

„Anzunehmen." Giorgia kam einen Schritt näher. „Unter uns, Signora. Dass es überall Spuren von Stacherer und Brand im Haus gibt, liegt auf der Hand. Auch von der Exfrau Galli. Die drei wollen wir trotzdem nicht ausschließen. Alibis hin oder her, wie der Commissario gemeint hat."

Edwina horchte auf. „Ist die Ex denn erbberechtigt? Oder wurden die Angestellten in einem Letzten Willen bedacht? Das wäre wichtig zu klären."

„Da die Eheleute geschieden sind: Nein, würde ich bei Greta Galli sagen." Mit ausgestreckten Fingern deutete Giorgia Richtung Anwesen. „Die Villa, die Eisdielen, der Hotelkomplex – ein Vermögen. Wir haben Kontakt zu dem Nachlassverwalter aufgenommen. Demnächst erfahren wir, ob es ein Testament gibt."

„Di Levia hatte keine Kinder, habe ich gehört."

„Von keiner seiner Exfrauen. Was wir bisher wissen, ist, dass niemand Anspruch auf die Vermögenswerte angemeldet hat. Womöglich hat er alles ungeregelt hinterlassen." Sie zuckte mit den Schultern. „Wir haben weit und breit kein Motiv."

„Es ist kein Geheimnis, dass er immer schwieriger und eigenartiger geworden ist."

„Deshalb würde ihn doch keiner töten."

„Ach, Ispettore Punta, es gibt die abstrusesten Gründe. In meinem Alter und mit meiner Erfahrung schließt man nichts mehr aus."

Kaum hatte Edwina den Satz ausgesprochen, kam sie sich wirklich alt neben der jungen Kollegin vor, mit ihren fünfzig plus, den Wechseljahrbeschwerden und den paar Kilos zu viel. Die Auszeit könnte bereits als erster Schritt Richtung Rente gesehen werden. Eine gruselige Vorstellung, nicht mehr ermitteln zu können. Eine lila Strähne, lila lackierte Nägel und eine große Umhängetasche waren für Edwina auf die Dauer kein erstrebenswertes Zukunftsszenario.

Giorgia riss sie aus den trüben Überlegungen. „Auch Ihre Aussage zu der Begegnung im Fundbüro beschäftigt uns, Signora Teufel."

„Die Schlange und das *tödliche Poem*. Ebenso seltsam wie dieser Giftcocktail, finde ich."

„Noch etwas im Vertrauen", legte Giorgia nach. „Einen Verdächtigen haben wir tatsächlich, nach den ersten Spurenauswertungen an di Levias Kleidung. Ein Richter hat die Maßnahme einer Verhaftung bereits bestätigt."

Sofort vergaß Edwina alles andere. „Ja? Habt ihr? Wen?"

Die junge Beamtin holte Luft, als in dem Moment ein Mann hinter der Statue auftauchte und auf die Villa zumarschiert kam. Er reckte ein Smartphone in die Höhe und fotografierte.

Giorgia Punta stürmte auf ihn zu. „Verboten! Es ist untersagt! Ich könnte dich verhaften, verstehst du?"

Sie trafen in der Mitte des Weges aufeinander und eine Diskussion zwischen ihnen entbrannte. Die Worte Boulevard und Sensationspresse, verbunden mit unfeinen Schimpfwörtern, schnappte Edwina auf.

Edwina wollte warten, aber der Uniformierte war neben sie getreten und sprach sie an. „Sie sollten längst wieder nach Hause gefahren werden, Signora, ich wollte aber nicht unterbrechen. Kommen Sie jetzt, bitte?"

„Ungern, ehrlich gesagt."

12

Das Schluchzen vernahm Edwina, kaum dass sie am späten Nachmittag die Tür zum Fundbüro geöffnet hatte.

Zuerst hatte sie Probleme, den Standort auszumachen. Das eine Fenster seitlich stand, wie immer, weit offen und das Wehklagen hätte auch von draußen kommen können. Doch als sie den hölzernen Tresen erreichte, war klar, dass jemand im Nebenraum Tränen vergoss.

„Rosa?" Edwina sah hinter die Regalreihen, in denen die Fundsachen lagerten. „Rosa, bist du das? Was ist passiert?"

Im hintersten Winkel hockte Rosa mit angezogenen Beinen am Boden. Wimmern mischte sich mit Klagelauten und eruptiven Ausrufen, die Edwina nicht verstehen konnte.

„Um Himmels willen, bist du verletzt? Soll ich Bruno anrufen oder gleich die Rettung?" Schon hatte sie das Handy zwischen den Fingern, die zu zittern begonnen hatten.

„No, no! Keinen Anruf! Auch du, geh wieder. Geh! Du hast frei. Das Ufficio bleibt heute geschlossen. Vai via!" Rosa schlang beide Arme über ihren gesenkten Kopf, versteckte ihr Gesicht in ihrem Kleid. Einer ihrer Schuhe hatte sich vom Fuß gelöst und war zur Seite gerollt. Ihr gehäkelter Umhang lag ebenfalls achtlos am Boden, was Edwina als das schlechteste Zeichen von allen ansah. Es schien der alten Frau vollkommen egal zu sein, ob er schmutzig wurde oder nicht.

„Ich werde nicht gehen. Auf keinen Fall. Rosa, bitte rede mit mir. Was ist los?"

Edwina ging nun selbst zu Boden, setzte sich neben Rosa und nahm sie in den Arm.

Eine Weile blieben sie so.

Vom Eingangsbereich mit dem offenen Fenster wehte eine leichte und laue Brise. Einzelne Seiten eines verlorenen Schulheftes auf dem Regalteil neben ihnen blätterten sich wie von Geisterhand um. Rosas Klagen und Schluchzen schrumpften zu einem gramerfüllten Wispern, ihr Körper in Edwinas Umarmung kam mit der Tränenproduktion nicht mehr nach.

Endlich, nach gefühlt einer Ewigkeit, hob Rosa den Kopf und starrte Edwina an, als würde sie erst jetzt bemerken, dass sie die ganze Zeit neben ihr gesessen hatte.

Auch Edwina wagte es, sich zu lösen. Ihre gelben Shorts wiesen graue Schlieren auf, doch das spielte keine Rolle. Stoff konnte man waschen, bei Herzeleid funktionierte es nicht derart simpel.

Rosas Mund und Nase waren mit Rotz verschmiert, ihre Wangen leuchteten in einem fiebrigen Glanz. Rot waren auch ihre Augen, ihre Haut aufgequollen. Aus Ermangelung eines Taschentuchs hob sie den unteren Teil ihres Kleides an und schnäuzte sich.

„Manchmal ist ein Kleidungsstück zu mehr gut", witzelte Edwina und brachte einen Hauch von Lächeln auf die zerfurchten Lippen ihrer Chefin. „Ich habe Taschentücher in meiner großen Tasche, die ich vorne abgestellt habe. Soll ich sie holen?"

„Nein, Edwina, bitte, bleib bei mir." Rosa legte ihre Hand auf Edwinas. Die Altersflecke auf dem Handrücken ähnelten braunen Tropfen aus Sand. „Ich will dir alles rasch erzählen, sonst verlässt mich der Mut und ich schweige, bis sich die Sache aufgeklärt hat."

„Wie du möchtest, liebe Rosa."

„Ja, ich möchte."

Trotz der Ankündigung dauerte es erneut eine Spanne an Zeit, in der sich Rosa die feuchten Haare aus der Stirn strich und noch einmal den Kleiderstoff fürs Naseputzen benutzte.

„Die Polizei hat Bruno abgeholt", sagte Rosa schließlich.

„Was, warum denn?" Edwina konnte sich keinen Reim darauf machen.

Ein nächster Schluchzer von Rosa folgte. „Wegen des Mordes an Giovanni di Levia."

Diesmal verschlug es Edwina die Sprache. Die dritte Pause zwischen ihnen war die kürzeste, aber auch die intensivste. Die Dimension des Gehörten war gewaltig.

Schließlich wackelte Edwina mit dem Kopf. Hin und her, einem Wackeldackel gleich. „Das kann nicht sein. Du irrst dich. Niemals, Rosa."

„Sag nicht niemals." Unvermutet schnell war Rosa aufgestanden. Sie schlug mit der Handfläche gegen die Wand. Etwas Mauerwerk rieselte zu Boden. „Wie soll ich mich denn irren? Meinst du, die beiden Carabinieri, die Brunos Arme nach hinten gezogen und ihm Handschellen angelegt haben, waren in Wahrheit verkleidete Stripper, die eine Showeinlage geplant hatten?"

Das Wort Stripper aus dem Mund der alten Frau berührte Edwina seltsam. „Natürlich nicht. Entschuldige. Ich unterbreche dich nicht mehr. Bitte, erzähl weiter."

„Bruno hat mich hierherbegleitet. Dann hat sich unsere Nachbarin gemeldet, dass die Polizei bei uns zu Hause aufgetaucht wäre und nach Bruno gesucht hätte. Wir haben überlegt, worum es gehen könnte, sogar ein paar Scherze gemacht. Keine zehn Minuten später waren die Beamten hier. Es ging alles so dermaßen rasch, dass weder er noch ich reagieren konnten. Als sie Bruno gefragt haben, ob er seine Rechte verstanden hätte, hat er genickt. Ab der Sekunde war klar, dass hier etwas schiefläuft. Ganz und gar. Ich wollte mit Bruno mit, aber er hat mich gebeten, einen Anwalt zu kontaktieren, der ihm beisteht ... Meinen Bruno, meinen Enkel so zu sehen, wie er abgeführt wird, war schrecklich, Edwina. Es war, als würde ich ihn ebenso verlieren wie meine Tochter, wie meinen Mann. Als würde er fortziehen und nicht wiederkommen. Die Erinnerungen an all mein Leid haben mich überwältigt. Es war wie eine Sturzflut, die über mich gerollt ist. Was muss ich denn noch ertragen, Edwina? Mein geliebter Bruno. Keiner Fliege könnte er etwas zuleide tun. Ich lege meine Hand, meine beiden Hände ins Feuer für ihn. Als sich die Tür hinter den Polizisten und Bruno geschlossen hat, hatte ich das Gefühl, ich sehe ihn nie wieder. Als wäre er bald tot." Eine verspätete Träne lief ihr über die Wange, verschwand in einer der tiefen Falten um den Mund.

Edwina erhob sich nun ebenfalls. Die Kälte des Steinbodens hatte ihren Po und Rücken steif werden lassen. Sie streckte sich.

Ihr fiel Giorgia Puntas Bemerkung über den Verdächtigen ein, den die Polizei aufgetan hatte. Niemals wäre Edwina auf die Idee gekommen, dass es sich dabei um Bruno handeln könnte. „Rosa! Niemand wird willkürlich abgeführt. Glaub mir. Was hat die Polizei über den Fall Giovanni di Levia gesagt?"

„Dass Bruno der Hauptverdächtige sei."

„Mehr nicht?"

„Dass es eindeutige Beweise gäbe."

„Ich verstehe nicht."

„Meinst du, ich?" Ein weiteres Mal schlug Rosa gegen die Wand. „Ich laufe nach Hause, erst muss ich mich waschen, Edwina. Dann mich um einen Anwalt kümmern, überhaupt erst einen aufsuchen. Bitte, kannst du mir ein Glas Wasser bringen?"

„Selbstverständlich, Rosa."

Edwina holte ein Glas Wasser und legte dann noch einmal einen Arm um die Schultern der alten Frau. „Ich gehe mit dir."

„Brauchst du nicht. Der Mann der Nichte meiner Nachbarin ist Advokat. Ihn rufe ich an, er kann mir jemanden empfehlen. Ich reiße mich am Riemen, Edwina, ich komme zurecht. Wenn du so lieb bist und das Fenster zumachst, das *Chiuso*-Schild an die Tür hängst, bevor du gehst, das wäre mir Hilfe genug. Heute bleibt das Fundbüro weiterhin geschlossen. Ich will auch nicht, dass du bleibst."

„Du bist sehr tapfer, Rosa." Edwinas Augen wurden feucht. Sie schluckte die Tränen hinunter. Niemandem war geholfen, wenn sie dazu noch zu heulen anfing. „Ich werde mich stattdessen ebenfalls erkundigen, Rosa, zu den Details zu Brunos Verhaftung. Nicht nur das, ich werde versuchen, mich einzumischen, darauf kannst du Gift nehmen."

Edwina biss sich auf die Lippen.

13

Im Nachhinein bereute Edwina ihre große Ankündigung gegenüber Rosa, obwohl sie ein wenig mehr in Erfahrung bringen konnte. Damit war sie aber auch schon am Ende ihrer Möglichkeiten.

Im Polizeirevier in Desenzano war sie nicht an der Anmeldung vorbeigekommen. Immerhin war Ispettore Punta erschienen und so freundlich gewesen, mit ihr ein paar Sätze zu wechseln. Sie bestätigte die Verhaftung Brunos und legte ein paar weitere Details dazu offen, die Edwina mehr als erstaunten.

Daran würde sie jedenfalls zu knabbern haben.

„Jetzt sind Sie auf dem neuesten Stand, Signora Teufel", schloss die Kollegin von Alceste ihre Erklärungen zur Verhaftung ab.

Edwina versuchte noch einmal, sich festzubeißen. „Ich würde lieber mit dem Commissario sprechen. Nichts gegen Sie, Ispettore Punta."

„Verstehe ich. Aber Commissario Alceste wird sich bei Ihnen melden, lässt er ausrichten."

„Wann denn? Eine ungefähre Angabe würde mich freuen."

„Bald, Signora Teufel."

Die blonde Polizeibeamtin zeigte ein entschuldigendes Lächeln.

Bald war ein dehnbarer Begriff, wie Edwina wusste.

***

Nach einer Nacht, die mehr aus Hin- und Herwälzen als aus Schlafen bestanden hatte, meldete sich Rosa mit der kurzen Nachricht, dass ein Anwalt gefunden sei. Von Adriano Alceste war, wie erwartet, kein Anruf erfolgt.

Um nicht komplett in den Schlechte-Laune-Modus zurückzufallen, konzentrierte Edwina sich auf den freien Tag ihres Liebsten.

Sie war froh, dass sie beide sich aufgerafft hatten, trotz der Umstände einen Ausflug zu unternehmen.

„Hier muss es gleich sein." Toni keuchte.

Edwina fächelte sich mit einem Prospekt von einer der Thermen Luft zu. „Keine gute Idee, in der Mittagshitze hierherzukommen."

Die Gassen der Altstadt glühten förmlich. Außergewöhnlich hohe Temperaturen hatte der Wetterbericht angekündigt und damit richtiggelegen.

Außer ihnen und ein paar weiteren verirrten Touristen war es erstaunlich ruhig in Sirmione. Zur Siesta-Zeit keine große Überraschung.

Die dicht aneinandergedrängten Läden waren verwaist, niemand pries die bunten Teller, die getrockneten Gewürze und die filigranen Nippesfiguren an. Die Postkartenständer waren mit aufgespannten kleinen Schirmen überdacht, damit die Karten in der Sonne nicht verblichen. Die Menschen hatten sich ganz ins Schattige verzogen. Dösten unter dem kühlen Strom der Klimaanlagen oder hinter zugeklappten Fensterläden.

Wobei jeder, der eine Mittagsruhe einlegte, absolut richtiglag, überlegte Edwina. Ein kühles Plätzchen, eine Hängematte und ein Glas Wasser wären im Moment die drei Dinge, die auch sie sich von einem Flaschengeist gewünscht hätte.

„Der Hotelmanager hat mir zugeflüstert, dass es am besten sei, während der Siesta hierherzuspazieren. Wie du siehst, ist nichts los. Wunderbar. Er hatte recht." Mit einem hoffnungsfrohen Klatschen unterstrich Toni seine aufmunternden Worte.

„Ich glaube eher, Max Grob mag dich nicht. Sonst hätte er dir nie diesen Tipp gegeben."

„Ein winziges bisschen stimmt das, Winnie, zugegeben. Der Kerl ist eine persona antipatica. Aber ..."

„Also ein Ungustl."

„Lass mich ausreden." Er legte ihr den Finger auf die Lippen. „Aber seine Tipps für Sehenswürdigkeiten waren bisher perfekt. Musst du zugeben."

Selbst die leichte Berührung war zu heiß in dieser Stunde. Edwina gab Toni einen schnellen Kuss auf die Fingerspitze und schob ihn dann weg. „Auch, wenn ich mich wie ein Kleinkind anhöre: Ich will ein Eis. Sofort. Jetzt. Bitte, Toni. Ein *bacio*."

Er verdrehte die Augen. „Ach, Edwina. Subito. Adesso! Schokolade-und-Haselnuss-Eis würde ohnehin schmelzen. Schau lieber auf die Navigation. An der Kreuzung Via Vittorio Emanuele, Via S. Salvatore und Via Giuseppe Piana muss es sein."

„Sorry, wir sind eine Straße zu weit gelaufen."

Sie machten kehrt, gingen um eine Ecke und staunten. Für die nächsten Minuten waren die Hitze, Edwinas Jammern und Tonis bemühte Auflockerungen allesamt vergessen. Selbst das Eis trat in Edwinas Kopf in den Hintergrund. Das Blumenhaus war eine Augenweide, die Bougainvillea überwucherte das alte Stadthaus in einer Üppigkeit, die ihresgleichen suchte. Die Fassade war in ein Kleid aus rauschendem Rosa gehüllt.

„Oh, ich ziehe alles zurück, Toni. Dein Chef ist ein guter Reiseführer. Grazie, Max Grob. Es ist traumhaft. Warum sind wir erst heute hier gelandet?"

„Zeit, mein Schatz, Zeit und Pflanzen, die nach mir rufen. Du hättest längst mit Beatrice hierherflanieren können."

„Nein! Dieses Erlebnis ist unseres."

„Du sagst es. Und tatsächlich gerade kein Mensch außer uns da. Stell dich davor, ich mache Fotos."

„Dann du. Danach ein Selfie mit uns beiden. Carl und unsere Freunde in Wien werden wieder neidisch sein."

Tatsächlich blieben sie für eine kurze Zeitspanne allein an der Sehenswürdigkeit. In dem Moment, als Toni „Super! Wir haben es!" rief, erschien, wie aufs Stichwort, eine große Gruppe japanischer Touristen, angeführt von einer schwitzenden Frau mit Sonnenschirm.

Edwina und Toni grinsten sich an und suchten das Weite.

„Jetzt kriegst du dein *bacio*, Winnie." Toni nahm Edwina an der Hand und zog sie durch die sonnenerhitzten Gassen.

Eine Eisdiele zu finden, war bei der Dichte ein Kinderspiel, einen Platz zum Sitzen viel schwieriger. Die, die nicht Siesta hielten, gönnten sich ein Gelato.

„Lauf, Toni", rief Edwina, als sie zwei freie Stühle an einem Vierertisch bei einem jungen Pärchen erspähte, noch dazu unter einem lila Sonnenschirm. Wie bei einem Hürdenlauf sprang Toni durch die Menge und eroberte die wertvolle Sitzgelegenheit.

Entgegen ihrer Vorankündigung wählte Edwina einen Eisbecher, der *spumoni* hieß, eine Mischung aus Fruchteis mit Beeren und Nüssen. Toni bestellte sich eine Tüte mit einer Riesenkugel Vanilleeis und einen Espresso. Das Wasser am Tisch war als Erfrischung die perfekte Ergänzung.

„Morgen habe ich einen zweiten freien Tag, zwecks Überstundenabbau, und laut Wetterbericht soll es ein paar Grad kühler sein." Er schleckte und redete abwechselnd. „Deshalb habe ich uns im Internet Tickets für das Reptiland besorgt, Winnie. Kein Tipp von Max Grob, sondern, um dir eine Freude zu machen. Laut der Beschreibung werden wir durch die Galleria Città di Riva spazieren und faszinierenden Schlangenarten begegnen. Dazu einer Rotknievogelspinne, einem Riesenskorpion, aber auch einigen der schönsten lebenden Schmetterlinge. Bis wir den Eulenschmetterling oder den geheimnisvollen Blattfalter erreichen, werde ich deine Hand halten und du musst mir Mut zusprechen. Du kennst ja meine Schlangenangst."

„Brauchst du nicht zu haben, mein süßer Liebster. Es sind bloß Tiere, die nichts Böses im Schild führen. Keine Verschwörung anzetteln oder auf dich lauern. Ich beschütze dich." Edwina kicherte. „Ich und die Glasscheiben zwischen uns und ihnen."

Toni kratzte sich am Kinn. „Klingt für mich nicht wirklich sicher. Mein weiterer Plan lautet folgendermaßen: Wir fahren nach dem Reptiland-Besuch mit dem Auto am See hoch, halten zwischendurch, wo es uns gefällt. Mir schwebt auch eine romantische Schifffahrt vor, bei der wir die Steilküsten vom Wasser aus sehen können. Abends gehen wir Fisch essen."

Da Toni Edwinas Begeisterung für Reptilien nicht teilte, war es ihm hoch anzurechnen, dass er sich für diesen Ausflug entschieden hatte. Doch Edwina hatte sich den morgigen Tag bereits vollkommen eingeteilt.

„Du weißt doch, Toni, dass ich Rosa versprochen habe, wenn ich irgendwie kann, Bruno zu helfen." Sie nahm einen Löffel voll Fruchteis. „Koste. Es schmeckt grandios."

„Lenk nicht ab, Winnie. Das bedeutet, du gibst mir einen Korb."

„Ach, Toni! Korb ist das falsche Wort. Ich verschiebe nur unseren Ausflug wegen der Umstände."

„Genau deshalb gefällt es mir nicht. Du bist nicht am Gardasee, um ein Verbrechen aufzuklären. Denk an das, was dir die Therapeutin Doktor Matschulla in Wien geraten hat. Die erste Zeit hier hat dir so gutgetan. Jetzt fällst du in alte Muster."

„Rosa und Bruno haben mein volles Mitgefühl. Stell dir vor, Carl würde im Gefängnis landen. Es hat mich erschüttert."

„Denkst du denn, er hat wirklich etwas damit zu tun? Er war doch an dem Tag mit dir und seiner Nonna zusammen. Hat die Schlange zum Tierarzt gebracht."

„Leider alles bis zur Mittagszeit. Danach habe ich ihn nicht mehr gesehen. Der Mord hat später stattgefunden."

„Winnie, ehrlich, glaubst du, dass er schuldig sein könnte?"

„Um Glauben geht es dabei nicht. Toni, Hand aufs Herz, ich weiß es nicht. Der Commissario hat richtig gehandelt, ich hätte ebenfalls einen Haftbefehl beantragt. Ich habe gestern noch mit Ispettore Punta gesprochen. Sie ist auf jeden Fall auskunftsfreudiger als ihr Vorgesetzter. Zumindest durfte sie mir ein paar Brocken zuflüstern, so würde ich es ausdrücken."

„Darfst du es mir auch sagen oder hast du dabei Schweigepflicht?" Toni fragte selten nach, Verbrechen waren nach Schlangen die zweitunliebste Sache für ihn. Aber das Schicksal der alten Rosa ging ihm ebenfalls sichtlich nahe.

„Ich bin nicht an der Aufklärung beteiligt, offiziell nicht. Deshalb kann ich dir zumindest von Bruno be-

richten. Das Wenige, das ich von Ispettore Punta weiß."
Edwina wurde leiser. „Bruno Rinaldis DNA-Spuren
wurden am Tatort festgestellt, Haare und Hautschuppen in der Bibliothek und am Körper des Ermordeten.
Er könnte an dem Tag Giovanni di Levia aufgesucht
haben. Wenn das stimmt, war er, wie es scheint, der
Letzte, der das Opfer getroffen hat. Verdächtig aber
macht ihn zusätzlich, dass er bei der ersten Vernehmung durch den Commissario zu allen Vorwürfen ge-
schwiegen hat. Ganz schlecht für ihn."

„Warum das denn?"

„Ich habe keine Ahnung, Toni. Er hat auf jeden Fall
kein Alibi. Und ich bin unschlüssig, ob und wie ich es
am besten bei Rosa ansprechen soll." Edwina senkte
die Lautstärke noch weiter, als sie merkte, dass das
junge Pärchen am Tisch aufgehört hatte zu plaudern
und versuchte, ihr zu lauschen. „Das war's schon. Jedenfalls muss das Reptiland warten."

„Ist nicht schlimm. Mehr beschäftigt mich dein Interesse an dem Fall. Du hast deine Aussage gemacht,
nun überlass es der Polizei. Ich meine, der hiesigen
Polizia. Die sind kompetent, die wissen, was sie tun."

„Du könntest mit Beatrice zu den Schlangen fahren,
Toni. Ihr Gatte ist wieder unterwegs Richtung Köln.
Also ist ihr in einem fort langweilig. Abends treffen
wir zwei uns wieder."

„Lenk nicht ab. Willst du mich verkuppeln?" Mit
einer theatralischen Geste hob er beide Arme in die
Höhe. „Madonna mia!"

Edwina lachte auf, Eis tropfte auf ihr T-Shirt. Sie
benahm sich manchmal nicht nur wie ein Kind, sie
konnte anscheinend auch kein Eis essen, ohne sich zu
bekleckern.

„Edwina? Toni? Ich fasse es nicht. Da ahnt man nichts Böses und schon ...“

Dasselbe hätte Edwina jetzt gerne gesagt, denn neben ihnen war wie *Kai aus der Kiste* Beatrice in echt aufgetaucht.

An ihren Ohren baumelten wie immer lange Ohrringe, die mit grünen Schattierungen zu ihrem Kleid passten. Sie schob die Sonnenbrille auf die Stirn. Ihr rotes Haar loderte förmlich unter den Sonnenstrahlen. „Was macht ihr hier in den heißesten Stunden des heutigen Tages?“

„Eis essen, was dazu passt. Und du?“

„Dasselbe. Mein Knut ist auf Geschäftsreise, ihr wart auch nicht da. Ich habe es in dem stillen Haus nicht mehr ausgehalten. Habt ihr noch ein Plätzchen frei?“

Edwina schüttelte direkt den Kopf, aber Toni war bereits aufgestanden, um nach einem freien Stuhl Ausschau zu halten. Er drückte ihr seine Eistüte in die Hand.

Beatrice winkte wild nach dem Kellner, der schneller erschien, als er es nach der Ankunft von Edwina und Toni getan hatte. Sie zwinkerte ihm zu. „Acqua minerale. Eine Kugel grünes Pistazieneis im Becher, per favore, passend zu meinem Outfit.“ In voller Lautstärke an Edwina gewandt, rief sie: „Bist du dem Mörder von Giovanni di Levia schon auf die Spur gekommen, Chefinspektorin?“

Der Kellner erstarrte, und Edwina meinte, dass sich wirklich jeder Besucher im Eiscafé zu ihnen umdrehte. Sie stieß ein erneutes hohes Lachen aus, das selbst in ihren eigenen Ohren viel zu künstlich klang. „Du bist heute wieder witzig, Beatrice. Komm, koste Tonis Vanilleeis.“

„Hilfe, das tropft."

„Dann pack es unten an der Tüte. Nicht loslassen."

Beatrice war abgelenkt und Toni kam mit einem Hocker zurück.

Im nächsten Moment beugte sich der Kellner nah an Edwinas Ohr. „Wenn Sie mich fragen, Signora, hat Giovanni di Levia sein Schicksal verdient. Ein Geizhals und ein schlechter Chef. Ein Ausbeuter. Wir alle hier weinen ihm keine Träne nach."

Gerne hätte Edwina nachgehorcht, aber der Kellner war bereits wieder im Inneren verschwunden. Beatrice reichte die Rieseneiskugel in der Tüte zurück an Toni, der die Tropfen abschlürfte. Danach leckte er sich die Lippen.

„Hab ich einen Vanillebart, Winnie?"

Edwina wischte ihm mit der Serviette über die Mundwinkel und gab Toni einen Kuss auf die Lippen.

„Wie süß", meinte Beatrice knapp und trocken, als wäre es ihr in Wahrheit unangenehm.

Ihr Pistazieneis wurde serviert, aber diesmal von einer weiblichen Bedienung. Keine Spur mehr von dem Kellner. Edwina beschloss, bei anderer Gelegenheit wiederzukommen.

„Du kennst sicher das Reptiland, Beatrice." Edwina ignorierte den warnenden Blick ihres Liebsten. „Hast du vielleicht Lust, es wieder einmal zu besuchen?"

„Oh ja!" Die grünen Ohrringe baumelten wilder. „Ich bin fasziniert von Schlangen."

***

Als der heiße Tag schließlich in den Abend überging, saßen Edwina und Toni auf der Terrasse.

Sie schlürfte an einer Zitronenlimonade, die sauer und erfrischend schmeckte. Er hatte sich ein Glas Wein eingeschenkt. „Wenn ich ehrlich bin, mag ich Beatrice nicht besonders. Die Stunde im Eiscafé mit ihr war wieder einmal anstrengend. Sie redet ohne Punkt und Komma. So neugierig und indiskret. Es war eine meiner besten Entscheidungen, die Reptiland-Karten dem Pärchen an unserem Tisch zu schenken. Auch wenn Beatrice mir deshalb kurzfristig böse war."

Obwohl Edwina ihrem Toni bisher nur das Nötigste erzählt hatte, wollte sie ihn bei einer anderen Sache doch noch mit einbeziehen. „Italienischer Aronstab, Schatz. Pflanzt du den auch in der Hotelgartenanlage?"

„Du interessierst dich für meinen grünen Daumen, Winnie?" Er schmunzelte, trank einen Schluck und sah in den Himmel.

Sie zögerte. „Es hat wieder etwas mit dem Fall zu tun. Ich habe dir einiges über Bruno, aber nichts über das Tötungsdelikt erzählt."

„Brauchst du auch nicht. Manche Details will ich nicht hören. Zu deiner Frage: Der Italienische Aronstab wird als Zierpflanze für Gehölzgruppen und schattige Anlagen genutzt. Bunte Farbtupfen in dunkle Ecken, kann man sagen. In meiner Planung spielt er hier keine Rolle. Aber ich mag das kräftige Rot der Früchte, die sich im Spätsommer entwickeln."

„Im Moment gibt es also keine Beeren, die man pflücken könnte und die giftig sind?"

„Ja, das stimmt beides. Ich habe aber noch nie von einer tödlichen Vergiftung gehört. Die unterirdischen Pflanzenteile sind sogar gut gekocht essbar." Jetzt grinste Toni breit. „Bin ich ab sofort als dein Kriminalpolizist angestellt? Dein persönlicher Kieberer?"

Darüber musste Edwina ebenfalls lachen. Es war genug der Recherche. „Ich hab dich lieber als meinen persönlichen Schatz, tesoro mio."

Die Sonne war eben am Horizont verschwunden und der fast volle Mond gerade am Aufgehen. Edwina überlegte, ob sie nicht vorschlagen sollte, noch einmal ans Seeufer zu fahren. Sie erinnerte sich an die letzte Vollmondnacht und die romantische Stimmung.

Doch eine angenehme Trägheit hielt sie zurück. Im Moment hätte sie für immer hier sitzen und den dämmrigen Zustand genießen können. Auf einmal war jede Ermittlung, jede Recherche so weit weg, dass sie am liebsten vergessen hätte, wie Rosa geweint, wie der alte Mann mit der Schlange sie bedrängt hatte.

Noch mehr. In dem Augenblick, in dem sich der Himmel über ihnen in purpurdunkle Streifen zu färben begann, konnte sie sich vorstellen, den Gardasee nie mehr zu verlassen und als Privatperson hier zu bleiben.

Sie kniff die Augen zusammen und meinte, auf dem Mond eine Bewegung zu erkennen. Ein Schatten auf der von der Sonne erhellten Oberfläche, der vor- und zurückschaukelte. Vielleicht der Mann im Mond, der sich an ein Tänzchen wagte? Allein war er da oben. Ob er sich nach einem Partner oder einer Partnerin sehnte?

„Beatrice ist einsam, denke ich." Sie flüsterte, falls die Nachbarin unten ebenfalls im Freien war und die Ohren spitzte. „Ihr Knut fährt immer wieder nach Deutschland."

„Sie könnte mit ihm mit, wie du mit mir."

„Ich finde nicht, dass die Frauen immer den Männern folgen sollten."

„Nun ja, Winnie. Zuerst bin ich deinetwegen von Rom nach Wien übersiedelt."

„Weil Wien schöner ist, gib es zu, Toni."

„Nein, weil ich dich liebe, Chefinspektorin." Er stand auf, leerte sein Glas und streckte ihr seine Hand entgegen. „Bellissima, darf ich dich verführen?"

Der Mond würde in ihr Schlafzimmer scheinen, die Vorhänge im leichten Wind wehen. Sie würde in Tonis Arme sinken und wirklich alles vergessen: Rosa und Bruno, den Eistüten-König, das Schlangengift, den Commissario und auch die einsam wirkende Beatrice.

„Sì", erwiderte Edwina knapp und folgte ihrem Liebsten. Sie konnte spüren, wie sie mädchenhaft errötete.

14

Edwina dachte zuerst an eine Halluzination, als ihr am nächsten Morgen im Hausflur des Wohnhauses in San Martino della Battaglia die beiden jungen Männer entgegenkamen, die bei Giovanni di Levia angestellt gewesen waren.

Felix Stacherer, diesmal in Shorts und buntem Hemd, und Luis Brand, förmlicher in Jeans und wieder mit einem leichten Sakko über dem Shirt.

„Servus", riefen sie ihr synchron zu.

„Warum, bitte schön, kommt ihr grad zu mir?" Edwina stemmte die Hände in die Hüften und stellte sich vor die Besucher. „Keine gute Idee, Landsleute. Ich kann euch nichts sagen und werd nicht mit euch reden. Geht zu Commissario Alceste."

Im nächsten Moment merkte sie an den überraschten Gesichtern der beiden, dass es sich um eine zufällige Begegnung handelte.

Der Name dieses Zufalls öffnete auch schon die Tür der Parterrewohnung.

„Oh, wie nett. Ihr seid pünktlich." Beatrice streckte den Kopf heraus. „Damit habe ich nicht gerechnet. Aber, herein, herein. Ihr seid willkommen."

Es schien, als habe sich Beatrice heute besonders angestrengt, verspielt und reizend zu wirken. Sie hatte ihre roten Haare mit bunten Klammern hochgesteckt und von ihren Ohrläppchen baumelten kleine Figuren. Links Daisy und rechts Donald, wie Edwina bemerkte. Dazu trug sie die passende Bluse, auf deren Kragen ebenfalls die beiden Enten aufgedruckt waren.

Felix Stacherer hatte, wie bei einem Zaubertrick, plötzlich einen Blumenstrauß in der Hand, Luis hielt eine Bonbonniere in die Höhe.

Zwischen den Männern und Beatrice stand immer noch Edwina, die sich eingeklemmt vorkam. „Was geht hier vor? Bitte, klärt mich auf."

Beatrice schloss zu ihr auf und legte ihr freundschaftlich einen Arm um die Schultern. „Liebe Edwina, was denkst du denn? Ich bin dabei, Kaffee zu machen, und habe Tramezzini vorbereitet. Die Herren kenne ich seit einer Ewigkeit. Ich war es, die sie an Giovanni empfohlen hat. Unser geplantes Kaffeekränzchen hat nichts mit deinen Ermittlungen zu tun. Wir werden nicht einmal über die schreckliche Tat reden. Dazu ist der Tag viel zu schön."

„Ich ermittle nicht." Edwina warf der Nachbarin einen strengen Blick zu. Anscheinend gab es keinen Menschen in und um Sirmione, den Beatrice nicht kannte oder nicht schon einmal vermittelt hatte, Edwina samt Toni inbegriffen.

Mit der Schönheit des Tages hatte Beatrice hingegen recht. Edwina hatte mit Toni, der inzwischen doch auf eine Stippvisite zur Hotelgartenanlage gefahren war, auf der Terrasse gebruncht und die perfekte Temperatur mit dem perfekten Lüftchen genossen. Die Hitze hatte sich zurückgezogen, es herrschten angenehme 22 Grad, dazu ein Hauch von Wind, der über die Landschaft wehte.

Eigentlich hatte Edwina zu Fuß nach Sirmione gehen wollen, ihre ganz persönliche Strecke. Die Villa Cortine oder auch die Villa Maria Callas standen zur Wahl. Zusätzlich wollte sie noch einmal das Eiscafé von gestern aufsuchen, vielleicht schaffte sie es, mit dem Kellner ins Gespräch zu kommen. Anschließend würde sie, wie geplant, Rosa im Fundbüro ablösen. Ihre Umhängetasche mit den Badesachen hatte Edwina über der Schulter, ein Sprung in den Lago musste ebenfalls drinnen sein. Noch hatte sie vor, alle Wege zu Fuß zu erledigen.

Durch das viele Gehen fühlte sie sich fitter. Sie schätzte, dass sie auch ein oder zwei Kilos abgenommen hatte, die Hosen spannten nicht mehr ganz so um den Bauch. Aus dem Grund hatte sie sich heute für ihre rote, halblange Jeans entschieden mit einem Ringel-T-Shirt. Insgeheim gestand sie sich ein, dass sie sich in dem Outfit ebenfalls ein wenig jünger fühlte.

Nur den angedachten Besuch in der Questura, auf dem Revier bei Commissario Alceste, hatte Edwina verschoben. Schlicht und einfach, weil es wichtig war, dass die Initiative von ihm ausging. Mit Aufdringlichkeit kam sie nicht weiter, Geduld hieß das Zauberwort.

„Möchtest du uns nicht Gesellschaft leisten?" Beatrice kniff Edwina nun in den Oberarm. Es brannte. „Kaffee gibt es genug, und die Tramezzini teilen wir alle vier schwesterlich."

Luis Brand nickte und stellte sich und seinen Begleiter unnötigerweise noch einmal vor. „Leisten Sie uns gerne Gesellschaft, Signora Teufel. Wir freuen uns. Wir wissen ja, dass Sie dem Team der Polizei angehören, und werden nicht über den Fall reden."

„Nein, Sie irren sich. Das tu ich nicht. Ich bin einfach nur Edwina." Ihren Rang ließ sie beabsichtigt unerwähnt. Sie schüttelte die Hände der Männer, wobei Felix Stacherer nicht so wirkte, als würde er sich über die Begegnung freuen. „Aber die Einladung nehme ich an."

Beatrice klatschte in die Hände. „Wunderbar! Folgt mir. Es ist draußen unter der Pinie gedeckt."

Kaum hatten die Gäste im Garten Platz genommen, verschwand Beatrice in der Küche. „Ich bin nicht ganz fertig", flötete sie. „Wie gesagt, hier rechnet niemand mit Pünktlichkeit." Es klang nach einem Vorwurf.

Schweigen breitete sich zwischen den dreien aus.

Dann ergriff Felix als Erster auf Österreichisch das Wort. „G'fällt's Ihnen am Gardasee, Frau Teufel?"

„Total gut. Also, wer sich nicht sofort in den Lago verliebt, dem ist nicht mehr zu helfen."

Die Männer lachten übertrieben laut. „Wir leben bereits das vierte Jahr hier und entdecken immer wieder neue Lieblingsplätze und Orte, die abseits der touristischen Wege liegen. Sauschön is' es hier." Diesmal meldete sich Luis Brand zu Wort. „Ich stamme aus Innsbruck und Felix aus Kitzbühel. Zwei Tiroler, die die Heimat vermissen, aber den Lago nicht mehr missen mögen, könnt man sagen. Berge gibt's hier auch, wir haben sogar eine Tagestour zu den Dolomiten vom Gardasee aus unternommen. Der Wochenmarkt, Cappuccino schlürfen in der Altstadt unter Palmen, die Sonnenuntergänge. Ich könnt direkt ins Schwärmen geraten. Und du, Edwina? Du bist Wienerin? Wenn ich dich duzen darf? Bei uns is' es ja üblich."

„Du darfst, und ja, ich stamm aus Wien." Edwina überlegte und wog ab. Die Gelegenheit war günstig. So ein Zusammentreffen nutzlos verstreichen zu lassen, wäre gegen ihre Instinkte. „Der Lago is' wirklich ein Stückchen Paradies."

„Mein Geheimtipp: im Norden der Halbinsel eine Wanderung unter den Klippen. Deine innere Befindlichkeit wird es dir danken."

„Was hat euch hierher verschlagen? Urlaub oder die Arbeit?"

Die jungen Männer warfen sich einen raschen Blick zu, den Edwina registrierte.

„Ich wollt immer schon nach Italien." Luis antwortete knapp. „Ich mag das Land, die Sprache."

„Ähnlich bei mir." Fast nahtlos übernahm Felix. „Ich hab als Surflehrer gejobbt und mich nebenbei in einer kleinen Pension um die Abrechnungen gekümmert. Luis hat Zustellungen für einige Weinhändler g'macht, dort Knut kennengelernt. Später dann Beatrice. Von der Anstellung bei Giovanni di Levia hatten wir uns ehrlicherweise mehr versprochen. Anfangs aber war es okay, sogar echt gut. Weil di Levias Uroma auch aus Tirol war, hat er uns g'mocht."

Sichtlich war er bemüht, die Geschichte der beiden positiv zu vermitteln. Edwina spürte eine anhaltend leichte Nervosität. Sie setzte einen weicheren Ton an, bei Vernehmungen hatte sie das oft weitergebracht. Die Zornnatter konnte durchaus lieblich sein.

„Ihr habt euch hier ang'freundet, nicht wahr? An diesem wunderschönen Flecken Erde."

„Das is' eine schöne G'schicht, Edwina." Luis parlierte weiter. „Ich wollt mit dem Boot zu meinem ersten Arbeitstag fahren und, wie es üblich is', ein Selfie von der Kulisse der Stadt und der Burg machen. Dabei hab ich das Gleichgewicht verloren, aber Felix war da und hat mich aufg'fangen. Wie soll ich es beschreiben? Zuerst war ich etwas erschrocken, aber dann hat Felix eine Bemerkung zu meiner Frisur g'macht, und wir haben losg'lacht."

„Undercut-Kopf braucht nicht auch noch under water, hab ich g'sagt." Nun taute auch der Angesprochene auf, fuhr sich durch die Locken. „Wobei ich sonst eher der Griesgrämigere von uns bin. Obwohl ich das Glück im Namen trag, haha. Für mich war es damals übrigens die erste Arbeitswoche. Ehrlich g'sagt, will ich in Wahrheit einen Roman schreiben. Hier sollt mich die Muse küssen. Es hat bisher nicht geklappt. Aber die Begegnung am Schiff war's wert."

Ganz kurz musste Edwina an ihr Wutbuch denken. Dann nutzte sie die nun gelockerte Stimmung direkt aus. „Hat euch Giovanni mal was von einem *tödlichen Poem* erzählt oder vorg'lesen?"

Beide schüttelten einmütig den Kopf.

„Das hat uns der Commissario auch schon g'fragt." Felix wirkte sofort wieder distanzierter. „Wenn der Boss mit seinen poetischen Anwandlungen g'nervt hat, haben wir nie richtig zug'hört."

Luis beugte sich zu Edwina hin. „Man soll nicht schlecht über Tote sprechen, aber wir haben uns immer mehr als Arbeitstiere empfunden, keine gleichwertigen Ang'stellten auf Augenhöhe. Der Boss hat sich mehr und mehr verändert. Nicht, dass er nicht vorher auch schon konservativ und exzentrisch g'wesen wär, aber je älter er wurde, desto eigentümlicher hat er sich benommen. Er war kein angenehmer Kerl. Kein kommoder Hegl, wie man bei uns sagt."

„Allora, sprechen wir es aus", wechselte nun Felix wieder ins Italienische, als Beatrice mit einem Tablett erschien, auf dem sich die kleinen, dreieckigen Sandwiches türmten, als hätte sie mindestens ein Dutzend Esser erwartet. „Di Levia war auf dem Weg, verrückt zu werden. Vielleicht hatte er Demenz oder so was, das kann ich nicht sagen."

„Aber du hättest ihn früher erleben sollen, Edwina", übernahm direkt Beatrice. „Ein stattlicher Mann, der charmant sein konnte wie ein Filmstar. Dabei ein knallharter Geschäftsmann. Mein Knut war sogar eifersüchtig, was er sonst nie gezeigt hätte."

Sie stellte ab, eilte zurück in die Küche und kam mit ihrem Handy zurück, das sie Edwina unter die Nase hielt. „Schau. In einem Onlineartikel ist ein Nachruf für Giovanni. Hier siehst du ein Foto von früher."

Die Aufnahme zeigte den Eistüten-König im Alter von etwa vierzig Jahren vor einer Eisdiele mit einer Riesentüte in der Hand, die vor bunten Eiskugeln überquoll. Smart sah er aus, elegant und auch humorvoll. Kein Vergleich zu dem di Levia, der im Fundbüro aufgetaucht war.

Mit einem kleinen Seufzen holte sich Beatrice ihr Handy zurück.

In den nächsten zehn Minuten huschte sie hin und her, lehnte jegliche Hilfe ab und servierte, schenkte ein, verteilte mit sichtlicher Freude. Nachdem Beatrice mit roten Wangen, die zu ihrer Haarfarbe passten, endlich saß und sich die Runde bei ihr überschwänglich bedankt hatte, lenkte Edwina das Gespräch noch einmal auf den speziellen Samstag. Ihre Vormittagspläne waren ohnehin passé, nun hoffte sie auf ein oder zwei Informationen, mit denen sie möglicherweise den Commissario überraschen konnte.

„Ist euch beiden in den letzten Tagen vor di Levias Tod etwas aufgefallen? War sein Verhalten anders als sonst?"

„Du meinst, ob er sich weniger wie ein irrer Tyrann aufgeführt hat?" Felix schnappte sich ein erstes Tramezzino und schlang es in einem Bissen hinunter.

„Ein Tyrann war er nicht. Nur verwirrt", beschwichtigte Luis. Er rührte seinen Kaffee länger um als nötig. „Das ist er auch anfangs schon hin und wieder gewesen. Aber da ging er noch zu Konzerten und Einladungen. Ich habe ihn jeweils hingebracht und abgeholt. Seine Frau fuhr hingegen gern selbst mit ihrem Sportwagen. Ihr war die Limousine zu träge."

„Exfrau", stellte Edwina klar. „Die beiden sind geschieden."

„Vielleicht auch nicht." Beatrice brachte sich mit glänzenden Augen ein. „Was ich gehört habe, soll die Ehe noch gelten, nur getrennt gelebt haben sie. Bedeutet, es gibt doch einen Erben. Besser eine Erbin."

„Das wundert mich jetzt. Woher hast du das?" Manchmal war die Gerüchteküche schneller als die Polizei. Das hatte sie auch in Wien bereits erlebt. „Von einer seriösen Quelle?"

„Will ich nicht preisgeben, Edwina." Beatrice holte sich zwei Tramezzini auf einmal und begann am ersten zu knabbern, was ihre Daisy- und Donald-Ohrringe zum Drehen brachte. „Es ist eine Person, die ... na ja, die ... ach, ich ziehe die Neuigkeit zurück. Ist wahrscheinlich bloß ein Gerücht."

Gerne hätte Edwina nachgebohrt, aber sie wollte Beatrice nicht vor den Männern in Verlegenheit bringen. Es gab anderes, das sie genauso interessierte. „Felix, Luis, ich komme auf den besagten Samstag. Ihr hattet beide frei, bevor Felix noch einmal in die Villa zurückgekehrt ist und den Toten gefunden hat, richtig?"

Ein nächster schneller Blickkontakt folgte. Luis wurde blass.

Felix setzte an, nach der Hand des anderen zu tasten, führte die Bewegung aber nicht aus. „Wie eine große Stoffpuppe lag der Boss da. Dass er tot ist, habe ich sofort gewusst. Trotzdem habe ich ihn noch berührt. An der Schulter und am Rücken. Um ihm zu helfen, falls ich mich irre. Luis und ich sind erst kurz davor von einem Ausflug zurückgekommen. Ich habe ihn sofort angerufen, dass er mir helfen soll."

Luis schloss an. „Wir verbringen unsere freien Tage oft miteinander. Di Levia hat ohnehin in der letzten Zeit weniger zu tun für uns gehabt. Er ist selten aus dem Haus gegangen, hatte kaum noch Post. Werbeprospekte, die mochte er. Wurfsendungen hat er durchgesehen. E-Mails hingegen hat er gehasst. Ich glaube, an seinem Account war außer Felix höchstens seine Ex, Greta. Nach ihrem Auszug musste das Passwort geändert werden und er hat nicht einmal danach gefragt. Das Digitale war für ihn ohnehin lächerlich. Sein Mobiltelefon war ein überaltertes Modell. Seine Gedichte hat er ausschließlich mit der Hand festgehalten. Als ich ihm einmal vorgeschlagen habe, dass Felix sie einscannen könnte, hat er einen Wutanfall bekommen."

„Nicht alles spricht gegen einen Gentleman der alten Schule", wandte Beatrice ein.

Edwina notierte sich in Gedanken, dass sie den Commissario nach den wenigen digitalen Hinterlassenschaften und dem Handy des Toten fragen wollte. Natürlich nur, wenn er sich je wieder melden sollte, fügte sie hinzu, von sich selbst und ihrem Wissensdurst genervt.

„Langer Rede, kurzer Sinn", führte Luis weiter aus. „Was Felix vorhin sagen wollte, ist, dass wir an dem Samstag in Campo waren. Ein wundervoller Tagesausflug."

„Campo ist eines der Dörfer von Brenzone sul Garda, aber sehr außergewöhnlich." Beatrice unterbrach zum wiederholten Mal. „Es ist am Westhang des Monte Baldo gelegen, etwas höher. Es wird als ein mittelalterliches Geisterdorf bezeichnet, weil es angeblich unbewohnt ist. Stimmt nicht ganz, einige Leute leben dort, es gibt sogar ein Lokal."

Edwina hatte weder Kaffee noch ein Tramezzino zu sich genommen und beachtete Beatrice nicht. „Bitte, Felix, wie ging es weiter?"

„Wir sind erst am späten Nachmittag zurück." Felix pausierte kurz, um sich ein Glas Wasser einzuschenken. Er trank es in einem Zug leer. „Eigentlich hatte keiner von uns mehr in der Villa zu tun, aber ich wollte noch Unterlagen für die nächste Steuererklärung holen und in meinem Appartamento einscannen. Zuerst dachte ich, der Boss wäre unterwegs, aber dann bin ich hoch in die Bibliothek und habe ihn entdeckt. Der Kopf lag seitlich am Teppich. Die offenen Augen starrten in meine Richtung. Blut war da. Nicht viel, aber etwas. Ich habe Luis verständigt. Besser ins Handy geschrien, er soll sofort kommen. Sobald er bei mir war, riefen wir die Rettung und die Polizei und haben gewartet."

„Das Makabre war, dass ich ebenfalls fast gestürzt bin an diesem Nachmittag. In Campo", fuhr Luis wieder fort. „Oberhalb gibt es einen Aussichtspunkt, von dem aus man das ganze Dorf und den Gardasee bis zum nördlichsten Punkt sehen kann. Um das beste Foto zu machen, bin ich auf eine Felsplatte geklettert und fast abgerutscht. Felix hat mich gehalten. Wieder einmal."

„Wir haben übrigens dort andere Besucher gegrüßt. Das kann die Polizei nachprüfen." Felix klang beschwörend. „Und di Levia war nicht mehr am Leben, als ich ihn gefunden habe. Wie gesagt: Mausetot, das war er."

Mausetot, das Wort hatte auch Beatrice verwendet, fiel Edwina ein. Dazu überlegte sie, ob Felix bloß ausgeharrt hatte, bis Luis aufgetaucht war, oder am Tatort etwas verändert hatte. Ohne Vorwarnung legte Edwina ihre vorangegangene Beobachtung offen. „Felix und Luis, ihr seid ein richtiges Paar, nicht nur Freunde. Ihr liebt euch, nicht wahr?"

Felix hustete, Luis blinzelte. Beatrice zog eine Augenbraue hoch.

„Das ist vollkommen okay." Edwina hob entschuldigend die Hände. „Kein Grund, euch zu verstecken. Ich wollte es nur bestätigt haben. Mein Sohn Carl lebt in Wien mit seinem Lebensgefährten zusammen."

„Du hast recht, Edwina." Felix nickte. „Wir sind mehr als Freunde. Aber der Boss war in seinen Ansichten auch dabei erzkonservativ. Nach diesem Sommer wollten wir gemeinsam die Stelle aufgeben und uns etwas anderes suchen. Im Endeffekt ging es di Levia nichts an."

„Lasst mich jetzt bitte einen Vorschlag machen", unterbrach Beatrice. „Hat jemand Lust, mit mir nach unserem Brunch an den Strand zu fahren und einen Cocktail an der Jamaica Beach Bar zu trinken?"

„Eine letzte Frage hätte ich." Edwina biss sich noch einmal fest. „Passend zu deinem Cocktail-Vorschlag, Beatrice. Was war Giovanni di Levias Lieblingsgetränk? Alkoholischer Natur, meine ich. Gab es eines?"

Diesmal war es Luis, der sofort, ohne zu überlegen, antwortete. „Amaretto Crema. Unser Boss hat sich seinen Tag gerne mit Likör versüßt."

„Das wusstet ihr zwei selbstverständlich. Und wer noch?"

„Nun ja, jeder, der ihn näher kannte. Früher sicher viele Leute, später dann wir, die Haushaltshilfen und seine Exfrau."

„Oder doch immer noch Ehefrau. Vielleicht war da noch ein wenig Zuneigung." Beatrice hob ihre Tasse, als gäbe es etwas zu feiern. „Die Liebe ist in all ihren Farben wunderbar, meint ihr nicht?"

Der Smalltalk begann.

Die detaillierten Informationen über Felix und Luis könnten Commissario Alceste ebenfalls interessieren, überlegte Edwina währenddessen. Sie beschloss, diesmal von ihrer Seite aus zuerst Giorgia Punta zu kontaktieren.

Zusätzlich aufgefallen war Edwina, dass die Anwesenden keine einzige Silbe über die Verhaftung von Bruno Rinaldi verloren hatten, obwohl es bereits öffentlich geworden war. Toni hatte ihr im Netz die ersten Onlineartikel gezeigt.

„Fahrradkurier im Fall di Levia verdächtigt!"

„Der Eistüten-König und sein Mörder?"

Lauteten zwei davon, die Edwina überflogen hatte.

Weder Beatrice noch die beiden jungen Männer hatten es angesprochen. Entweder wussten sie es noch nicht oder es kam ihnen gelegen, dass sich rasch ein Schuldiger hatte finden lassen.

15

Bei ihm im Hintergrund hörte es sich nach einer Baustelle an. Vom Polizeirevier aus konnte sich Alceste nicht gemeldet haben.

Edwina musste ins Handy rufen, damit sie der Commissario verstehen konnte. Sie hoffte, dass ihm gleich kein Detail ihres Berichts über das zufällige Zusammentreffen zwischen ihr und den beiden Angestellten von di Levia entgehen würde. Den Namen Beatrice wollte sie unerwähnt lassen. Edwina würde damit vermeiden, dass die Nachbarin zu einer Vernehmung musste. Ein solches Ereignis hätte Beatrice sicherlich um den ganzen Gardasee ausgeplaudert.

„Sie machen mir Konkurrenz, Chefinspektorin." Alceste versuchte ebenfalls, mit lauter Stimme den Lärm zu übertönen. „Ich komme mir ja schon überflüssig vor."

Edwina brachte Abstand zwischen ihr Handy und ihr Ohr. „Das ist jetzt ein Scherz, Commissario."

„Edwina Teufel, ich durchschaue Sie."

„Keine Kunst, Commissario, ich bin ein offenes Buch. Abgesehen davon, Sie waren es eben, der mich angerufen hat."

Finalmente, hätte Edwina hinzufügen können, verkniff es sich aber.

„Was?" Ein Dröhnen folgte, eine Weile verstand keiner den anderen. „Ich gehe nach drinnen", brüllte Alceste. „Warten Sie."

Edwina wartete. Unter dem Lärm hörte sie eine Tür, die aufging und zuschlug.

„Wie ist es jetzt?"

„Besser, Commissario. Sie brauchen nicht mehr so zu schreien. Und ich wiederhole es. Sie haben mich angerufen, nicht umgekehrt."

„Weil mir Giorgia mitgeteilt hat, dass Sie Neuigkeiten hätten und auf einen Rückruf warten. Geben Sie es zu, Sie haben darauf gelauert. Sie hätten vorhin am liebsten gejubelt, als ich in der Leitung war. Stimmt's?"

„Meine Gespräche mit Ispettore Punta sind allein für sich schon interessant, finde ich. Leider haben Sie mich ja bei meinem letzten Anlauf nicht vorgelassen."

„Zu meiner Entschuldigung möchte ich betonen, dass mich der Vice-Questore in Beschlag genommen hat ... Aber nun zu den Angestellten von Giovanni di Levia. Wie kommt es, dass Sie noch mehr über Stacherer und Brand wissen?"

„Haben Sie inzwischen weitere Verdächtige aufgetan, Commissario?"

„Ich hasse es, wenn man meine Fragen mit Gegenfragen aushebelt."

„Oh, das mag ich genauso wenig, hier haben wir eine Gemeinsamkeit. Ich bin der festen Überzeugung, dass wir davon noch mehr finden werden. Im Laufe der Zeit."

„Ich kann Sie offiziell nicht einbinden. Das könnte ich nicht einmal, wenn Sie aktiv im Dienst wären."

Edwina meinte, ein Bedauern in seinem Tonfall zu erspüren, was ihr durchaus gefiel.

„Commissario, Sie haben mich in die Villa di Levia bestellt, haben mir den Tatort gezeigt, die Tatortfotos. Ihre Kollegin hat mir Details zu Bruno Rinaldis Verhaftung gegeben. Ich durfte mit dem Dottore reden. Sicherlich auch, weil Sie sich über mich erkundigt haben. Ist doch so, oder?"

„Selbstverständlich wollte ich mehr über Sie wissen. Nach unserer ersten Begegnung, als ich das erste Mal Luft holen konnte, habe ich in Wien Auskünfte eingeholt. Eine höchst erfolgreiche Chefinspektorin – Ihr Fahndungserfolg ist wirklich beachtlich – nimmt sich eine berufliche Auszeit. Darf man fragen ...“

„Man darf nicht, Commissario. Nehmen Sie es als gegeben hin, dass ich eine Weile in einer Pause bin. Oder freuen Sie sich, dass ich zur richtigen Zeit am richtigen Ort bin, als Unterstützung für Ihren Mordfall.“

„Ich hätte Sie niemals an den Tatort gebeten, wenn ich nicht absolut der Meinung gewesen wäre, dass Sie mir weiterhelfen könnten, Chefinspektorin Teufel. Was ja auch gestimmt hat und weiterhin stimmen könnte. Wobei meine Betonung im Konjunktiv liegt, denn sicher bin ich mir keineswegs. Aber ich finde, Sie haben es verdient, da Sie es ja waren, die von der ersten Minute an auf ein Kapitalverbrechen getippt hatte.“

„Na gut, dann bleiben wir vage. Wie würden Sie sich unsere weitere Zusammenarbeit vorstellen? Ich warte jedes Mal, bis Sie mir einen Knochen hinwerfen? No, Signor Alceste. Da drehe ich mich auf der Stelle um und genieße meine restliche Zeit am Gardasee.“

„Das können Sie nicht. Dazu sind Sie zu neugierig, zu sehr Ermittlerin. Noch dazu, wo Sie es waren, die mit Giovanni di Levia in seinen letzten Stunden zusammengetroffen ist.“

„Sein Mörder war ihm, zeitlich gesehen, viel näher.“

„Richtig, Chefinspektorin.“

„Und ich muss darauf bestehen, unser Verhältnis zu klären, Commissario. Ich möchte dabei sein und Sie beraten. Wie Sie es bei Ihren Vorgesetzten handhaben, ist Ihnen überlassen.“

„Wir werden sehen, Signora."

„Langsam werde ich müde, hungrig und – wie man in Österreich so schön sagt – grantig."

„In dieser Stimmung habe ich Sie schon erlebt. Unsere erste Begegnung ist mir sehr wohl noch in Erinnerung."

„Es kann jederzeit wieder geschehen. Mein Naturell ist ein leicht entflammbares."

„Würden Sie jetzt so freundlich sein und mir von Stacherer und Brand berichten? Alles kann wichtig sein. Jedes Detail, dazu gerne auch Ihre Einschätzung. Wie Sie mit den beiden ins Gespräch gekommen sind. Auch das will ich wissen."

Im Hintergrund war nun Kinderjubeln zu vernehmen.

Edwina kribbelte es im Bauch, den Commissario ebenso ein wenig aufzuziehen. „Sind Sie auf einem Kindergeburtstag, Commissario? Auch ein Nebenjob wie bei mir im Fundbüro? Vielleicht für die Kinderanimation?"

„Un momento. Ich melde mich gleich wieder, Chefinspektorin." Alceste pfiff. Dann folgte ein Rufen. „Adesso e subito! Sofort! Basta!"

Die Verbindung brach ab.

Eine Minute später erschien erneut die Nummer des Commissario auf Edwinas Display. In dem Moment klingelte das Glöckchen an der Tür des *ufficio oggetti smarriti*. Eine Suchende trat ein.

Adriano Alceste würde nun seinerseits auf einen Rückruf warten müssen.

16

Urplötzlich und unerwartet schlich sich ein Gefühl des Unwohlseins bei Edwina ein. Sie schloss spätabends die Tür des Fundbüros ab und ging die Via Emilia Richtung Bushaltestelle hoch.

Nach Edwinas Eintreffen hatte sie Rosa, die vollkommen erschöpft gewirkt hatte, mit Nachdruck nach Hause geschickt.

Heute war der Tag der Planänderungen, wie Edwina ihn taufte.

Bis weit über die offiziellen Öffnungszeiten und in den Abend hinein hatte das Glöckchen geklingelt. Ganz Sirmione schien etwas verloren zu haben, Edwina wollte niemanden wegschicken und war viel länger als sonst geblieben.

Nun war sie endlich fertig und unterwegs.

Nur eines der Häuser im weiteren Umkreis war beleuchtet. Ein rotes Licht glomm hinter den Fenstern, das mehr nach Disco als gemütlichem Zuhause aussah. Edwina fragte sich, wo die Menschen der hübschen Straße alle waren. Es war bereits dunkel und eigentlich die Zeit, in der man es sich auf dem Sofa gemütlich machte. Die meisten Gardesani und Gardesane aßen, wie in Italien üblich, ihre große Mahlzeit in den Abendstunden. Hatten sich in der Via Emilia alle dazu entschlossen, essen zu gehen?

In den Laubbäumen, die in Abständen den Gehweg säumten, rauschte ein warmer Wind, der auch durch Edwinas Haar wie eine sanfte Berührung strich. Weiter vorne eine Gruppe von drei Palmen, die ihre schwertartigen Blätter in den Nachthimmel reckten. Grillen zirpten, die Männchen machten Musik für die

Weibchen. Alles in allem eine südliche Atmosphäre um Edwina herum.

Trotzdem zog es in ihrem Unterleib, als würde sich nach einem Bauchtraining ein Muskelkater ankündigen. Ihr war mulmig zumute.

Sie versuchte gedanklich, Schönes hervorzukramen.

Der Filmklassiker *Die Brücken am Fluss* mit Meryl Streep und Clint Eastwood kam Edwina in den Sinn und lenkte sie von dem unguten Gefühl ab. In einer Szene hatte der Hauptdarsteller seiner Geliebten in der Badewanne den Kopf gewaschen. Ein sinnliches Kinoerlebnis, das Edwina mit Toni nachgespielt hatte. Doch bei ihnen im Badezimmer hatte es nur viel Gelächter und eine kleine Überschwemmung gegeben. Keine Verführung und kein Sex danach, sondern Pfützen aufwischen war angesagt gewesen.

Sein Humor, der Spaß, den sie mit Toni hatte, war es, der sie zusammenhielt. Zehn Jahre, das elfte in Startposition, waren für Edwina eine lange Zeit. Ihre erste und einzige Ehe hatte keine zwei Jahre gehalten. Carl war daraus entstanden, was das Gute daran gewesen war. Ihre Arbeit als Verbrechensbekämpferin war daran schuld. Starre Arbeitszeiten gab es nicht. Wenn sie mitten in einer Aufklärung war, lebte sie auch darin. Die Tat, die Opfer, die Ermittlungen und die Jagd nach den Tätern bestimmten dann ihren Alltag, ihr Denken und Fühlen.

Ihre Erfolgsquote war hoch, für Edwina allerdings nicht hoch genug. Da gab es mehrere Fälle, die sich im Laufe der Dienstjahre angesammelt hatten, die ungeklärt blieben. Diese Cold Cases brannten auf ihrer Seele.

Vor allem der letzte, dessentwegen sie final beurlaubt worden war. Ausgerastet war sie, vollkommen ausgeflippt, als die Polizei den Täter hatte freilassen müssen, weil ein Kollege am Tatort geschlampt hatte und Spuren verunreinigt worden waren. Eine Entschuldigung hatte Edwinas flammende Wut nicht gedämpft, sie hatte den Armen am Ende ihrer Wutattacke sogar schlagen wollen. An sein kalkweißes Gesicht konnte sie sich genau erinnern.

Danach war sie umgekippt. Ihr Kreislauf hatte versagt. Der Rest war eine Anhäufung von Gesprächen mit ihrem Vorgesetzten, der Psychologin und Toni, der sie als Einziger zu verstehen schien.

Plötzlich vernahm sie ein Geräusch, das sie aus den vergangenen Geschehnissen riss. Nicht wirklich lange her, die Geschichte, aber nichts für einen Heimweg bei Dunkelheit. Lieber sich an eine Liebesgeschichte erinnern, die sie im Kino berührt hatte.

Doch ihre Unsicherheit wuchs.

Die Via Todeschino war in Sichtweite, und auch eine Straßenlaterne. Einmal um die Ecke und die Bushaltestelle war erreicht. Es war eine Premiere, dass Edwina den Bus nehmen würde und nicht zu Fuß lief. Was ebenfalls der späten Stunde geschuldet war.

An dem Schild angekommen, erfasste sie Erleichterung, die im nächsten Moment wieder verschwand, als ihr klar wurde, dass um die Uhrzeit kein Bus mehr fuhr. Also würde sie doch zu Fuß die knappen vierzig Minuten zurücklegen.

„Dunkelheit überrascht mich nicht hier."

Der Satz, einmal in einem Buch gelesen, tauchte zusammenhangslos in ihren Gedanken auf. Das unangenehme Ziehen in ihrem Bauch wechselte zu einer

Emotion, die Edwina fast schon vergessen geglaubt hatte: Angst.

Wieder sah sie sich um.

Da war niemand.

Ein paar erhellte Häuser mehr, immerhin. Ein Auto fuhr an ihr vorbei, gefolgt von einem Lastwagen. Nichts Ungewöhnliches, nichts, was einer Frau am Abend Angst machen würde.

An der Ecke, um die sie vorhin gebogen war, blitzte etwas auf. Edwina stieß einen leisen Schrei aus. Sie starrte eine Weile hin, ohne Genaueres erkennen zu können.

Schließlich begann sie, ihr Handy in ihrer Umhängetasche zu suchen. Es dauerte wie immer, das Ding lag stets zuunterst, meist ins Badetuch gewickelt.

Wieder ein Blitzen.

Edwina unterbrach das Kramen und kniff die Augen zusammen. „Wer ist da?", rief sie aufs Geratewohl in die Richtung.

Ein Schatten bewegte sich am Vorgarten des Eckhauses und sprang ein Stück zurück.

Edwinas Herz verdoppelte seine Schläge.

„Ich sehe dich!", setzte sie lauter hinterher.

Nichts mehr rührte sich, nichts sprang. Kein Blitzen, kein Schatten, nur ein Fahrrad, das aus der Via Emilia in die Via Todeschino abbog und an ihr vorbeirollte. Zwei junge Leute hatten darauf Platz gefunden. Edwina vernahm Lachen, das an ihr vorüberwehte.

Ich werde beobachtet, wusste sie auf einmal. Ohne eine Ahnung, von wem und aus welchem Grund.

Doch dann startete ein Auto in der Nebenstraße, es bog um die Ecke. Die Scheinwerfer blendeten sie kurz.

Edwina ging zwei Schritte zurück, stellte sich hinter einen der Bäume.

Der Wagen fuhr betont langsam an der Haltestelle vorbei, ein paar Meter weiter hupte der Fahrer. Sie zuckte zusammen, obwohl das Hupen nicht ihr gegolten haben konnte. Oder doch?

Blau war der Wagen, rot die Fahrertür. Eine Farbkombination genauso wie bei ihrem Wutbuch, fiel Edwina ein. Sie überlegte, ob sie sich nicht rasch das Nummernschild notieren sollte.

In dem Moment meldete sich ihr Handy aus den Tiefen der Tasche. Der Melodie folgend, bekam Edwina das Mobilteil endlich zu fassen und sah den grinsenden Toni auf dem Display. Das Foto, das ihn mit einem dreikrempigen Strohhut zeigte, war erst vor wenigen Tagen entstanden.

„Toni!" Ihre Stimme klang gehetzt, als wäre sie gelaufen. „Ein Gedanke. Ich wollte mich eben bei dir melden."

„Wo bist du?"

„An der Bushaltestelle beim Fundbüro. Ich bin viel länger für Rosa eingesprungen."

„Okay. Ich habe mir schon Sorgen gemacht. Du hättest Bescheid geben sollen." Er brummte. „Es fährt so spät kein Bus, Winnie."

„Ja, das habe ich bemerkt."

„Ich hole dich ab. Meinen Dienstwagen vom Hotel benutze ich ohnehin zu wenig für private Dinge. Meine Kollegin ist mit ihrem bis nach Südtirol gefahren. Das sollten wir auch tun, Winnie. Aber jetzt komme ich erst mal rasch zu dir."

„Danke, Toni. Du bist ein Schatzerl."

„Du musst mir vorher una domanda richtig beantworten."

„Eine Frage? Ich verstehe nicht."

„Wer ist dein Lieblingsgärtner am Gardasee? Oder sagen wir in ganz Italien? Besser noch, wir nehmen Österreich mit dazu."

Edwina lächelte. Das Lächeln bannte die Angst letztendlich und ihr Bauch entspannte sich.

„Die Antwort kriegst du erst, wenn du als mein Retter vor mir stehst."

„Retter? Ist etwas passiert, Winnie?"

„Aber nein, fahr los, ich warte auf dich."

„Signora Teufel, dein Wunsch ist mir Befehl und Vergnügen. Bis gleich. Ciao, bellissima!"

Ja, es war Tonis Humor, den sie liebte, und vieles mehr.

Edwina sah sich noch einmal um.

Niemand und nichts, das ihr Böses wollte. Warum auch?

III

Desiderio – Sehnsucht

Trotz der ständigen Grübeleien zum Tod von Giovanni di Levia, zur Verhaftung von Bruno und zu einer leider sehr kurzen ersten Liste anderer möglicher Verdächtiger – des Sekretärs und des Chauffeurs, auch wenn die ein Alibi hatten – schaffte es das Jamaica-Feeling am Lago, Edwina für kurze Zeit völlig einzunehmen.

Sie hatte ihre neuen lila Sneaker einweihen wollen, die einzige brauchbare Anschaffung der letzten Frustkäufe, und sich auf diese kleine Wanderung gemacht.

Wer, wenn nicht Beatrice, hatte die Schuhe im Schaufenster einer Boutique in der Altstadt entdeckt. Die Farbe passte perfekt zu Edwinas Haarsträhne und Nagellack, deshalb hatte sie sie schließlich gekauft. Sie hatte sich sogar hinreißen lassen, ein völlig überteuertes helles Leinenkleid mit lila Bordüren ebenfalls mitzunehmen. Den Satz von Beatrice – „Langsam wirst du so stylisch wie ich" – hatte Edwina überhört.

Die Wanderung hatte sie allerdings ohne Beatrice gestartet. Zu Fuß entlang der Ostseite der Halbinsel, vorbei an der Spiaggia Lido delle Bionde bis zum Jamaica-Strand an der Spitze der Halbinsel. Per Boot wäre es schneller gewesen, aber das Gehen machte ihr heute einmal mehr Freude und die Temperatur war dabei warm, jedoch nicht schweißtreibend geblieben.

Es war das erste Mal, dass Edwina diese Stelle zum Baden aufsuchte, bisher waren es die anderen Strände gewesen, die sie angezogen hatten.

Sofort nach ihrer Ankunft erlag sie dem Charme der Spiaggia Jamaica. Die weißen Felsen, über die man ins Wasser, das klar bis in die Tiefe war, gelangte, bildeten einen herrlichen Kontrast zum blauen Himmel. Die Sicht war atemberaubend weit. Edwina hatte das

Gefühl, den gesamten Gardasee mit seinen Ufern und Bergen überblicken zu können.

Der Ansturm der Besucher hielt sich in Grenzen, obwohl der eher schmale Abschnitt bereits gut gefüllt war. Für einen halben Tag hatte Edwina eine Liege gemietet, an der Nummer 47 setzte sie ihre Umhängetasche ab, breitete das Handtuch aus und cremte sich ein. Aus einer Bar klang fröhliche Musik, es wurden Cocktails in allen Farben und Mixturen angepriesen. Edwina merkte, wie ihre Hüften automatisch zu schwingen begannen.

Es war eine gute Entscheidung gewesen, das Hirn auszulüften. Die jüngsten Ereignisse einmal außen vor zu lassen, gelang ihr hier tatsächlich.

Als erste Aktion stapfte sie weit ins Wasser hinein, langsam und vorsichtig bewegte sie sich auf den rutschigen Felsen entlang. Das noch kühle Nass prickelte auf ihrer Haut und mit einem wonnigen Laut ließ sie sich schließlich ganz hineinfallen. Die ersten Schwimmstöße waren etwas ungelenk, doch bereits nach ein paar zurückgelegten Metern kam sie in ihren Rhythmus.

Weiter, immer weiter schwamm sie, an anderen Badenden und Surfenden vorbei. Das Gefühl, vom seidigen Wasser umhüllt zu werden, war unbezahlbar. Als sie sich auf den Rücken drehte, ging sie kurz unter, um mit einem Prusten wieder aufzutauchen und vor Verzückung einmal laut aufzulachen.

„Ciao, bellezza!", rief ihr ein wesentlich jüngerer Mann zu und winkte. „Ein Cocktail oder zwei an der Bar?"

Auch das brachte sie zum Kichern. „Grazie für das Kompliment. Aber ich bin vergeben. Und will meine Ruhe."

Er winkte mit einem Bedauern im Blick, danach kraulte er, aufgewühlte Wellen erzeugend, davon.

Hernach war es für Minuten still um Edwina herum. Außer dem sanften Plätschern traten alle Strandgeräusche in den Hintergrund. Unter ihr die Tiefe des Sees, über ihr der azurblaue Himmel. Wie in eine zauberhafte Zwischenwelt gefallen kam sich Edwina vor. Wäre eine Nixe vor ihr aufgetaucht, hätte sie sich nicht gewundert.

Erst ein Surfer, der auf seinem Brett sitzend nah an ihr vorbeipaddelte, holte sie aus der Verzauberung zurück.

„Wenig Wind bisher heute", meinte der und streckte seinen Zeigefinger mit einem lila lackierten Nagel nach oben. Edwina zeigte ihm ihrerseits ihren Nagellack. Sie zwinkerten sich zu.

Zurück an ihrer Liege, cremte sie sich erneut ein. Obwohl sie nicht lichtempfindlich war, hatte sie keine Lust auf einen weiteren Sonnenbrand. Erst als sie sich ausstreckte und die Augen schloss, kamen das Erlebte und das Geschehen um den Eistüten-König wieder hoch.

Doch bevor Edwina die bisherigen Ereignisse zum x-ten Mal durchgehen konnte, drängte sich ein Satz in den Vordergrund, mit dem sie nach ihren bisherigen Ermittlungen nicht gerechnet hatte. Sie betrachtete ihn mit Erstaunen.

„Steig aus der Sach' aus, Eddi", lautete dieser Gedankensatz, mit einer Stimme gesprochen, die an ihren Vater erinnerte, der bereits lange Zeit verstorben war. In ihrem Leben war er der Einzige gewesen, der sie so genannt hatte. Ein Mann, der sich stets unnahbar seiner Frau und seiner Tochter gegenüber gezeigt

hatte und dessen wenige Liebesbekundungen deswegen umso kostbarer gewesen waren.

Er hatte als Handelsvertreter gearbeitet und war oft unterwegs gewesen, kurz vor seiner Pensionierung war er an einem Hinterwandinfarkt gestorben. Nicht zu Hause, sondern, wie stets, auf Tour. Edwinas Mutter Josefa hatte sich nie über ihren Mann oder ihre Ehe beschwert. Im Gegensatz zu ihrer einzigen Tochter hatte sie einen sanften Charakter, umsorgte und erledigte Kind und Haushalt ohne Klagen oder Murren. Edwina war die mit dem Zorn und auch mit den Vorwürfen gewesen, später im Teenageralter. Heute lebte Josefa im betreuten Wohnen im Kolping-Haus in Wien. Es gefiel ihr und ihr ruhiges Wesen schmiegte sich dort mit einer Zufriedenheit ein, die Edwina bewunderte.

„Steig aus der Sach' aus, Eddi", wiederholte die Gedankenstimme im väterlichen Timbre.

„Nein, Papa. Ich muss ermitteln. Das is' mei' Pflicht." Edwinas Lippen bewegten sich leicht. „Einer is' tot und ein anderer verhaftet. Es hat sein' Grund, warum grad ich in die Sach' hineing'stolpert bin." Edwina griff auf das Argument zurück, das sie in der Kirche und gegenüber Toni bereits verwendet hatte. „So bin i' eben."

„Dann pass gut auf di' auf, Eddi, mei' Mäderl."

Wie eine Beschwörung hörte sich das letzte Statement der Gedankenstimme an.

Ein Klappern ertönte. Edwina riss die Augen auf und sah sich um.

Fast erwartete sie, ihren Vater neben der Liege stehen zu sehen, aber es war nur eine Frau, die eine Badetasche geräuschvoll abgestellt hatte.

Mit Herzklopfen setzte sich Edwina auf. Sie musste wohl eingenickt sein und hatte geträumt. Das erste Mal seit Hans Teufels Herztod vor über einem

Jahrzehnt. Unbewusst fasste sie sich an ihre eigene Lebenspumpe, deren Trommelschläge ein Echo in ihren Ohren verursachten.

Apropos: Giovanni war die italienische Form von Hans. Der ermordete Eistüten-König hatte denselben Vornamen wie Edwinas Vater. Bisher war es ihr nicht aufgefallen.

Wie um ihr Herzklopfen noch einmal zu beschleunigen und all ihre neuen Abwägungen zu torpedieren, meldete sich ihr Handy.

„Pronto?"

„Signora Teufel, ich bin es, Giorgia Punta."

„Was gibt es?" Edwina blieb knapp und ein wenig unfreundlicher, als sie sich fühlte. Sie mochte die Polizeibeamtin eigentlich mehr als deren Boss.

„Bruno Rinaldi würde mit Ihnen sprechen wollen."

Damit hätte Edwina niemals gerechnet. „Bruno? Mit mir? Tatsächlich? Kommt die Idee von seiner Nonna?"

„Das weiß ich nicht, Signora. Aber der Commissario war ziemlich verärgert über den Wunsch. Das bleibt bitte unter uns. Deshalb sollte auch ich Sie anrufen. Wenn Sie einverstanden sind, organisiere ich ein Treffen."

Die Vorstellung von einem verschnupften Alceste gefiel Edwina. Ihr Herz kehrte wieder in seinen normalen Takt zurück, die Vaterstimme mit dem Ratschlag war ins Unterbewusste gerutscht. Versunken am Grunde des inneren Sees alles Erlebten.

„Ich kann sehr gut kleine Geheimnisse bewahren. Glauben Sie mir, Ispettore Punta."

„Davon gehe ich aus. Wir würden Sie nach Brescia bringen lassen. Dort sitzt Bruno Rinaldi in Untersuchungshaft. Soll ich zusagen?"

18

Ein weiteres Mal fiel Edwina die Ähnlichkeit zwischen Rosa und ihrem Enkel auf. Die schmale Gesichtsform, die Hakennase, die darin zu groß wirkte, die braunen Augen, die mit einer gewissen Skepsis in die Welt blickten.

Der Besucherraum unterschied sich kaum von einem Gefängnis in Österreich. War man kritisch, könnte man anmerken, dass die Wände durchaus einen frischen Anstrich vertragen würden, aber der hätte die Tristesse der Atmosphäre nicht verändert. Im Häfen zu sitzen, wie es auf Wienerisch so schön hieß, war nie erstrebenswert.

Stickig war die Luft. Die Wärme draußen wurde vom Wind verweht, hier drinnen staute sie sich. Edwina spürte den Schweiß unter ihren Achseln. Am Zugang standen zwei Wärter mit verschränkten Armen, sonst war Edwina mit Bruno allein.

Dass sie außerhalb der Besuchszeiten vorgelassen worden war, hatte sie dem Commissario zu verdanken. Sie ging davon aus, dass er sich von ihrem Gespräch mit dem bisher einzigen Verdächtigen ein Geständnis erhoffte.

Daran glaubte Edwina hingegen keinesfalls.

Hier, in der Haftanstalt in Brescia, war Skepsis allerdings angebracht. Drogen, Gewalt, Selbstmorde – die italienischen Gefängnisse waren wahrhaftig kein Ort, an den man einen zwanzigjährigen Mann hinwünschte. Auch nicht in Untersuchungshaft.

Bruno saß an einem der einfachen Tische und hatte die Finger gefaltet. Möglicherweise schickte er ein Dauerstoßgebet Richtung Himmel. Seine Großmutter tat es längst für ihn.

„Sie haben den Commissario gegen sich aufgebracht, Bruno." Edwina setzte sich und nahm sich vor, auf Mitleidsbekundungen und Ermutigungen gänzlich zu verzichten. Noch wusste sie nicht, ob der junge Mann nicht vielleicht doch der Täter war. „Wie kommen Sie auf die Idee, unbedingt und gerade mit mir reden zu wollen?"

„Nonna hat mir dazu geraten."

Kein wirklich guter Ratschlag von Rosa. Die alte Frau mochte Edwina einiges zutrauen, aber in dem fremden Land waren ihr als Chefinspektorin die Hände gebunden. Abgesehen davon, selbst in Wien würde Edwina ihre Dienstbezeichnung zurzeit nichts helfen. Auszeit war Auszeit, um es noch mal zu betonen.

Trotzdem war sie, ohne zu zögern, gekommen.

„Warum es gelungen ist, dass ich mit Ihnen unter vier Augen sprechen kann, weiß ich nicht, Bruno. Ich gehe davon aus, dass sich Commissario Alceste davon ein Geständnis und einen raschen Abschluss des Mordfalls verspricht."

„Ich habe Signor di Levia nicht ermordet. Ich schwöre es." Er senkte den Blick, seine Finger verkrampften sich, seine Fingerknöchel wurden weiß. „Es sieht aber danach aus, weil ich es war, der ihn als Letzter besucht hat. Direkt nach dem Tierarzt bin ich in seine Villa. Ich hatte eine Verabredung mit ihm. Das wusste keiner, nicht einmal meine Nonna."

Edwina zog die Luft mit einem Zischen ein. Rosas verweintes Gesicht tauchte in Edwinas Kopf auf. „Herrje, Bruno. Jetzt aber müssen Sie mir alles berichten. Wenn ich *alles* sage, meine ich *alles*. Und nun schnell! Viel Zeit haben wir nicht."

Als er zögerte, spürte Edwina Ärger aufsteigen.

„Sofort, Bruno. Sonst stehe ich auf. Es ist für mein Leben egal, ob Sie mir gegenüber ehrlich sind oder nicht. Ob Sie ein Mörder sind oder nicht. Ich zähle bis drei, dann plappern Sie wie ein kleines Mädchen, das ihrer Wahltante von einem Ausflug in den Zoo erzählt. Sonst gehe ich und komme nicht wieder. Verstanden?"

Bei eins huschte ein ungewolltes Lächeln über Brunos Lippen, bei zwei hob er den Kopf und sah ihr in die Augen, kurz vor der Zahl drei öffneten sich seine Lippen.

„Ich bin dabei, ein Start-up zu gründen. Wissen Sie, was das ist, Signora Teufel?"

„Ich bin über fünfzig, stamme aber nicht aus dem letzten Jahrhundert, Bub! Weiter."

„Ich möchte mich selbstständig machen. Ein Traum von mir. Mit einer Eisdiele. Meine Nonna mag diese Flausen überhaupt nicht. Sie will, dass ich studiere, aber ich möchte arbeiten und Geld verdienen. Neue Eiskreationen, modern, innovativ, auch für Veganer zum Genießen, aber in der Tradition der perfekten Sirmione-Gelati."

Jetzt hätte Edwina Bruno gerne gefragt, ob er wusste, dass es in Sirmione mehr als genug Lokale gab, in denen man herrliches Eis essen konnte. An jeder Ecke. Giovanni di Levia hatte nicht umsonst den Spitznamen *re dei ghiaccioli* getragen.

Sie entschloss sich zu anderen Fragen. „Du wolltest mit ihm zusammenarbeiten? Mit di Levia?"

„Ja, und auch nein, Signora. Viel besser. Er ist auf mich zugekommen und hat mir die Übernahme des Eisstandes beim Campingplatz angeboten. Ein sicheres Geschäft dort. Camper gibt es zuhauf, und sie alle lieben es, sich eine Eistüte zu holen. Zuerst hätte ich als Pächter begonnen, gefolgt von einer Kaufoption.

Verstehen Sie, Signora Teufel, das Angebot war wie ein Treffer in der Lotterie bei der SuperEnalotto. Er hat mich zu einem Vorgespräch in die Villa bestellt. Deshalb war ich dort."

Zuerst wollte Edwina dem jungen Mann klarmachen, dass sich di Levia in seiner Verrücktheit mit Bruno ein Spiel erlaubt haben könnte. Kaum zu glauben, dass sich der verschrobene Mann von einem seiner bestens laufenden Geschäfte getrennt hätte. Doch ausschließen wollte sie es nicht. „Warum meinst du, dass er gerade dich ausgewählt hat? Zufällig, wie eben beim Lotto?"

„Kein Zufall, nein. Ich hatte ihn angeschrieben. Ein Brief, weil doch jeder weiß, dass di Levia Digitales hasst. Ihn darin gebeten, dass er mir mit seiner Erfahrung Tipps geben könnte. Erst kam ewig nichts zurück, aber dann rief er mich an und hat mich für den 1. Juni zu sich bestellt. Ich habe mich noch mit Ihrer Schlange beeilt, damit ich pünktlich bin."

An dem Tag, bei dem Zustand von Giovanni di Levia, wäre Edwina an Brunos Stelle niemals in die Villa gegangen. Doch Bruno war bei Edwinas Begegnung mit di Levia nicht dabei gewesen, kannte nur ihre Schilderung. Zu wenig, um ihn abzuhalten.

„Das war nicht meine Schlange, Bruno. Aber egal, erzähl bitte weiter."

„Aufgeregt war ich, mit ganz viel Hoffnung bin ich hin. Ich hatte mich bereits in einem Eiscafé in Limone beworben, aber als Angestellter bei Enzo. Der Job als Fahrradkurier ist auf Dauer zu schlecht bezahlt und selbst mir zu anstrengend. Mein Ziel ist es, mein eigener Herr zu werden."

„Was ist mit deinem Studium? Deine Nonna denkt, du beginnst bald an der Uni."

Er schüttelte den Kopf. „Nein, Signora Teufel. Ich denke nicht, dass es dazu kommen wird."

„Ein Start-up kannst du nebenbei oder danach gründen. Oder beginne wenigstens eine kaufmännische Lehre in der Wirtschaftsbranche. Das würde dir dabei helfen. Deine Nonna wäre so stolz auf dich, wenn du einen Abschluss machen würdest."

„La mia maturità habe ich abgeschlossen, aber noch Jahre studieren und nebenher jobben ist nichts für mich. Ich will rasch Geld verdienen, damit meine Nonna nicht noch jahrelang in diesem Keller arbeiten muss."

„Das Fundbüro ist keine schlechte Sache, Bruno. Das könntest du übernehmen."

„Nein, das ist nichts für mich. Oder vielleicht später. Noch träume ich von dem eigenen Business. Die Idee will ich nicht aufgeben."

Edwina wurde klar, dass Großmutter und Enkel aneinander vorbeidachten. Jeder wollte das Beste für den anderen, aber ohne einen offenen Dialog zu führen. Ein Problem vieler Familien und Beziehungen.

Wenn Edwina dazu beitragen konnte, den wahren Schuldigen zu finden, war Bruno entlastet und könnte mit Rosa ein ehrliches Gespräch über seine Zukunftspläne führen.

„Bitte, zurück zu dem besagten Samstag, Bruno."

„Nach Limone wollte ich erst nach dem Treffen mit Giovanni di Levia fahren. Zuerst mein Glück herausfordern. Ihm meine Idee von der Selbstständigkeit präsentieren und einen Plan vorlegen, wie ich eine Übernahme finanzieren könnte."

„Wie soll das überhaupt ganz ohne Kapital funktionieren?"

„Rosa hätte mir sicherlich geholfen, auch wenn ihre Ersparnisse für ein Studium für mich angelegt sind. Aber das Geld soll sie für sich verwenden. Ihren Groß-cousin Fredo wollte ich wegen einer Beteiligung an-sprechen, er hat bereits in ein Start-up investiert und schwärmt von der Gewinnabschöpfung. Dass di Levia am Telefon gleich direkt die Eisbude bei den Campern angesprochen hat, war wie ein Traum. Der zu einem Albtraum geworden ist bei meinem Abgang."

„Giovanni di Levia hat demnach gelebt, als du von ihm fort bist."

„Was denken Sie? Selbstverständlich hat er das." Bruno löste seine Finger und legte sich die Handflä-chen auf die Augen. „Die Chance, über die ich mich so gefreut habe, hat sich zu einer einzigen Katastrophe entwickelt. Di Levia hat mir erst gefühlt eine Stunde lang Gedichte vorgelesen, bis ich ihn auf den Grund meines Kommens aufmerksam gemacht habe. Dann hat er mich angeschrien und aus der Villa geworfen. Ich war außer mir. Am Ende habe ich ihn gepackt, aber sofort wieder losgelassen. Das schwöre ich. Kaum aus der Villa, habe ich mich auf mein Moped gesetzt und bin losgefahren. Wenigstens Limone und Enzo bleiben mir und die Bewerbung dort, habe ich gedacht."

„Die Zeiten hat die Polizei sicher abgeglichen. Dazu alle Anrufe auf deinem Handy gecheckt. Deine Num-mer mit di Levias Anrufliste verglichen. Diesen Enzo befragt. Durch Limone hast du ein Alibi."

„Nein", er stöhnte auf. „Ich bin leider nicht in Li-mone angekommen. Der Eiscafébesitzer hat umsonst gewartet."

„Warum das?"

„Weil das Motorino gezickt hat. Der Auspuff hat komische Knallgeräusche von sich gegeben, ein paar

Straßenverkäufer haben mir hinterhergeschimpft. Bei einem Halt wollte es erst nicht wieder starten. Ich habe beschlossen, auf halbem Weg umzudrehen. Ich war mit den Nerven durch. Erst der Streit und die Enttäuschung, dann noch das Moped. Ich wollte einen Neustart an einem anderen Tag. Ich habe Enzo in Limone abgesagt."

„Die Polizei kann und wird alles genau nachprüfen, Bruno. Du musst mit denen reden wie mit mir. So schnell wie möglich. Kannst du Zeugen angeben, die dich entlasten könnten?"

„Welche Zeugen, Signora? Mit Giovanni di Levia habe ich allein geredet, danach bin ich allein losgefahren, bin allein zurück. Aber auf meinem Handy sind die Anrufe gespeichert. Enzo hat meine Absage in einer Textnachricht erhalten. Mein Brief an di Levia muss noch in der Villa sein."

„Schön und gut. Das werden die Beamten alles überprüfen, wenn du redest. Aber du hast schlicht kein Alibi für die Tatzeit, Bruno. Einen Anruf kann man auch während eines Mordes tätigen."

„Ich könnte nie einen Menschen umbringen."

Das sagen alle, dachte Edwina. In ihrer langjährigen Tätigkeit waren ihr nur zweimal Geständige untergekommen, die sich nicht als unschuldig bezeichnet hatten. Einmal eine Frau, die ihren Mann mit einem Briefbeschwerer erschlagen hatte, und einmal ein Mann, der seinen Nachbarn erschossen hatte. Beide Schuldigen waren noch am Tatort, als Edwina und ihre Kollegen eingetroffen waren.

„Noch einmal von vorne, Bruno. Schildere mir en détail das Zusammentreffen mit di Levia, die Konfrontation, dann die Fahrt mit dem Motorino. Jede Kleinigkeit. Auch das Unwichtige. Aber zuvor noch eine

Frage: Warum hast du mich hierherbestellt? Doch nicht bloß, weil deine Nonna es dir geraten hat. Warum sitzt nicht der Commissario oder einer aus seinem Team hier? Was versprichst du dir von mir, Bruno?"

Brunos Hände glitten von seinem Gesicht nach unten, unter die Tischkante. Seine gesamte Körperspannung ließ nach. Sein Kopf und seine Schultern sackten nach unten, als hätten sich seine Muskeln und Knochen in Gummi verwandelt. „Zur Polizei habe ich kein Vertrauen. Schon lange nicht mehr. Der Anwalt ist überlastet, er hat mir nicht einmal richtig zugehört. Aber auf Sie zähle ich. Sie sind Ermittlerin. Und Sie sind eine Freundin meiner Nonna. Ich bitte Sie, dass Sie sich um sie kümmern, Signora Teufel. Wie ich Nonna kenne, wird sie den Kummer in sich hineinfressen und so tun, als wäre sie stark genug für uns beide."

„Selbstverständlich sehe ich nach ihr."

„Wie dumm ich war zu glauben, ich hätte eine Chance."

„Keiner, der Träume für seine Zukunft hat, ist dumm, Bruno."

19

„Was hat Bruno Rinaldi Ihnen gesagt?"

Commissario Adriano Alceste stand wie ein Überraschungspaket mit extradekoriertem Schnurrbart in der Tür der Wohnung in San Martino della Battaglia.

An der Haftanstalt hatte sich Edwina noch gewundert, dass der Ermittler sie weder zu Bruno begleitet hatte noch danach dort aufgetaucht war. Auch von Ispettore Giorgia Punta war nichts zu sehen gewesen.

Nach dem Gespräch hatte sich Edwina von dem Polizisten, der sie abholte, auch wieder nach Hause bringen lassen. Die Fahrt über hatte der Carabiniere von seinem vier Monate alten Luigi erzählt und was das Baby bereits alles konnte. Ein Wunderkind, wenn es nach dem Papà ging.

Edwina erinnerte sich, dass ihr Exmann nach der Geburt von Carl ähnlich begeistert gewesen war. Kurze Zeit später war die Beziehung in die Brüche gegangen und Edwina war so gut wie alleinerziehend gewesen, weil der Vorzeigepapa mit seiner neuen Flamme nach Spanien ausgewandert war.

Ein Grund mehr, warum Edwina sich Rosa verbunden fühlte und es ihr daran gelegen war, Bruno zu seiner Großmutter zurückzubringen.

Seit ihrer Rückkehr vor immerhin drei Stunden hatte sie mit einer ihr selten vergönnten Ruhe darauf gewartet, dem Commissario von der Unterredung mit Bruno zu erzählen.

Adriano Alceste hüstelte im Türrahmen, um sich bemerkbar zu machen. Edwina hatte ihn über ihren Gedanken fast wieder vergessen.

„Erst mal buongiorno, Commissario. Wollen Sie einen Kaffee? Die Maschine in unserer Küche bereitet einen ganz ordentlichen Cappuccino zu." Mit einer eleganten Handbewegung bat ihn Edwina einzutreten.

„Wieder eine Gegenfrage zu meiner Frage. Ich bin im Umgang mit Ihnen zwiegespalten, Signora Teufel." Er verharrte noch ein paar Sekunden, um seine Worte zu unterstreichen. Dann durchquerte er mit weiten Schritten den Flur. „Ich schätze Sie, das gebe ich offen zu. Aber ich hadere auch damit, dass Sie sich unentbehrlich fühlen. Buongiorno!"

Barfuß trippelte Edwina hinter ihm her. Erst in der Küche, als er sich orientieren musste, gelang es ihr, ihn zu überholen. „Setzen Sie sich, dann berichte ich Ihnen. Sie machen mich nervös."

Erst jetzt fiel ihr auf, dass er zu seiner Jeans statt Hemd und Blouson ein einfaches T-Shirt in Blau trug. Auch die Sandaletten an den Füßen bemerkte sie. „Sind Sie privat unterwegs?"

Er begann, an seinem Schnurrbart zu zwirbeln. „Ja. Und nein. Ich hatte einen wichtigen Termin in Brescia, für den ich mir schon vor Wochen den halben Tag freigenommen hatte. Verschieben ging nicht. Ist etwas Persönliches, deshalb äußere ich mich nicht näher dazu."

Aber in meine Privatwohnung kommt er unangemeldet, sinnierte Edwina.

„Gerne Cappuccino, ich gehe auf die Terrasse." Ohne auf ein Okay von Edwina zu warten, marschierte er nach draußen.

Sie beschloss, sein unangekündigtes Auftauchen einfach hinzunehmen. Dass er neugierig war, lag auf der Hand. Sie selbst hätte wie auf Nadeln gesessen und nicht drei Stunden verstreichen lassen, wenn die Situation umgekehrt gewesen wäre.

Einzeln brachte Edwina Kaffeetassen und Wassergläser hinaus, bei jedem Hin und Her von ihr wippte Alceste unruhig mit dem linken Bein.

„À votre santé", sagte er, als sie schließlich neben ihm Platz genommen hatte und er zuerst nach dem Wasser griff.

Für Sekunden konnte Edwina die Sprache nicht einordnen, aber dann hatte sie den einzigen Satz parat, den sie auf Französisch konnte. „Après la pluie le beau temps. Nach dem Regen scheint die Sonne."

Nun blinzelte der Commissario irritiert, was Edwina erheiterte.

„Bitte, reden Sie endlich, Edwina Teufel."

Edwina wurde ernst und schilderte bis ins Detail ihren Besuch bei Bruno Rinaldi und dass er zur Tatzeit nicht mehr in di Levias Villa sein konnte. Gott sei Dank hatte ja der Gerichtsmediziner den Zeitrahmen ganz genau festgelegt.

Sie endete mit ihrer Meinung zu dem Ganzen. „Seine Geschichte klingt glaubwürdig, Commissario."

„Das Ganze hätte er mir persönlich sagen können, das wäre einfacher gewesen. Oder dem Anwalt." Alceste brummte. „Wir werden die Angaben überprüfen. Ein Anruf von di Levia an Bruno Rinaldi ist bereits verifiziert. Einen Brief haben wir bisher nicht gefunden. Den Eisdielenbesitzer suchen wir auf. Wobei es für ein Alibi keine Rolle spielt. Solange wir keine Zeugen haben, sind seine Angaben zur Fahrt und dem defekten Moped bloß Behauptungen."

„Gab es am Todestag sonst noch Telefongespräche von Giovanni di Levia?"

„Kein einziges. Di Levia hasste Computer und überhaupt allen modernen Kram. Sein Handy war ein Modell, das er schon Jahre hatte und oft unaufgeladen irgendwo verlegt hat. Aber er führte ein handschriftliches Notizbuch, in das er, laut Stacherer, gerne in Gedichtform seine Meinung über Gäste geschrieben hat. Diese Verse hat er den Angestellten öfter vorgetragen. Darin steht nichts von einem Angebot an Bruno Rinaldi."

„Was ist mit dem übrigen Personal?", hakte Edwina nach.

„Inzwischen haben wir auch die Reinigungskraft und die Köchin vernommen, die allerdings nach der Trennung von der dritten Ehefrau nicht mehr in der Villa gearbeitet haben. Der Gärtner hat schon vor einem halben Jahr gekündigt und lebt jetzt in Garda. Di Levia konnte die Leute angeblich nicht ertragen, weil sie von Greta Galli engagiert worden sind."

„Das bestätigt, dass er ein komischer Kauz war. Im Alter kam noch eine Alzheimererkrankung dazu."

„Allerdings ist mir seltsames Benehmen für ein Mordmotiv zu schwach, auch wenn manchmal banale Gründe vorgeschoben werden. Köchin, Reinigungskraft und Gärtner haben Alibis, die wasserdicht sind, im Gegensatz zum Hauptverdächtigen."

„Aber den Brief von Bruno an di Levia muss es geben."

„Ich rede noch mal mit dem Sekretär. Bei dem Chaos, das der alte Mann hinterlassen hat, dauert die Durchsicht der Papiere noch an. Aus der Villa haben wir alles von di Levia Geschriebene gesammelt. Waschkörbe voll und nichts geordnet." Er schüttelte mit einem Schulterzucken den Kopf und stellte dann klar: „Aber der Brief würde Bruno Rinaldi ebenfalls nicht entlasten. Er könnte den Mord trotzdem begangen haben."

Edwina fiel Beatrice und die Gerüchteküche ein. „Ist denn die Erbfolge geklärt?"

„Wir warten noch darauf, dass der Nachlassverwalter die Dokumente freigibt. Das kann dauern." Ein Ächzen entlud sich bei Alceste. „Jeder fragt nach einem schnellen Fahndungserfolg, aber keiner denkt an die langsamen Mühlen der Verwaltung. Was die beiden jungen Männer, Stacherer und Brand, angeht: Deren Alibi ist bestätigt. In Campo di Brenzone lebt eine Handvoll Menschen, Touristen werden dort jeden Tag gesichtet. Aber zwei von denen, die meine Leute befragt haben, konnten sich an das Duo erinnern."

„Trotzdem würde ich nicht ganz ausschließen, dass die beiden nach ihrer Rückkehr ihren Chef ermordet und das Auffinden der Leiche inszeniert haben."

„Zeitlich wäre es vielleicht sogar machbar, da gebe ich Ihnen recht. Doch die Indizien sprechen um einiges mehr gegen Bruno Rinaldi."

„Bleibt immer noch das Getränk mit dem Schlangengift und den Beeren des Aronstabs."

Edwina schlürfte langsam die geschäumte Milch vom Rand ihrer Tasse. Eine Angewohnheit, die sie früher bei den Konferenzen mit den Teammitgliedern bei der Wiener Polizei gerne pflegte. Sie musste sich eingestehen, dass ihr die Ermittlungsarbeit fehlte und dass sie es genoss, mit dem Commissario über den Mordfall zu spekulieren.

Kurz überlegte sie, bei der nächsten virtuellen Zusammenkunft mit ihrem Team die ganze Bande einzubinden und ihre Stellvertreterin zumindest theoretisch um Unterstützung zu bitten, aber sofort verwarf sie die Idee wieder. Commissario Alceste wäre wahrscheinlich explodiert vor Empörung. Auch das ein schöner Gedanke, aber nicht realisierbar.

Sie gestattete sich noch ein Schlürfen, bevor sie weiter ausführte. „Was mich interessiert und auch beschäftigt, ist der Zusammenhang mit den Toxinen, der sich noch nicht gezeigt hat. Wie der Dottore uns erläutert hat, stirbt so gut wie niemand am Gift einer Kreuzotter, trotzdem wurde es dem Opfer in einem Drink gereicht. Oral zugeführt, wie es heißt."

„Damit es Leiden verursacht, kam noch das Pflanzengift hinzu. Was für ein Aufwand. Die Symptome sind Schwindel und Übelkeit, die Folge könnte durchaus der Sturz von der Leiter gewesen sein."

Edwina schüttelte den Kopf. „Vielleicht, Commissario. Denn erstens, woher sollte der oder die Täterin wissen, wann und wie schwer das Gift bei di Levia wirken würde und ob er überhaupt auf die Leiter steigen würde? Bei einem Mordplan gehen Schuldige in der Regel präziser vor."

„Eher eine spontane Entscheidung, weil die Gelegenheit günstig war?"

„Dagegen spricht der Giftcocktail. Die Beeren des Aronstabs bilden sich erst im Spätsommer. Jemand muss sie schon letztes Jahr geerntet haben. Ich wüsste ebenso nicht, woher man sich reines Schlangengift holen könnte."

„Giorgia hat einen Naturheilpraktiker in Desenzano aufgesucht, der eine Schlangengifttherapie anbietet. Die dosierte Verwendung von toxischen Substanzen dient zur Behandlung von Allergien und chronischen Hauterkrankungen. Die Enzyme im Schlangengift können den Stoffwechsel anregen und das Immunsystem stimulieren. Ebenso gibt es Globuli vom Aronstab.

Wenn auch nicht vom Italienischen. Wir denken inzwischen trotzdem an die Möglichkeit, dass di Levia sich selbst behandelt hat. Würde zu den Schlangen in seinem Zuhause passen."

Eine interessante Theorie, wie Edwina zugab, der sie aber nicht zustimmte. „Vergessen Sie nicht, ich habe den Mann erlebt. Mit der Box und seiner Suche nach dem *tödlichen Poem*. Abgesehen davon: Hätte di Levia selbst gemischt oder Schlangen gemolken, wären die Spurenermittler auf die nötigen Werkzeuge oder Rückstände dazu gestoßen. Dort wurde weder aufgeräumt noch etwas weggeschafft. Nur die Gläser mit dem toxischen Drink fehlen."

„Es könnte sich auch um eine Art Ritual oder Bestrafung für di Levia gehandelt haben. Darüber haben Giorgia und ich ebenfalls diskutiert. Mein Kollege, Vice-Commissario Valerio, geht hingegen der Spur zu einem Steinmetz nach, dem di Levia Geld schuldig geblieben ist. Wir ermitteln weiter in alle Richtungen und verlassen uns nicht auf Bruno Rinaldis Schuld." Nach einem ersten Schluck Cappuccino, bei dem er das Gesicht verzog, als hätte ihm Edwina Essig serviert, holte er sein Handy aus der Hosentasche. „Als Gegenzug für Ihre Bereitschaft, nach Brescia zu fahren und mit dem Verdächtigen zu reden, habe ich etwas für Sie, Chefinspektorin."

„Das habe ich für Bruno und seine Nonna getan", stellte Edwina klar, konnte aber nicht anders, als innerlich zu lächeln, nun hatte sie ihren Status wieder zurück.

„Wie auch immer. Wir haben ein schlecht gereimtes Gedicht, zu dem die Beschreibung *tödliches Poem* passen könnte. Mit großem Fragezeichen allerdings."

„Was?" Edwina sprang von ihrem Sitz hoch und griff nach Alcestes Mobiltelefon.

Auf dem Foto am Display war ein Blatt Papier zu sehen. Es hatte einen Gelbstich, die Zeilen darauf waren eine Ansammlung von halben Sätzen, die auf den ersten Blick keinen Zusammenhang ergaben. Einige Teile waren wegen der krakeligen Handschrift unleserlich. Doch die jeweils letzten Silben reimten sich. Edwina las sie noch einmal.

Am Ende dann stach das Wort „*Gefahr*" ins Auge. Gefolgt von „*Mord*". Keine Verse, nur die zwei Begriffe. Dazu das Datum des Todestags vom Eistüten-König, der 1. Juni.

„Wann wurde es gefunden und von wem?"

„Gestern. Es war in einem großen Kuvert im Postkasten der Villa di Levia. Allerdings unfrankiert, demnach nicht aufgegeben, sondern eingeworfen."

„Demzufolge eingeworfen nach Bruno Rinaldis Verhaftung." Die Aufregung ließ bei Edwina spontan eine kleine Hitzewelle entstehen. Sie fuhr sich über die Stirn. „Wird denn das Anwesen nicht bewacht?"

„Natürlich nicht mehr. Der Tatort wurde von der Spurensicherung freigegeben. Niemand lebt dort, der beschützt werden müsste. Die Kapazitäten bei der Polizei sind begrenzt. Das Tor am Eingang ist zwar verschlossen, der Briefkasten aber in der Außenmauer eingebaut. Vier Antworten für Sie." Alceste leerte den Kaffee in einem Schluck mit Verachtung. „Felix Stacherer hat es uns gebracht. Nach der Freigabe hat er sich weiter um eine Durchsicht der Post gekümmert. Das Labor ist dabei, das Schreiben unter die Lupe zu nehmen."

„Ungewöhnlich." Die Welle ebbte bei Edwina so schnell ab, wie sie entstanden war. „Aber eine sinnlose Aktion nach dem Mord, finde ich."

„Das ist uns ebenso klar. Auch irreführend, denn auf den ersten Blick ist es di Levias Handschrift. Keine Drohung von jemand Fremdem. Interessant dazu ist das angegebene Datum." Er holte sich das Handy zurück. „Hier wären wir bei dem großen Fragezeichen, wer das *tödliche Poem* eingeworfen hat und warum. Es muss jemand sein, dem di Levia vor seinem Tod den Auftrag dazu gegeben hat. Was zum allgemeinen Rätselraten beiträgt."

„Das ist es nicht."

„Wie meinen Sie?"

„Das ist nicht das Fundstück, das der Mann haben wollte. Ich bin mir sicher."

Etwas an dem Gedicht passte nicht. Es lag nicht am chaotischen Stil und den banalen Reimen, sondern an dem Datum, das für Edwina keinen Sinn ergab. Giovanni di Levia hatte an dem Tag nicht geahnt, dass er sterben würde. Er hätte niemals den Zeitpunkt seines Todes voraussehen können. Auch an einen von ihm selbst geplanten Suizid wollte Edwina schwer glauben. Nein, das Blatt Papier schien eher ein hilfloser Versuch zu sein, den Hauptverdächtigen zu entlasten.

Eine Möglichkeit schoss ihr durch den Kopf, die Edwina überhaupt nicht gefiel. Sie fragte sich, wie lange es dauern mochte, bis auch der Commissario auf diese Spur kam. Oder ihn die Auswertung im Labor direkt dahin führen würde.

„Teilen Sie mir Ihre Gedanken mit, Chefinspektorin Teufel", Alcestes Bein wippte wieder. „Sie haben eine Ahnung, richtig?"

Edwina rieb sich die Hände. „Max Grob, der von di Levia eingesetzte Direktor der Hotelanlage Astoria."

„Was ist mit dem?" Der Themenwechsel war geglückt.

„Mein Lebensgefährte, Antonio Russo, der sich dort um die Neugestaltung der Gartenanlagen kümmert, hat mir erzählt, dass Max Grob nicht gut auf seinen Boss zu sprechen war."

„Okay, danke für den Hinweis. Der Name steht ohnehin auf unserer Liste. Wie jeder der Angestellten in den Eisdielen, im Hotel und in der Villa." Alceste seufzte. „Ich nehme gerne noch einen Cappuccino."

„Echt jetzt?" Edwina stutzte.

20

Im intensiven Touristenstrom hätte Edwina die alte Frau beinahe übersehen. Aber Rosa war die einzige Person, die nicht in Bewegung war. Sie stand am steinernen Tor an der Scaligerburg und betrachtete die Umgebung.

Der Himmel war mit Wolken bedeckt, die so durchlässig waren, dass man die Sonne dahinter erahnen konnte. Dadurch schimmerten sie in einem hellen Gold. Eine perfekte Kulisse, die sich den Menschen hier bot.

Eingehüllt in ihr Häkeltuch, das wieder rein und weiß erstrahlte, erinnerte Rosa an eine gealterte Göttin, die den sterblichen Weg gewählt hatte. Vesta zum Beispiel, die für das Herdfeuer und die Familieneintracht zuständig gewesen war.

„Ciao, Rosa." Edwina stellte sich neben sie und versuchte, heiter zu klingen. „Als ich am Fundbüro das Schild *Chiuso* gesehen habe, hat mich mein Schnüfflerinnen-Instinkt hierhergeführt. Er funktioniert immer noch einwandfrei."

„Oh, ciao, cara Edwina." Rosa zeigte ein Lächeln, das nicht ihre Augen erreichte. Seit Brunos Verhaftung waren ihre Gesichtszüge durchscheinender geworden. „Ist es nicht eine Pracht, den Himmel über den Zinnen der Burg zu sehen, das Wasser des Sees? Dazu all die Eilenden, die seit Jahrhunderten an diesen Steinen vorbeiziehen."

Edwina stieß einen Seufzer aus. Was sie ihr gleich sagen musste, war nicht leicht. Aber besser, sie tat es, bevor Rosa einen nicht freundschaftlichen Besuch von Adriano Alceste bekam.

Rosa kam ihr zuvor. „Es gibt keinen Grund zu seufzen, liebe Freundin." Es war das erste Mal, dass sie Edwina so bezeichnete. „Meine Hoffnung ist wieder gestiegen. Ich brauchte den Anblick und die frische Luft. Später hättest du mich im Fundbüro treffen können. Heute werde ich den Rest des Tages dort sein. Wenn du magst, hilf mit. Je normaler der Ablauf ist, desto rascher vergeht die Zeit."

Sie redete schnell und ohne Edwina die Möglichkeit zu geben, sich einzubringen.

„Edwina, noch etwas, was ich dir ohnehin sagen wollte. Am 17. Juni nimm dir bitte nichts vor. Da ist das Fest *Nodo d'amore*. Ich lade ein. Gerne kannst du deinen Toni mitbringen. Ich werde Tortellini machen. Für die Familie, für Freunde, zu denen du natürlich bereits zählst. Auch das wird mich wieder ins Gleichgewicht bringen, wie es dieser Himmel schon fast geschafft hat. Es wird doch ein guter Sommer, Edwina, ich kann es wieder fühlen."

„Stopp, Rosa." Lauter als gewollt fuhr Edwina dazwischen. Direkt auf den Punkt zu kommen, war jedoch das Beste. „Bruno wurde nicht entlastet, wenn du das jetzt denkst. Obwohl du dir Mühe gegeben hast bei der Fälschung des Todestags, war die Aktion naiv von dir. Bei der Polizei gibt es Spezialisten, die mühelos eine nachgemachte Handschrift erkennen können. Es genügt nicht, Handschuhe anzuziehen, herumzubasteln und dabei zu versuchen, keine Spuren zu hinterlassen."

„Spezialisten, sagst du. So wie du, Edwina?" Das Lächeln war immer noch auf Rosas Lippen, als wäre es dort eingefroren. „Abgesehen davon, ich weiß nicht, was du meinst."

„Doch. Du wusstest von di Levias letztem Besuch im Fundbüro und seinem Anliegen, Rosa." Edwina würde nicht lockerlassen, bis es Rosa mit ihrem Verstand und in ihrem Herzen verstanden hatte. „Du hast gehofft, wenn du eines seiner Gedichte nimmst und es in eine Art *tödliches Poem* verwandelst, könntest du den Verdacht von deinem Enkel ablenken. Giovanni di Levia sollte selbst damit zu tun haben, er hat seinen Sterbetag bestimmt, vielleicht sogar Selbstmord begangen. War das in etwa deine Überlegung?"

Rosa schwieg.

„Bruno kann das Blatt nicht eingeworfen haben, er sitzt ja ein. Du hast das Kuvert zur Villa gebracht, in der Hoffnung, dass die Beamten es finden. Das ist auch geschehen. Aber so funktioniert das nicht. Wir wissen doch nicht einmal, was di Levia mit dieser verrückten Bezeichnung gemeint hat, Rosa."

„Mein Bruno ist überhaupt nicht in der Lage, jemandem Leid anzutun. Schon gar nicht, einen Mord zu begehen."

„Das hatten wir schon, Rosa. Ich verspreche dir noch einmal, dass ich versuchen werde zu helfen. Aber Bruno hat dir nicht alles erzählt, Rosa."

In wenigen Sätzen schilderte Edwina Rosa den Besuch bei Bruno in der Untersuchungshaft. „Die Polizei arbeitet gründlich, wird alles nachprüfen. Du hättest deinem Bruno mit der Fälschung mehr schaden als nützen können."

„Er vergeht im Gefängnis, Edwina." Das Lächeln war längst zwischen den Falten versandet. „Hätte ich vorher von Brunos Vorhaben gewusst, hätte ich ihn davon abgehalten, zu di Levia zu gehen. Solchen Versprechungen eines *pazzo* wie Giovanni zu glauben, geht nie gut aus."

„Er ist jung, Rosa. Hat nicht jeder in der Jugend einmal Dummheiten begangen?"

„Nicht jeder landet hinter Gittern." Langsam, jedes Wort betonend, wiederholte Rosa ihr Mantra. „Trotz allem. Du musst Bruno seine Unschuld glauben. Bitte."

„Und du musst mir vertrauen, Rosa. Sonst klappt es nicht."

„Tu ich." Der Blick, der zu Boden ging, sagte das Gegenteil. „Aber du ermittelst nicht offiziell. Hast du selbst gesagt."

„Stimmt, Rosa. Aber ich stehe an der Seite der Ermittler. Ich habe es erreicht, dass der Commissario mich eingebunden hat. Schon vor Brunos Verhaftung. Ich durfte ...'"

Edwina unterbrach sich selbst. Es lag ihr auf der Zunge, von ihrem Besuch in der Villa zu erzählen, von den Fotos des Toten. Doch sie beherrschte sich. Es hätte Rosa nur noch mehr in Verzweiflung gestürzt.

Stattdessen wiederholte sie ihre Mahnung, damit Rosa auf keinen Fall erneut zu solchen Methoden griff. Ein nächstes Mal würde Edwina es Commissario Alceste sofort offenlegen, sie könnte Brunos Großmutter nicht ein weiteres Mal schützen.

„Rosa, was hast du dir dabei gedacht? Du hast eine Straftat begangen. Das Fälschen von Beweismitteln ist eine solche."

Endlich sah Rosa wieder hoch und in Edwinas Augen. „Das Blatt mit dem Gedicht hat mir Giovanni vor einem Monat zugesteckt, als wir uns zufällig auf dem Markt über den Weg gelaufen sind. Nicht nur mir. Alle hat er mit seinen uralten, handgeschriebenen Ergüssen seiner Poesie belästigt. Dass ich das Gekritzel noch im Korb liegen hatte, erschien mir als Omen. Es waren ja nur zwei Worte und das Datum, die ich verändert habe. Natürlich habe ich Handschuhe getragen, mein Haar unter meine Duschhaube gesteckt. Du hättest mich beobachten sollen, es war grotesk." Sie wandte ihr Gesicht dem ersten Sonnenstrahl zu, der eben die goldene Wolkendecke ganz durchbrochen hatte. „Es war für Bruno. Ein wenig auch für Elena. Eine Dummheit, du hast recht."

„Du hättest vorher besser mit mir geredet, Rosa."

„Noch einmal passiert so etwas nicht, ich verspreche es dir."

Statt weiter Rosa zu maßregeln, beschloss Edwina, auf den Besuch des Eistüten-Königs im Fundbüro zurückzukommen. „Hast du wirklich keine Ahnung, was Giovanni di Levia mit dem *tödlichen Poem* gemeint haben könnte? Denk noch mal nach. Egal, wie absurd es dir vorkommen mag, nach welchem Fundstück könnte er gefragt haben? Oder andersherum: Wer könnte etwas hinterlegt haben, das ihn dermaßen beschäftigt und interessiert hat? Ich will diese Episode nicht ausschließlich einer Verwirrtheit im Alter zuschreiben."

„Da ist nichts. Niemand hat je etwas für Giovanni abgegeben. Oder etwas für jemand anderen, das so genannt wurde. Das hätte ich mir bestimmt gemerkt." Rosa schüttelte den Kopf, stoppte aber mitten in der Bewegung „Nein, das stimmt nicht. Jetzt fällt mir etwas ein. Lange her, Edwina. Er selbst, Giovanni di Levia, kam eines schönen Tages, plauderte ein paar Worte, hat einen Fundgegenstand dagelassen und ist wieder verschwunden. Nichts Besonderes in einem Fundbüro, nichts, was nicht täglich mehrfach geschieht. Sein Auftauchen liegt einige Jahre zurück. Noch vor seiner dritten Eheschließung. Daran erinnere ich mich, weil er mir erzählt hat, dass er wieder auf Freiersfüßen wandle. Ja, genau. Eine Ode an die

Liebe hat er mir vortragen wollen. Als ob es mich interessiert hätte."

Plötzlich war alles andere nebensächlich. Edwina spürte das Ziehen in ihrem Bauch und Unterleib. Das Gefühl eines Muskelkaters. Eines Katers, der dazu noch laut miaute. Sie zügelte ihr hochschnellendes Interesse, Rosa sollte nicht verunsichert werden. Beiläufig hakte Edwina nach. „Aha. Welche Abgabe, weißt du das auch noch? Was hat denn ein Mann wie di Levia mitgebracht?"

„Na, sicherlich etwas, das er gefunden hat. Wie jeder, der als Finder zu uns kommt." Rosa runzelte die Stirn. „Sein Auftritt damals war noch nicht ganz so seltsam wie neulich bei dir, aber schon merkwürdig. Mein Hirn, Edwina, ich werde alt."

„Geht uns allen so."

„Warte! Was der Gegenstand war, weiß ich nicht mehr. Aber seine Adresse hat er für einen Finderlohn hinterlassen. Als ob nicht jeder hier wusste, wo der Eistüten-König wohnt. Geldgierig war der Mann schon immer. Ich glaube sogar, Bruno war dabei. Als Teenager hat er manchmal sein Taschengeld aufgebessert und mir geholfen."

„Was hat di Levia zu dir gesagt?" Bitte, konzentriere dich, tu mir den Gefallen, versuchte Edwina sie unhörbar zu beschwören. Innerlich zappelte sie, äußerlich versuchte sie immer noch, ruhig zu wirken.

„Lass mich weiter grübeln." Rosa schloss die Augen. Sie presste den Häkelumhang fest an sich, als wäre er ihr Anker gegen die Welt. „Er war gut gelaunt, ja, das war er. Wahrscheinlich wegen seiner neuen Eroberung. Dass ich seinen Fund gut aufbewahren solle, hat er gemeint. Für die Besitzer sei er sicher wichtig. Oder so etwas in der Richtung. Wenn sich nach einem gewissen Zeitraum keiner meldet, dürfte er das Gefundene behalten, habe ich ihm erklärt. Das sage ich übrigens zu jedem. Du doch auch."

„Noch was?"

„Nichts mehr. Meiner Erinnerung darfst du aber auch nicht vollständig vertrauen. Zu lange her."

„Aber das Ding wäre bei Nichtabholung seines geworden."

„So sind die Vorgaben. Wie du doch auch selbst weißt, Edwina. Es war, lass mich weiter nachdenken, eine Schachtel. Nein, eine Mappe. Auch nicht. Etwas zum Aufmachen jedenfalls. Ich glaube nicht, dass er danach je wiedergekommen ist. Bis zu dem Samstag, an dem du …" Sie blinzelte und sah Edwina wieder an. „Könnte der damalige Besuch von Giovanni meinem Bruno helfen?"

Edwina winkte rasch ab, um Rosa später nicht zu sehr zu enttäuschen. „Denke ich nicht. Es hat mich nur interessiert."

In Edwinas Hirn hatte es zu rattern begonnen. Eine Idee war aufgeblitzt, die sich zwar als Niete herausstellen konnte. Einen Versuch, sie weiterzuverfolgen, jedoch war sie wert.

Kurz überlegte Edwina, Brunos Großmutter in ihr Vorhaben einzuweihen, entschied sich dann aber dagegen. Es war ihr Plan, möglicherweise auch ihre Schnapsidee, anders formuliert. Am liebsten wäre Edwina auf der Stelle losgerannt, aber sie beherrschte sich weiter.

„Soll ich dich morgen wieder entlasten, Rosa, dass du zu Bruno fahren kannst?"

Das schlechte Gewissen meldete sich bei Edwina. Was sie vorhatte, diente zwar der Sache, aber ihr Angebot war nur bedingt freundschaftlich gemeint. Sie verzog die Lippen zu einem noch breiteren Lächeln, das sich viel zu künstlich anfühlte.

Rosas Gesichtsausdruck hingegen war einfach nur dankbar. „Das nehme ich gerne an, grazie. Meine vorschnelle Aktion mit dem gefälschten Schreiben tut mir so leid, Edwina. Soll ich zur Polizei gehen? Mich stellen?"

„Ja. Ich würde es tun." Diesmal zögerte Edwina nicht, ehrlich zu antworten. „Erkläre dem Commissario, was du mir gesagt hast. Nur ihm. Bis morgen, Rosa, okay? Du besuchst Bruno, danach gehst du aufs Polizeirevier, wäre mein Vorschlag."

Inzwischen war die Sonne ganz durchgebrochen und die Zacken der Scaligerburg erstrahlten im hellen Licht.

Ein Anblick von Bedeutung und Vergänglichkeit gleichermaßen.

21

Im Keller des Fundbüros war Edwina bisher nie gewesen. Es hatte keinen Anlass und keinen Grund dafür gegeben.

Das „Archiv", hatte es Rosa beim ersten Rundgang genannt, als sie Edwina in den Ferienjob eingeführt hatte.

„Ich bin eine alte Romantikerin und kann nichts, aber auch nichts wegwerfen", hatte sie Edwina erklärt. „Vor vier Jahren hat mich Bruno dazu überredet, eine Art Flohmarkt zu veranstalten, weil der Platz unten eng wurde. Bei jedem Stück, das verkauft wurde, tat es mir leid, und ich habe mir vorgestellt, dass der Besitzer oder die Besitzerin doch noch auftauchen würde. Aber es ist eine schöne Summe für einen guten Zweck zusammengekommen."

„Was ist mit den Dingen, die du nicht angebracht hast?"

„Die musste der arme Bruno mit zwei seiner Schulfreunde wieder nach unten bringen. Bald werde ich so ein Aussortieren wiederholen, wir platzen aus allen Nähten." Rosa hatte mit Wehmut die Holztür betrachtet. „Gott, wie die Zeit rast. Damals hat Bruno noch das Gymnasium besucht, jetzt ist er ein junger Mann mit Plänen. Unfassbar."

Ein Plan war nach hinten losgegangen.

Doch an eine Schuld von Rosas Enkel wollte Edwina nicht glauben.

Deshalb tat sie, nach einer weiteren Nacht mit mehr Gedanken als Schlaf, etwas, was sie schon längst getan hätte, wenn sie von Giovanni di Levias Besuch bei Rosa gewusst hätte. Oft genug hatte sie es erlebt, dass die Lösung bei Mordfällen unter dem tiefen Sand der Vergangenheit vergraben lag.

Nun ging sie einmal mehr ans Ausbuddeln, obwohl zu befürchten war, dass der Gegenstand, an den sich Rosa nicht erinnern konnte, beim letzten Aufräumen mit ausgemistet worden war.

Dass Rosa seinen Fund gut aufbewahren solle, hatte er gemeint. Für die Besitzer sei er sicher wichtig. War das ein Hinweis auf das *tödliche Poem*? Bei dem Wort schauderte es Edwina, ohne dass sie es bewusst wahrnahm.

Nach den letzten beiden Suchenden des Vormittags, ein Frauenpaar, von denen eine ihr Smartphone am Strand von Rivoltella vergaß, hatte Edwina das *Chiuso*-Schild am Eingang platziert. Danach hatte sie sich auf den Weg gemacht, die paar Stufen hinunterzusteigen.

Es war alles andere als gruselig und weder staubig noch schmutzig. Rosa hielt nicht nur die oberen Räume penibel sauber, sondern fegte und putzte auch unten.

Neben der Holztür – selbst die glänzte, als hätte Rosa sie erst kürzlich mit Politur behandelt – hing der Schlüssel zum Archiv. Edwina öffnete, betätigte den Lichtschalter auf der rechten Seite und staunte erst mal. Neonlampen flammten auf und erhellten mit ihrem kühlen Schein eine riesige Ansammlung der verschiedensten Gegenstände. Rosa hatte nicht übertrieben, als sie von ihren Schwierigkeiten, sich von Fundsachen final zu trennen, gesprochen hatte.

Der Keller war voll, bis an die Decke gefüllte Regalreihen, die an den Wänden aufragten, aber auch in Querreihen im Raum aufgestellt worden waren. Ein Durchgang schlängelte sich von Reihe zu Reihe. Es erinnerte Edwina an ein Labyrinth. Sie hätte eine Taschenlampe mitbringen sollen.

Auch hier herrschte Sauberkeit. Keine einzige Spinnwebe hing von der Decke oder war an den Regalstreben zu erkennen. Die einzelnen größeren Dinge, die zur Aufbewahrung frei standen, wurden sichtbar regelmäßig abgestaubt.

An einem Ende hockte ein Stofftierkänguru, das Edwina mit seinen schwarzen Glasaugen anstarrte.

„Ciao, bella!", sprach sie das Kuscheltier an.

Sonst überall durchsichtige Boxen, die Edwina einen Moment lang an die Terrarien in Giovanni di Levias Bibliothek denken ließen. Zu ihrer Erleichterung waren diese ohne Luftlöcher verschlossen. Sie beinhalteten keine Lebewesen, sondern stellten quasi eine Armee der verlorenen Kleinigkeiten dar.

Stunden würde es dauern, die Behälter alle auf ihren Inhalt zu durchforsten, womöglich sogar Tage. Edwina überlegte, wie sie Rosa dann jeweils abhalten konnte, im Fundbüro ihren Posten zu beziehen.

Andere Antworten auf Fragen waren jetzt allerdings wichtiger. Was, wenn Giovanni di Levia bei seinem letzten Besuch genau nach dieser Abgabe gesucht hatte? Vor Jahrhunderten, seinen Worten nach, abgegeben. Um die Wahrheit war es ihm gegangen, von Abbildern hatte er gefaselt. Die Querverbindung vom Vergangenen zum Heutigen würde zu dem verqueren Denken des ermordeten Eistüten-Königs passen.

Was, wenn das *tödliche Poem* und das Gefundene von damals eins waren?

„Na denn, los geht's", rief Edwina laut, um sich zu motivieren.

Der Kellerraum verschluckte ihre Worte wie ein hungriges Reptil.

Edwina startete in einer der hintersten Ecken und wollte sich Stück für Stück, Box für Box vorarbeiten.

Dass sie fein säuberlich mit Daten und Inhalten beschriftet waren, half ihr nur bedingt. Edwina wusste nicht, wann genau di Levia Rosa seinen Besuch abgestattet hatte. Außerdem konnte eine solche Fundsache alles Mögliche darstellen. In Rosas Erinnerung war es etwas zum Öffnen gewesen – ein dehnbarer Begriff.

Die ersten beiden Regalreihen war sie rasch durch. In den Behältern waren Gegenstände wie kleinere Stofftiere, Schirme, Sandalen und jede Menge Sonnenbrillen aufbewahrt. Auch zwei kleine bunte Kassetten, die mit Malkreide gefüllt waren.

Seltsam mutete sie ein roter Drehsessel an, der an der Mauer einsam auf seinen Besitzer zu warten schien und eher auf den Sperrmüll gehört hätte. Niemand würde so etwas verlieren. Edwina setzte sich kurz und drehte sich mehrmals damit im Kreis.

Dann wurde es mühsam.

Die nächsten Boxen waren bunt gemischt mit Kleinkram wie Gürtelschnallen, Modeschmuck und Handys. Kaum zu fassen, wie viele Menschen ihre Mobiltelefone verloren, sie aber nie abholten. Zwei Laptops waren ebenfalls unter den Sachen, bei beiden war der Akku leer. Drei Stoffbeutel mit Münzen, in einem klimperten sogar noch italienische Lire.

„Oh Rosa, hast du die verlorenen Dinge des Universums gesammelt?", fragte Edwina wieder laut.

Dann kam sie zu einer Box mit verschiedenen Dokumenten. Die fand Edwina interessanter.

Sie öffnete mindestens drei Dutzend Kuverts, schlug Mappen auf und blätterte durch Hefte. Zeichnungen, Rechnungen, Briefe und einmal eine Zahlenreihe, die für sie keinerlei Sinn ergab. Steuerunterlagen von vor fünf Jahren, einen fertigen Roman, der noch mit Schreibmaschine geschrieben war.

Zwei Fotos fielen aus einer braunen, großen Börse, als Edwina sie herausnahm. Kein Geld, nur die Bilder. Zuerst schenkte ihnen Edwina keine Beachtung, sondern wollte sie zurück in das Fach für die Scheine stecken, das ansonsten leer war.

Jeweils ein Kind war auf den Fotos abgebildet. Das ältere war wahrscheinlich ein Mädchen, geschätzt sechs oder sieben mit dunklen Locken. Das andere ein Baby noch, es trug einen weißen Strampelanzug.

Aber, und das machte Edwina eine Gänsehaut, über die Gesichter hatte jemand grob mit einem Stift oder einer anderen scharfen Spitze gekratzt. Als hätte dieser Jemand deren Identitäten verschleiern wollen. Bei dem Baby war sogar der gesamte Kopfbereich durch die Kratzer beseitigt. Erst ab den Schultern waren die Körper wieder zu erkennen.

Aus dem Grund nahm Edwina die Aufnahmen genauer in Augenschein.

Das Mädchen trug einen ebenfalls weißen Pullover und versuchte eine Pose zur Kamera, wie Kinder es oft bei Aufnahmen taten, wenn man ihnen die Anweisung dazu gab.

Auf der Rückseite las Edwina eher beiläufig den geschriebenen Text, weil die krakelige Schrift an das Blatt Papier erinnerte, das ihr Commissario Alceste auf seinem Handy gezeigt hatte.

Auf beiden Fotos stand exakt das Gleiche: *„sfortunata piccola vipera“*, gefolgt von *„la poesia mortale“* in der unteren Zeile.

„Traurige kleine Natter“ und *„Die tödliche Poesie“*, oder anders, *„Das tödliche Poem“*.

Edwina hielt die Luft an.

Kein Gedicht – aber ein Treffer.

Dann erst entdeckte sie den Namen, zusammen mit einem Ort. Beides war klein, aber leserlich in die untere Ecke der Fotografie des Mädchens geschrieben worden.

22

Statt Adriano Alceste erschien Ispettore Giorgia Punta im Fundbüro.

„Der Commissario lässt sich entschuldigen. Er hat in anderen dringenden Angelegenheiten zu tun." Zu einer schwarzen Cargohose trug sie eine leichte Bluse, darüber eine ebenfalls dunkle Jacke ohne Ärmel. Die eckige Brille, die sie auf der Nase hatte, wirkte wie ein strenges Gegenstück in ihrem Gesicht.

Giorgia hatte die Hände in die Hüften gestemmt und legte damit den Schultergurt frei, in dem eine Waffe steckte. Alceste trug keine, wie Edwina festgestellt hatte. Am Gürtel der Polizeibeamtin befestigt waren Einmalhandschellen und ein ausziehbarer Einsatzstock.

„Sie sind wie für einen Zugriff ausgestattet, Ispettore Punta. Muss ich mir Sorgen machen?"

„Keine Angst, Signora Teufel. Ich komme vom Schießstand. Training ist wichtig."

Die Eifrigkeit der jungen Frau gefiel Edwina. Ein gesundes Maß an Ehrgeiz gehörte zum Beruf.

„Ich habe mit Alceste gerechnet, ehrlich gesagt. Nichts gegen Sie, Ispettore Punta, aber was gibt es Wichtigeres als das *tödliche Poem*?" Edwina hielt Giorgia eine Plastiktüte hin, in die sie die Börse und die Fotos gesteckt hatte. „Ob wir noch brauchbare Spuren finden werden, kann ich nicht sagen, aber wer weiß. Die Fundsache genau zu untersuchen, wäre also dringend."

Giorgia zog die Augenbrauen hoch. Ihre Haare hatte sie heute zurückgekämmt und zu einem Knoten gebunden. Einzelne Fäden standen ab und verliehen ihr im Licht der Neonröhren einen Kranz um den Kopf. „Ich verstehe nicht ...“

„Ispettore Punta, deswegen habe ich den Commissario angerufen. Diese verlorene Börse war in einer der Boxen hier gelagert. Keine Ahnung, wie lange. Das gute Stück ist mir tatsächlich mit viel Glück in die Hände gefallen. Mit diesen Aufnahmen von zwei Kindern.“

Von ihrer mühsamen Suche brauchte die junge Polizeibeamtin nichts zu wissen.

„Sie machen es uns schwer, Ihren Ausführungen zu folgen, Signora Teufel.“ Die Ermittlerin nannte sich und Alceste in einem Atemzug. „Polizeiarbeit ist kein Rätselraten.“

Gerne hätte Edwina der jungen Frau widersprochen, denn wie oft sie sich in ihrer aktiven Zeit mitten in einem Labyrinth aus Spekulationen und Vermutungen befunden hatte, ließ sich nicht zählen. Ein Puzzle aus tausend Teilen konnte manchmal nicht schwieriger sein. Doch im Moment ging es um Bedeutsameres.

Edwina fuhr mit einem Seufzen fort. „Das ältere Kind ist meiner Meinung nach ein Mädchen, beim Baby bin ich mir nicht sicher. Von beiden ist das Gesicht zerkratzt. Auf der Rückseite steht jeweils eine Beschreibung, die sehr despektierlich ist, wie ich finde. Was mir am wichtigsten erscheint, sind der erwähnte Name und die Stadt. Lesen Sie.“

Aus ihrer Cargojacke zog Giorgia Latexhandschuhe und streifte sie sich über.

Ob sich DNA-Spuren darauf befanden, die der Polizei nützlich sein konnten, wagte Edwina zu bezweifeln. Die braune Börse war sicherlich durch einige Hände gewandert, Rosas oder auch Brunos eingeschlossen. Dazu ihre eigenen. Doch es konnte interessant werden, ob sich Giovanni di Levias DNA darauf oder auf den Fotos noch feststellen ließ. Dass es sich um seine Schrift handelte, würde ebenfalls zu verifizieren sein.

„War es in der Plastiktüte aufbewahrt, Signora Teufel?"

„Nein, die ist neu. Ich habe den Fund eingetütet, mit dem, was ich hier vor Ort hatte. Davor hatte ich alles zwischen den Fingern. Ich werde also für die Spurensicherung meine Abdrücke abgeben."

„Natürlich, Signora Teufel, woher hätten Sie auch wissen können, dass es wichtig ist."

Edwina berührte mit dem Zeigefinger das Plastik der Tüte. „Hier unten steht der Name: Lia Moldovan. Sehen Sie? Könnte das Mädchen sein. Dazu der Ort: Brescia. Oder es ist die Fotografin gemeint. Oder die Mutter, wenn es Geschwister sind. Mit Glück ist es ein Anhaltspunkt, dem wir nachgehen können."

„Wir werden den Fund untersuchen, dann sehen wir weiter." Wieder schloss Giorgia den nicht anwesenden Commissario mit ein. Sie nahm Börse und Fotos aus der Tüte und drehte alles mehrmals hin und her. „Die unkenntlich gemachten Gesichter sehen unheimlich aus. Irgendwie ekelhaft."

„Genau das dachte ich auch. Deshalb habe ich es mir genauer angesehen. Das ist das *tödliche Poem*, das di Levia gemeint hat, wenn Sie mich fragen."

„Durchaus möglich. Vielleicht wäre es am besten, wenn unsere Leute den Keller und die gelagerten Dinge gründlich durchforsten."

„Tun Sie das. Obwohl es für Rosa das Leben noch einmal schwerer machen wird. Sie müsste den Laden dann schließen."

„Wir können auch sehr rasch sein, Signora Teufel."
Mit einem Augenzwinkern holte Giorgia einen professionellen Spurensicherungsbeutel aus ihrer Jacke, verstaute Edwinas Fund und streifte die Latexhandschuhe ab. „Grazie."

„Wenn ich helfen kann, immer gerne."

„Warum denken Sie, dass Giovanni di Levia diese Bilder wieder abholen wollte? Anders: Warum hat er sie überhaupt hierhergebracht?"

Zwei weitere gute Fragen, deren Antworten wichtig werden könnten. Wenn es überhaupt dafür nachvollziehbare Gründe gab. „Ispettore Punta, ich kann zum jetzigen Zeitpunkt nicht einmal spekulieren. Weitere Untersuchungen sind nötig."

„Sie sehen blass aus, Signora."

„Heute ist es schwül, das bekommt mir nicht. Seit ich die fünfzig überschritten habe, bin ich wetterfühliger geworden."

„Kommen Sie", Giorgia berührte Edwinas Arm. „Ein paar Straßen weiter gibt es ein Ristorante. Dort trinken wir was, bevor ich Commissario Alceste Ihre Entdeckung weitergebe."

***

Das Lokal war keine fünf Minuten Fußweg entfernt und strahlte eine beruhigende Freundlichkeit aus. Eine offene Küche, in der die Speisen vor den Besuchern zubereitet wurden, helle Kiefernmöbel für die Gäste.

Edwina und Giorgia waren die Ersten, das Restaurant hatte eben erst geöffnet. Sie begnügten sich mit Zitronenlimonade, obwohl Edwina ziemlich hungrig war.

Das Gericht des Tages versprach Farfalle Vongole –
frisch zubereitet – und als Vorspeise eine Minestrone.
Ihr Magen knurrte.

Der Kellner stellte ihnen ein hohes Glas mit Grissini auf den Tisch. Sofort griff sich Edwina eines und
knabberte an dem Stangengebäck.

Die Brösel fielen auf die Tischdecke, Edwina begann sie einzusammeln. „Wie ungeschickt, tut mir leid.
Ich hatte heute nur einen Espresso und eine halbe Melone am Morgen. Deshalb bin ich etwas unterzuckert
und zu gierig."

„Ich darf Ihnen übrigens zwei Informationen vom
Commissario aus weitergeben." Giorgia hatte Edwinas
Missgeschick überhaupt nicht beachtet. „Il capo hat
mir die Befugnis erteilt."

„Also hat Alceste ebenso Neues herausgefunden?
Reden Sie, Ispettore Punta."

„Parallel zu Ihrem Fund hat unser Labor festgestellt, dass das andere sogenannte Poem eine Fälschung ist."

„Oh!" Hunger und Grissini waren vergessen. Ihre
Sorge um Rosa stieg. Edwina stellte sich naiv. „Was
bedeutet das für die Ermittlungen?"

„Im Moment noch nichts, weil wir es nicht zuordnen können. Das Blatt ist eine seltsame Mixtur aus alt
und neu. Die schwer leserlichen Zeilen wurden eine
lange Zeitspanne vor den Begriffen Gefahr und Mord
sowie dem Datum geschrieben. Letztere wurden vor
wenigen Tagen hinzugefügt. Es wurde die Handschrift
von Giovanni di Levia nachgeahmt. Mögliche DNA-
Spuren werden noch analysiert."

„Was schließt der Commissario daraus?"

Giorgia sah Edwina mit einer leichten Empörung
an. „Wir schließen daraus, dass jemand Bruno Rinaldi

entlasten wollte und ein altes Gedicht von di Levia verwendet hat."

„Für wen könnte di Levia es einst geschrieben haben?"

„Das ist ein Scherz, Signora Teufel", Giorgia verzog den Mund zu einem amüsierten Lächeln. „Laut unseren Recherchen hat di Levia Sirmione und Umgebung mit seinen lächerlichen Versen überschwemmt. Ich habe das Personal im Hotel Astoria befragt, dort sollten sie sogar seine Gedichte auf das Kopfkissen der Gäste geben. Zur Praline dazu. Er kam mit einem Stapel handschriftlicher Zweizeiler und hat darauf bestanden, sie auf den Zimmern der Gäste zu verteilen. Der Hoteldirektor, Max Grob, hat mir gestanden, dass er sie ins Prospekt für die Sicherheitsanweisungen gelegt hat, weil die kaum jemand liest."

„Giovanni di Levia war wirklich nicht mehr richtig im Kopf und hat viele Leute verärgert." Edwina griff doch nach einem zweiten Grissino. „Und vielleicht war diese Fälschung nur ein Scherz."

„Wir bleiben auch dabei dran, Signora Teufel. Wir, der Commissario und unser Team, arbeiten auf vielen Ebenen und verfolgen jeden Hinweis."

„Das würde ich nie in Zweifel ziehen." Edwina machte einen ersten Schluck von der Zitronenlimonade, der saure Geschmack zog ihr die Lippen zusammen. „Was ist Nummer zwei der Neuigkeiten?"

„Gleich, Signora, gleich." Giorgia wollte noch nicht das Thema wechseln. „Was mich dabei beschäftigt, ist die Entlastung Bruno Rinaldis. Wenn ich ehrlich zu Ihnen sein darf, Signora Teufel, befürchte ich, dass es seine Nonna Rosa war. Sie hat seit der Verhaftung ihres Enkels täglich mehrfach bei uns im Revier angerufen. Sollte ich richtigliegen, hat sie sich strafbar gemacht."

Die Ansage traf Edwina mitten ins Herz. Sie wollte sich die alte Frau nicht eingesperrt vorstellen. Wie hatte sie bloß denken können, dass keiner aus dem Ermittlungsteam auf denselben Gedanken gekommen war wie sie. Sie musste Rosa noch einmal mit Nachdruck nahelegen, sich aufs Revier zu begeben und sich selbst zu stellen. „Kein schöner Gedanke."

„Sie sagen es, Signora Teufel." Giorgia nahm die Brille ab und rieb sich die Augen. „Das Ding macht mich müde, ich werde es wieder weglassen."

„Kontaktlinsen stattdessen?" Edwina griff nach dem neuen Faden im Gespräch. „Ich werde auch bald eine Lesebrille brauchen. Aber ich weigere mich standhaft. Mein Partner zieht mich deswegen manchmal auf."

Jetzt grinste Giorgia. „Die ist allerdings nicht echt."

„Was meinen Sie mit nicht echt?"

„Signora Teufel, ich bin jung und stehe am Anfang meiner Karriere. In der Ausbildung haben mir die männlichen Kommilitonen wenig zugetraut und mich als hübsches Beiwerk in der Gruppe betrachtet. Meine eigene Großmutter hat mir dann den Tipp gegeben, eine Brille zu tragen. Und, lachen Sie mich und Nonna ruhig aus, es hat gewirkt." Sie steckte die Brille demonstrativ in eine der Taschen der Cargojacke. „Eigentlich brauche ich sie nicht mehr. Ich bin gespannt, ob es Adriano und den Kollegen hier auffallen wird, wenn ich keine mehr trage."

„Eine unorthodoxe Idee von Ihrer Nonna."

„So war sie." Giorgia seufzte. „Im Gegensatz zu meiner Mutter. In meiner Erinnerung war Mamma stets verbittert und über ihre zweite Ehe frustriert. Mein

Stiefvater ist ein Mann, der an allem etwas auszuset-
zen hat. Ein unnahbarer Charakter. Ich verstehe bis
heute nicht, warum meine Mutter ihn gewählt hat und
dann auch noch bei ihm geblieben ist. Vielleicht weil
sie schon einmal geschieden worden war von meinem
richtigen Vater."

„Sind Ihre Eltern tot?"

Giorgia winkte ab. „Nein, nein! Aber ich habe viel
Zeit mit meiner Nonna verbracht. Wir standen uns
sehr nahe."

„Bruno Rinaldis Herzensmensch ist ebenfalls seine
Großmutter. Er hat seine Mutter früh verloren. Seinen
Vater nie kennengelernt." Nun hatte Edwina selbst das
Thema wieder auf den Tisch gelegt. „Und er ist Rosa
Rinaldis Ein und Alles."

„Das von der Mutter wusste ich, das vom Vater ist
mir neu. Ich hatte übrigens gehofft, Bruno Rinaldis
Alibi tatsächlich selbst zu verifizieren. Nachdem er
sich Ihnen anvertraut hatte im Gefängnis. Eben auch
wegen Rosa Rinaldi. Meine Nonna in Brescia ist mir
dabei öfter in den Sinn gekommen. Sie ist vor meinem
Abschluss gestorben, hat meinen Job hier in Desenzano
nicht mehr erlebt." Giorgias Blick senkte sich. „Aber
die Straßenhändler, über die Bruno Rinaldi geredet hat,
sind nicht jeden Tag vor Ort und wechseln auch. Ich
konnte mit einem Kollegen die Strecke von Sirmione
nach Limone nur einmal abfahren. Meiner Meinung
nach könnte durchaus noch ein Treffer möglich sein.
Sobald sich ein Zeitfenster ergibt, recherchiere ich
noch mal. Oder wir fassen einfach den wahren Täter."

„Sie glauben also ebenfalls nicht, dass Bruno es getan hat?"

„Ermittlungen haben nichts mit Glauben zu tun."
Auch dabei hätte Edwina der jungen Kollegin gerne

widersprochen. „Ich muss los, Signora Teufel. Der Commissario wird sich bei Ihnen melden."

Sie legte einen Fünf-Euro-Schein auf den Tisch.

Edwina begann, in ihrer Umhängetasche zu kramen. „Ich zahle die Limonaden. Stecken Sie es wieder ein."

„Nein. Das nehme ich nicht an, ich bin dienstlich hier." Giorgia stand auf und trank ihr Glas in einem Zug leer. „Wir sehen uns."

„Warten Sie noch. Die zweite Info, bitte."

„Ach so." Wieder dieses leicht amüsierte Lächeln von Giorgia. „Greta Galli und Giovanni di Levia waren noch nicht offiziell geschieden. Sie wird demnach alles erben." Sie zögerte. „Greta Gallis erster Mann ist vor einem Jahrzehnt gestorben. Er war so alt wie Giovanni di Levia. Pikanterweise beim Liebesspiel. Zu Tode geliebt, meinte Adriano dazu."

„Haben wir es vielleicht mit einer Schwarzen Witwe zu tun?"

23

„Ich bin und bleibe der Meinung, dass Max Grob mit dem Mord zu tun hat."

Toni rührte in seinem Risotto, das er fürs Abendessen zubereitet hatte. Er war der bessere Koch, wie Edwina ohne Umschweife jederzeit zugeben würde. Sie war hingegen die Meisterin, wenn es schnell gehen musste.

Ihre Eiernockerln mit frischem Schnittlauch und grünem Salat waren ein Familienklassiker. In den Jahren in Wien war das Gericht öfter auf den Tisch gekommen, als sie sich eingestehen wollte. War sie mitten in Ermittlungen mit ihrem Team, hatte sie nicht einmal die Muße gehabt, Tonis italienische Köstlichkeiten zu würdigen, wenn er zur Entspannung den Kochlöffel geschwungen hatte. Andererseits, wenn Toni in Vorbereitung für einen seiner Aufträge war, verbrachte er mehr Zeit auf Gartenschauen als zu Hause.

Wir haben lange nebeneinanderher gelebt, und jetzt vermiese ich uns die Chance, am Gardasee Zweisamkeit zu genießen, überlegte Edwina selbstkritisch, während sie ihrem Lebensgefährten beim Kochen zusah. Ohne ihre Einmischung in die Polizeiarbeit hätte sie sich weiterhin körperlich regenerieren und ihre Liebe zu Toni auffrischen können, nun kreiste ihr Denken um einen toten Mann, den sie zu Lebzeiten bestimmt unsympathisch gefunden hätte. Dazu hatte sie in den letzten Tagen mit Commissario Adriano Alceste und Ispettore Giorgia Punta mehr Gespräche geführt als mit ihrem Liebsten.

Wobei, hier nahm sie ihre Kritik an ihrem Vorgehen direkt wieder zurück, Toni war seit ihrem Eintreffen hier auch ziemlich beschäftigt gewesen und hatte manche Pflanze mehr gehegt als seine Winnie.

„Willst du vorher einen Schluck Wein?" Er kam mit einem Glas in der Hand zu ihr auf die Terrasse.

Dass sich das Leben am Lago seit dem Frühjahr hauptsächlich im Freien abspielte, mochte Edwina. Das Wohnzimmer diente höchstens seltenen Fernsehabenden.

„Riech, Winnie." Er hielt ihr das Glas unter die Nase. „Der klassische Lugana bringt zartgrüne Reflexe ins Glas und trägt ein frisches Bukett aus weißen Blüten und Steinfrucht an die Nase. Dieser hat einen feinen Mandelduft."

„Toni, du klingst, als wärst du von Pflanzen auf Wein umgestiegen."

„Max Grob, um wieder auf meinen Chef zurückzukommen, ist, wie du sagen würdest, ein Beidl, aber von Weinen versteht er etwas. Als ich ihm erzählt habe, dass ich ein Artischocken-Risotto zubereiten würde, hat er mir den Lugana empfohlen und aus der Küche zwei Flaschen mitgegeben. Trotzdem mischt er sich für mein Empfinden zu oft in einfach alles ein. Als Hoteldirektor ist er unbeliebt, selbst bei den Gästen. Keiner vom Personal mag ihn. Die Leute, die für mich tätig sind, ebenso wenig."

Wenn Toni in sein Italienisch ein wienerisches Schimpfwort wie „Beidl" einfügte, brachte er Edwina jedes Mal damit zum Lachen.

„Du willst ihm einen Mord anhängen, weil er dich nervt?" Edwina prustete sofort los. „Wäre übrigens auch ein Motiv, auf das man nicht so leicht kommen würde."

„Apropos: Wie kommst du voran?" Er gab ihr einen Kuss auf die Lippen. Der Geschmack nach Schalotten und Knoblauch blieb haften. „Ich meine, der Commissario und du."

„Willst du wirklich über ein Tötungsdelikt reden?" Edwina streckte sich. Es erstaunte sie, dass Toni nicht wieder versuchte, sie von einer Einmischung abzuhalten. „Aber wenn du mich schon fragst: Ich habe drei Verdächtige, die allerdings alle ein Alibi haben. Die Exfrau beziehungsweise Noch-immer-Frau, die auch Alleinerbin ist, und zwei Angestellte, die ein Liebespaar sind, es aber verheimlichen mussten. Wobei es bei Giovanni di Levia höchstwahrscheinlich Dutzende gibt, die ihn nicht mochten, ihm vielleicht den Tod gewünscht haben. Allein sämtliche Angestellten in den Eisdielen scheinen nicht gut auf ihn zu sprechen zu sein, ähnlich wie bei deinem Max Grob. Zusätzlich war di Levia ein Schürzenjäger und ein intoleranter, sturer Kerl. Durch sein Geld, die Eisdielen, den Hotelkomplex konnte er sich mehr erlauben, als es gut für ihn war. Gegen Ende ist er aus der Realität gefallen."

Mehr wollte sie Toni nicht erzählen, die neuen Beweisstücke, die sie im Fundbüro entdeckt hatte, wurden noch von der Polizei untersucht. Obwohl sie nicht offiziell mit dem Commissario recherchierte, fühlte sie sich doch inzwischen verpflichtet, gewisse Verschwiegenheitsregeln einzuhalten.

„Deshalb schließe ich eben Max Grob in den Kreis der Verdächtigen mit ein, Winnie." Toni hob sein eigenes Glas hoch und schwenkte den Inhalt. „Ich meine es nur halb im Scherz, leider. Er hätte seinen Job verloren, wenn der Hoteleigentümer, also di Levia, nicht verstorben wäre. Als er vom zweiten Manager auf den Tod angesprochen wurde, hat er in die Hände geklatscht und gemeint, jetzt gehe es aufwärts. Ich war dabei."

„Die Polizei war sicher längst bei ihm. Auch dich werden sie bestimmt noch befragen."

„Oh ja. In den letzten Tagen hatten wir mehr als einen Besuch von der Polizia. Die Gerüchteküche brodelt unter dem Personal. Jeder wurde zu einem Gespräch gebeten. Auch ich war bereits an der Reihe. Mein Alibi ist unverrückbar. Ich habe an dem Nachmittag unter den Augen der Hotelgäste in der Erde gebuddelt und auf der Frühstücksterrasse eine wilde Mischung aus Diptam, dem Brennenden Busch, zusammen mit Salvia, Delphinium und Lavendula gepflanzt. Das gibt ein Farbenmeer in Blau und Lila. Alles wunderbar zu kombinieren im Gräserbeet. Ist es der schmale Commissario mit dem Schnurrbart, mit dem du zu tun hast?"

„Genau der. Was sagst du zu ihm?"

„Ich habe nur mit einer Ispettore Punta und später noch mit einem Vice-Commissario Valerio geredet."

„Dann kennst du einen Mann mehr bei der Polizei als ich." Unvermutet entkam Edwina ein frustriertes Ächzen. Sie verspürte große Lust, an den Besprechungen dabei zu sein. Als eine Spinne in der Ecke im Netz zu schaukeln, hätte ihr schon gereicht. Einfach, um zuzuhören, wie spekuliert und weiter vorgegangen wurde. „Ich könnte die Tage mit dir einmal ins Hotel fahren und mir Max Grob persönlich vornehmen. Der Name allein macht ihn schon zwielichtig. Grob, wie grober Beidl, haha."

„Leider hat er ebenfalls eine gute Ausrede, um nicht der Mörder sein zu können. Er war bei seinem bevorzugten Sommelier, um Weine einzukaufen."

„Den ganzen Nachmittag über?"

„Keine Ahnung. Aber die Polizei wird es wohl überprüft haben." Er überlegte. „Ist ein Beidl gleichzusetzen mit einem *pazzo*?"

„Nein, Toni. *Pazzo* ist ein Verrückter und Beidl ist – wie soll ich es erklären? – ein Nichtsnutz."

„Sudern bedeutet raunzen. Was wiederum jammern heißt. Wenn du schlecht gelaunt bist, hast du einen Grant, stimmt's, Winnie?"

„Langsam wirst du mehr Österreicher als ich. Wobei sich *gemere* und *la rabbia* besser anhört."

„Apropos: Was magst du lieber? Schnitzel oder Spaghetti? Marillenknödel oder Tiramisù?"

„Mir läuft bei jedem Gericht das Wasser im Mund zusammen. Mein Magen knurrt." Ihr fiel das letzte Gespräch mit Giorgia ein, deren Bemühungen, Bruno Rinaldis Angaben zu verifizieren. „Weißt du was, Toni?"

„Oh, den Blick kenne ich, Winnie. Du willst etwas tun, was unseren gemeinsam geplanten freien Tag morgen durcheinanderbringt."

„Aber nein!" Edwina schüttelte den Kopf.

Doch Toni lag richtig.

Einen Ausflug am Ostufer des Sees entlang über Bardolino nach Garda hatten sie sich vorgenommen. Was Edwina nun ändern wollte. Limone war ebenfalls einen Besuch wert. Der Weg dorthin führte über das Westufer und die Strecke entlang, die Bruno Rinaldi genommen hatte.

Sie schätzte die Wahrscheinlichkeit niedrig ein, dass sie mehr Glück haben würde als Giorgia, einen Entlastungszeugen zu finden, aber auch dabei war ein Versuch die beste Methode.

Edwina zögerte, es anzusprechen. Toni gab sich gerade so viel Mühe, einen herrlichen Abend zu gestalten. Er hatte ein Gericht gewählt, das ohne Fleisch oder Fisch war, weil Edwina zwar keine klassisch strenge Vegetarierin war, aber aus Tierwohlgründen meist darauf verzichtete. Die Weinempfehlung von diesem Max Grob, die er angenommen hatte, obwohl er ihn eigentlich nicht mochte. Und bevor Toni mit Kochen begonnen hatte, hatte er Edwina die Füße massiert, eine Liebenswürdigkeit, die sie zu schätzen wusste.

„Herrje, mein Risotto!" Toni stürzte zurück in die Küche.

„Alles okay bei euch?" Von unterhalb der Terrasse erklang ein Rufen.

Beatrices Störung passte für Edwina nicht zur Abendstimmung.

Im nächsten Moment tauchte eine völlig andere Frage auf, die sich Edwina bisher nie gestellt hatte. Konnte es sein, dass Beatrice all die Gespräche, die auf der Terrasse geführt wurden, mitgehört hatte? Auch das mit dem Commissario? Zuzutrauen wäre es der neugierigen Nachbarin und Vermieterin, die über jeden Bescheid wusste und gerne tratschte.

Edwina erhob sich, ging an die Brüstung und sah zu Beatrice hinunter. „Waren wir so laut oder lauschst du?"

Beatrice legte den Kopf in den Nacken, einer ihrer langen Ohrringe lag auf der Stirn, der andere baumelte frei. „Als ob mich Privatgespräche interessieren würden. Aber dein Liebster hat geschrien."

Neben Edwina war Toni zurück und lehnte sich ans Geländer. „Mein Risotto bedurfte der Rettung. Es brodelt und wird langsam cremig."

„Risotto, wie lecker. Da läuft mir das Wasser im Mund zusammen."

Bitte, dachte Edwina, keine Einladung aussprechen. Sie wollte Toni ans Bein treten, verfehlte es aber und schlug sich den Zeh an. „Aua!"

„Jetzt bist du aber in Not, Edwina." Beatrice winkte. „Braucht ihr beide meine Hilfe?"

Wie einstudiert redeten Edwina und Toni gleichzeitig. „Alles gut. Schönen Abend noch." Dann zogen sie sich im Gleichklang zurück.

„Immer noch einsam, die Beatrice", flüsterte Toni Edwina ins Ohr. „Knut kommt erst in zwei Wochen nach Hause."

„Dafür kann niemand etwas." Auch Edwina hauchte. „Ich habe mich mit ihr zu einem Thermenbesuch verabredet. Das muss reichen."

„Verdächtigst du sie auch?"

„Wie bitte?" Edwina verneinte vehement, aber der Gedanke von vorhin schlich sich in ihr Hirn. Hatte je jemand Beatrice nach einem Alibi gefragt? Wahrscheinlich nicht, warum auch?

„Als Nachtisch habe ich etwas Besonderes mitgebracht, Winnie: Fogassa sulla gradela. Das ist süße Focaccia. Die wird dir schmecken."

Jetzt oder nie, entschied sich Edwina. „Du bist der Beste, mein absoluter Schatz. Aber, tesoro mio, ich will morgen lieber Richtung Westen und Limone. Entlang der Uferstraße soll es tolle Straßenhändler geben. Ich brauche neue T-Shirts. Wir halten überall dort, wo es mir gefällt." Sie korrigierte sich. „Uns gefällt. Ja?"

24

„Eine romantische Fahrt den Gardasee entlang habe ich mir anders vorgestellt."

Toni kratzte sich am Kopf. Seine Haarpracht dünnte sich langsam mehr und mehr aus und Edwina konnte seine Haut an den Seiten durchschimmern sehen. Aus keinem besonderen Grund rührte sie der Anblick. Auch wenn er ein paar Jahre jünger als sie war, knabberte das Älterwerden genauso an ihm wie an ihr. Sie beugte sich zu Toni hin und drückte ihm einen feuchten Kuss auf die Wange.

„Ein Bussi und alles wieder gut, Winnie? Okay, ich gebe zu, es funktioniert." Er lachte und beschleunigte den Wagen. Nach einer langen Kurve folgte eine gerade Strecke. „Wenn wir endlich angekommen sind, will ich mir in Limone unbedingt als Erstes die Chiesa di San Rocco ansehen. Eine sogenannte Pestkirche, die in der Hoffnung erbaut wurde, dass die Pest endlich verschwindet. Im Inneren kann man Gemälde des berühmten venezianischen Malers Jacopo Tintoretto bewundern."

„Machen wir, Toni. Jetzt bitte blinke und halt wieder an." Edwina hatte aus dem Augenwinkel heraus mobile Händler entdeckt. „Ein kleiner Straßenmarkt mit nur drei Ständen. Ich will ihn mir anschauen."

„Das ist das vierte Mal, dass wir unterbrechen. Insgesamt waren es siebzehn Stände, ich habe mitgezählt. So kommen wir nie nach Limone."

Er verlangsamte den Wagen. Ein letzter schattiger Parkplatz unter einer Kiefer war noch frei.

Edwina strich ihm über die Wange. „Toni, Schatz, ich finde, die Landschaft ist jede Unterbrechung wert. Wenn du ein Stück zurückläufst, kannst du dir den Abschnitt mit den Feigenbäumen noch mal zu Fuß anschauen. Der See glitzert, die Bäume wiegen sich im Wind."

„Direkt an der Straße, ohne Fußweg?" Mit einem Brummen setzte er sich ein Käppi auf. „Das ist keine erholsame Pause."

„Aber mit Blick auf den Lago. Danach, in Toscolano Maderno, machen wir eine richtige Pause, mit Jause. Das sind zwei Orte, die zu einem verschmolzen sind, sie sollen ebenfalls wunderschön sein. Wir flanieren durch die Altstadt, ich lade dich auf ein Eis ein. Nach dem dicken Bussi ein leckeres *bacio*. Oder deine Lieblingssorte *limone*. Passend zu unserem Ziel."

„Von überall kann man an einer Uferstraße den See sehen, Winnie. Verkauf mich nicht für dumm. Ich weiß, dass du es nicht lassen kannst, zu arbeiten und Nachforschungen anzustellen. Die Einladung nehme ich aber an. Jetzt werde ich allerdings zum Schild *Wildkräutergarten* zurücklaufen, an dem wir vorbei sind. Das du übrigens nicht registriert hast, weil du nach Straßenverkäufern suchst. Wie lange brauchst du diesmal?"

„Wenn ich das wüsste. Bisher waren es nur Nieten. Mein Mund ist trocken und ich habe leichte Kopfschmerzen."

„Was man deiner Laune ein wenig anmerkt, Winnie. Noch dazu haben wir bereits fünf Tücher, drei Paar Badeschlappen, Olivenöl und eine Melone auf dem Rücksitz. Am Ende kannst du bei uns mit Beatrice einen eigenen Stand eröffnen." Toni stieg aus und winkte ihr zu. „Ich bringe frische Kräuter mit fürs Essen heute Abend. Vielleicht heitert es dich auf."

Edwina wusste, dass, wenn die Tour erfolglos verlief, sie sicherlich in noch schlechterer Gemütslage sein würde. Noch versuchte sie aber, positiv zu bleiben. Die Hoffnung stirbt angeblich zuletzt – hoffentlich, sprach sie sich innerlich Mut zu.

Giorgia hatte Edwina auf die nächste Idee gebracht, Stück für Stück den Weg von Bruno nachzufahren, den er mit seinem Motorino zurückgelegt hatte am Tag des Mordes.

Dass die Polizisten bei ihrer Befragung nichts erreicht hatten, war für Edwina einleuchtend gewesen, auch ohne den Nachdruck, den Giorgia auf ihr Statement gelegt hatte.

Einige der mobilen Straßenstände entstanden spontan und unangemeldet. Die Händler taten alles, um in Ruhe und unbelästigt ihren Geschäften nachgehen zu können. Selbst wenn sich einer von ihnen an Bruno und seinen knatternden Motor erinnert hätte, wäre es ein zu lästiger Aufwand gewesen, bei der Polizia eine Aussage zu machen.

Sie aber war eine Privatperson. Mit einer Portion Glück würde Edwina ein Gedächtnis auffrischen können, den einen finden, der Bruno ein Alibi geben könnte. Mit sehr, sehr viel Glück.

Eine fast unmögliche Aufgabe, was sie zurück zum Gedanken um die letzte Bastion namens Hoffnung brachte.

Wie die anderen vier Male startete Edwina am ersten Stand, an dem bunte T-Shirts mit aufgedruckten knackigen Sprüchen auslagen.

„Buongiorno, das grüne gefällt mir von der Farbe her. Haben Sie es mit einem anderen Spruch? *I am a biker-girl* passt nicht wirklich zu mir."

Der Händler beugte sich zu ihr hin. „Signora, gerade Sie waren in Ihrer Jugend sicher unangepasst – in Ihrer erst kürzlichen Jugend."

„Ha! Eher ein Discogirl, wie es auf dem glitzernden roten hier steht." Sie lachte. „Wenn ich es, ohne zu handeln, kaufe, würden Sie mir dann eine Frage beantworten?" Auf langen Smalltalk hatte Edwina keine Lust mehr.

„Ohne zu handeln? Wo bleibt der Spaß?"

„Okay. Ich handle und Sie antworten: Samstag, 1. Juni. Nachmittag, sagen wir, ab vier Uhr. Waren Sie hier mit Ihrem Stand?"

„Warum?"

„Per favore. Einfach antworten."

„Na gut, weil Sie mir gefallen, Signora. Die lila Strähne ist kess." Sein Zwinkern brachte Edwina zum Schmunzeln. „Aber ich muss Sie enttäuschen, meine Tochter hatte da übernommen. Ich war an dem Wochenende zum Junibeginn mit meiner Frau bei meinen Schwiegereltern."

Der Seufzer, der sich aus Edwinas Brust löste, war intensiv. Es war eine Schnapsidee gewesen. Die Strecke war um die sechzig Kilometer, die Händler und Stände wechselten. Selbst wenn Bruno auf der gegenüberliegenden Seite seinen Halt mit dem Moped eingelegt hätte, wer würde sich zehn Tage später daran erinnern?

Sie nahm das T-Shirt in die Hand und wollte zahlen, zum Feilschen fehlte ihr die Energie. Doch der Händler war verschwunden. Edwina entdeckte ihn ein paar Meter entfernt bei einer jungen Frau, die rauchend unter einem Laubbaum im Schatten stand.

Er hob die Hand in ihre Richtung. Edwina schloss zu den beiden auf. Es war die Tochter, die ihr als Stella vorgestellt wurde.

„Mein Papà sagt, Sie wollen eine Auskunft?"

„Ciao! Mille grazie, dass Sie sich mit mir unterhalten. Ich komme direkt zur Sache, um Sie nicht aufzuhalten. Es geht um den ersten Samstag im Juni."

Edwina sagte ihr Sprüchlein auf, erklärte die Umstände, soweit sie darüber reden durfte, erwähnte explizit das fehlerhafte Motorino. Brunos Namen nannte sie hingegen nicht, sprach nur davon, dass die Polizei immer noch einen Zeugen, eine Zeugin suchte. Sie bat um einen Moment der Konzentration für eine innere Rückblende und endete mit dem Satz: „Sie könnten für einen jungen Mann eine riesige Hilfe sein."

Bisher hatte sie siebzehnmal Kopfschütteln und siebzehnmal Schulterzucken erlebt. Trotzdem hatte sie fast immer etwas gekauft.

„Sind Sie von der Polizei? Die waren bereits hier. Wegen eines Mordes an einem alten Mann. Ich hab es im Internet überflogen. Gruselig." Stella ließ die Zigarette fallen und trat sie aus. „Ich konnte mich nicht erinnern."

„Gut. Trotzdem danke." Edwina kramte in ihrer Umhängetasche nach der Geldbörse. Das Glitzer-T-Shirt war wenigstens nett anzusehen.

„Zumindest nicht, als die Polizei da war." Stella stoppte Edwina ab. „In der Nacht danach ist es mir aber wieder eingefallen. Da war ein junger Mann in meinem Alter. Der Auspuff seines Motorino hat so laut geknallt, dass wir alle kurz zu ihm hingeschaut haben. Er hat geflucht, ziemlich laut. Dann hat er bemerkt, dass ich über sein Fluchen lachen musste, und mir einen Kuss zugeworfen. Ich wollte zu ihm hin und ihm die Werkstatt meines Onkels empfehlen, die liegt nur ein paar Kilometer entfernt. Aber er hat rasch den Motor wieder gestartet und ist weitergefahren. In Richtung Limone."

„Uhrzeit?" Die Kopfschmerzen bei Edwina waren wie weggeblasen. Sie knüllte das Shirt zwischen ihren Fingern. „Ungefähr zumindest."

„Weiß ich sogar genau. Mein Freund hat mir zur selben Zeit die Nachricht gesendet, dass es unserem Hund gut geht. Er war mit ihm beim Tierarzt. Schauen Sie." Stella hielt Edwina ihr Smartphone unter die Nase. Auf dem Foto schaute ein schwarzer Labrador mit tränenden Augen in die Kamera.

Die Aufregung bei Edwina stieg. Sie kniff die Augen zusammen, um Datum und Uhrzeit erkennen zu können: 1. Juni, halb fünf. „Diese Details hätten Sie der Polizei mitteilen müssen."

„Tut mir leid, ich war beschäftigt. Hab es vergessen. Ich wusste ja nicht, dass es so wichtig ist."

„Aber jetzt tun Sie es. Gehen Sie zur Polizei. In die Questura in Desenzano. Fragen Sie nach Adriano Alceste oder Giorgia Punta. Erklären Sie den Ablauf genauso wie mir. Zeigen Sie die Nachricht mit der Uhrzeit und dem Datum. Machen Sie eine Aussage. Wahrscheinlich gibt es später noch eine Gegenüberstellung. Machen Sie das. Bitte?"

Edwina begann, im Kopf zu rechnen. Wenn Bruno um diese Uhrzeit bereits hier kurz vor Toscolano Maderno gesehen worden war, konnte er sich im zeitlichen Rahmen, den der Dottore für den Todeszeitpunkt von Giovanni di Levia angegeben hatte, längst nicht mehr in der Villa aufgehalten haben und nicht danach noch mal zu di Levia zurückgekehrt sein.

Die junge Frau scrollte über den Bildschirm. „Aber zu den Öffnungszeiten des Polizeireviers bin ich meistens hier am Stand."

Edwina zückte ihr eigenes Handy, wählte die Nummer des Commissario. Die Mailbox sprang an. „Edwina Teufel. Rufen Sie mich an. Dringend." Dann an Stella gewandt. „Geben Sie mir bitte Ihren Kontakt plus Ihren vollständigen Namen. Ich werde alles an die richtige Stelle weiterleiten. Bitte, vertrauen Sie mir."

„In Ordnung, Signora."

Spontan umarmte Edwina Stella. „Sie werden eine alte Frau und ihren Enkel sehr glücklich machen, Stella."

„Ich hätte das T-Shirt in Ihrer Größe auch in Lila, Signora." Der Vater von Stella ergriff das Wort. „Allerdings kostet es mehr. Außer Sie handeln mit mir."

25

Edwina sah Alceste, als sie auf der Via Dante Alighieri die Straße überquerte. Schräg gegenüber der Questura, am Beginn einer schmalen Seitenstraße, wartete er im Schatten der Wohnhäuser auf sie.

Sie mutmaßte, dass ihm ein Auftauchen von ihr im Polizeirevier unangenehm wäre.

„Ciao, Chefinspektorin Teufel", begrüßte er sie dennoch freundschaftlich. „Schön, dass Sie den Weg hierher gefunden haben."

„Klammheimlich treffen wir uns, wie Diebe in der Nacht." Sie zeigte ihm ein verschwörerisches Lächeln. „Vielleicht hätte ich mich maskieren sollen."

„Oh, den Karneval in Venedig kann ich Ihnen empfehlen." Auch sein Schmunzeln war unübersehbar. „Der würde Ihnen richtig gefallen, wie ich Sie einschätze. Überall die unheimlichsten und zugleich elegantesten Masken. Dazu der winzige Vorteil für mich, dass Ihr nächstes Reiseziel somit ein gutes Stück vom Gardasee entfernt wäre."

„Commissario, per favore, zurück zum Wesentlichen. Was haben mein Fund und mein Ausflug zu den Ermittlungen beigetragen? Spannen Sie mich nicht länger auf die Folter."

„Ist nicht meine Absicht, ich bin Beamter und kein Folterknecht, Chefinspektorin."

Er sprach ihren Titel einmal mehr mit einem rollenden R aus, was ihm einen samtigen Touch verlieh. Es erinnerte Edwina an ein Schnurren.

Die Tätigkeit, die dahinterstand, war hingegen alles andere als kuschelig oder weich. Die Untersuchung von Kapitalverbrechen erforderte eine dicke Haut und sensibles Gespür gleichermaßen. Manches

Mal gerieten diese gegensätzlichen Eigenschaften aus dem Gleichgewicht. Nicht umsonst hatte Edwinas eigener Körper, wie auch ihre Psyche, Schäden davongetragen. Die hier am Lago eigentlich repariert werden sollten. Wie ging Adriano Alceste mit Stress und Druck um? Sie wurde nicht recht schlau aus dem Mann.

„Zuerst die Komplikationen, Chefinspektorin." Die Scherze waren vorbei. „Greta Galli hat einen Anwalt, den sie auch an Felix Stacherer und Luis Brand weiterempfohlen hat. Alle drei wollen nicht noch einmal aussagen, weil angeblich alles auf dem Tisch liegt. Ohne Beschluss kann ich sie weder zwingen noch ihre jeweiligen Wohnungen durchsuchen lassen. Dafür reichen die Verdachtsmomente nicht aus."

„Solche Schwierigkeiten kenne ich aus Wien. Weitermachen und die Staatsanwaltschaft enger einbeziehen, das mögen die. Mein bescheidener Ratschlag, Commissario."

„Längst geschehen. Ist bei uns so üblich. Ich wollte keinen Rat, sondern Sie nur darüber in Kenntnis setzen."

Er griff in die Innentasche seines Blousons, die sich auf Höhe der Brusttasche wölbte. Zuerst dachte Edwina, dass er sein Handy herausholen wollte, doch zu ihrer Überraschung hatte er eine kleine Plastikblume zwischen den Fingern. Sie war gelb mit kurzem grünem Stängel und ähnelte einer Primel.

„Von meinem letzten Rummelplatz-Besuch. Ich habe alle sieben Mal danebengeschossen, nicht eine einzige hässliche Plastikente herunterholen können. Das war der Trostpreis. Seither lag das Blümchen auf meinem Schreibtisch. Vorhin wollte ich es entsorgen, habe es mir aber anders überlegt."

„Dann bin ich Ihr Mülleimer?" Den leichten Ärger, der bei Edwina erneut hochstieg, versuchte sie zu unterdrücken. Ein verbales Hickhack, wie bei ihrer ersten Begegnung, hätte nichts gebracht.

Jetzt lachte er aufrichtig. „Wie kommen Sie darauf? Nein, im Gegenteil. Bevor ich auf das Fundstück komme, diese Börse samt Fotos, habe ich eine Neuigkeit. Ich wusste, warum ich das Blümchen aufbewahrt habe. Für Sie. Weil Sie Bruno Rinaldi aus dem Gefängnis geholt haben."

„Was? È vero?" Alles andere war vergessen. Edwina schnappte sich die gelbe Plastikblume und umarmte Alceste spontan, noch bevor er einen Schritt zurück machen konnte. „Also hat Stella bereits ausgesagt. Das ist wundervoll."

Vorsichtig schob der Commissario Edwina von sich und warf einen raschen Blick zu den Fenstern der Questura hin. „Eine Entlastungszeugin, Sie sagen es. Es hat sich sogar noch ein Mann gemeldet."

„Großartig. Ich hatte mit einigen Straßenhändlern geredet."

„Nicht nur Sie sind fleißig und haken nach. Es ist ein Autofahrer, der auf der Strecke geblitzt wurde. Er hat unabhängig davon Bruno Rinaldis Geschichte bestätigt. Giorgia hat ihn aufgetan. Sie hat bei allen zu Eiligen, die eine Geldstrafe erwartet, angerufen und gefragt, ob ihnen auf ihrer Fahrt ein Motorino aufgefallen sei, das defekt war. Ispettore Puntas Hartnäckigkeit ist mit Ihrer vergleichbar."

„Ist Bruno Rinaldi schon entlassen worden? Seine Nonna wird jubeln."

„Noch nicht. Die Behörden mahlen langsam. Doch seine Rehabilitierung wird erfolgen. Ganz aus dem Schneider ist der junge Mann aber noch nicht. Ich verstehe bis heute nicht, warum er sich nicht sofort nach Bekanntwerden der Tat bei den Behörden gemeldet hat. Auch nicht sein Verhalten später. Mir nicht den Grund für sein Treffen mit Giovanni di Levia zu sagen, war ungeschickt und unverständlich. Sie dabei ins Spiel zu bringen, war vollkommen unnötig."

Vielleicht, weil ich vertrauenswürdiger wirke als du mit deinem überdimensionalen Schnurrbart, der nicht zu dir passt, mutmaßte Edwina mit einem Lächeln, hütete sich aber, es auszusprechen.

Alceste redete bereits weiter. „Für die Entlastung Bruno Rinaldis hätte mein Team allein sorgen sollen. Wir – ich schließe auch die erfolgreiche Giorgia mit ein – haben jede Menge Überstunden angesammelt, um Zeugen aufzutreiben. Der Grund, dass man eher mit Ihnen als mit der Polizei geredet hat, könnte derselbe sein wie der von Bruno Rinaldi, sich nur Ihnen mitzuteilen. Ein gewisses Misstrauen den Behörden gegenüber." Wie um Edwinas Gedanken vorhin zu bestätigen, zwirbelte Alceste am linken Ende seiner voluminösen Oberlippenbehaarung. „Aber nicht nur deshalb habe ich Sie gebeten, sich mit mir zu treffen."

Nach der Ankündigung ließ er eine Pause.

Ein Windstoß trieb mehrere lose Blätter an ihnen vorbei. Jemand rief vom Ende der Seitengasse, an deren Ecke sie standen, nach einem Kind, das gelaufen kam. Wäsche bewegte sich auf einer Leine, die zwischen zwei gegenüberliegenden Häusern gespannt war. Irgendwoher erklang leise Musik. Fast war es, als wären Edwina und Commissario Teil einer Filmszene.

„La poesia mortale", das auf zwei zerkratzte Aufnahmen gekritzelt war, und der alte verrückte Eistüten-König mit der Schlangenbox standen Edwina vor Augen. Sie spürte es förmlich in ihren Eingeweiden. Ihr wurde heiß und die Sicht verschwamm, doch es war keine Hitzewallung. Es war der Moment, in dem ihr gleich eine neue Erkenntnis präsentiert werden würde. Eine Neuigkeit, die den Fall vorantreiben mochte.

Nachdem Alceste unüberhörbar laut ausgeatmet hatte, fuhr er fort. „Wir haben Lia Moldovan gefunden. Das ältere Kind auf dem Foto. Wie vermutet, wurde das Bild vor fast zwei Jahrzehnten gemacht."

„Ich habe es geahnt." Edwina rieb sich die Hände. „Wer ist sie? Was hat es mit dem Bild auf sich?"

Ein paar Passanten gingen dicht an ihnen vorbei und der Commissario zog Edwina ein Stück weiter von der Questura fort in die schmale Seitengasse hinein. Hier war es kühler und die Sonne erreichte sie nicht.

„Bitte, nicht so laut, silenzio, Edwina Teufel."

„Lassen Sie uns in Ihr Büro gehen, Commissario. Dort sind wir ungestört."

„Ganz ehrlich?" Mit beiden Armen vollführte er eine Bewegung, die Edwina als Genervtsein entweder durch sie oder die Behörden interpretierte. „Ich will und kann Sie nicht einfach wie eine von der Truppe behandeln. Ich dachte, das hätten Sie verstanden. Ich bin selbst abkommandiert und muss mich mit den hiesigen Leuten zurechtfinden."

„Sie arbeiten sonst nicht in Desenzano?"

„Ihre Neugier ist ein Fass ohne Boden, Chefinspektorin." Er kratzte sich an der Stirn. „Noch arbeite ich für die Squadra mobile di Brescia. Ich werde allerdings bald ganz hierherwechseln. Zumindest ist es so geplant. Commissario Caspari hätte vor seinem angestrebten Ruhestand den Fall zusammen mit Ispettore Giorgia Punta übernommen, wenn ich ihm nicht vor seiner Ablösung vor die Nase gesetzt worden wäre. Das ist eine längere Geschichte und sie hat mit dem

Vice-Questore zu tun. Nichts für außenstehende Ohren, Chefinspektorin. Also bohren Sie nicht nach."

„Hatte ich nicht vor. So sensationslüstern bin ich sicherlich nicht, Commissario."

„Ich werde Sie daran erinnern, wenn Sie wieder übers Ziel hinausschießen. Aber zurück zu den Umständen. Jetzt hat sich Caspari krankgemeldet, was ich ihm nicht verübeln kann. Dafür schätze ich Giorgia umso mehr, die sich meiner Art zu ermitteln ohne Murren angepasst hat. Vielleicht, weil sie mich von ihrer Ausbildung in Brescia her kennt. Das restliche Team tut sich noch schwer mit mir. Immerhin habe ich das Büro von Caspari für mich allein."

Edwina öffnete den Mund, aber Alceste ließ sie nicht zu Wort kommen.

„Hören Sie mir erst zu, ohne Gegenfragen, ja? Das Mädchen auf dem Foto, Lia Moldovan, ist tot." Er zog sie noch ein paar Meter weiter in die Gasse hinein. „Nichts sagen, Chefinspektorin, nur lauschen. Lias Eltern wohnen schon lange nicht mehr am Gardasee, sondern in meiner Heimatstadt Brescia. Ihre Tochter Lia ist mit Mitte zwanzig an einer bösartigen Form von Knochenkrebs erkrankt und vor zwei Jahren gestorben."

Sofort musste Edwina an Rosas Tochter denken. Noch eine Familie, deren Welt sich für immer in Trauer verwandelt hatte. Statt etwas zu erwidern, nickte sie nur.

Alceste wurde leiser. „Die Moldovans haben freimütig erzählt, dass sie Giovanni di Levia kannten und er die Familie unterstützt hat, als er von der Krankheit erfuhr. Bis zum Tod von Lia. Sie reden nur in den höchsten Tönen von di Levia und waren von seinem Ableben erschüttert. Möglicherweise steckte doch etwas Gutes in dem Mann."

Wie ein Schulkind zeigte Edwina auf. „Darf ich?"

„Los, bevor Sie vor Fragen ersticken."

„Sind wir sicher, dass es sich um einen natürlichen Tod gehandelt hat?"

„Sind wir. Bin ich, besser gesagt."

„Die Moldovans könnten das zweite Kind auf dem anderen Foto gekannt haben, wenn es zusammen mit dem von Lia aufbewahrt wurde."

„Fehlanzeige, sie haben keine Ahnung."

„Hatten die beiden zu Giovanni di Levia ein engeres Verhältnis?"

„Laut Aussage war er nur ein einziges Mal bei ihnen. Das war kurz nach Lias sechstem Geburtstag. Der Besuch von di Levia kam für die Moldovans überraschend. Sonst gab es später seltene kurze Telefonate und die Zahlungen. Das zerkratzte Gesicht ihrer Tochter hat ihnen ziemlich zugesetzt. Auch der Text auf der Rückseite."

„War Lia einmal bei di Levia? Hier in seiner Villa?"

„Laut den Eltern nie. Die Aufnahme haben im Übrigen die Eltern gemacht. Das Foto damals di Levia als Erinnerung gegeben."

„Fehlt noch das Baby. Es müsste heute um die zwanzig sein."

„Hier haben wir keinen Anhaltspunkt. Kein Name, keine Stadt. Am unteren Rand des Fotos ist ein Stück abgerissen, dort könnte die Information gestanden haben. Was uns nicht weiterhilft. Auch, dass bei dem Baby der gesamte Kopfbereich unkenntlich gemacht worden ist, macht eine Identifizierung unmöglich."

„Was ich immer noch seltsam bis gruselig finde. Wird es eine Exhumierung und eine Obduktion von Lia geben, Commissario?"

Er stutzte. „Lia Moldovan in ihrer letzten Ruhe stören? Nein! Warum auch? Die Krankenakte können wir einsehen, die Eltern haben die Erlaubnis dazu gegeben. Kein Grund für eine Exhumierung. Das mute ich den Moldovans nicht zu."

„Haben sie noch mehr Kinder?"

„Zwei jüngere Söhne. Es handelt sich bei dem Baby aber nicht um einen der Söhne, wie mir gesagt wurde."

„Commissario Alceste, ich rate Ihnen, mit den Eltern zu sprechen und eine Genehmigung für eine posthume Untersuchung zu beantragen und durchzuführen."

„Ich widerspreche Ihnen."

„Das ist Ihr gutes Recht. Ich kann sowieso nichts unternehmen. Aber ich habe schon einmal einen Riecher für mehr gehabt."

„Hier liegt die Sache anders. Was versprechen Sie sich davon?"

„Lia Moldovan gehört untrennbar zu dem Mordfall Giovanni di Levia. Genauso wie das andere Kind. Im Gegensatz zu Ihnen würde ich nicht hundert Prozent auf einen natürlichen Tod wetten. Eine erneute Totenschau könnte hierbei auch Gewissheit geben. Geben Sie sich einen Ruck. Hier liegt vielleicht der Hund begraben."

Wie auf ein Stichwort kam ein streunender Hund gelaufen, hielt ein paar Meter vor ihnen an und setzte sich artig, als hätte er einen Befehl dazu erhalten.

Erneut erlag Edwina dem Gefühl einer Filmszene, in die sie gerutscht war. Das Tier legte den Kopf schief, wartete ein paar Sekunden und trottete in die Gegenrichtung davon.

26

Sie hörte Toni rufen. Erschrocken und verängstigt klang er.

Zuerst schwebte Edwina noch zwischen Schlafen und Wachen. Wieder war sie gefangen im Albtraum, in dem sich aus einer Seifenblase das Es schälte. Doch diesmal trug Es das Gesicht von ihr selbst. Ein Spiegelbild, das ihr eine wutverzerrte Grimasse zeigte.

So sehe ich also aus, wenn mich die Zornnatter überkommt, dachte sie in dem Dämmerzustand, der sie fest im Griff hatte.

Das Rufen wiederholte sich. Eindeutig handelte es sich um die Stimme ihres Lebensgefährten. „Edwina! Edwina!"

Dass er sie nicht, wie sonst, bei ihrem Kosenamen Winnie nannte, war nur eine der Seltsamkeiten der Nacht.

Von der Terrasse kam es. Edwina ordnete es ein, blinzelte und setzte sich auf.

Die Vorhänge wehten leicht, am Himmel standen immer noch Sterne. Dazu die schmale Mondsichel mit einem Feenkranz umgeben.

Das Bett neben ihr war leer. Ihr Handydisplay zeigte 3:33 Uhr an, die Zeit des Teufels und der Dämonen. Menschen, die sich mit Mystischem beschäftigten, behaupteten, dass zwischen drei und vier Uhr nachts eine Stunde schlug, die besonders anfällig für übernatürliche Aktivitäten war. Daran glaubte Edwina nicht im Geringsten. Vielleicht, weil sie mit Nachnamen Teufel hieß, hatte sie sich nie Gedanken um den Beelzebub, den Krampus, gemacht.

Wohl aber in dem Moment um Toni.

Mit Schwung warf sie die Bettdecke von ihrem Körper, lief barfuß mit dem Telefon in der Hand aus dem Schlafzimmer, durch den Flur und weiter in die Wohnküche.

Dass die Schiebetür zur Terrasse offen stand, bereitete ihr eine Gänsehaut. Ebenso Toni, der draußen wie ein Zinnsoldat aufrecht stand und sich nicht rührte. Im schwachen Licht, das von einer der zwei Solarlampen kam, wirkte er mehr wie ein zartes Gespenst als ein Mann, der zupacken und triste Flächen in blühende Gärten verwandeln konnte.

„Toni", sagte Edwina, ihre Schritte verlangsamend.

Sein linker Arm bewegte sich bedacht, in Zeitlupe. „Bleib, wo du bist, Edwina!"

Ihr Fuß hob und senkte sich. Ihr Blick ebenfalls.

Zu Tonis Füßen war eine Bewegung wahrnehmbar. Ein Winden, ein Sich-Schlängeln.

Giovanni di Levia ist aus seinem Grab auferstanden und sendet uns den nächsten Schlangengruß, dachte Edwina und schalt sich zugleich eine dumme Kuh wegen der spontanen abergläubischen Bemerkung.

Mit dem Handylicht leuchtete sie den Terrassenboden ab. Einen halben Meter vor Tonis nackten Zehen entdeckte sie zwei Schlangen, eng beieinander und wie ineinander verschlungen.

Die Kühle der Nacht ließ sie träge sein, noch konnten sie sich nicht in der Morgensonne aufwärmen. Die Tiere sollten in einem Versteck unter Steinen oder in Gebüschen ruhen, bis sie wieder auf Jagd gingen und sich Eidechsen und Vögel erbeuteten.

Die Köpfe waren dreieckig und deutlich vom Körper abgesetzt. Gedrungen wirkten sie mit kurzen, dünnen Schwänzen. Die Färbung der Schuppen graubraun, dem Terrakottaboden ähnelnd. Die Maulspitzen waren deutlich aufgestülpt. Erst kürzlich hätte Edwina solche Exemplare im Reptiland durch eine Glasscheibe beobachten können, wenn sie sich nicht gegen den Ausflug und für die Ermittlungen entschieden hätte.

Vor ihr bewegten sich Aspisvipern. Streng geschützte Exemplare ihrer Art. Sie flohen bei Störungen, waren nicht aggressiv. Wurden sie jedoch überrascht oder in die Enge getrieben, attackierten sie den Feind mit Bissen. Ihr Gift würde Toni oder Edwina nicht umbringen, aber der Schrecken war vor allem ihm sichtlich in alle Glieder gefahren. Ein Stück weiter rechts lag ein Stoffsack mit geöffneter Kordel, in dem sonst vielleicht eine Jause oder Turnschuhe verstaut waren. Jemand hatte ihn, wie Edwina sofort spekulierte, zu ihnen hoch über das Geländer der Terrasse geworfen.

„Bleib genau da stehen und rühr dich nicht, Toni."

Die Nummer, die ihr Beatrice gegeben hatte, leuchtete nach kurzem Scrollen auf. Zu Edwinas Erleichterung meldete sich rasch eine verschlafene Frauenstimme. „Pronto?"

„Zuerst entschuldigen Sie die Störung, ich weiß, es ist mitten in der Nacht. Ich wohne oberhalb von Beatrice Schurt. Von ihr habe ich Ihren Kontakt. Wir haben zwei Aspisvipern auf der Terrasse im ersten Stock."

„Das ist ein Scherz." Langsam wurde die Frauenstimme munterer.

„Nein!" Edwina flehte nun. „Bitte! Kommen Sie schnell. Es ist ein Notfall."

Nun war die Stimme wach.

Edwina schilderte die Situation, fragte, was sie selbst unternehmen könnte, und bekam Anweisungen.

„Trauen Sie sich das wirklich zu?", war die Schluss-frage.

„Tu ich. Grazie. Bis gleich."

„Und?" Toni keuchte.

„In zwanzig Minuten ist die Schlangenspezialistin hier. Bis dahin bleib du zur Salzsäule erstarrt und lass mich machen."

Edwina drehte sich um und lief zurück ins Schlaf-zimmer. Sie schlüpfte in ihre Jeans und zog sich Snea-ker an. Sollten es nicht nur zwei Schlangen gewesen sein, mochte sie nicht ohne Schutz auf eine treten.

Als Nächstes marschierte sie in die Küche zurück, öffnete eine der Schubladen und holte das Spaghetti-löffel-Set aus Bambus heraus. Der Pastaheber und der Löffel mit Loch würden einen ungewöhnlichen Ein-satz haben.

Dann verlangsamte Edwina ihre Schritte und kehrte auf die Terrasse zurück.

Ein Zischen war zu hören, als sie zuerst mit dem Pastaheber den Stoffsack hochhob. Ein Papier fiel he-raus und landete auf dem Boden. Darum würde sie sich später kümmern.

„Toni, pass auf!" Sie hantierte immer noch nur mit dem Handylicht. Vorsichtig lehnte sie das Mobilteil am Terrassentisch an eine der Kerzen.

Tonis Gesichtshaut bei der Beleuchtung sah ähn-lich grau wie die Vipern aus. „Nimm den Sack, halte ihn so weit und so ruhig wie möglich auf."

Er nickte stumm.

Als Edwina ein nächstes Mal mit den Bambusteilen nach unten griff, zeigte eine der Schlangen das klas-sische Warnverhalten, rollte sich zusammen und hob den Oberkörper. Das Zischen wurde lauter.

Die andere blieb lethargisch, was Edwina direkt wieder wütend werden ließ, wie an dem Tag im Fundbüro. Wegen der armen Geschöpfe, die sich sichtlich ebenso unwohl fühlten wie Toni.

Sie aufzuheben, erst die eine, dann die andere Viper, klappte erstaunlich gut. Sie in den Sack zu befördern, ebenfalls. „Siehst du die Kordel? Zieh zu, Toni! Dann einen Knoten."

Ohne zu zögern, befolgte er ihre Anweisungen.

„So, eingesammelt. Du kannst atmen." Edwina musste plötzlich kichern. Eine Mischung aus Erleichterung und Dankbarkeit, dass die Situation für alle gut ausgegangen war.

„Ich finde das absolut nicht lustig", flüsterte Toni. „Nimm sie mir bitte ab."

Edwina packte den oberen Stoffteil. „Bleib bitte noch stehen. Ich mache Licht und sehe nach, ob es nicht eine dritte oder vierte Schlange gibt, die sich inzwischen verkrochen hat."

„Per l'amor di Dio! Was soll das, Winnie?" Immerhin sprach Toni sie wieder mit ihrem Kosenamen an. „Wer macht denn eine solch irrwitzige Aktion? Wirft uns Giftschlangen auf die Terrasse."

So gerne hätte Edwina ihrem Toni genau jetzt und hier auch von dem Giftcocktail im Magen des ermordeten Giovanni erzählt. Doch dieses Detail war eines der Interna im Ermittlungsprozess. „Wieso bist du überhaupt aufgestanden, Toni?"

„Ich hatte Durst. Bin in die Küche. Der Mond hat mich fasziniert und ich bin weiter nach draußen. Fast wäre ich auf die beiden getreten."

„Ein Glück, Toni. Wirklich. Wäre es heute Nacht noch wärmer, wären die zwei viel agiler und munterer gewesen. Sie hätten sich wahrscheinlich hinter den Pflanzentöpfen versteckt und uns irgendwann einen echten Schrecken bereitet."

„Oh, der Schock eben hat mir genügt."

„Aber du schläfst sonst immer durch. Immer. Warum heute nicht?"

„Winnie, verhörst du mich? Ich habe diesen speziellen Besuch nicht zu uns gebeten. Was hat das zu bedeuten?"

„Ich vermute eine Warnung."

Er atmete tief ein und aus. „Du hättest dich nicht einmischen dürfen. Oder du hörst ab sofort auf mit deinen persönlichen Ermittlungen. Bruno kommt frei, Rosa ist glücklich. Basta! Es gefällt mir ganz und gar nicht. Du bist in einem Sabbatjahr, Winnie. Vergiss das nicht."

„Du wiederholst dich, Toni. Es tut mir leid." Sie überlegte kurz, ob sie ihm wenigstens von Lia Moldovan erzählen sollte, verschob eine Entscheidung aber auf die Frühstückszeit. „Lass uns auf die Schlangenspezialistin warten, auf deren Bekanntschaft ich mich sehr freue."

Sie machte Licht in der Wohnküche und musste blinzeln. Die Aspisvipern im Sack rührten sich nicht mehr.

Toni bückte sich und schnappte sich das Papier am Boden, das vorhin herausgefallen war. „È abbastanza! Es ist genug!"

„Ja, Toni, versprochen. Ich denke darüber nach."

„Nein! Das steht hier. Lies."

IV

Passione – Leidenschaft

27

In den folgenden Tagen gab es zum Glück keine weitere Drohung, aber auch leider keine nennenswerten Ermittlungsfortschritte.

Die Geschichte mit den Aspisvipern am Balkon wurde untersucht.

Der Drohbrief, nein besser, Drohzettel kam ohne Ergebnis aus dem Labor zurück. Zwei Spurenermittler durchforsteten den Garten von Beatrice, ebenfalls ohne Erfolg. Über den Zierzaun hätte ein Kind steigen können. Auch bei Fußabdrücken Fehlanzeige, die Steinplatten waren glatt und trocken.

Die Nachbarin kreiste um die Beamten mit wippenden Ohrringen und in einem olivgrünen Jumpsuit. Edwina wusste, dass Beatrice die Aufmerksamkeit gefiel. Eine neue Story für den nächsten Cappuccino-Tratsch.

Edwinas und Tonis Aussagen dazu wurden von Vice-Commissario Valerio aufgenommen. Adriano Alceste schickte ihr eine Nachricht, wie sehr er es bedaure, dass Edwina und ihr Mann ins Visier des Täters gekommen waren.

Ob sie Polizeischutz bräuchte, fragte er noch. Edwina lehnte ab, schon allein, weil es sie wütend machte, dass er diesmal nicht persönlich bei ihr erschienen war.

Einzig Rosas Aufblühen über Brunos Entlastung erfreute Edwina uneingeschränkt. Dass sie ohne Erlaubnis das Archiv durchstöbert hatte, nahm ihr Brunos Großmutter im Nachhinein nicht übel. Bevor die Polizei selbst den ganzen Keller durchsuchen wollte, beichtete Edwina Rosa die unabgesprochene und geheime Aktion.

Was die Börse und vor allem die Fotografien bedeuten konnten, wer das zweite Kind war, dazu hatte auch Rosa keine Idee, als sie in Edwinas Anwesenheit im Fundbüro vernommen wurde. Erschrocken reagierte sie auf den zerkratzten Kopf des Babys.

Zumindest kurzfristig trat Edwina danach tatsächlich etwas kürzer, ihrer Gesundheit zuliebe, und Toni. Leicht fiel es ihr nicht, zumal sie nun noch näher an den Fall herangerückt war.

Aber sie bemühte sich ernsthaft.

**

Es war der dritte Dienstag in diesem bisher unerwartet aufregenden Juni.

Edwina stand mit Rosa in der Küche und ließ sich von ihr in die Kunst der selbst gemachten Tortellini einführen.

Rosa stammte ursprünglich aus Valeggio sul Mincio, eine halbe Autostunde von Sirmione entfernt. Jener Gemeinde, die für ihr Tortellini-Fest berühmt geworden war. *Nodo d'amore.* In den letzten Jahrzehnten hatte es ein Spektakel auf der Visconti-Brücke gegeben, erzählte Rosa, bei dem auf der Brücke lange Tische aneinandergereiht wurden und damit Platz für über dreitausend Gäste geschaffen worden war.

„Weißt du, Edwina, mit *Nodo d'amore,* Liebesknoten, sind die Tortellini gemeint. Der Legende nach wurden sie im Mittelalter erfunden. Damals mit Kürbisbrei gefüllt."

Bisher hatte Edwina ihre Chefin noch nie derart fröhlich und glücklich erlebt. Ihre grauen Haare hatte Rosa mit einer Banane hochgesteckt und unter der Kochschürze trug sie ein blaues Kleid. Sogar einen Hauch von Lippenstift hatte sie aufgetragen.

Ihre Augen strahlten und ihr Blick wanderte zwischen Arbeitsplatte und Vorgarten hin und her.

Das Haus, nur zehn Gehminuten vom Fundbüro entfernt, war winzig, aber gemütlich eingerichtet. Neben der Küche und dem Wohn- und Essbereich hatte Rosa ein kleines Zimmer für sich, das mit einem Bett, einem Schrank und einem Regal voller Bücher ausgestattet war.

In der Mitte der einzigen freien Wand über der Schlafstätte hing eine Fotografie, die auf eine große Leinwand gedruckt war. Eine Aufnahme, die Rosa mit ihrem Mann, ihrer Tochter und ihrem Enkel vor der Scaligerburg zeigte. Eine glückliche Momentaufnahme aus einer Zeit, in der alle noch am Leben waren. Bruno war der Augenstern und einzige Halt der alten Frau.

Dieser hatte unter dem Dach seine Bleibe. Das Chaos wäre zu groß, um es zu zeigen, hatte Rosa Edwina erklärt und war auf halber Wendeltreppe umgedreht. „Eigentlich wollte ich immer mal aufräumen, aber das kann er nun wieder selber machen. Dank dir!"

Seine Freilassung war es auch, die die Einladung zu einem echten Freudenfest machte.

Toni war bei seiner Gartenarbeit im Hotel, aber Edwina war gekommen. Auch sie verspürte immer noch eine große Erleichterung, dass sie dem jungen Mann hatte helfen können.

Vom Esstisch her, der in den Vorgarten getragen worden war, klang Gläserklirren zu den Frauen, Stimmengewirr und Lachen. Die anderen Anwesenden, eine Runde von Menschen aus Verwandtschaft und

Freundeskreis, kannte Edwina nicht, aber deren Ausgelassenheit stimmte sie heiter.

Provisorisch hingen an der Gartentür zur Straße hin ein paar Luftballons als Zeichen, dass es hier heute etwas lauter zuging als sonst. Der Feigenbaum am Eingang war mit Luftschlangen dekoriert.

Nach dem Vorspeisenteller, serviert mit frisch gebackenem Brot und Bardolino in zwei offenen Karaffen, wurde die Pasta von Rosa frisch zubereitet.

„Schau mir zu, Edwina. Es braucht Übung, die Tortellini klein und fein zu formen." Rosa lächelte, während sie erklärte. Die Glückseligkeit ließ sie um einiges jünger wirken. „Den Teig mit einem Nudelholz dünn ausrollen. Dafür habe ich das Mehl in eine Schüssel gesiebt, die ganzen Eier und das Eiweiß hinzugefügt und alles von Hand mit etwas Wasser zu einem glatten Teig verarbeitet. Nun kleine Quadrate ausstechen, einen Klecks Füllung darauf. Auch die hab ich schon vorbereitet. Jetzt bildest du ein Dreieck, verklebst die Ränder gut und verbindest die beiden Ecken der langen Seite."

Die leicht gekrümmten Finger huschten über die Zutaten, dass es Edwina schwindlig wurde. Niemals würde sie sich das merken und das Gericht heimlich im Internet nachlesen.

„Bleibt nur noch, die Tortellini auf dem Backgitter etwas trocknen zu lassen, während wir ein Glas Vino trinken. Anschließend lasse ich sie für ein paar Minuten in einer Fleischbrühe köcheln. Dann heiß servieren mit zerlassener Butter und einem Salbeiblatt. So einfach."

In dem Moment tauchte Bruno an der Gartentür auf, wurde mit Klatschen und Johlen begrüßt. Ohne sich um die anderen zu kümmern, kam er erst in die

Küche und nahm seine Großmutter in die Arme. Als Rosa von ihm herumgewirbelt wurde und dabei jubelte, bescherte die Szene Edwina ein paar Freudentränen.

Nach der innigen Begrüßung wandte sich Bruno Edwina zu. „Signora Teufel, wie schön, dass Sie auch hier sind. Meine Nonna hat Sie schon am Handy bei mir angekündigt, und ermahnt hat sie mich. Höchste Zeit, dass ich mich persönlich bedanke. Das kann ich nie wiedergutmachen. Sie waren es, die dabei geholfen hat, mein Alibi zu bestätigen. Mille grazie.“ Rasch, bevor sie es verhindern konnte, drückte er ihr einen Kuss auf die Wange. „Ein *bacio* für Sie. Von Herzen.“

Edwina wischte mit dem Handrücken die Tränen fort. „Die Assistentin des Commissario hat ja ebenfalls einen Zeugen aufgetrieben. Es war kein Zauberkunststück und die Lorbeeren gebühren nicht nur mir, Bruno.“

„Sie sind trotzdem meine Heldin, Chefinspektorin.“

„Ich bin eher eine Schatteninspektorin, die manchmal ihre Nase nicht aus dem Ermittlungstopf halten kann, Bruno. Bedank dich auch bei Ispettore Giorgia Punta, die sich für dich eingesetzt hat. Zusätzlich bei Adriano Alceste, der den Fall bearbeitet.“

„Der mich verhaften hat lassen.“ Der junge Mann schüttelte den Kopf.

Rosa tätschelte ihrem Enkel die Wange. „Lass es gut sein, Bruno. Verschüttetes Wasser kann keiner wieder aufsammeln. Geh mit Edwina hinaus zu denjenigen, die dich lieben. Iss und trink und freue dich. Die Tortellini sind gleich fertig.“

„Ich verhungere.“ Der junge Mann grinste breit. „Erst deine Nodi d'amore machen für mich den Tag perfekt.“

Er fasste Edwinas Hand und zog sie nach draußen.

Kaum am Tisch, wurde er reihum umarmt. Edwina blieb etwas abseits am Feigenbaum stehen.

Ein Auto fuhr vorbei. Ein Hupen erklang. Edwina und einige Gäste sahen in Richtung Straße. Aus dem Augenwinkel heraus meinte sie am Tisch eine Hand zu sehen, die sich zum Gruß hob, nur um schnell wieder nach unten geführt zu werden. Das konnte durchaus Zufall gewesen sein.

Auch wer hinter dem Steuer saß, hatte Edwina nicht erkennen können, aber sie meinte, den Wagen schon einmal an einem ganz anderen Ort gesehen zu haben. Auffallend war nicht die Marke, sondern die Beifahrertür, die sich in einem hellen Rot von der ansonsten blauen Farbe abhob.

Zugleich verspürte Edwina jenes Ziehen in ihrem Bauch, und gerade, als sie zu überlegen begann, ob es sich um dasselbe Fahrzeug handelte, das spätabends an der Bushaltestelle vorbeigerauscht war, tippte ihr einer der Gäste an die Schulter.

„Kennst du die Legende der Liebesknoten?" Es war ein älterer Herr, der sichtlich bereits ein Glas Bardolino zu viel genossen hatte. Seine Wangen waren gerötet und er warf Edwina einen schmachtenden Blick zu. Eine Antwort wartete er nicht ab. „Gegen Ende des 14. Jahrhunderts hat sich an den Ufern des Flusses Mincio der junge Hauptmann Malco in eine geheimnisvolle Nymphe verliebt. Sie schworen sich ewige Treue. Silvia, die Nymphe, musste jedoch vor Sonnenaufgang in den Fluss zurück. Als Pfand ihrer Liebe gab sie Malco ein goldenes Taschentuch mit einem zarten Knoten. Es gab nur eine Chance auf ein Glück für die Liebenden: Malco musste Silvia in die Unterwasserwelt folgen. Ohne zu zögern, stürzte er sich in die Fluten und hinterließ am Ufer das goldene, geknotete Taschentuch mit dem *Nodo d'amore.* Herrlich, findest du nicht?"

„Sehr schön, ja."

Der ältere Herr war während der Erzählung sehr nahe an Edwina herangekommen. „Ich bin Großcousin Fredo. Gehöre zu Rosas und Brunos Familie. Ich besitze eine Pizzeria. Aber dich, hübsche Nymphe, kenn ich noch gar nicht. Ganz allein hier?"

„Mein Mann könnte jede Sekunde erscheinen." Edwina machte zwei Schritte zurück. „Ah, und Rosa ruft. Ich muss ihr mit den Tortellini helfen. Ohne mich läuft in der Küche nichts. Ciao, Fredo."

So leicht aber gab Fredo nicht auf. Ihr folgend, mit einem Glas Wein in der Hand, hatte er noch einige Legenden wie auch Komplimente parat.

Auf der Flucht vor dem Großcousin, und dabei doch gut gelaunt, vergaß die Nymphe Edwina das blaue Auto mit der roten Tür wieder.

Für den Moment.

28

„Warum weinst du? Es gibt keinen Grund.

Du vergeudest das Salz deines Körpers.

Um die Flüssigkeit herstellen zu können und schließlich in Tränen überzuquellen, zieht die Drüse Wasser aus dem umliegenden Gewebe. Das gelingt ihr, indem sie Salz absondert. Hast du das gewusst?

Wir sind ein Wunderwerk, finde ich. Auf allen Ebenen.

Beschäftige dich lieber mit den wichtigen Dingen des Lebens. Vergeude keine Gedanken an das Vergangene. Nicht die, die von uns gegangen sind, zählen, sondern die, in deren Adern das Blut pulsiert.

Ich rede von uns, das verstehst du doch. Wir, die Liebenden, quelli amorevoli, sind es, die das Gefüge aller Zeiten zusammenhalten.

Knie dich hin und bete, wenn du magst. Aber bedenke: Da kann kein Gott sein, denn kein Blitz hat dich oder mich erschlagen. Kein Donner hat über unsere Tat geurteilt, keine göttliche Stimme hat uns in die Hölle verdammt. Das Theatralischste ist bloß dein Gewimmer.

Ja, schrei nur auf und winde dich wie die Schlangen, die wir gefangen haben. Allerdings findest du keine Ritze, keine Höhle und kein Versteck. Kein Vergessen, das uns wieder vereinen könnte. Ich liebe dich. Ti amo. Ausschließlich ich wollte es sein, die dir ein Zuhause ist.

Das Wenigste, um das ich bitte, ist, dass ich dich stark sehen möchte und strahlend. Nicht das Schicksal beweinend. Nicht das Sterben bedauernd, das nötig war und ist.

Umarme mich, berühre mich. In deinen Träumen.

Lass uns allem trotzen und feiern und lachen. Hinter dich lassen wirst du, rasch und vollkommen, was nötig gewesen ist.

Lass es dir wieder und wieder sagen: Ti amo. Komm, gib mir deine Hände. Beide. So ist es gut. Gib mir auch deine Tränen. Gib mir deinen Schmerz. Ich verwandle. Ich behüte. Ich bin da. Ich werde immer da sein."

29

Flaute – das Wort spukte durch Edwinas Hirn.

Sie kam sich vor wie bei einem Segelturn, der unterbrochen werden musste wegen absoluter Windstille.

Eben Flaute.

Auch nach dem Fest blieb es um den Fall Giovanni di Levia weiter derart ruhig, dass Edwina das Gefühl hatte, der alte Mann mit seinen schlechten Gedichten und seiner Villa samt Schlangen wäre aus dem öffentlichen Bewusstsein verdrängt worden. Nicht eine einzige neue Schlagzeile gab es in der Presse.

Natürlich ging Edwina davon aus, dass das Team um Commissario Adriano Alceste weiter mit Hochdruck ermittelte. Für ihn und seine Leute war die Recherche sicherlich wesentlich unkomplizierter ohne Aufschreie in den sozialen Medien oder die Einmischung von Journalisten, die darauf lauerten, die Wege der Polizisten zu verfolgen.

Aber sie fühlte sich nun komplett ausgeschlossen.

Ihre freiwillige Ruhephase wechselte zu dem altbekannten nervösen Warten auf Neuigkeiten.

Das Wetter passte sich der Flaute an, es war windstill und sehr heiß, ein Vorgeschmack auf die zwei folgenden Sommermonate, die vor der Tür standen.

Die Zeit begann sich gefühlt auszudehnen.

Bis zum Abend lief Edwina meist ohne Ziel durch die Gassen von Sirmione, quetschte sich an Touristinnen und Touristen vorbei und wälzte das Geschehen in ihrem Kopf, versuchte, einzuordnen und Fäden zu verknüpfen.

Die Rolle der verstorbenen Lia Moldovan konnte Edwina nicht zuordnen. Warum hatte di Levia der Familie Geld zukommen lassen, wo er sonst kein großzügiger Mensch gewesen war? Gerne hätte sie die Eltern der krebskranken jungen Frau getroffen, gerne sich der Suche nach dem zweiten Kind auf dem Foto angeschlossen. *„Traurige kleine Nattern"* – die Inschrift hing wie ein wichtiger Hinweis über der Tat, ohne sich zu offenbaren.

Dazu kamen die unschuldigen Aspisvipern, die jemand auf die Terrasse geworfen hatte. Über diese Tierquälerei konnte sich Edwina immer wieder aufs Neue aufregen.

„È abbastanza!", hatte auf der Warnung gestanden. Jemand wollte sie davon abhalten weiterzumachen. Sich einzumischen. Oder, wie Giorgia Punta angemerkt hatte, jemandem war es nicht recht gewesen, dass Edwina es geschafft hatte, Bruno Rinaldi zu entlasten. Das eine wie auch das andere brachte sie nicht weiter, denn nirgendwo gab es einen Anhaltspunkt auf diese ominöse Figur in dem Fall.

Und nun ging es auch wieder mit den Träumen los. Wenn sie endlich neben Toni, der nach getaner Arbeit tief und fest wie ein Baby schlief, in die Welt der Träume abdriftete, holte sie ihr ureigener Alb ein. Das Es war wieder hinter ihr her, packte sie, versuchte sie in die Seifenblase zu ziehen. Edwinas Gegenwehr war zu schwach, zu träge. Final drang dieses Es in sie ein, was sie mit einem lautlosen Schrei und rasendem Herzklopfen hochfahren ließ.

Aufzustehen und auf die Terrasse zu flüchten, war ihre Strategie. Automatisch vergewisserte sich Edwina, dass kein neuer Beutel mit lebendem Inhalt zu entdecken war.

Der nächtliche Himmel war ihr selten so lange ein Begleiter gewesen wie in diesen Tagen. Sie erlebte die

Veränderungen der Mondphase intensiver als je zuvor. Wenigstens das eine schöne Ablenkung.

Flaute.

Keiner brauchte Edwina, keiner fragte sie, keiner hatte Bedarf an ihrem Können.

Dafür testete Edwina die Eisdielen durch, als hätte es eine Bedeutung. In den engen Gassen der Altstadt von Sirmione bog man um eine Ecke und stand vor der nächsten süß-kalten Versuchung. Von der Gelateria Mirkoz in der Via Vittorio Emanuele ging es zur Gelateria Fantastico in der Via Santa Maria Maggiore. Sie probierte die Rieseneistüten im Ai Cigni, schlemmte sich durch einen Liebesbecher im Romeo und Julia und gönnte sich einen Eiscafé in der Cremeria Bulian.

Nur zu gerne hätte sie bei ihren Visiten gewusst, welche der Eisdielen früher Giovanni di Levia gehört hatten und wer diese nun übernehmen würde. Aber auf ihre Nachfragen erhielt sie vom gestressten Personal bloß Kopfschütteln und Schulterzucken.

Alles in allem wehte in ihren Rechercheversuchen nicht die geringste Brise, was zu der von ihr gewählten Metapher passte.

***

An diesem Abend folgte auf die brutale Schwüle eine unfassbar intensive Entladung.

Ein Mantel aus schwarzen Wolken näherte sich über dem See, an dem sich Edwina zu genau der Stunde am Strand von Rivoltella niedergelassen hatte und eben schwimmen gehen wollte. Zu den Wolken gesellte sich ein plötzlich aufkommender, starker Wind.

Sie kehrte zu ihrem Platz zurück und begann, die Tasche wieder einzupacken. Gewitter flößten ihr Respekt ein. Trotzdem blieb sie noch eine Weile und beobachtete die ersten Blitze, zählte die Zeitspanne, bis es donnerte. In einer überraschenden Geschwindigkeit kam die Unwetterfront näher. Die ersten Tropfen wurden zu einem Teppich aus starkem Regen, der endlich auch etwas Abkühlung brachte.

Edwina streckte die Arme nach oben und spürte das Aufklatschen des Wassers auf ihrer Haut. Erst als ein Blitz gefährlich nahe über den Himmel zuckte, schloss sie sich anderen Badegästen an und lief mit ihnen über die Straße bis zu einem Hotel, ein Stück weit hinter dem Strand, um sich dort unterzustellen.

Erst da wurde ihr bewusst, dass es sich um Tonis Arbeitsstätte, das Astoria, handelte. Sie sah sich nach ihm um, aber er war nirgends zu entdecken. Kein Wunder bei der Größe des Komplexes.

Der Wind legte noch einmal zu, fegte durch die Bäume an der Straße, ließ die Fahnen auf den Masten, die vor dem Hotel aufgebaut waren, wild flattern und trieb Blätter und Äste bis ins Foyer.

„Ende der Flaute", flüsterte Edwina, ohne sich dessen bewusst zu sein.

30

„Valerio Catull muss ein Genießer gewesen sein. Ich hätte mich gut mit ihm verstanden."

Beatrice schob sich den türkisen Turban von ihren Augenbrauen zurück auf die Stirn. Das Teil war zu groß, rutschte sofort wieder und verlieh der Nachbarin von Edwina das Aussehen eines Mopses mit einer tiefen Nasenfalte.

Die beiden Frauen legten einen Wellnesstag ein und besuchten das Aquaria, eines von drei Thermalbädern in Sirmione und das modernste. Die einzelnen Becken erlaubten einen fantastischen Blick auf den See und die Berge. Besonders apart war ein Baum, der auf einer künstlichen kleinen Insel inmitten des größten Beckens gepflanzt war. Toni hätte seine Freude an der botanischen Ausstattung der Therme gehabt.

Einzelne Wasserfontänen sprudelten, es gab ein richtig heißes und ein kaltes Extrabecken, im Innenbereich neben einem weiteren Schwimmbecken auch mehrere Saunen finnländischer, türkischer und mediterraner Art sowie eine Dampfkammer.

Bei den hochsommerlichen Temperaturen war es allerdings draußen besser auszuhalten. Über den Entspannungsliegen direkt am See waren rote Schirme gleich Schmetterlingen wie Feuerfalter oder Admirale aufgespannt.

„Du meinst den römischen Dichter Catullus? Die Überreste der Villa habe ich schon besichtigt. Aber nach neuesten Erkenntnissen wurde sie in einer Zeitperiode nach ihm erbaut." Edwina knabberte an einem ihrer lila Nägel, der Lack war endgültig am Abblättern.

Beatrice zog die Nase kraus. „Spielverderberin. Ich bin mir fast sicher, dass ich in einem früheren Leben an seiner Seite gestanden habe."

„Er hat auf jeden Fall feudal gelebt. Vor zweitausend Jahren hat er sich ein Thermalbad bauen lassen. Finde ich beeindruckend."

„Der Ausblick mag ihn einst zu seinen Gedichten inspiriert haben." Beatrice hielt sich mit den Händen am Beckenrand fest und plätscherte mit den Zehen das Wasser in Bewegung. „Hast du denn gewusst, dass Ende des 19. Jahrhunderts einem mutigen Taucher in zwanzig Meter Tiefe die Verbindung der fast siebzig Grad heißen Mineralquelle Boiola mit dem Festland gelungen ist? Seither sprudelt das heilsame Wasser in den Kurhäusern der Terme di Sirmione."

„Muss ich mir merken und Toni erzählen. Spannend." Trotzdem gähnte Edwina. Die Temperatur machte sie müde. Nach dem Baden würde sie versuchen, auf ihrem Liegestuhl ein Nickerchen einzulegen, wenn Beatrice es schaffte, für eine Viertelstunde ruhig zu sein. „Ich für meinen Teil hoffe, dass mein Herzflattern durch das Wasser gelindert wird. Das ist jedes Mal beunruhigend."

„Kreislauf, Hitze, Herzklopfen, ganz abgesehen davon, dass man ein paar Pfunde zulegt. Menopause klingt für mich orribile, schrecklich. Ich bete, dass ich noch lange davon verschont werde. Mein Geheimtipp sind Algen gegen das Alter. Pulver oder Tabletten. Aber bis zu meiner magischen Fünfzig dauert es zum Glück noch ein Jahr." Ob Beatrices Behauptungen, was die Mittel und ihre Altersangabe anging, stimmten, konnte Edwina nicht verifizieren. Dass die Nachbarin lieber jünger geschätzt werden wollte, war aber kein Geheimnis.

Heute trug Beatrice zu dem Turban passend einen türkisen Badeanzug mit ebenfalls türkisen Ohrringen. Das Make-up musste wasserfest sein, denn nichts in Beatrices geschminktem Gesicht war verlaufen.

Bevor Edwina sich näher nach dem Algenwundermittel erkundigen konnte, boxte sie Beatrice in den Oberarm. „Nein, das gibt's doch nicht."

„Aua! Was fällt dir ein?"

„Edwina, siehst du die schwarzhaarige, große Frau in dem weißen, knappen Bikini? Mit der eleganten Hochsteckfrisur. Die sich eben das schicke Strandkleid überzieht. Versace, sag ich dir. Wahrscheinlich ein Einzelstück. Das erkenne ich von hier aus."

„Ja, ich bin nicht blind, Beatrice. Was ist mit ihr?" Eine höchst attraktive Erscheinung, die einige Blicke der männlichen Besucher auf sich zog.

„Greta Galli. Die Exfrau des Ermordeten. Oder Immer-noch-Frau. Jetzt Erbin. Die Schwarze Witwe, wie ich sie nenne."

Edwina vergaß den Boxhieb und sah in die von Beatrice angedeutete Richtung. Die Frau hatte es sich inzwischen auf einer Liege bequem gemacht. „Sicher ist sie mindestens zwanzig Jahre jünger als er. Was meinst du, Beatrice?"

„Zweiunddreißig sogar. Giovanni war über achtzig, Greta ist in meinem Alter." In Beatrices Stimme schwang Stolz mit, weil sie genau Bescheid zu wissen schien. „Sie ist die dritte Frau. Die Scheidung war beim Tod von Giovanni noch nicht durch, wie alle vermuteten. Das bedeutet, dass Greta alles erben wird. Den Hotelkomplex, die Eisdielen, die Villa und wer weiß wie viel Bargeld. Laut Gerüchten hat di Levia den Banken nicht vertraut und Scheine gehortet. In seiner Matratze, in seinen Schränken, selbst hinter seinen Bücherregalen soll es Kassetten voller Kohle geben. Sie hat in der Villa gelebt und kennt die Verstecke. Womöglich ist sie die Mörderin. Was man schon einmal getan hat, fällt beim zweiten Mal leichter."

„Blödsinn, Beatrice. Lass bitte diese Theatralik weg. Alles Gerüchte."

Nur zu gut konnte sich Edwina an den Tatort erinnern. Keine Spur von Geld, dafür die exotischen Reptilien, gesammelt und verwahrt in viel zu kleinen Terrarien. Hätte der Hausherr zu Lebzeiten ein Vermögen in den Matratzen versteckt, hätte ihr Adriano Alceste davon erzählt. Nahm sie zumindest an. Dazu fiel ihr ein, was Ispettore Punta zur Todesart des früheren Gatten von Greta Galli berichtet hatte. Beatrice hätte für dieses delikate Detail wahrscheinlich selbst eine anständige Summe bezahlt.

„Der Alte war reich, Edwina. Das weiß jeder in Sirmione." Beatrice schob sich den Turban ein weiteres Mal hoch. „Ich habe gehört, dass sich Greta bei dem Sekretär und dem Chauffeur mit einer großzügigen Schenkung bedanken will. Mich würde nicht wundern, wenn die Frau doch ein Verhältnis mit einem der beiden hat."

„Glaube ich nicht." Edwina hätte Beatrice gerne die Beziehung zwischen Felix Stacherer und Luis Brand in Erinnerung gerufen, wollte aber keine Information zu den Ermittlungen auffrischen. „Immer all die Geschichten, die du erzählst."

„Ich rede mit den Leuten. Ich kenne hier fast jeden. In Brescia wohnt meine Cousine. Sie ist mit der Frau von Gretas Anwalt befreundet. Schon die Tage haben die drei einen Termin. Wenn du übrigens einen silbernen Porsche durch die Straßen flitzen siehst, das ist ihrer. Ein Klischee, aber so ist es. Angeblich hat sie mehr Strafzettel wegen überhöhter Geschwindigkeit als Schuhe. Gib zu, dass du das Gerede auch ein bisschen anregend findest."

„Von Klatsch und Tratsch halte ich nicht viel. Ich brauche Fakten."

„Ich wusste, dass du auf Verbrecherjagd bist. Im Team von Commissario Alceste."

„Jessas, Beatrice – nein!" Edwina wurde ärgerlich. „Ich bin nicht im Team. Wie oft habe ich es dir erklärt? Erzähl bloß keinem, dass ich offiziell ermitteln würde. Abgesehen von allem muss ich dringend auf die Toilette. Das Thermalwasser regt zur Entschlackung an."

Sie löste sich vom Beckenrand, machte ein paar Schwimmzüge bis zur Treppe und stieg aus dem Wasser.

Obwohl sie auf das Gewäsch von Beatrice nichts geben wollte, interessierte Edwina die Frau doch mehr als zugegeben. Sie überlegte, wie sie es anstellen konnte, mit Greta Galli ins Gespräch zu kommen, ohne direkt den Mord am Ehemann anzusprechen oder dass die neugierige Beatrice ihr im Nacken klebte.

Unverhofft spielte ihre volle Blase Edwina in die Karten. Kaum hatte sie die üppig in Schwarz und Gold ausgestattete Damentoilette betreten, öffnete sich hinter ihr die Tür und Greta Galli trat ein. Sie blieb an einem der Waschbecken stehen und begann, sich die Haare zu richten.

Edwina beschloss, die Gunst des Augenblicks zu nutzen und ihr Bedürfnis noch etwas zurückzuhalten. Sie stellte sich neben die Witwe des Eistüten-Königs.

„Herrlich ist es hier. Selbst die Toilettenanlage ist eine Wucht."

Das Kichern, das Greta Galli auf Edwinas Anrede startete, überraschte Edwina. „Was oben reingeht, muss unten wieder raus. Je mondäner so ein Örtchen, desto besser, ist meine Meinung."

„Das Thermalwasser soll sehr gesund sein. Zum Baden und auch, wenn man es trinkt."

„Wasser? Nein! Einen Pirlo kann ich zu jeder Tageszeit schlürfen. Die Mixtur aus Weißwein und Campari ist genial."

„Hört sich nach einem interessanten Cocktail an."

„Trink gleich einen mit, meine Liebe. Ich darf dich doch duzen. Mache ich bei jedem. Ich langweile mich ohnehin. Meine Freundin Lucia hat mir für heute abgesagt. Deshalb würde ich mich über Gesellschaft freuen. Ich bin Greta." Wieder ein Giggeln. „Greta Galli, das reimt sich auf Cavalli, den Modedesigner. Wobei ich Reime hasse – so ist es."

Nüchtern war die Frau nicht mehr. Edwina fragte sich, wie viele Cocktails sie bereits zu sich genommen hatte.

„Ich bevorzuge Amaretto Crema." Edwina ließ einen Versuchsballon fliegen. „Davon kann ich nicht genug kriegen."

Schlagartig wurde Greta ernst. „Mein verstorbener Mann hat das Getränk geliebt, weißt du. Giovanni di Levia. Von ihm hat jeder schon gehört. Von seiner Ermordung ebenfalls, nehme ich an. Weiß Gott, ich hätte ihn mehrfach umbringen können, aber den Tod habe ich ihm nicht gewünscht."

Ein völliger Widerspruch, der der Witwe jedoch nicht auffiel.

„Mein Name ist Edwina Teufel, Signora Galli, ich meine, Greta." Nach einem kurzen Zögern entschloss sich Edwina um. Sie würde die Gesprächigkeit der Witwe ausnutzen und mit der Tür ins Haus fallen. „Ich bin Chefinspektorin der Wiener Polizei und habe deinen verstorbenen Gatten am Tag seines Todes getroffen." Das eine hatte mit dem anderen nichts zu tun, passte aber als Auftakt.

Greta erstarrte für Sekunden. „Du warst bei Giovanni, als er starb?"

„Nicht direkt. Er war im Fundbüro in der Via Emilia wegen eines *tödlichen Poems*. Sagt dir das etwas? Er schien aufgeregt und verwirrt zu sein. Leider konnte ich ihm nicht weiterhelfen. Ein paar Stunden später war er tot."

„Sein Mörder ist auf freiem Fuß. Die Polizia hat ihn gehen lassen." Greta schluchzte unerwartet auf, ohne jedoch die Finger von der Strähne zu nehmen, die sie nun versuchte aus der Hochsteckfrisur herauszuziehen. Ihre Nägel waren lang und jeder mit einem Strasssteinchen verziert. „Eine Schande."

„Bruno Rinaldi war es nicht." Edwina beugte sich nah zu Greta. Andere Damen, die möglicherweise in den Kabinen waren, sollten nicht mithören. „Der wahre Täter läuft noch frei herum."

„Elisa, du kommst aus Österreich, sagst du?" Greta senkte ihren Arm. „Wie Felix und Luis. Mit den beiden hatte Giovanni einen Glücksgriff getan. Die ersten Angestellten, die ich mochte. Fast wie Freunde. Für die beiden Süßen lege ich meine Hand ins Feuer."

Sie vielleicht nicht für dich, dachte Edwina, nickte jedoch nur. „Edwina, nicht Elisa. Mit der Putzfrau und der Köchin hast du dich nicht verstanden?"

„Köchin? Ha! Ich kann nicht kochen, aber Tommaso macht bessere Pasta als die. Bevor sich Giovanni und er gestritten haben, hat er für uns beide manchmal gekocht. Zu glücklicheren Zeiten. Und die Frau, die mit ihrer Cousine zweimal im Monat für die Reinigung der Villa verantwortlich war, habe ich persönlich damals hinausbegleitet. In den Spinnweben hätte man hängen bleiben können. Giovanni mochte diese zwei Frauen nicht, weil ich sie anfänglich eingestellt habe. Ein Fehler, gebe ich zu. Aber sie haben ihm Honig ums Maul geschmiert, was die Gedichte anging. Du hättest nur einmal dabei sein sollen, wenn er seine Werke vorgetragen hat. Stundenlang. Das allein ein Grund, ihn zu ...“ Greta stoppte und schluckte. „Nun ja. Gott hab ihn selig, meinen armen Giovanni. Du magst es vielleicht nicht glauben, aber einst waren wir glücklich. Jetzt ist es Tommaso, der mich stärkt in der schweren Zeit.“

Edwina hatte Greta reden lassen. Es war erstaunlich, wie rasch sich ein Kontakt ergeben hatte. Zu gerne wäre Edwina auf die Toilette gesprungen, doch die Gelegenheit war zu günstig, um sie verstreichen zu lassen.

„Tommaso? Du bist wieder neu liiert?“

„Ja, das bin ich. Darüber wundere ich mich selbst am meisten, glaube mir. Amor meint es gut nach all den Tragödien in meinem Leben. Ein Buch, nein viele Bücher könnte ich darüber schreiben. Ich bin sogar schon dabei, ein Verlag hat sich bei mir gemeldet.“ Der Ernst wich einer Freude auf ihrem Gesicht. „Am Ende aller Dramen habe ich den Richtigen gefunden. Oder er mich. Tommaso! Mein Freund. Mein Geliebter. Er ist der wahre Dichter, wenn du mich fragst, Elisa. Er könnte nicht einer Fliege etwas zuleide tun.“

Gretas Ausführungen wurden von Satz zu Satz aufschlussreicher. Edwina entschied sich dafür, die andauernde Namensverwechslung hinzunehmen. „Also bist du jetzt mit dem Konkurrenten deines Mannes zusammen, könnte man sagen.“

Greta stützte sich am Waschbecken auf, als hätte sie eine schwere Last zu tragen. Eine goldene Kette baumelte von ihrem Hals über dem Porzellan und schlug leise dagegen. „Tommaso und Giovanni waren Freunde, lange bevor ich die beiden kennengelernt habe. Auch danach noch. Sie sind beide Poeten und haben sich zu kreativen Abenden getroffen. Bis sich Giovanni verändert hat."

„Demenz, genauer formuliert, Alzheimer. Habe ich zumindest gehört."

„Ja, die Spatzen pfeifen es von den Dächern von Sirmione. Anfangs habe ich versucht, eine Behandlung für ihn zu organisieren, aber er hat es nicht zugelassen. Typisch Giovanni. Immer ging es nach seinem Willen. Inzwischen hat er mehr schlechte Phasen als gute. In der Villa hat es nicht von Anfang an nach Schlangen und Spinnen gestunken. Eine Schlange habe ich noch verstanden. Die habe ich ihm gelassen, weil er die Tiere so faszinierend fand. Als es immer mehr wurden, war unsere Ehe schon zerrüttet, wie es so schön heißt. Tommaso und ich sind erst nach meinem Auszug ein Paar geworden." Sie nickte, als wollte sie sich selbst in ihren Worten bestätigen. „Tommaso war früher Schauspieler und hat mir Fotos aus seiner aktiven Zeit gezeigt. Auf einem spielt er Hamlet. Prachtvoll. Zuerst habe ich mich in das Bild verliebt, dann in ihn als Person. Ältere Männer ziehen mich an."

„Er war also Schauspieler und ist nun Dichter. Sehr künstlerisch, der Mann."

Greta zeigte ihrem Spiegelbild einen Schmollmund. „Leider ersetzt die Kunst keinen Brotjob. Wenigstens war Giovanni mir gegenüber finanziell nach unserer Trennung großzügig. Er unterstützte mich und bezahlte ein Appartamento in Sirmione."

Edwina fragte sich, ob Greta das Erbe gerade vergessen hatte oder sich bewusst ärmer redete, als sie war. „Hört sich wirklich großzügig an, Greta."

„Aber mein Tommaso spricht nicht mehr mit Giovanni seit dem Eklat beim Wettbewerb. Sie haben sich sogar geprügelt. Um mich. Mein Ex will mich immer noch, nur ich ihn nicht." Plötzlich riss die Witwe abwehrend beide Hände hoch. „Gott, ich rede immer noch in der Gegenwart von Giovanni. Frag Tommaso, Elisa, er wird dir alles erzählen. Wobei ..." Erneut unterbrach sich Greta selbst.

„Bitte, nur weiter." Edwina presste die Oberschenkel zusammen. So nah die rettende Toilette war, so unmöglich war es für sie, Greta in ihrem Redefluss zu unterbrechen.

„Am Tag, an dem Giovanni zu Tode kam", erneut für Edwina überraschend, bekreuzigte Greta Galli sich, „da hat mir Tommaso unser Rendezvous abgesagt. Mich versetzt. Das weiß ich noch genau. Ich bin aus Frust mit meiner Freundin Lucia in meinem Auto durch die Gegend gefahren. Dreimal wurde ich geblitzt. Ein Unding, wenn du mich fragst. Man wird doch noch knackig Gas geben dürfen. Kannst du als Polizeibeamtin da etwas machen?"

„Nein, nicht als Österreicherin. Tut mir leid, Greta." Edwina war sich sicher, dass der Commissario und sein Team die Angaben bereits überprüft hatten. Etwas anderes interessierte sie mehr. „Aber wo könnte ich denn deinen Tommaso finden, wenn ich mit ihm ebenfalls reden möchte? Ist er heute hier?"

„Nein, deshalb wollte ich Lucia treffen. Allein sein ist schrecklich." Sie seufzte. „Fischst du gerne, Elisa?"

„Bitte? Fischen?"

„Tommaso ist ein passionierter Fischer. Ein Hobby-angler. Der Gardasee ist ideal für diese Leidenschaft. Ich mag es nicht. Aber wenn du es magst, könnte ich ein Treffen arrangieren. Er nimmt gerne Touristen mit auf sein Boot, die sich dafür interessieren. Ein lukrativer Nebenerwerb."

„Das wäre perfekt. Ich gebe dir meine Handynummer, er soll sich melden."

Greta griff nach einem iPhone, das am Beckenrand gelegen hatte, und hielt es sich zum Entsperren vors Gesicht. Im Gegensatz zu ihrem verstorbenen Gatten hatte die dunkelhaarige Schönheit anscheinend nichts gegen modernste technische Accessoires. „Leg los, Elisa. Ich leite ihm deinen Wunsch direkt weiter. Er soll dich auf seiner Abendtour mitnehmen. Gleich heute? Ich könnte es möglich machen."

„Und ich wäre bereit, Greta." Edwina gab ihr die Nummer. „Edwina Teufel ist der volle Name."

„Hab ich mir doch gemerkt. Das klappt. Versprochen." Das iPhone verschwand in Gretas Designer-strandkleid. Eine Hand legte sie an ihr Herz. Ihr Atem ging schneller. „Wobei ich immer noch nicht verstehe, warum die österreichische Polizei an dem Mordfall mitarbeitet. Hat es mit Giovannis Wurzeln in Tirol zu tun? Wie schon gesagt, Luis und Felix sind unschuldig. Aber ich brauche gleich dringend einen nächsten Pirlo. Kann ich dich nicht überreden und einladen? Auch, wenn ich beim Anblick eines Amaretto Crema sicherlich schluchzen muss. Oder darfst du im Dienst keinen Alkohol trinken?"

Edwina wurde klar, dass Greta geplaudert hatte, weil sie Edwina für eine ebenso zuständige Ermittlerin hielt wie den Commissario. Neben dem leichten

Schwips wirkte die dritte Frau von di Levia ein wenig naiv, sogar fast zu naiv.

„Eine letzte Frage hätte ich noch, Greta: Kennst du Lia Moldovan?" Wieder ein Versuchsballon.

Mit einem Blinzeln folgte eine unglaublich schnelle Antwort. Greta überlegte keine Sekunde. „Nein. Nein. Keine Ahnung. Was ist mit der?"

„Eine junge Frau aus Brescia. Sie ist schon vor einiger Zeit gestorben."

„Oh, schon wieder eine Tote, davon will ich nichts hören. Ich bin froh, dass ich Giovanni hinter mir lassen konnte." Kaum ausgesprochen, schlug sich Greta mit der Hand an die Stirn. „Wie unsensibel von mir. Verzeih mir, Elisa. Macht mich das in deinen Augen etwa zu einer Verdächtigen?"

Eine Antwort erfolgte nicht. Edwina drehte sich ruckartig um und stürzte auf eine der Toiletten. Es länger zurückzuhalten, wäre unmöglich gewesen.

Die Erleichterung war riesig.

Als sie die Kabine wieder verließ, war Greta verschwunden. Edwina sah sich außerhalb der Toilettenanlage um, aber auch im Thermenbereich war die Witwe nirgends mehr zu entdecken.

„Warst du lange fort", empörte sich Beatrice. Greta und Beatrice hätten irgendwie ganz gut zusammengepasst.

Im Nachhinein überlegte Edwina, wie viel von der Betrunkenheit und Naivität der Witwe wohl aufgesetzt gewesen war. Die zu rasche Reaktion auf den Namen von Lia Moldovan machte Greta Galli durchaus verdächtig. Dabei hatte die Alleinerbin wohl gelogen.

Edwina war neugierig, ob sich die Schöne und ihr Dichterfreund melden würden.

31

Erst mitten auf dem See stoppte der ehemalige Schauspieler, jetzige Dichter und Fischer aus Leidenschaft
das Boot.

Edwina sah sich um. Die einzelnen Lichter am Ufer
waren ein gutes Stück entfernt. Sie überlegte kurz, ob
es ihr gelingen würde, die Strecke mit Schwimmen
zu überwinden.

Nachdem Tommaso den Motor ausgestellt hatte,
geschah eine Weile nichts. Erst durch die einsetzende
Stille wurde Edwina der absolute Liebreiz bewusst,
den die Sommernacht bot.

Die beleuchteten Häuser und Sehenswürdigkeiten,
dahinter dunkel erkennbar die Berge, bildeten eine
Einheit, die den See wie ein Umhang umgab. Lichter auch von den anderen Booten, die auf dem Wasser waren, als würden um sie herum Glühwürmchen
schaukeln.

Über ihr der Sternenhimmel.

Selten hatte Edwina ihn derart nahe und dicht erlebt. Millionen von blinkenden Tupfen, die sich in die
Unendlichkeit hinauszogen. Sie kannte sich mit den
Sternbildern nicht aus, meinte aber eine zusammen-
hängende Struktur zu erkennen, die ein Tier darstellen könnte. Den Kleinen Bären vielleicht.

Eine silberne, schmale und scharf wirkende Mond-
hälfte zeigte sich, die die Form einer Schale hatte. Die
Windstille trug ihres dazu bei, dass die Nacht einen
Hauch von Magie umfasste.

Es wurde noch besser. Eine Sternschnuppe fiel
vom Himmel. Eine zweite folgte der ersten, sie liefer-
ten sich ein glitzerndes Rennen auf ihrem Weg ins Ver-
glühen.

Edwina staunte und vergaß darüber den Grund, weswegen sie einverstanden gewesen war mitzufahren, sich geradezu aufgedrängt hatte.

Sie sprach einen Wunsch aus, zwei schienen ihr vermessen. Dabei dachte sie an Toni, der vielleicht in den Sekunden von der Terrasse aus ebenfalls das Naturschauspiel beobachtete und sich auf seine Winnie freute. Auf den Gute-Nacht-Kuss, der ihn in seine tiefen Träume begleiten würde. Hätte er gewusst, auf welches Abenteuer sich Edwina ein weiteres Mal einließ, würde er wohl unruhig auf und ab tigern. Oder er hätte darauf bestanden mitzukommen, was Edwina wiederum strikt abgelehnt hätte.

Die oft dunkle Welt der Verbrechensaufklärung war nichts für den Pflanzenfreund, das stand unverrückbar fest. Niemals sollte ihm etwas zustoßen. Nie ihre Wissbegierde oder Edwinas Festbeißen bei Fällen Gründe dafür sein, dass er Schaden nahm. Das war ihr Wunsch, und sie nickte niemandem Bestimmten zu, als die Sternschnuppen erloschen.

Ein Platschen von der anderen Seite des Bootes riss Edwina aus ihrer Betrachtung.

Tommaso bewegte sich und hob eben die Arme weit in die Höhe. Wieder platschte es. Er warf ein Netz ins Wasser.

„Was machen Sie?"

„Sie sind doch die große Detektivin, wie Greta betont hat. Erkennt man das nicht?"

„Schon klar. Sie wollen Fische fangen, Tommaso." Edwina quetschte sich am Steuerhaus vorbei und schloss zu dem Mann auf.

Seine hohe Stirn glänzte im wenigen Licht, das den Bug erhellte. Die schneeweißen, langen Haare hatte er zu einem Pferdeschwanz zusammengebunden. Mit dem grau melierten Vollbart erinnerte er sie an einen gealterten Hollywoodschauspieler. Ein Kevin Costner vom Gardasee. Greta und er gaben ein apartes Paar ab, zumindest äußerlich.

„Gut kombiniert, Sherlock. Nein, besser Miss Marple. Vom Alter her." Er lachte und präsentierte eine Reihe gerader, schneeweißer Zähne. „Das ist keine Beleidigung. Wir zwei sind in den besten Jahren."

Edwina hatte mit derlei Ansagen nie viel anfangen können. Wozu diente dieser Spruch? Im aufkommenden Alter ließen die körperlichen Fähigkeiten langsam nach, die Haut wurde trockener und faltiger, viele trauerten ihrer Jugend nach, die ersten Verluste der vorangegangenen Elterngeneration trafen einen. Also, warum die beste Zeit? Ganz abgesehen davon war der Mann geschätzt zehn Jahre älter als Edwina.

Aber sie verkniff sich eine Gegenbemerkung. „Das Fischen ist eine Stunde nach Sonnenuntergang bis eine Stunde vor der Morgendämmerung untersagt. Das müssten Sie doch wissen. Abgesehen davon bin ich eine Polizeibeamtin, keine Privatermittlerin."

„Was auch immer. Sie sind mit mir an Bord gegangen, also hängen Sie mit drin, wenn uns die Wasserschutzpolizei erwischen sollte." Das nächste Lachen folgte. „Die andere Option ist, dass Sie in die Fluten springen. Mit ein wenig Sportlichkeit schaffen Sie es ans Ufer."

„Ist es der Kick, der Sie antreibt? Erwischt zu werden?"

„Nein, Lady, ich bin scharf auf die *bottatrice*. Die Quappe ist ein nachtaktiver Fisch, der besonders gerne Fischeier frisst. Er lebt in Bodennähe und mein größtes Exemplar war über sechzig Zentimeter lang und über vier Kilo schwer. Weißes, grätenloses Fleisch, das äußerst schmackhaft ist. Nachts bin ich allein, keine Konkurrenz. Mein Fang ist für die Population nicht gefährlich. Deswegen braucht sich auch niemand über eventuellen Raubbau an der Natur zu beschweren."

„Nur dass es für den einen Fisch, der in Ihr Netz geht, tödlich endet."

„Klar! Sie sagen es, Lady. Vielleicht werden es sogar zwei oder drei. Geben Sie mir ein paar Stunden."

Zum Grinsen fletschte er seine perfekten Zähne. Er mochte gut aussehen, aber sympathisch war er Edwina nicht. Dass sich früher Tommaso deshalb gut mit seinem Kumpel Giovanni verstanden hatte, lag auf der Hand.

„Ich wundere mich, dass ich heute die Einzige bin, die Sie an Bord mitgenommen haben."

„Eigentlich ist es meine private Angelnacht. Fischen ist nicht gleich Angeln, in den nächsten Stunden habe ich beides vor. Das bedarf volle Konzentration. Sie sind dabei, weil Greta mich gebeten hat. Ich wollte sowieso das Touristengeschäft aufgeben und stattdessen ganz für Greta da sein." Er hatte seine Lautstärke gesenkt. „Ab sofort flüstern wir, damit wir die Tierchen nicht verscheuchen. Das Wurfnetz ist an den Rändern mit Gewichten behangen und sinkt geöffnet auf den Boden. Dort wird durch Schnüre, deren Ende der Werfer in den Händen behält, die untere Öffnung zusammengezogen und das Netz dann mit den darin befindlichen Fischen eingeholt. Apropos Netz: Wussten Sie übrigens, dass bei den Gladiatorenspielen der römischen Kaiserzeit die Gattung der Netzkämpfer mit dem Dreizack und eben mit einem Wurfnetz gefightet hat? Ich liebe Gladiatorengeschichten und hätte gerne in der Zeit gelebt. Darüber gedichtet."

Statt über vergangene grausame Spiele zu reden, wollte Edwina lieber versuchen, das illegale Fischen zu verhindern. Zuerst allerdings brauchte sie andere Antworten.

Bevor Tommaso ausholen konnte, unterbrach sie ihn. „Kann man denn mit Gedichten heutzutage überhaupt etwas verdienen?"

„Die Muse verschmäht den schnöden Mammon, Signora. Schreiben und Fischen und Greta, mein Leben läuft bestens."

„Sie frönen einem, sagen wir mal, gemütlichen Lebensstil, Tommaso. Den Ihre Freundin, Greta Galli, noch einmal nach oben heben könnte, wenn sie das Erbe ihres Mannes antritt. Von der Seite aus betrachtet hatten Sie ein Interesse daran, dass Giovanni di Levia baldmöglichst das Zeitliche segnet."

„Bitte was? Sind Sie deshalb mit mir auf den See gefahren? Um mich zu verhören?" Er vergaß zu flüstern und Edwina hoffte, dass er damit die Quappen vom Netz fernhielt. „Ich bin ein Schauspieler, der in die Dichtkunst gewechselt hat. Kein Krimineller. Einst war ich Romeo, müssen Sie wissen. Jung und schön und begabt. ,Era l'usignolo e non l'allodola!'"

„Schön, schön, Tommaso. Es war die Nachtigall und nicht die Lerche, verstehe. Abgesehen vom Theater. Nennen wir unsere Unterhaltung besser eine Vernehmung, ja." Sie beschloss, erneut zu bluffen. „Ich bin eine Beraterin der Polizei in Wien, die mit Commissario Alceste und den italienischen Behörden zusammenarbeitet. Es geht schließlich um Mord."

Eine Mischung aus Lachen und Husten kam aus Tommasos Kehle. „Mord? Sie wollen mich mit einem Mord in Verbindung bringen? Greta hat mir gesagt, Sie wollten exklusiv beim Nachtfischen dabei sein.

Ich werde es trotzdem in Rechnung stellen. Ich erbe ja nicht. Haha!"

„Greta hat mir berichtet, dass Sie sich einmal mit di Levia geprügelt haben. Ihretwegen."

„Oh, la mia stella Greta. Ich kann nicht mit ihr, aber auch nicht ohne sie. Wir sind leidenschaftlich miteinander verbunden. Was diese Prügelei angeht, bildet sich die Frau mehr ein, als dran ist. Ich habe Giovanni eine Ohrfeige gegeben, weil er unehrenhaft gehandelt hat." Er spuckte ins Wasser. „Wir Dichter sind Ehrenmänner, Lady. Wir haben uns der Poesie verschrieben, die von uns nicht nur wunderbare Verse verlangt, sondern auch einen integren Wettbewerb. Verbrechen jeglicher Art sind uns fremd. Betrug und Bestechung haben nichts in unserem Wirken verloren. Giovanni wusste das. Aber am Ende hatte er Matsch in der Birne, war ein alter und arroganter Idiot, dem es nicht mehr um die Anmut der Dichtkunst ging. Dafür habe ich ihm ins Gesicht geschlagen, Lady."

Edwina versuchte, sich ihre Verwirrung nicht anmerken zu lassen. „Das heißt, er hat sich eines Ihrer Gedichte angeeignet, eine Art Urheberrechtsverletzung?"

„Nein, das nicht. Ich hätte den Dichterwettbewerb gewinnen sollen, wissen Sie. Ich habe eines der wohl schönsten Liebesgedichte geschrieben, das in den letzten Jahren bei diesem Dichterwettstreit eingereicht wurde. Aber er konnte es nicht ertragen, dass ich das Poem Greta gewidmet hatte. Deshalb hat er zwei der Juroren bestochen, die mich schließlich um den Siegeslorbeerkranz gebracht haben. Glaube ich zumindest. In dem Fall hätte die Polizei ermitteln sollen. Berichten Sie das dem Commissario. So betrachtet, hat Giovanni den Tod verdient."

Nur mit Beherrschung unterdrückte Edwina einen Laut der Entrüstung. Der Mann wurde ihr von Minute zu Minute unsympathischer. Nichts gegen Dichtkunst, aber einem Menschen das Ableben zu wünschen, weil er einen anderen bei Gedichten ausgebootet hatte, ging definitiv zu weit. Ein solches Mordmotiv war Edwina in den Jahren noch nicht untergekommen.

„Jetzt werden Sie gut leben können von di Levias Geld."

„Noch mal: Greta erbt, Lady. Aber, kein Geheimnis, ich werde ihr einen Antrag machen. Sie wird Ja sagen, denn wir lieben uns. Also gebe ich Ihnen recht. Es wird mir ein Vergnügen sein, bei Fisch und Wein auf Giovanni in der Hölle einen Toast auszusprechen."

„Wo waren Sie am 1. Juni, sagen wir zwischen drei und sechs Uhr am Nachmittag? Greta hat mir anvertraut, dass Sie sie versetzt haben an dem Tag."

„Bitte, was? Was hat Greta? Diese Frau treibt mich in den Wahnsinn. Wie Sie mich übrigens mehr und mehr auch. Donne, donne e donne!" Er stemmte die Hände in die Hüften und stampfte mehrfach mit einem Fuß auf. Das Boot schlingerte. In einer seiner Hände bemerkte Edwina ein dickes Seil, das er in der geballten Faust hatte. „Noch einmal wagen Sie es nicht, mich eines unwürdigen Verbrechens zu beschuldigen, Lady."

Du bist mitten in der Nacht auf einem See, Edwina, meldete sich eine Stimme in ihrem Kopf, die sich nach Toni anhörte. Es wäre ein Leichtes, dich niederzuschlagen und über Bord zu werfen. Deeskaliere oder spring über die Reling und schwimme.

„Es wäre Ihr Vorteil, wenn Sie mir ein Alibi angeben könnten. Dann lasse ich Sie umgehend in Ruhe." Sie fuhr den scharfen Ton zurück. „Wenn Sie so freundlich wären und mich zuerst wieder an Land bringen würden. Die Fahrt war eine meiner schlechteren Ideen. Selbstverständlich zahle ich."

Ein paar Sekunden lang funkelte Tommaso Edwina an. Wenn Blicke töten könnten, wäre sie direkt Fischfutter.

Schließlich drehte er sich Richtung Reling und begann, an dem Seil zu ziehen. „Geschenkt, Lady. Und zu Ihrer impertinenten Frage: Am 1. Juni bin ich zu meiner Mamma nach Limone gefahren. Jedes zweite Wochenende besuche ich sie. Greta weiß das sehr genau. Sie mag meine Mamma nicht, aber das beruht auf Gegenseitigkeit."

Wieder Limone. Dazu eine weitere Lüge von Greta Galli. Beides speicherte Edwina in ihrem Gedächtnis ab. Auf den ersten Blick gab es keinen Zusammenhang, doch es mutete seltsam an, dass Greta ihren Liebhaber nicht entlastet hatte. Wobei die Mutter eines Verdächtigen als Alibi nicht wirklich wasserdicht war.

„Das war es schon, Tommaso." Edwina deutete Richtung Ufer. „Tatsächlich wäre ich froh, bald wieder festen Boden unter den Füßen zu haben. Ich entschuldige mich, dass ich Ihren Fischbeutezug heute vereitelt habe."

„Ja, fahren wir zurück, Lady." Er zog das Netz aus dem Wasser und ließ es auf den Schiffsboden fallen. Mit einem mürrischen Gesichtsausdruck startete er den Motor. „Frauen wie Sie verderben dem Dichter die Verse."

„Tut mir leid. Ich hoffe, dass die Muse bald wieder an Ihre Tür klopft."

Der Motorlärm brach in die nächtliche Stimmung ein wie eine Axt, die man in ein Stück Holz schlug. Edwina nahm sich vor, nach Beendigung der Ermittlungen für sich und Toni eine harmlose und touristische Abendtour auf einem der Ausflugsdampfer zu buchen.

„Wird meine Mamma zu einem Verhör müssen? Ich meine, zu einer Vernehmung?" Mit einem Mal hörte sich Tommaso kleinlaut an. „Sie ist krank und schwach."

„Ich denke, der Commissario wird Ihre Mutter aufsuchen."

„Nicht Sie?" Er steuerte das Boot Richtung Anlegestelle. „Sie haben mich vorhin beschwindelt, nicht wahr? Sie sind keine offizielle Ermittlerin."

„Ehrlich gesagt, das bin ich nicht. Wobei ich morgen mit Commissario Alceste zusammentreffe, das zumindest stimmt so. Quappen zu fangen, wird hingegen nie eine Vorliebe von mir werden."

„Werden Sie mich anzeigen, weil ich nachts gefischt habe? Das würde ich Ihnen nicht raten, Lady."

Edwina wartete mit der Antwort auf Tommasos letzte Frage samt Drohung, bis sie den sicheren Steg erreicht hatten.

32

Die Bank, auf die sich Edwina setzte, war direkt am Rand des Bootsanlegers. Jemand hatte einen gezackten Blitz auf die Lehne gesprayt.

Kaum war sie von Tommasos Boot gesprungen, hatte er gewendet und war zurück auf den See gefahren. Sie dachte mit ein wenig Wehmut an die Quappen, die sich besser vor dem Netz hüten sollten.

Ihre Gedanken begannen zu kreisen, ihr Kopf und ihr Oberkörper leicht zu wippen. Ein leises Plätschern der sanften Wellen, die gegen das Holz der Bohlen stießen, wirkte auf sie wie hypnotisierend.

Edwina begann mit dem, was sie stets in ihrer aktiven Zeit als Chefinspektorin im Lauf einer Ermittlung angewandt hatte: das gedankliche Durchspielen des Ablaufs der Tat. Ihre ganz eigene Art, ein Netz auszuwerfen und auf einen Fang zu hoffen.

Ihre Fantasie eröffnete die Szenarien zum Mord.

Tommaso war der Erste, den sie in den besagten Stunden des 1. Juni in die Villa di Levia eintreten ließ. Er hatte Giovanni um Aussprache gebeten, die mehr mit dem verlorenen Gedichtwettbewerb als mit seiner neuen Flamme Greta zu tun hatte.

Giovanni war an diesem Nachmittag, nach seinem Auftauchen im Fundbüro und nach dem Gespräch mit Bruno, verwirrter als sonst. Deshalb auch aggressiver dem Mann gegenüber, der sein Nachfolger in Sachen Beziehung geworden war. Immer noch auf der Suche nach dem *tödlichen Poem*, hatte er Tommaso direkt in die Enge getrieben, ihn beschuldigt, ein Dieb und ein böswilliger Verführer zu sein. Der Schauspieler und Dichter, der gerne nachts Quappen fischte und selbst ein Heißsporn war, hatte sich hinreißen lassen. Es hatte einen Streit gegeben, gefolgt von einer körperlichen Auseinandersetzung, in deren Folge Tommaso den alten Eistüten-König geschlagen hatte, der wiederum mit dem Kopf auf die Schreibtischkante gefallen war.

Stopp, ermahnte sich Edwina. Hätte das Verbrechen so stattgefunden, hätten die Spuren eine eindeutige Sprache gesprochen. DNA von Tommaso müsste an Giovannis Körper entdeckt worden sein. Allerdings, wäre der Besucher mit Vorsatz zu Mord in die Villa gekommen, hätte er Handschuhe tragen können.

Weiter: Schutz vor Haaren, Fingerabdrücken und Hautpartikeln, den die vermeintliche Exfrau, Greta Galli, nicht gebraucht hätte. Ohnehin war ihre DNA überall in den Zimmern und auch auf Giovanni di Levia zu finden. Dazu hatte sie das Argument, sich auch nach der Trennung mit ihrem Ehemann getroffen zu haben.

Genauso verhielt es sich mit den beiden Angestellten Felix und Luis.

Was, wenn an Beatrices Geschichte mit dem Bargeld in der Villa doch etwas Wahres dran war. Felix gab Luis ein Alibi und umgekehrt. Mit einer Bitte um ein spezielles Buch lockte der eine di Levia auf die Leiter, verursachte den Sturz. Weil der verrückte alte Mann nicht tot war, schlug der andere den Schädel di Levias noch gegen die Schreibtischkante. Danach sammelten sie das Geld ein, bevor die beiden Männer die Rettung alarmierten.

Schließlich und endlich – hier hätte sich Toni vielleicht gefreut – beschloss Edwina, seinen jetzigen Boss mit auf die Liste zu setzen, den Direktor des Hotelkomplexes Astoria, Max Grob.

Der schien der Unwichtigste in der Reihe. Toni mochte seinen Auftraggeber nicht besonders, aber Arroganz und Schimpfen über andere waren noch lange kein Grund zu töten. Nicht einmal einen guten Verdächtigen gab der Mann ab.

Die Motive der anderen hingegen lagen mehr oder weniger auf der Hand.

Greta würde erben und Geld war immer schon ein treibender Faktor für Kapitalverbrechen gewesen. Felix und Luis befürchteten eine sofortige fristlose Entlassung samt schlechtem Leumund, wenn ihre Liebe bei dem konservativen di Levia aufgedeckt worden wäre. Tommaso hatte gleich zwei Gründe für einen mörderischen Plan: Gretas Erbe und seine Ehre als Dichter. Hier schloss sich der Kreis.

Im Fokus aber hatte bis zu seiner Entlastung Rosas Enkel gestanden. Bruno war der Einzige gewesen, der am Tag der Tat nachweisbar mit Giovanni di Levia in der Villa aufeinandergetroffen war. Er konnte ja nicht ahnen, dass kurz nach seinem Abgang ein Mord stattfinden würde.

Edwina horchte tiefer in sich hinein. Was, wenn aber der Täter genau gewusst hatte, dass Bruno und Giovanni zusammenkommen würden, und die Tatsache zum eigenen Vorteil benutzte, um einen Unschuldigen hinter Gitter zu bringen?

Möglicherweise hatte dieser Täter genau die Gelegenheit wahrgenommen. Direkt nach Brunos Streit mit Giovanni war er erschienen. Hatte dem aufgebrachten Hausherrn in einer raschen Aktion ein Glas Amaretto Crema gereicht, toxisch verfeinert. Den bitteren Beigeschmack hätte di Levia in seiner Verwirrung durchaus hinnehmen können, hätte den Inhalt in einem Schwung geschluckt. In weiterer Folge brauchte der Täter nur noch zu warten, bis sich bei di Levia die Symptome einer Vergiftung zeigten, Übelkeit und Schwindel auftraten.

Hätte der Täter dann einen wichtigen Grund gefunden, den alten Mann auf die Leiter steigen zu lassen, hätte ein winziger Stoß für einen Sturz genügt. Gut vorstellbar, dass Giovanni gebeten worden war, dort oben, über allem stehend, aus seinen Werken zu rezitieren. Selbst eine Unpässlichkeit hätte den selbstverliebten Dichter nicht davon abgehalten.

Als das Opfer den Sturz fast unbeschadet überstand, hatte der Täter, ohne zu zögern, nachgeholfen. Ohne Eile und ohne Gewissen hatte er sich im Anschluss aus dem Staub gemacht mit dem Wissen, dass die Polizei bald den armen Bruno aufsuchen würde.

Wem hatte Bruno von dem Treffen erzählt? Seiner Aussage nach niemandem, weil er noch nichts von seinen Plänen verraten wollte. War es dann Giovanni selbst, der seinem Mörder die Gelegenheit auf einem Silbertablett serviert hatte?

Hier setzte das Aber ein.

Aber dass sich Chefinspektorin Teufel aus Wien, gerade am Lago und im Fundbüro zugange, einmischen würde, war eine nicht zu erwartende Wendung für den Täter.

Noch dazu, dass Edwina es geschafft hatte, Rosas Enkel aus dem Gefängnis zu holen, damit hatte der Schuldige wohl nicht gerechnet. Irgendwo in Sirmione hatte sich wortwörtlich noch eine falsche Schlange verkrochen und versuchte, der Bestrafung zu entgehen.

Edwinas Wippen hörte auf, sie war am Ende ihrer inneren Kurzfilme angelangt. Keiner hatte sie wirklich überzeugt.

Denn genau bei jenem Giftcocktail schieden für Edwina alle bisherigen Verdächtigen aus. Die Beeren des Aronstabs konnte man sammeln, trocknen, später verwenden, das stimmte. Aber sie konnte sich weder Greta noch Felix und Luis vorstellen, die mit einer Schlange hantierten. Am ehesten noch Tommaso, wenn man von Fischen auf Reptilien umschwenkte.

Das Warum lag indessen völlig im Dunklen.

Immer weiter wunderte sie sich über das Gift der Kreuzotter. Wie mühsam war es, eine Schlange zu melken. Dafür brauchte man Erfahrung im Umgang mit den Tieren ebenso wie Mut und einen genauen Plan.

Hier steckte das wahre Motiv hinter dem Mord, dessen war sich Edwina sicher. Es konnte nicht bloß schnöder Mammon, gekränkte Eitelkeit oder ein geheimes Verhältnis sein. Die Schlange war ein Symbol, wie das *tödliche Poem*, das Giovanni di Levia im Fundbüro wiederzuerlangen gehofft hatte. Die Fotos der beiden Kinder, das Mädchen Lia und das Baby, die Zeilen über die unglücklichen kleinen Nattern spielten eine wesentlich größere Rolle, als sie alle dachten.

Edwina würde sich Commissario Alceste noch einmal zur Brust nehmen, der Fall schrie nach einer tieferen Analyse.

Zeit für den Aufbruch. Sie würde sich gleich ein Taxi rufen.

Edwina erhob und streckte sich, in dieser Nacht würde sie keinen Blitzeinfall mehr haben. Ihr Rücken knackte und sie fühlte sich steif. An ihre vierundfünfzig Jahre zu denken, machte Edwina wehmütig. Höchste Zeit, mit mehr sportlichen Aktivitäten als Spazieren zu beginnen, sonst würde sie im Laufe ihres Sabbatjahres doch wieder zunehmen und obendrein ihre Fitness verlieren. Wenn sie und Toni zurück in Wien sein würden, wollte sie zu ihrer Arbeit zurückkehren, als Teamleiterin. Auf keinen Fall hinter einem Schreibtisch ein Beamtendasein fristen.

An der Straße hatte ein Auto gehalten, der Motor lief und röhrte in die Nacht. Edwina bewegte sich ein paar Schritte von der Bank weg, Richtung Straßenlaterne und Licht.

Der Wagen machte nicht nur Lärm und verpestete die klare Nachtluft, auch blendeten Edwina die Scheinwerfer, die auf Fernlicht eingestellt waren.

„Was zum ...", startete sie einen Fluch mit ihrem Nachnamen. „Bist du verrückt? Mach das aus! Subito!"

Nun wurde der Motor mit einem Heulen hochgedreht. Der Fahrer schien jeden Moment mit einem Durchstarter auf sie zuzurasen.

In der Sekunde war sie wie erstarrt. In ihrem Kopf blitzte ein Zusammenhang auf, der sich sofort wieder verflüchtigte, ein Gedanke, den sie nicht greifen konnte.

„Halt! Stopp!" Ihr Rufen galt dem Fremden hinter dem Steuer und ihr selbst.

Wieder einen Moment später wurde der Wagen in einer raschen Drehung gewendet, der Fahrer gab Gas, die Reifen quietschten. Edwina meinte, im Licht der Straßenbeleuchtung etwas Rotes aufblitzen zu sehen.

Dann war das Auto fort, nur ein scharfer Geruch nach Benzin schwebte noch in der Luft.

È abbastanza! Es ist genug!

Eine nächste Warnung.

Oh nein, ihr lieben Bösewichte aller Zeiten, dachte Edwina, nie wird es genug sein, solange ich in der Lage bin zu ermitteln.

Wer hatte gewusst, dass sie spätabends Tommaso auf den See hinausbegleiten würde? Selbstverständlich Greta. Hatte Tommaso seine Geliebte per Handy verständigt, nachdem er Edwina an Land zurückgebracht hatte? Ein dummer Schachzug, wenn dem so wäre. Schließlich lag der Zusammenhang auf der Hand.

Felix und Luis fielen Edwina ein. Ihnen hatte Greta möglicherweise von ihrer Begegnung mit der Chefinspektorin erzählt.

Beatrice. Sie hatte Edwina auf Greta aufmerksam gemacht. Doch die Nachbarin und Vermieterin war mehr mit ihrem Äußeren und den Klatschgeschichten beschäftigt, als mit einem Wagen Edwina zu folgen. Zumindest war Beatrice bisher nicht auf Edwinas Liste der Verdächtigen gelangt. Ein Fehler?

Die unangenehmste, aber sicherste Schlussfolgerung von allen war die, dass jemand Edwina beobachtete, ihr folgte.

Zurück zum Warum und anderen vielen großen Fragezeichen.

Jemand fühlte sich durch Edwina bedroht, das würde sie unterschreiben. Jemand, der ihr die Aufklärung eher zutraute als der italienischen Polizei, vertreten durch Adriano Alceste.

Edwina musste mit dem Commissario reden, ihm von dem Wagen, dem Gespräch mit Greta und Tommaso berichten. Direkt morgen.

Heute wollte sie nur noch nach Hause und ins Bett. Bitte und danke, wenn die Nacht ohne Albtraum möglich sein würde.

Sie rief kein Taxi, sondern wählte Tonis Nummer und bat ihn einmal mehr, sie abzuholen. Auch, wenn es spät war.

„Wo bist du?" Er klang verschlafen. „Was hast du gemacht? Ich dachte, du bist mit Beatrice unterwegs."

„Bussi, Schatzi."

„Liebste, das ist keine Antwort."

„Bitte, caro mio, komm einfach."

Über den eben erlebten Vorfall würde Edwina Toni gegenüber kein Wort verlieren. Die Fahrt auf dem See mit einem fremden Mann war Stoff genug, um Tonis sonst so glatte Stirn in Sorgenfalten zu legen.

Während sie auf ihren Liebsten wartete, ging Edwina erneut ihre üblichen Verdächtigen durch.

33

Am nächsten Morgen begegnete Edwina zu ihrer Überraschung Felix Stacherer und Luis Brand ein zweites Mal im Flur ihres Wohnhauses.

„Servus. Schon wieder ein Treffen mit Beatrice?" Edwinas Frage klang strenger als gewollt.

Luis deutete auf seinen Freund. „Griaß di, Edwina. Der Potschgoggl hier hat sein Handy bei Beatrice vergessen."

„Ja, ich bin a Schussel, obwohl ich die Bezeichnung nicht nett find. Immerhin hat die verzweifelte Such' ein End'", führte Felix weiter aus. „Überall hab ich nachg'schaut, bis sich Beatrice bei Luis g'meldet hat."

„Lange bleiben können wir aber nicht." Wieder Luis mit einem schuldbewussten Gesichtsausdruck.

„Ihr könnt tun und lassen, was ihr wollt. Ich muss ohnehin weiter. Schönen Tag noch." Dann konnte Edwina doch nicht widerstehen. „Was habt ihr danach vor?"

„Wir werden uns mit Greta Galli treffen. Sie lädt zu einer kleinen Zusammenkunft ein. Wer außer uns kommt, wissen wir nicht. Aber wir freuen uns. Greta hat uns immer gut behandelt."

„Aber doch nicht in der Villa di Levia?" Ohne es zu wollen, musste Edwina an Beatrices Geschichte mit den Geldscheinen denken. „Das wäre höchst ungewöhnlich."

„Oh nein, nicht an dem gruseligen Ort. In Gretas Appartamento. Hinterher wollen wir zusammen zu ihrem Anwalt fahren. Sie hat ihn uns empfohlen." Er zwinkerte Edwina zu. „Sie wird uns in ihrem silbernen Porsche kutschieren."

Vom Anwalt wie vom Sportwagen hatte Edwina bereits gehört.

Felix legte seinen Arm um Luis. Die beiden mussten sich nicht mehr verstecken. „Dir auch einen tollen Tag am Lago bei dem super Wetter."

Sie verzichtete auf eine Erläuterung, dass sie nicht zum See unterwegs war, und rief den Männern nur ein „Pfiat euch" zu.

Dann marschierte Edwina mit Tempo los.

Ihr Ziel war die Questura in Desenzano. Diesmal wollte sie endlich ins Polizeirevier hinein und dort direkt zum Commissario. Alcestes Versteckspiel würde sie nun nicht mehr gelten lassen.

***

Dass ihr der Trick mit dem Polizeiausweis ein zweites Mal gelingen würde, hätte Edwina nicht geglaubt. Eher aus einem Gefühl einer spontanen Vermessenheit heraus zog sie ihre Legitimation einer österreichischen Ermittlerin aus der Tasche.

„Edwina Teufel, Polizia di Vienna", betonte sie dazu.

Ohne Widerspruch durfte sie in das Innere des Gebäudes eintreten. Es lag eine gewisse Ironie darin, dass Edwina bisher nicht vom Commissario in dessen Büro gebeten worden war, sondern sich den Zugang ergaunert hatte. Die Formulierung fand sie passend, wenn auch mit einem Hauch von Gewissensbissen.

Ein älterer Uniformierter begleitete sie in den ersten Stock, führte sie durch ein Großraumbüro, in dem nur ein Tisch besetzt war, und am Ende eines weiteren kurzen Ganges zeigte er rechter Hand auf eine geschlossene Tür. „Das Büro von Capo Caspari, in dem Sie Commissario Alceste finden."

Adriano Alceste war für einen Kollegen eingesprungen und hatte das Team übernommen, erinnerte Edwina sich.

Warum sie allerdings, ohne anzuklopfen, eintrat, konnte sie sich nicht erklären.

Zwei Männer waren gerade in dem Zimmer. Der Raum selbst war schmucklos und funktional eingerichtet. Ein breiter Schreibtisch mit Computer und Telefon darauf, zwei Regale dahinter, die mit Ordnern gefüllt waren. Auf der Seite des Eingangs eine Ablage, auf der sich ebenfalls Papierhefter stapelten.

Am einzigen Fenster waren graue Jalousien halb heruntergezogen und verbreiteten ein Dämmerlicht. Eine Pflanze sprang Edwina ins Auge, die auf dem Fensterbrett den Eindruck machte, kurz vor dem Verdursten zu sein. Sie nahm sich vor, den armen grünen Kümmerling zu gießen, egal ob es ihr Dienstraum war oder nicht.

Hinter dem Schreibtisch ein Drehsessel, der sich im Moment von Edwinas Erscheinen in Bewegung befand. Der Commissario war eben aufgestanden, aber nicht, weil er die ohne Vorwarnung aufgetauchte Besucherin begrüßen wollte, sondern weil er dabei war, etwas von seinem Gegenüber anzunehmen.

Edwina kam der Mann bekannt vor. Sie hatte ihn bei ihrem Aufenthalt in der Villa, dem Tatort, gesehen. Er hatte mit dem Smartphone unerlaubt Fotos gemacht und war von Giorgia damals verjagt worden.

Nun streckte genau der Kerl gerade Alceste ein Kuvert entgegen, das mittelgroß, braun und recht prall gefüllt war.

In Sekunden sammelte Edwina die Eindrücke, während sie zwar die Hand zum Gruß hob, aber mit einer Behauptung startete. „Oh, ich störe hier wohl."

Aus der Übergabe, aber mehr noch aus dem schuldbewussten Gesichtsausdruck des mutmaßlichen Journalisten folgerte Edwina eine Ungehörigkeit, die mit einem Vorurteil einherging, für das sie sich einerseits schämte, andererseits eine sofortige Aufklärung erwartete.

Adriano Alceste griff zu, setzte sich und drehte sich und den Stuhl einmal im Kreis. Hernach war seine Hand leer, Edwina konnte das Kuvert nirgends mehr entdecken.

„Wer, bitte schön, hat Sie hier reingelassen?" Der Ton des Commissario war ähnlich dem bei ihrer ersten Begegnung. „Sie hätten sich anmelden müssen. Dann wäre ich verständigt worden. Und vorgewarnt, Signora Teufel."

Um dem Uniformierten eine Rüge zu ersparen, schwindelte Edwina. „Ich bin mit drei anderen hereinspaziert. Wahrscheinlich haben Ihre Kollegen angenommen, ich gehöre zur Gruppe." Zugleich konnte sie die Wärme auf ihren Wangen spüren. Lügen lag ihr überhaupt nicht. Bei einem Pokerspiel wäre sie hilflos den Mitspielern ausgeliefert gewesen.

„Gruppe? Wir sind keine Touristenattraktion, die man begafft." Er wandte sich an sein Gegenüber. „Grazie, Luigi."

Der Mann senkte Kopf und Blick, murmelte ein „Buongiorno" in Edwinas Richtung, huschte an ihr vorbei und schloss die Tür völlig geräuschlos hinter sich.

Alceste deutete auf den jetzt leeren Besucherstuhl, faltete dann die Hände. „Da Sie bereits hier sind, erklären Sie mir den Grund für Ihren nicht abgesprochenen Auftritt."

Wieder dauerte es bloß Sekunden, bis Edwina die Entscheidung traf, sich noch nicht zu setzen, sondern das soeben Geschehene auf der Stelle anzusprechen. „Das war der Zeitungsmensch, der auch am Tatort war. Richtig? Giorgia hat etwas über Sensationspresse geschimpft. Das weiß ich noch."

„Stimmt." Der Commissario spielte mit den Fingern. „Wobei er für ein Onlinemagazin schreibt. Den Printmedien geht die Puste aus. Keiner will mehr auf Schlagzeilen warten, wenn er über Ereignisse binnen kürzester Zeit im Netz die ersten Informationen findet. Luigi ist übrigens der Name, Luigi Vetroni."

„Bekommt Luigi Exklusives von Ihnen?" Edwina war weder vorsichtig noch höflich. „Ich meine, wird er als Erster die Fotos vom Ort des Verbrechens veröffentlichen dürfen? Oder, im Fall eines tatsächlichen Fahndungserfolgs, den Täter zugeflüstert bekommen? Vielleicht ein Vorabinterview mit Ihnen, bevor es an den Rest der Pressemeute geht?"

Die Finger von Alceste stoppten in der Bewegung. Sein linker Zeigefinger und sein rechter Daumen blieben nach oben gerichtet stehen. „Worauf wollen Sie hinaus, Signora Teufel?"

„Ah, die klassische Gegenfrage. Ich schätze sie ebenso wenig wie Sie, Commissario. Das hübsche braune Kuvert. Wo haben Sie es verstaut?"

„Dannazione, Chefinspektorin!" Sein Stimmorgan nahm an Stärke zu, sein Schnurrbart begann wieder leicht zu zittern.

Es hätte komisch sein können, wenn es für Edwina nicht derart ernst gewesen wäre. Bestechlichkeit hatte nichts, aber auch gar nichts in Kreisen der Polizei zu suchen. Es gab sie, natürlich, aber man musste sie benennen und ausmerzen, wo immer man sie antraf.

„Ja, verdammt, Commissario." Die Zornnatter brach durch, Edwina begann zu gestikulieren und wie ein Wasserfall zu reden. „Fangen Sie gar nicht erst an zu schimpfen. Ich kann sehr gut Situationen einschätzen, die nicht legal ablaufen. Es mag für Sie vielleicht nicht wichtig sein, wenn ein kleiner Schreiberling einen Vorteil erhält. Aber wo fängt es an und wo hört es auf? Sie können sich einen Cappuccino mehr leisten oder ein nettes Abendessen in einem teuren Lokal, doch das ist es nicht wert. Ich werde es nicht Ihrem Vorgesetzten melden, obwohl ich große Lust dazu hätte. Trotzdem werden Sie das Kuvert zurückgeben und die gesamte Journaille zur selben Zeit bei einer Ihrer Pressekonferenzen über den Stand der Ermittlungen in Kenntnis setzen. Basta!"

Er blinzelte, öffnete den Mund, aber kam zu keiner Erwiderung. Edwina war gerade nicht zu stoppen.

„Wissen Sie, Commissario, ich habe es richtig klasse gefunden, dass Sie mich zumindest hin und wieder einbezogen haben. Das hat meine erste Meinung über Sie durchaus ins Positive gewendet. Aber jetzt würde ich Sie am liebsten mit wundervollen Worten wie Wappler und Rotzpippn anschreien. Was ich hiermit auch tue. Vielleicht sind Sie auch nur ein Zniachtl, was ein unbedeutendes Nichts meint. Leider lässt sich keines dieser Wörter eins zu eins ins Italienische übertragen, aber ich bin mir sicher, Sie verstehen mich."

Edwina musste Luft holen. Das war der Moment, in dem Alceste zu grinsen anfing.

Bei ihr steigerte sich die Wut, sie suchte nun nach Sätzen, nach Worten, die ihr in der Rage nicht mehr einfallen wollten.

Es folgte ein klatschendes Geräusch.

Der Commissario hatte das braune, dicke Kuvert wieder hervorgezaubert und es auf die Tischplatte geknallt. Der Computerbildschirm wackelte, ein Blatt der durstigen Pflanze fiel zu Boden.

Die Enden von Alcestes Schnurrbart wurden durch das Grinsen fast bis an seine Augen hochgehoben. „Machen Sie es auf. Sofort. Chefinspektorin Teufel, los!"

Außer Atem nahm Edwina endlich doch auf dem Besucherstuhl Platz, schnappte sich das Kuvert und riss es mit einem Schwung auf. Ein Fingernagel brach dabei ab, was sie erst hinterher bemerkte.

Fotos glitten heraus und in ihren Schoß, ein paar segelten ebenfalls nach unten. Darauf abgebildet der Tatort, wie sie ihn selbst das erste Mal gesehen hatte. Die Terrarien, die Boxen, bewohnt von armen Reptilien. Dazu das Durcheinander von Büchern, Heften und anderem Krimskrams. Das Absperrband und die Aufsteller inklusive.

Neu darauf war die zugedeckte Leiche, die zu dem Zeitpunkt immer noch neben dem Schreibtisch lag. Weitere Aufnahmen zeigten zwei Männer mit einer Trage, wie sie in kurzer Bildreihenfolge den Toten aufluden und forttrugen.

„Darf ich einiges anmerken?" Alceste zwirbelte jetzt mit ernster Miene an seinem Schnurrbart. Das Grinsen war verschwunden. „Geben Sie mir bitte die Möglichkeit."

„Ich bin ganz Ohr", schnaufte Edwina.

„Luigi war unerlaubt am Tatort, genau. Er ist entweder durch ein Fenster eingestiegen oder hat es vielleicht sogar über den Balkon geschafft. Nachdem der Dottore die Leiche freigegeben hatte und sie vom

Beerdigungsinstitut abgeholt worden war, hat Luigi seine Chance gesehen. Wir waren zu dem Zeitpunkt vor dem Eingang. Höchstens zehn Minuten. Wie es scheint, hat sich von den beiden Mitarbeitern keiner etwas dabei gedacht, als fotografiert wurde. Giorgia war es, die eine der Aufnahmen im Netz entdeckt hat. Für uns war klar: Wo eine ist, gibt es mehr. Ein anderer Kollege hat sich quasi undercover mit Luigi getroffen und ihm Geld für alle Fotos angeboten. Dafür hat er einen Stick erhalten. Damit hatten wir ihn. Das hier sind die Reste, die er bereits entwickelt hat. Ich habe ihm gedroht, ihn für ein paar Tage hinter Gitter zu bringen wegen Störung einer polizeilichen Ermittlung. Sie sehen also, Ihr Vorurteil hat sich nicht bestätigt."

„Könnte *er* es nicht getan haben?" Edwinas Frage war leise. Ihr Zorn war verraucht, ihre Energie verpufft. Sie sollte sich entschuldigen, aber dafür brauchte sie einen Anlauf. „Ich meine, den Mord. Wenn er schon dort war."

„Nein, Signora. Luigi kommt als Täter nicht infrage. Für die Tatzeit selbst hat er ein sicheres Alibi. Er ist von einer Hochzeit gekommen, jemand hat ihm dort einen Tipp zukommen lassen, dass es in der Villa di Levia ein Unglück gab. Ich schätze, der Tippgeber ist der, auf den sich Ihr Zorn entladen sollte."

Edwina verschränkte die Arme und baumelte mit den Beinen, holte tief Luft. „Commissario Alceste. Ich entschuldige mich. Meine Annahme war vorschnell und ungehörig. Passt eigentlich gar nicht zu mir. Was allerdings keine Ausrede ist. Allora, scusi!"

„Nun ja, jedes Land hat mit seinen Klischees und Schablonen zu kämpfen." Das Grinsen von vorhin schlich sich zurück. „Ich bin mir sicher, dass nicht alle Wienerinnen und Wiener gern stundenlang in einem

Kaffeehaus sitzen und liebend gerne Sachertorte mit Schlagobers essen."

Ich schon, dachte Edwina und lächelte nun ebenfalls schelmisch. „Selbstverständlich nicht. Nun aber zu dem Grund, warum ich in Ihr Allerheiligstes eingedrungen bin."

Greta und Tommaso, die Bootsfahrt und zum ersten Mal auch der Wagen mit der roten Tür kamen in Edwinas Bericht an Alceste vor. Er hatte während ihrer Schilderungen begonnen, sich Notizen zu machen.

„Ich glaube, das ist alles", schloss sie.

Er hob seinen Zeigefinger. „Sie haben sich in Gefahr begeben, Chefinspektorin. Wenn dieser Fischer und Dichter der Mörder wäre, könnten Sie schon am Grund des Lagos liegen."

„Nicht wirklich, Commissario", Edwina winkte ab, obwohl sie sich nur zu gut an das mulmige Gefühl auf dem Boot erinnern konnte. „Aber nett, dass Sie sich Sorgen machen."

„Ich würde gerne sagen, lassen Sie es endlich bleiben. Trotzdem sind Ihre Erkenntnisse interessant, zugegeben. Wobei wir den Freund von Greta Galli bereits überprüft haben."

„Oh. Das wusste ich nicht." Sie baumelte wieder mit den Beinen. Diesmal hatte ihr Aktionismus wenig zu dem Fall beigetragen. „Sie und Ihre Truppe machen das großartig."

„Ha! Keine scheinheiligen Komplimente, Chefinspektorin, Sie wissen so einiges nicht, was mein Team und ich alles unternehmen. Zu dem Wagen, der Sie verfolgt, beziehungsweise dessen Fahrer, der Sie bedroht hat: Haben Sie ein Kennzeichen?"

„Nein, leider nicht. Nicht einmal die Automarke konnte ich erkennen. Ich verstehe von fahrbaren Un-

tersätzen ebenso wenig wie von Differenzialgleichun-
gen. Es war dunkel, ich hatte ein unangenehmes Gefühl. Mehr kann ich nicht aussagen."

Bis auf das eine Mal beim Tortellini-Essen, durch-
zuckte es sie, da war es noch heller Tag. Das Auto und
die Hand zum Gruß im Augenwinkel kamen ihr in den
Sinn, ohne dass sie das winzige Puzzleteil einordnen
konnte.

Der Commissario erhob sich. „Sie sind übrigens
rechtzeitig aufgetaucht, Chefinspektorin Teufel. Als
hätten Sie es geahnt."

„Ja, bin ich? Zu welchem Ereignis?"

„Ich wollte mich nach dem Gespräch mit Luigi bei
Ihnen melden und Sie zu einer, nennen wir es Spazier-
fahrt einladen. Wobei der Ausdruck vollkommen fehl
am Platz ist. Aber der Sonnenschein und das schöne
Wetter draußen werden mir guttun. Zu viele Stunden
hier drinnen machen mich müde. Das Büro ist trist,
finden Sie nicht?"

„Die Pflanze braucht Wasser. Ich würde sie gießen,
bevor wir gehen."

Alceste brach in Lachen aus, dem sich Edwina mit
aufkommender Wehmut anschloss. Die gesamte Questura erinnerte sie an Wien und die Kollegenschaft,
die dort agierte, während sie sich hier durchlavieren
musste.

Wieder ein Fauxpas. Wenn auch nur in Gedanken.
Es war ein Privileg, am Lago di Garda eine Auszeit zu
haben, sich um nichts kümmern zu müssen und jederzeit ein Eis genießen zu können, mit den Füßen in
samtigem Wasser. So betrachtet, sollte sich Edwina
einmal mehr die Frage stellen, warum sie es dann darauf anlegte, sich in Ermittlungen einzumischen, für
die sie keine Verantwortung trug.

„Bitte, ich habe bereits um Verzeihung gebeten, spannen Sie mich nicht auf die Folter, Commissario. Andeutungen und kryptische Fingerzeige mag ich überhaupt nicht. Wohin werden wir spazieren?"

„In die Rechtsmedizin. Ich habe bei Lia Moldovan mit dem Einverständnis der Eltern eine Exhumierung erwirkt."

34

Dass Adriano Alceste sie mit in die Abteilung für Rechtsmedizin im Garda Salus in Desenzano nahm, erlebte Edwina wie ein Kind bei einer Einladung in die Geisterbahn. Sie war unglaublich erfreut und zugleich angespannt, was sie erwarten würde.

Das Innere war ebenso modern wie die Glasfront, die die Fassade dominierte. Ein kleines bisschen spürte Edwina ein flaues Gefühl im Magen. Das Flair am wundervollen Gardasee passte nicht zu einem Besuch in der Gerichtsmedizin.

In Edwinas aktiven Zeiten hatte sie sicher Dutzende Male in sterilen Räumen gestanden, auf Menschen gestarrt, die gewaltsam ums Leben gekommen waren, und den Obduktionsergebnissen der Rechtsmediziner gelauscht. Sie mochte den Geruch nicht, der in den Sektionsräumen herrschte, die sterile Kleidung hatte sie immer als unbequem empfunden und einige der Gesichter der Toten hatten sich in ihr Gedächtnis eingebrannt.

Am Beginn ihrer beruflichen Laufbahn hatte sie einmal eine ermordete Frau auf der Bahre blinzeln sehen. Nach dem ersten Schreck hatte ihr die dortige Rechtsmedizinerin erläutert, dass vor Edwinas Eintreffen bei einem Test die Gesichtsmuskulatur mit leichten Stromstößen aktiviert wurde und es deshalb zu der Muskelkontraktion gekommen war. Welcher Test es war und warum, daran erinnerte sich Edwina nicht mehr, aber das Blinzeln war geblieben.

Das Ambulanzzentrum kannte sie dem Namen nach. Beatrice hatte ihr am ersten Tag davon erzählt. „Wenn einer von euch krank wird oder einen Unfall hat", hatte sie mit ausladenden Gesten erklärt, „steht euch dort eine breite Palette moderner und innovativer medizinischer Dienstleistungen zur Verfügung. Beratung, Diagnose, Chirurgie. Auch Zahnschmerzen kannst du behandeln lassen. Mein Knut war einmal wegen einer gefährlichen Veränderung seiner Haut dort. Eine OP war nötig. Zum Glück Entwarnung. Was sage ich seither zu ihm: Du, als Kölner, verträgst Kölsch, aber keine südliche Sonne." Noch einiges mehr hatte sie geplaudert, Edwina aber irgendwann nicht mehr zugehört. Für Auskünfte war die Nachbarin stets die Richtige, die Ausschmückungen konnte man dabei ruhig überhören.

„Ich wusste nicht, dass hier auch Leichen kriminaltechnisch untersucht werden." Edwina quetschte sich aus Alcestes Wagen. Die Lücke zum nächsten Auto war derart schmal, dass sie befürchtete, nicht durchzupassen.

„Dottor Locatelli arbeitet nicht nur in Brescia, sondern auch hier – mit drei weiteren zuständigen Kollegen. Die Entwicklung, die er mir bereits am Telefon mitgeteilt hat, wird Sie genauso verblüffen wie mich, Chefinspektorin Teufel. Außerdem haben Sie mich ja zu der Exhumierung gedrängt."

Jetzt war Edwina ohne Ende neugierig. Sie lief hinter dem Commissario her und machte, um zu ihm aufzuschließen, am Eingang sogar einen Sprung nach vorne.

Am Empfang wurde Alceste mit einem ernsten Nicken von einer älteren Frau begrüßt.

„Der Dottore erwartet dich", kündigte sie ihm beim Händeschütteln an. „Findest du ... oder soll ich ...?"

„No, no, Laura. Diesmal verlaufe ich mich nicht." Er warf einen raschen Seitenblick zu Edwina, das Thema war ihm sichtlich unangenehm. „Chefinspektorin Teufel aus Wien begleitet mich."

Edwina erwartete eine Nachfrage, aber Laura streckte ihr nur die Hand hin. „Freut mich." Dann machte sie auf dem Absatz kehrt und verschwand hinter einer Schiebetür in einen langen Gang.

Nach wenigen Schritten blieb der Commissario vor einer roten Ziegelmauer mit jeder Menge Schilder stehen, die auf die einzelnen Ärzte, deren Spezialgebiete und Behandlungszeiten hinwiesen. Er runzelte konzentriert die Stirn.

„Soll ich die Signora von eben, Laura, zurückholen?" Edwina versuchte, so neutral wie möglich zu klingen.

Ohne Antwort setzte sich Alceste in Bewegung, Edwina hatte erneut Mühe, ihm hinterherzukommen. Sie liefen durch Gänge und über Stufen, Schiebetüren öffneten sich, Menschen in Berufs- wie auch Alltagskleidung kamen ihnen entgegen oder überholten sie. Ein und denselben Süßigkeitenautomaten passierten sie, laut Edwinas Gefühl, dreimal.

Als sie schon stehen bleiben und sich weigern wollte, weiter herumzuirren, standen sie unvermittelt vor einer weißen Tür, auf der der Name des Rechtsmediziners in goldenen Lettern prangte.

Eine kleine Erleichterung, auf den Dottore in seinem Büro und nicht im Sektionsraum zu treffen, machte sich bei Edwina breit.

Der Commissario klopfte und trat zugleich ein, Edwina hielt sich hinter ihm.

„Ciao, Manuel." Die Männer begrüßten sich herzlich. „Deine Neuigkeiten sind beeindruckend."

Im Gegensatz zu Alcestes Arbeitsplatz in der Questura strotzte das Zimmer vor Freundlichkeit. Pflanzen an den beiden Fenstern, eine Sitzecke mit einem runden Tisch und drei Stühlen, Fotos von einer glücklichen Familie an einer der Wände.

„Bitte, nehmt Platz." Manuel Locatelli goss aus einer Flasche Wasser drei Gläser voll. „Bitte, trinkt. Ist gesund." Er äußerte sich nicht zu Edwinas Anwesenheit, sah sie aber direkt an. „Ich beginne noch mal von vorne. Als Adriano am Telefon erwähnt hat, dass er es Ihnen quasi unter der Hand als Überraschung servieren möchte, habe ich vorgeschlagen, dass Sie beide herkommen sollen."

Fast verschluckte sich Edwina, so gespannt war sie. Alceste und der Dottore hätten den ganzen Aufwand nicht durchgeführt, wenn es sich nicht um eine enorm wichtige Entwicklung im Mordfall di Levia gehandelt hätte.

„Also. Ich möchte mich nicht mit fremden Federn schmücken, deshalb sage ich unumwunden, dass es eine Idee des Commissario war. Grazie, Adriano." Manuel Locatelli schob sich die Brille auf die kahle Stirn und klatschte einmal in die Hände.

Alceste winkte ab. „Unwichtig, Manuel. Weiter."

„Nach der Exhumierung hat das Labor die Analysen sofort bearbeitet, aber es war klar, dass wir bei Lia Moldovan keine Rückstände von Schlangengift oder anderen giftigen Substanzen entdecken würden. Entgegen Ihrer Vermutung, Signora Teufel. Auch keine Einstiche oder Bisse oder etwas in der Art. In einem Erdgrab löst sich das Körpergewebe innerhalb von ein paar Jahren auf: In dieser Zeit erfolgt die vollständige Skelettierung des Leichnams. Die Knochen zersetzen sich zuletzt. Ich habe mir die Krankenakte kommen lassen. Eine schlimme Diagnose für eine junge Frau."

„Hätte man sie eingeäschert, hättest du nichts untersuchen können."

Der Rechtsmediziner nahm einen Schluck Wasser und schenkte sich direkt nach. „Du sagst es, Adriano."

Edwina schwieg und hoffte, dass der Dottore endlich auf den Punkt kommen würde.

„Also hatte ich meinen Bericht fertiggestellt mit dem Ergebnis eines natürlichen Todes infolge der Knochenkrebserkrankung. Doch auf Bitte von dir, Adriano, habe ich noch einen DNA-Vergleich angeordnet." Er ließ in Edwinas Augen eine vollkommen unnötige Spannungspause. „Es gab einen Treffer!"

Im ersten Moment verstand Edwina nicht. „DNA-Vergleich? Mit wem?"

„Mit Giovanni di Levia selbstverständlich." Der Commissario hob sein Glas, als wollte er einen Toast ausrufen. „Mir war klar, dass es einen Grund gegeben haben musste, dass der Ermordete das Foto von dem Mädchen in der Börse aufbewahrt hat. Dazu noch haben Sie in Ihrer Aussage zu der Begegnung mit dem Eistüten-König zu Protokoll gegeben, dass er das Wort ‚Abbilder' gebraucht hat."

Der Groschen bei Edwina fiel. „Auch weil di Levia ein sehr reges Liebesleben geführt hatte, zumindest in jüngeren Jahren, haben Sie auf ein uneheliches Kind getippt. Bravo, Commissario!"

„Genauso ist es auch", schloss sich wieder der Dottore an. „Lia Moldovan ist beziehungsweise war die Tochter von Giovanni di Levia."

„Wäre sie am Leben, wäre sie erbberechtigt." Edwina sprach es als Erste aus. „Wer aber ist das zweite Kind auf dem anderen Bild?"

Alceste zuckte mit den Schultern. „Der nächste Baustein, der uns fehlt. Darauf haben wir bisher keinen Hinweis. Durch den zerkratzten Kopf können wir kriminaltechnisch kaum etwas damit anfangen. Wir sind uns nicht einmal beim Geschlecht sicher. Kein Name, keine Stadt, nichts, was uns weiterbringt. Was schlagen Sie vor, Chefinspektorin?"

Edwina fühlte sich kurz geschmeichelt. „Zuerst noch einmal mit Lias Eltern sprechen. Dann würde ich die Witwe und Erbin weiter ins Visier nehmen. Den Tod des ersten Mannes von Greta Galli noch mal über- prüfen. Greta Galli aufsuchen und ihr Fragen stellen – unbedingt zu Lia. Sie könnte gewusst haben, dass es sich um di Levias Tochter handelt, mir war ihre Ant- wort zu glatt. Das Gespräch zwischen ihr und mir, von dem ich Ihnen berichtet habe, können Sie durchaus erwähnen."

„Das hatte ich ohnehin vor. Ihre Vorschläge decken sich mit meinen nächsten Schritten."

„Eine kleine Vorwarnung dazu: Lehnen Sie bei Greta das Angebot, Pirlo zu trinken, ab, wenn Sie nicht Lust auf einen Schwips haben."

„Danke für den Tipp." Alceste erhob sich. „Wenn es Ihnen nichts ausmacht, Chefinspektorin, ich bin spät dran. Ich habe mich tatsächlich bereits mit Giorgia bei Greta Galli verabredet. Wir treffen uns dort. Ich will meine junge Kollegin nicht zu lange allein agie- ren lassen, deshalb die Eile. Bis die Witwe ihren An- walt einbestellt hat, werde ich die Dame etwas unter Druck setzen. Auch noch mal ihren Geliebten, diesen Poeten, unter die Lupe nehmen."

„Warum sollte es mir etwas ausmachen?" Edwina stand ebenfalls auf. „Ich habe Zeit."

Der Commissario schüttelte den Kopf. „Das hier war eine Ausnahme. Zu Vernehmungen darf und will ich Sie nicht mitnehmen. Die Linie LN008 startet keine drei Minuten von hier. Es macht Ihnen hoffentlich nichts aus, mit dem Bus nach Sirmione zurückzufahren."

Edwina fiel keine passende Erwiderung ein. Zwar hätte sie dem Commissario von ihrer Begegnung am Morgen erzählen können, dass sie wusste, dass Greta Galli mit Felix Stacherer und Luis Brand höchstwahrscheinlich Richtung Anwalt unterwegs war. Aber sie schwieg.

Sollte Adriano Alceste doch einen Weg umsonst machen.

35

Der Bub heißt Stanislaus Koffler und stammt aus Terfens in Tirol.

Er ist fünf Jahre alt und wird diesen Herbst wieder halbtags in den Kindergarten gehen. Schreiben kann er schon ein bisserl, lesen auch, wenn er mit dem Zeigefinger die Wörter entlangfährt. Mit dem Rechnen geht es weniger gut, aber das wird schon, hat die Mama gesagt.

Wo die jetzt ist, weiß er nicht, denn er hat sich verlaufen.

Eben noch hat er Mamas Hand gehalten, jetzt steht er ein paar Meter von der Autostraße entfernt und ist orientierungslos. Dabei wollte er sich nur umsehen.

Grad war es noch so lustig im Auto. Die Mama hat zum Papa gesagt, dass sie sich in die Hose macht, wenn er nicht gleich in der nächsten Bucht anhält. Der Papa hat gemeint, dass er ihr Windeln anziehen wird wie einem Baby. Dann haben sie alle drei gelacht und gelacht.

Nach dem Anhalten und Aussteigen hat die Mama seine Hand direkt wieder losgelassen und ist hinter einer Menge Sträucher verschwunden. Der Papa hat sich mit dem Handy beschäftigt. Stanislaus hat eine Katze entdeckt, die rot und weiß war und miauend an zwei Bäumen vorbeigeschlichen ist.

Der ist er hinterher.

Es ist ein bisserl bergab gegangen, dann wieder bergauf. Sträucher, Bäume und schließlich ein großer Stein zwischen hohem Gras.

Dort hat er die Katze sogar eingeholt. Die hat sich ganz lieb streicheln lassen. Dann ist sie weiter, er hat sich umgeschaut, aber da war kein Weg zu erkennen.

Links von ihm gibt es viele Weinreben und rechts die Straße. Keine Spur mehr vom Auto oder den Eltern.

Stanislaus will was trinken, ein Eis essen und er muss ebenfalls Pipi. Nicht genau in der Reihenfolge, aber alle drei Bedürfnisse erscheinen ihm dringend. Die Sonne blendet ihn und ein bisserl komisch ist ihm zumute. Aber fürchten tut er sich nicht. Er weiß, dass Mama und Papa ohne ihn nicht weiterfahren werden.

Was, wenn doch, sagt eine Stimme, die kratzig und gemein klingt. Was, wenn die ihre Ruh haben wollen vor dir, Stani. Allein Urlaub machen werden.

Dann wart ich, bis der Opa kommt und mich holt, antwortet er der Stimme mutig.

Das kann dauern, so viel ist ihm klar, aber er ist ein geduldiger Bub, wenn es darauf ankommt. Auch die Lego-Feuerwehrstation mit zwei Feuerwehrautos hat er Stück für Stück allein zusammengebaut.

Trotzdem kriegt er langsam doch ein Lackerl an Angst.

Zuerst will er in die eine, dann in die andere Richtung laufen, am Ende entscheidet er sich zu warten. Er geht bis zu dem großen Stein und setzt sich darauf.

Eine kleine Eidechse huscht ins Gras.

Stanislaus will sie fangen, aber sie ist noch schneller als die Katze. Um ihn herum hört er ein Zirpen. Etwas entfernt von den Bäumen her zwitschert es. Der Wind saust einmal um ihn herum und lässt seine rötlichen Haare nach oben wehen.

Ganz rasch wird ihm fad. Stanislaus entschließt sich, die Autos zu zählen, die mit einem Tempo auf der Straße vorbeirauschen. Drei aus der einen, gleich vier aus der anderen Richtung. Das gibt zusammen ...

Er weiß es nicht, es ist aber auch wurscht.

Denn plötzlich geschieht etwas, das ihn den Mund auf- und nicht wieder zumachen lässt.

Erst quietscht es. Dann knallt es gewaltig. So laut, als würde was Riesiges von ganz hoch oben herunterfallen und in Tausende Teile zerbrechen.

Mit beiden Händen hält sich Stanislaus die Ohren zu.

Schreien will er, traut sich aber nicht. Denn als Nächstes fliegt was die Straße entlang. Dreht sich in der Luft und landet in Stanislaus' Blickfeld, höchstens ein paar Meter von ihm entfernt.

Ein Schwall an heißer Luft weht über ihn.

Wieder kracht es irrsinnig laut. Lauter als alles, was er bisher erlebt hat, das Feuerwerk an Silvester eingeschlossen. Funken sprühen, Flüssigkeit rinnt auf den Asphalt. Wie viel Glück Stanislaus hat, dass keiner der Funken die Flüssigkeit berührt, ahnt er nicht einmal.

Ein Drache, denkt er erst. Dort auf der Straße ist ein Drache gelandet.

Hernach ist es plötzlich ganz still.

Kein Zirpen, kein Zwitschern, auch der Wind hat sich irgendwo verkrochen. Kein Lüftchen regt sich mehr.

Bis ihm langsam klar wird, dass da auf der Straße ein zerdeppertes Auto liegt, dauert es nicht lang. Einmal umgedreht hat sich der Wagen und das Dach liegt auf dem Asphalt. Wie eine riesige Schildkröte, die umgefallen ist, schaut es aus.

Stanislaus' Herz schlägt wild, trotzdem ist auch eine unbändige Neugierde in ihm. Vorsichtig steht Stanislaus auf und geht Schritt für Schritt auf das auf dem Kopf gestrandete Auto zu.

In der nächsten halben Minute geschehen zwei Dinge ganz rasch hintereinander.

Stanislaus sieht zuerst mutig in den Wagen und dort drinnen einen Menschen, der ebenfalls verkehrt herum sitzt. Dessen Gesicht ist ganz rot. Als wäre ein Eimer Farbe darübergeschüttet worden. Die Haare sind lang und schwarz, wie die von der Mama, und auch ziemlich mit dem Rot beschmiert.

Ohne den Tod bisher je kennengelernt zu haben, glaubt der Stanislaus, dass der oder die mit dem roten Gesicht nicht mehr aussteigen wird. Überhaupt nix mehr jemals wieder tun können wird er oder sie.

Nebendran und dahinter meint der Stani noch zwei andere zu erkennen. Er bückt sich, will genauer hinschauen. Ja, das stimmt. Dass diese anderen wie Stanislaus aus Tirol sind, weiß der Stani natürlich nicht, aber es spielt auch keine Rolle.

Dann wird er selbst von hinten gepackt. Hochgerissen. So fest gehalten, dass es ihm wehtut. Sein Kopf wird von dem Auto und denen im Inneren weggedreht. Jemand schreit wie am Spieß: „Stani, oh mein Gott, Stani! Mein Poppele. Mein Buberl!"

Erst jetzt merkt der Stanislaus, dass es die Mama ist, die ihn schließlich gefunden hat.

Da schau, ruft er in Gedanken der gemeinen Stimme von eben zu. Die wollen keinen Urlaub ohne mich.

V

Odio – Hass

36

Zuerst dachte Edwina, der Commissario hätte einen neuen Grund, auf sie beleidigt zu sein, auch wenn ihr keiner einfallen wollte.

Dass er erneut überraschend geklingelt hatte, war eine Sache, aber dass er nach seinem Eintreten sie weder begrüßt hatte noch überhaupt ein Wort von sich gab, präsentierte etwas Neues in seinem Umgang mit ihr.

Er ging schnurstracks an Edwina vorbei, kaum dass sie geöffnet hatte. Bis in die Wohnküche rannte er förmlich und stellte sich dort an die geöffnete Terrassentür. Seine Haltung drückte Angespanntheit, durchaus auch Wut aus.

Edwina hielt Abstand und wartete eine Weile.

Schließlich drehte er sich um und hob beide Arme, als wollte er jemanden anklagen. „Haben Sie zufällig einen Schluck Grappa in der Minibar? Ich würde einen nehmen, obwohl es noch nicht Abend ist und mein Dienst noch lange nicht beendet." Seine Stimme klang heiser.

„Ciao, Commissario. Dass wir uns derart rasch wiedersehen, hätte ich nicht vermutet. Der Bus war übrigens pünktlich." Edwina versuchte es mit Scherzen. „Zum Grappa: Ehrlich gesagt, ich weiß nicht einmal, ob wir eine Minibar haben. Bisher jedenfalls habe ich mich nicht nach einer umgesehen. Es ist ja kein Hotel. Wein kann ich Ihnen anbieten. Toni hat mehrere Flaschen eines hervorragenden Bardolino besorgt."

Wieder folgte Schweigen, das Edwina durchbrach. „Ist alles in Ordnung?"

„Dann nehme ich lieber Wasser."

„Damit kann ich dienen." Rasch lief sie barfuß, wie sie war, zum Kühlschrank und holte eine volle Karaffe heraus, dann ein Glas aus der Vitrine und schenkte ein. „Mit Zitrone?"

„Pur, Signora Teufel." Er war ihr gefolgt, stand nahe bei ihr.

Immer noch hielt Edwinas Irritation über sein Verhalten an. „Bitte sehr. Und dazu verändere ich meine Frage: Ist etwas geschehen?"

„Mille grazie." In einem Zug leerte er das Glas. Im Anschluss hob er es höher und legte den Kopf in den Nacken, sodass Edwina befürchtete, Alceste wollte es hinter sich werfen. Doch er leckte nur die letzten Tropfen aus. Schließlich setzte er sich auf einen der Hocker an der Kücheninsel. „Einmal Nachschub bitte, bevor ich sofort wieder losmuss."

„Keinen Schluck, solange Sie mir Ihr seltsames Verhalten nicht erklären."

„Geben Sie mir Antwort, Chefinspektorin: Wen hatten Sie insgeheim weiter im engeren Kreis der Verdächtigen? Jemanden, den Sie anstatt Bruno lieber in Untersuchungshaft gesehen hätten?"

In der Hoffnung, bald eine Erklärung für sein Benehmen zu bekommen, setzte sich Edwina neben ihn, schenkte nach und wiederholte die bisherigen Spekulationen laut. „Das hatten wir doch schon, Commissario. Greta Galli ist und bleibt als Erste naheliegend. Die doch nicht geschiedene Frau des Eistüten-Königs, die Alleinerbin. Nicht zu vergessen, dass ihr erster Mann beim Liebesakt gestorben ist. *Oh Greta,* sage ich nur."

„Greta Galli ist tot."

Edwina rutschte wieder vom Stuhl herunter. „Was?"

„Reden Sie weiter. Wer steht noch auf Ihrer Liste?"

„Moment, Moment, zuerst sagen Sie mir ...“

Er unterbrach sie, indem er mit der flachen Hand auf den Stein der Arbeitsfläche schlug. „Felix Stacherer und Luis Brand gehören dazu. Nicht wahr?“

„Nein, nicht mehr wirklich. Das Alibi ist bestätigt, wie Sie mir berichtet haben, und ich glaube den beiden. Zurück zu Greta. Ich bin fassungslos.“

Alceste stieß ein Schnauben aus. „Ich hatte die Männer sehr wohl weiter im Visier. Sollte di Levia doch von ihrer Beziehung erfahren haben, hätte er wahrscheinlich dafür gesorgt, dass sie keine andere Stelle gefunden hätten.“

„Commissario, wenn es Ihnen wichtig ist, nehme ich die zwei zurück auf meine Namensliste der möglichen Täter. Aber ich will wissen, wie Greta Galli gestorben ist.“

Erst nach einer weiteren Pause begann Alceste mit der Erläuterung. Jetzt redete er rasch und sah Edwina nicht an. „Es war ein Unfall. Ein schwerer Crash. Vor Stunden auf der SR 11 bei dem umgebauten Bauernhof Cascina Borghetta. Ich komme eben von dort. Die Straße bleibt fürs Erste gesperrt, meine Kollegen sind weiter vor Ort. Aus bisher unbekannter Ursache ist der Wagen von der Straße abgekommen und hat sich mehrfach überschlagen. Mit Greta. Und Felix und Luis waren bei ihr.“

„Oh, mein Gott.“ Edwina nahm selbst einen Schluck vom Wasser, direkt aus der Karaffe. „Ebenso tot?“

„Nein, zum Glück nicht. Aber beide sind in kritischem Zustand. Sie sind mit dem Hubschrauber in die nächste Klinik geflogen worden. Kann sein, dass sie nicht überleben.“

Das Einatmen fiel Edwina mit einem Mal schwer, als hätte sie ein unsichtbares Gewicht an ihre Brust geheftet. Sie sah die beiden jungen Männer vor sich, im selben Alter, viel zu jung, um dem Sensenmann zu begegnen. Hoffentlich schafften sie es, haarscharf von seiner Schippe zu springen. Edwina konnte nur alle Daumen drücken.

„Das ist kein Zufall, Commissario."

„So weit bin ich auch." Seine Finger trommelten auf den Untergrund. Es hörte sich wie entferntes Donnern an. „Eben war ich bei Greta Gallis Eltern. Sie wohnen nicht weit von der Unfallstelle entfernt. Haben Sie sich je daran gewöhnt, in die Augen der Hinterbliebenen zu schauen, ihnen jede Hoffnung und jeden Glauben zu nehmen?" Er räusperte sich. „Ihre Mutter hat den Namen von Santa Maria della Neve ausgestoßen. Das ist die Schutzpatronin von Sirmione. Der Vater hat nichts von sich gegeben, keinen Laut. Keinen einzigen Laut. Genickt hat er. Wen von ihnen soll ich zur Identifizierung ins Leichenschauhaus bitten? Vielleicht werfe ich eine Münze."

„Eine nächste Obduktion ist erforderlich." In Edwinas Gedanken spazierten die drei Verunglückten wie bei einer Parade hin und her. Fragen drängten sich auf. Doch Edwinas erster Rat an Alceste schien ihr der wichtigste. „Der Dottore soll seine Arbeit verrichten. Sie ahnen, worauf ich hinauswill?"

„Natürlich. Darauf brauchen Sie mich nicht hinzuweisen."

„Greta saß hinter dem Steuer? Ist das bereits geklärt?"

„Es war ihr Sportwagen. Der Porsche ist Schrott. Was das geringste Übel ist."

„Sie fuhr immer gern schnell, hat sie mir erzählt. Die drei waren höchstwahrscheinlich zum Anwalt unterwegs."

„Woher ...?" Seine Stirn bekam mehr als eine Furche, er fixierte Edwina. „Himmel! Schon wieder Alleingänge, Chefinspektorin?" Diesmal hörte sich ihr Titel wie ein Schimpfwort an.

Sie schüttelte den Kopf. „Greta Galli selbst hat es in unserem Gespräch angedeutet. Und meine Nachbarin hatte am Morgen Besuch von Felix und Luis. Einer der beiden hatte sein Handy vergessen. Das ist alles."

Während Edwina dem Commissario die Details berichtete, nahm bei ihr die Fassungslosigkeit über das Unglück der drei Menschen weiter zu. Gegen alle ihre Gewohnheiten hätte Edwina ebenfalls gern einen Grappa getrunken.

„Geben Sie mir den vollen Namen Ihrer Nachbarin." Wie bei einem Zaubertrick hatte er Stift und Block in den Fingern und notierte. „Ich werde Giorgia zu ihr hinschicken."

„Beatrice Schurt. Sie ist auch unsere Vermieterin. Sie könnten direkt bei ihr klingeln, es ist die Wohnung im Parterre. Ich hätte Sie sofort informieren sollen, Commissario." Jetzt rang Edwina die Hände. „Wenn der Dottore die Giftmischung im Magen der Witwe findet, haben wir den Beweis des Zusammenhangs der Geschehnisse. Tut mir alles unendlich leid. Wegen Luis und Felix. Wegen Greta. Herrje."

„Ich muss sofort weiter. Die Nachbarin kommt später an die Reihe." Zu Edwinas Überraschung startete Alceste keine Vorwürfe und keine Ermahnungen mehr. „Zuerst ist der poetische Fischerfreund von Greta an der Reihe."

„Verdächtigen Sie Tommaso, Commissario?"

„Tommaso Maurizio Andrea Bianchi mit vollem Namen. Auf jeden Fall. Er hat sich abgesetzt. Giorgia sollte ihn aufs Revier bringen, keine Spur von dem Mann. Ich lasse ihn zur Fahndung ausschreiben."

„Suchen Sie seine Mutter auf, die könnte etwas wissen. Ich denke aber nicht, dass er es war und dass er sich so offensichtlich als Täter präsentieren würde. Aber selbstverständlich ist eine Flucht keine Referenz für Unschuld."

„Wir werden sehen!" Er sprang hoch, lief wie vorhin den Weg an die Eingangstür zurück. „Haben Sie damit gerechnet, dass aus dem Mordfall zwei werden, Chefinspektorin?"

„Niemals, Commissario."

Edwina blieb sitzen, begleitete Alceste nicht hinaus. Als sie die Tür zuschlagen hörte, schloss sie für einen Moment die Augen. Helle Sterne explodierten in ihrem Blickfeld.

**

Edwina griff nach ihrem Handy und rief ihren Sohn in Wien an.

„Mama?" Er klang überrascht. „Mein nächster Kurs fängt grad an. Alles in Ordnung?"

„Das will ich von dir hören, Carl Tristan." Selten nannte sie seine beiden Vornamen, außer sie war böse auf ihn oder sehr besorgt.

„Also, der Stephansdom steht noch. Heute Abend gehen Merten und ich ins Theater. In der Josefstadt. Aber ich mach Schluss mit Reden, es geht los. Wir bereiten heut Nachtisch zu. Das würd dir alles schmecken, Mama. Schad, dass man einen Kaiserschmarrn nicht per Post an den Gardasee schicken kann."

„Ich lieb alles, was du kredenzt, Bub." Sie schmatzte ins Handy. „Und ich lieb dich. Pass immer schön auf dich auf. Bussi und Baba."

Der nächste Anruf galt Toni, bei dem Edwina nur die Mailbox erreichte. Ein „Ti amo, Toni" hinterließ sie ihm. Die Neuigkeiten vom Unfall wollte sie ihm nicht aufs Band sprechen.

Als Drittes überlegte sie, ihr Team bei der Wiener Kriminalpolizei zu kontaktieren. Die Kollegenschaft fehlte ihr. Ein spontaner Austausch hätte ihr gutgetan. Aber ihre Leute waren sicherlich mitten in ihr unbekannten Ermittlungen unter einer anderen Leitung. Edwina würde bloß stören.

Stattdessen setzte sie sich auf die Terrasse. Ihr wurde heiß, dann kalt. Sie wurde wütend auf niemand Bestimmten, traurig über Ereignisse, die keiner vorhersehen konnte.

Die Verunglückten tauchten wieder in Edwinas Kopf auf. Sie imaginierte sich Greta, einen Pirlo trinkend und mit Tommaso auf seinem Boot. Felix, der die Hand von Luis fasste. Verliebt die zwei, bis über beide Ohren.

Nun lag die eine auf der Bahre, die anderen zwei kämpften auf einer Intensivstation um ihr Leben.

Hinzu kam diesmal Adriano Alceste, wie er vorhin ausgesehen hatte, ergriffen, wütend und tapfer in einem.

Edwina war froh, dass sie es nicht hatte übernehmen müssen, den Eltern der Toten die Nachricht zu überbringen. Solche Momente waren die schwierigsten ihrer beruflichen Laufbahn gewesen. Der Tod in seiner Endgültigkeit blieb unbegreiflich und war doch allgegenwärtig. Jeder trug das Sterben im ersten Schrei bereits in sich.

Wobei ein Kapitalverbrechen seine eigenen Gesetze hatte, ein erzwungenes Ableben entzog sich jeglichem Frieden.

Der Unfall mochte ein eigenartiger Zufall sein, aber daran glaubte Edwina ebenso wenig wie der Commissario. Der Dottore würde vielleicht mehr durch die Obduktion herausfinden.

Sie versuchte, sich zu erinnern, wer alles wusste, wie gerne Greta rasant fuhr. Tommaso an vorderster Front. Wer informiert war, wann sie mit Felix und Luis unterwegs war. Nicht nur Beatrice, so viel stand fest. Dabei konnten neben dem Anwalt viele infrage kommen, kaum zu erfassen, wem Greta alles davon erzählt hatte. Interessant wäre, wer prinzipiell einen Vorteil davon hatte, wenn die Witwe nach ihrem Gatten das Zeitliche segnete. Hier fiel Edwina niemand ein. Kein Nächster in der Erbfolge. Zumindest im Augenblick.

Der Unfall konnte durchaus in Verbindung zur inzwischen ebenfalls verstorbenen unehelichen Tochter des Eistüten-Königs stehen. Die Eltern von Lia Moldovan mussten ein weiteres Mal vernommen werden, zumal die Mutter sie angelogen hatte. Sie hatte ein Verhältnis mit di Levia gehabt, er war der Vater ihrer Tochter. Die Identifizierung des Babys auf dem anderen Foto, das heute erwachsen war, musste weiter mit allen kriminalistischen Möglichkeiten vorangetrieben werden. Die *„kleinen Nattern"*, wie di Levia die Kinder bezeichnet hatte. Seine „Abbilder". Wenn Lia ein uneheliches Kind gewesen war, dann höchstwahrscheinlich auch das Baby. Oder waren beide Nachkommen bereits tot? Wer profitierte, wenn alle fort waren?

Sie beneidete Commissario Alceste um den Berg an Arbeit nicht. Oder sie beneidete ihn doch, weil sie

hier saß und Gedankenpuzzle spielte, ohne aktiv ein-
greifen zu können.

Ganz langsam, wie in Zeitlupe, begann sie alles,
was sie erlebt, erfahren, gehört und aufgenommen
hatte, von vorne durchzugehen. Eine Szene nach der
anderen. Einen Menschen nach dem anderen.

Vier Schlagworte blieben haften: das Gift, der Tod,
die Schlangen, das Poem.

Worte und Fäden.

Edwina verknüpfte, ohne zu wissen, wo sie am
Ende der geknoteten Schnur landen würde.

37

„In Amarettosauce geschmortes Rindfleisch mit Gemüse. Dazu eine Scheibe Knoblauchbrot. Das beste Gericht vom warmen Buffet, wie ich finde. Ein Eintopf, wie du ihn lieben wirst. Oder hättest du lieber die Strangolapreti gehabt?" Rosa stellte Edwina einen Teller vor die Nase. „Kannst dir die Spinatnocken ja noch holen. Erst schnuppere und iss. Es wird dich aufheitern."

Amaretto ließ Edwina unweigerlich an Giovanni di Levia denken.

Keine Fortschritte bei den Ermittlungen, Commissario Alceste und sein Team rotierten. Er hatte sich zweimal bei ihr gemeldet, das musste ihm Edwina zugutehalten, aber die Nachrichten lauteten stets: „Nichts Neues, keine erfolgversprechenden Erkenntnisse, keine neue heiße Spur. Mi dispiace, Chefinspektorin!"

Edwina hatte sich immer noch nicht von der Unfallnachricht erholt. Auch wenn sie weder Greta Galli noch die beiden Tiroler Felix Stacherer und Luis Brand gut gekannt hatte, schwelte eine Erschütterung in ihrer Brust, die nicht abklingen wollte.

Eine Mitschuld schrieb sie sich freiwillig zu, wie in ihrer aktiven Dienstzeit all die anderen Male, wenn durch lange Ermittlungsperioden weitere Opfer zu beklagen waren. Sie war nicht effektiv genug gewesen in ihren Nachforschungen, hatte die losen Spuren noch nicht final zu einer Zielperson führen können.

Aber auch ein Fahndungserfolg würde die Witwe des Eistüten-Königs nicht mehr lebendig machen. Die Gerechtigkeit würde am Ende höchstwahrscheinlich siegen, doch mit einem schalen Beigeschmack, den auch der Duft des Essens nicht aus Edwinas Empfindungen vertreiben konnte.

Ein Trost war, dass die jungen Männer zwar noch nicht ansprechbar, aber wenigstens außer Lebensgefahr waren, wie sie erfahren hatte. Edwina plante einen Besuch im Krankenhaus, sobald es den beiden besser gehen würde. Zusammen mit Beatrice, die über das Geschehen mehr noch als Edwina schockiert gewesen war.

„Wer tut so etwas?", hatte sie unter Tränen gefragt. „Edwina, wer?"

Gerne hätte Edwina ihr eine Antwort gegeben, doch außer einer Umarmung hatte sie Beatrice nichts erwidern können.

Auf den Ratschlag von Toni hin, der in einer Phase der Planungen war, in denen ihn sein Boss Max Grob als unabkömmlich bezeichnete, hatte Edwina nach langem Zögern die Einladung von Rosa angenommen, sie zu den Feierlichkeiten rund um die Festa di San Luigi zu begleiten.

„Es wird dich von deinem Gedankenkarussell ablenken, Winnie." Toni kannte seine Liebste, wusste, was sie brauchte. „Bleib ein wenig und freu dich. Ohne schlechtes Gewissen."

„Du hast mich in den Armen gehalten und mir geholfen, jetzt bringe ich dir etwas Helligkeit in deine Trübsal", waren Rosas Worte gewesen, ebenfalls liebevoll gemeint. „Die Feierlichkeiten beginnen schon am Nachmittag. Wenn es dir zu viel wird, gehst du einfach wieder. Kein Problem. Aber komm erst mal mit."

Die Einladung fand in der Gartenanlage eines historischen Hotels in der Nähe des Parco San Vito statt.

Das Gebäude war ganz in Gelb gehalten und jeder Balkon der Gästezimmer hatte eine weiße Markise. Vor dem Haupteingang bewegten sich zwei hohe Palmen im Wind. Im Inneren stand auf jeder noch so schmalen Ablage eine Elfenfigur. Neben der Rezeption war ein Stand voller Zitronen aufgebaut, deren kräftige Sonnenfarbe mit der Fassade draußen korrespondierte. Ein Schild, das um großzügige Spenden bat, lehnte an einem überdimensionalen Römertopf, in den Geld geworfen werden konnte.

Durch den Eingangsbereich und am Buffet vorbei war Edwina in den Festsaal gelotst worden.

Zwanzig Zimmer und immer ausgebucht, hatte ihr die Gastgeberin bei der Begrüßung erzählt. „Seit fünf Generationen in unserem Besitz. Was gekocht wird, entscheidet meine Mamma. Mit über neunzig ist sie ein ewiger Jungbrunnen und Vorbild für alle Gäste. Herzlich willkommen! Ein paar Stunden ohne Sorgen, nur Lebensfreude."

Eine Ansage, die Edwina versuchte auf- und anzunehmen.

„Ihr feiert oft." Jetzt beugte sie sich über den Teller. Es roch tatsächlich aromatisch nach Kräutern und kein bisschen nach Likör. „Was ich positiv meine, Rosa."

„Nun ja, das Leben ist ohnehin manchmal hart, wie wir wissen. Und manchmal wundervoll." Rosas anhaltende Freude über die Entlastung ihres Enkels war ihr weiter anzumerken. „Die Organisation heute hat meine Patentochter Marta übernommen. Der heilige Luigi ist übrigens der Schutzpatron der Jugend und der Studenten. Es geht neben dem religiösen Kontext um Essen, Musik und Feuerwerk. Ich mag diese Zeit. Über drei Tage läuft die Festivität. Ich helfe auch mit und bereite Essen für unseren Stand zu. Täglich im

Pfarroratorium ist er ab halb acht Uhr geöffnet. Komm morgen auch dort vorbei und spende."

„Merke ich mir. Ein Dankeschön für die Einladung an dein Patenkind."

„Oh, ich habe dich einfach mitgenommen und stelle euch später vor. Du gehörst ja fast schon zur Familie, Edwina."

Edwinas Grübeln sollte für heute Abend eine Pause einlegen, so hatte es auch Beatrice formuliert, die ebenfalls mit von der Partie war. Edwina hätte es sehr gewundert, wenn die Nachbarin sich nicht angeschlossen hätte. Beatrice wiederum war von Marta selbst eingeladen worden.

Edwina versuchte einen Scherz und tätschelte ihren Bauch. „Einmal fasten wäre ganz okay für mich gewesen."

„Dein Denken braucht Kraft." Rosa drückte sie kurz an sich. „Ich bin gleich wieder da. Stelle dir Alice und Fabia vor, die du mögen wirst."

Mit diesen Worten mischte sich Rosa unter die Anwesenden, begrüßte zwei Freundinnen in ihrem Alter. Die drei umarmten sich und lachten, die Fröhlichkeit war mit Bruno zu seiner Nonna zurückgekehrt.

Jemand rempelte Edwina von hinten an. Es tat kurz weh. Sie sah sich um, eine Frau balancierte mit einem Teller über ihrem Kopf, ein Pulk an Gästen, aus dem sich ein Mann mit einem Kinnbart löste, der Edwina an den König Drosselbart, ein Märchen aus ihrer Kindheit, erinnerte.

„Ich empfehle einen Bardolino zu dem Gericht." Neben ihr endlich wieder ein bekanntes Gesicht. Rosas Enkel erschien und stellte Edwina ein Glas Wein hin. „Stoßen Sie mit mir an, liebe Signora Teufel. Ich will mich immer wieder bedanken für das, was Sie für mich getan haben. Mille grazie. Ohne Sie wäre ich verloren gewesen."

Der Stoß von Glas an Glas, den Bruno, ohne abzuwarten, vollzog, erzeugte einen hellen Klang, der Edwina in den Schläfen wehtat. Es war vielleicht doch keine gute Idee gewesen zu erscheinen. Sie würde trinken, essen, alles loben und sich still und leise davonmachen.

„Erst ein Schluck vom Vino. Dann nehmen Sie dazu einen ersten Bissen. Beides harmoniert perfekt." Bruno nickte ihr zu. „Auf das Leben, auf die Freiheit."

Der dunkle Wein ließ Edwina an vergossenes Blut denken, sie fragte sich, wie lange Giovanni di Levias Vermögenswerte auf einen neuen Erben warten würden, bevor alles an den Staat ging.

Wäre nicht Edwina hartnäckig geblieben, würde hinter seiner Todesursache womöglich „Genickbruch durch Sturz von einer Leiter" stehen.

Als herauskam, dass die Trennung von seiner dritten Frau noch nicht juristisch besiegelt war, folgte der Unfall von Greta. Wenn sich nun jemand aus der Deckung wagte und einen Anspruch stellte, wäre der für Edwina sofort verdächtig.

Sie kostete den Eintopf, obwohl sie keinen Appetit verspürte. Der Geschmack erschien ihr im Gegensatz zum Geruch zu scharf, was aber auch an ihrem Gemütszustand liegen mochte.

Während sie kaute, rekapitulierte Edwina die letzten Tage.

Wie vermutet waren Schlangengift und Aronstabtoxin im Magen der Fahrerin des silbernen Porsches gefunden worden. Dottor Locatelli hatte Edwina nach der Obduktion sogar persönlich angerufen.

„Die Menge der Mixtur war diesmal sehr gering, Signora Teufel. Eigentlich hätte es keine schwere Wirkung entfalten dürfen", hatte er erläutert.

„Was bedeutet das im Fall Greta Galli, Dottore? Uneigentlich gesprochen."

„Touché! Greta Galli hatte eine Verletzung im Gaumenbereich. Eher harmlos, aber es hat dazu beigetragen, dass der Giftcocktail rasch in ihren Blutkreislauf geraten ist und die Symptome verstärkt hat. Sie hat während der Fahrt das Bewusstsein verloren."

Erneut dieses seltsame Vorgehen mit einem vergifteten Getränk.

Als nächsten Schritt galt es zu eruieren, wer neben Felix und Luis in der Zeit vor der Abfahrt bei Greta Galli gewesen war. „Einen Pirlo könnte ich zu jeder Tageszeit schlürfen", hatte sie zu Edwina in der Therme gesagt. Eine Vorliebe von ihr, die sicherlich viele kannten. Eine kleine Zusammenkunft hatte dort stattgefunden, laut Luis. Wer waren die Gäste? Anzunehmen, dass auch der entschwundene Tommaso unter ihnen gewesen war.

Nun war Gretas Cocktailzeit ein für alle Mal vorbei.

Vor der Intensivstation, in der die jungen Männer in ihren Betten lagen, wachten Polizisten. Auch wenn der Mörder womöglich nicht mit dem Tod aller drei Insassen gerechnet hatte, könnte er versuchen, die zwei Überlebenden doch noch aus dem Weg zu räumen. Luis und Felix waren nun Zeugen, könnten aussagen, wer sich in Gretas Nähe aufgehalten, wer mit ihr angestoßen hatte bei der Cocktailrunde. Sobald einer der beiden vernehmungsfähig war, wollte der Commissario Edwina verständigen.

„Es ist gut. Wirklich." Edwina schenkte Bruno mit seinem jugendlichen Enthusiasmus ein mühsames Lächeln.

„Salute!" Bruno ließ die Gläser erneut klingen. „Auf die Liebe! Die haben wir beim ersten Mal vergessen, Signora Teufel."

Selbst der Wein schmeckte bitter. Edwina trank rasch und ohne Lust, was sie Rosas Enkel nicht zeigen wollte. „Stürz dich ins Getümmel, Bruno. Ich bin heute eine Spaßbremse."

Im nächsten Moment zogen ihn die Freundinnen von Rosa vom Tisch fort. Sie herzten den jungen Mann, dem es sichtlich peinlich war. Er entzog sich den Umarmungen mit einem breiten Grinsen.

Edwina gegenüber hatten drei ältere Herren Platz genommen, mit überquellenden Tellern und Weingläsern in den Händen. „Buon appetito und salute!", riefen sie Edwina zu, die pflichtschuldig einen zweiten Bissen nahm und wieder trank. Unter den dreien erkannte sie Großcousin Fredo, der nach Nymphen Ausschau hielt. Er zwinkerte Edwina zu, sie drehte den Kopf demonstrativ zur Seite.

Das für die Musik zuständige Trio begann mit seinem ersten Lied. *Nel blu, dipinto di blu,* weltweit bekannt unter dem Titel *Volare,* wurde intoniert. Einer der Komponisten, Domenico Modugno, erinnerte sich Edwina, stammte aus Garda. Die Sängerin, in Edwinas Alter, schmetterte den Hit mit Inbrunst. Die Gäste sangen von der ersten Zeile an mit.

Trotz aller Lebensfreude hier war es für sie genug. Edwina sollte gehen, sofort, sich zurückziehen und weiter grübeln, weiter die Puzzleteile versuchen zu verbinden. Fast wünschte sie sich Adriano Alceste her, mit ihm würde sie sich in den lauen beginnenden

Abend hinein verzogen, beratschlagen, spekulieren und mehr rote Fäden suchen.

Der Gesang wechselte zu einem reinen Musikstück mit Tempo. Die Menge fand sich zu einer Polonaise und bewegte sich zwischen den Tischen hindurch. Eine Menschenschlange voller Fröhlichkeit.

Schon wieder die Assoziation zu Schlangen. Die eine im Fundbüro, die vielen in di Levias Bibliothek, der Zettel mit der Drohung bei den Vipern auf der Terrasse. Ein durchgehendes Symbol und doch nicht zu einer Lösung hinführend.

Edwina schaute sich um. Selbst Rosa tanzte mit, die Hände auf den Schultern der vor ihr hüpfenden Person. Auch Beatrice war zu sehen, ein Glas Wein schwenkend, sie redete trotz der Musik auf einen Mann ein, der dem Fischer Tommaso ähnelte.

Laut dem Commissario lief die Fahndung nach Gretas Dichterfreund und sollte über Italien hinaus erweitert werden.

Und dann, dann tauchte ein weiteres bekanntes Gesicht in der feiernden Menge auf. Mit dem Gast hätte Edwina nicht gerechnet, aber das Fest war für alle zugänglich. Warum also nicht?

Schon wollte Edwinas Blick weitergleiten, da wurde der neue Gast begrüßt. Daran schien nichts ungewöhnlich zu sein, aber eine zärtliche Berührung der Finger folgte, ein Streicheln. Eine verstohlene Geste, die Edwina an Felix und Luis erinnerte, als sie die beiden das erste Mal in der Villa angetroffen hatte. Auch hier schien es so, als ob jemand seine Zuneigung nicht zeigen wollte, aber sich doch hinreißen lassen hatte. Es sah nach mehr als Freundschaft aus. Begrüßte sich dort ein Paar? Ein Paar, das nicht als solches erkannt werden wollte?

Oder irrte Edwina? Suchte sie nach einem völlig anderen Verdachtsmoment, weil sie es nicht schaffte, die bisherigen Anhaltspunkte zu einer Erkenntnis zu verknüpfen?

Hier tat sich Neues auf. Nicht wahr? So neu und erstaunlich, dass sich Edwina erhob, um sich Gewissheit zu verschaffen. Sie würde, nein sie musste direkt fragen, nachhaken.

Schwindel erfasste sie.

Übelkeit, die aus dem Magen nach oben stieg und ihr sauer aufstieß. Fehlte nur noch eine Hitzewallung und das Herzrasen, dann hätte Edwina angenommen, dass die nächste Welle der Wechseljahre sie gerade überschwemmte. Sie wollte sich nur noch hinlegen und einrollen.

Eigentlich höchste Zeit für einen Abgang.

Ihr Blick suchte indessen immer weiter. Doch das vermeintliche Paar war verschwunden.

Die Musik wechselte, blieb aber schnell und rhythmisch. Edwinas Gedanken sprangen im Takt zu den beiden. Konnte es sein, dass ...?

„Schmeckt es dir nicht?" Einer der Herren gegenüber sah sie besorgt an. Fredo, wer sonst. „Du bist so blass."

Edwina schüttelte den Kopf und nickte dann. Es war beides, plus das eben Beobachtete.

Sie erhob sich, fasste ihre Umhängetasche und zwängte sich durch die dichte Menschenmenge. Jemand war hinter ihr, ganz nah, viel zu nah, drängte sie in die entgegengesetzte Richtung als die von ihr gewollte.

Nein, sie hatte nicht vor, sich der Polonaise anzuschließen, weder singen noch tanzen war wichtig. Toni – Edwina musste Toni anrufen, sagte sie laut, nein dachte sie. Adriano Alceste – auch ihn brauchte sie. Subito!

Endlich erreichte sie das Ende des Festsaals. Immer noch war jemand bei ihr. Sie meinte einen fremden Atem im Nacken zu spüren. Sie betrat einen engen Flur, an dessen einer Seite sich Getränkekisten stapelten. Es war sicher nicht der Weg, den sie gekommen war, aber weiter vorne stand eine Tür nach draußen offen. Frische Luft würde ihr guttun.

Auf einem Kiesweg schritt sie weiter, durch einen Garten, der üppig bewachsen, schön und geheimnisvoll gleichermaßen war. Sie kam an eine Gartentür, die nicht auf die belebte Seite des Haupteingangs hinausging.

Ihr Bauchgefühl schlug an, warnte Edwina. Sie drehte sich das erste Mal um. Niemand war zu sehen, sie war allein. Nur die Melodie der Feiernden war ihr gefolgt. Dazu die Übelkeit, die zunahm.

Ohne genau zu wissen, wie sie zurück zur ihr bekannten Straße kommen konnte, lief Edwina ein Stück weiter. Der Park war in Sichtweite, das satte Grün der Bäume.

Der Himmel über ihr war wunderschön, die späte Sonne malte ein Gemälde aus Orange und Rot. Linker Hand kam eine Reihe von Kiefern, die einen Duft verströmten, der Edwinas Unpässlichkeit für einen Moment linderte.

Im Gehen begann sie einmal mehr nach dem Handy zu kramen. Den Commissario und ihren Liebsten, in der Reihenfolge würde sie die Anrufe tätigen.

Statt des Mobilteils fischte sie Blasenpflaster aus der Tiefe der Tasche. Irgendwie lustig, aber komplett falsch.

Sie erreichte einen kleinen Parkplatz. Vier Fahrzeuge standen dort. Eine Lichterkette, die an Weihnachten erinnerte, war an Holzstangen befestigt, die bunten Lämpchen konkurrierten mit der tief stehenden Sonne.

Beim letzten Auto blieb sie abrupt stehen. Es war ein blauer Kleinwagen mit einer Fahrertür, die farblich nicht zum Rest des Wagens passte. Rot war die Tür, rot wie eine giftige Beere.

Das konnte nicht sein.

Edwina raffte sich auf und umkreiste das Fahrzeug. Die Nummer musste sie fotografieren, direkt an den Commissario senden. Würde sie eine richtige Saat des Verdachts damit aussäen, würde diese Entwicklung ihn ebenfalls in Erstaunen versetzen und ihm überhaupt nicht gefallen.

Edwina startete eine neue Suche. Taschentücher, ein Lippenbalsam, die Schlüssel zu ihrem Appartamento. Die Umhängetasche wurde zu einem bodenlosen Loch, aus dem sich alles ziehen ließ, nur nicht das dringend benötigte Handy.

Der Schwindel kam mit Vehemenz zurück und erzeugte den Anschein einer schiefen Ebene. Edwinas ohnehin schon angeschlagener Magen stülpte sich über. Ein Schuss vom Wein kam mit der Spucke heraus und landete neben dem Vorderreifen.

„Aber, aber, der feine Bardolino", sagte jemand laut.

Dann erloschen alle Lämpchen der Lichterkette.

Um Edwina wurde es finstere Nacht.

38

Schwärze um sie herum. Dazu fehlte von einer Sekunde auf die andere der Sauerstoff zum Atmen.

Die Panik kam, und sie kam rasch.

Edwinas dachte in diesem ersten Schrecken, sie würde ersticken. Ihr rationaler Verstand, den die Angst lähmte, schien ausgeschaltet zu sein. Sie kämpfte dagegen an, wollte nicht aufgeben.

Aus der Tiefe ihres Unterbewusstseins stieg wie eine rettende Luftblase unter Wasser eine Erinnerung auf.

Die Grotten des Catull! Gleich einem Foto aus hoher Höhe materialisierten sich die Ruinen der römischen Villa an der Spitze der Halbinsel vor ihrem inneren Auge. Grüne Bäume umsäumten auch hier die Reste dessen, was von den weitläufigen Räumen übrig geblieben war. In einem weiteren Halbkreis ein Strand, davor der See.

Es war der Tag des ersten Ausflugs von Toni und ihr.

Aus der Vogelperspektive meinte sie, sich und ihren Liebsten durch die imposanten Fundamente wandeln zu sehen. Sie hielten sich an den Händen und durchstreiften die einst prachtvollen Räume, die von einer anderen Zeit erzählten und den Besuchenden einen Weg in die Vergangenheit öffneten.

Im zentralen Teil schritten sie durch einen Säulengang und trennten sich dort. Toni zog es in den Garten mit dem historischen Olivenhain. Er wirkte aufgeregt wie ein kleiner Junge, als er zwischen den Bäumen der traditionell am Gardasee angebauten Olivensorten hindurchlief. Pflanzen, die vier- bis fünfhundert Jahre alt waren.

Edwina beeindruckten mehr die noch erhaltenen Wohnräume mit den Bodenmosaiken. Dazu die große Zisterne, in der das Wasser für den täglichen Bedarf gesammelt worden war.

Aufeinander trafen sie wieder auf den Trümmern der Panoramaterrasse. Eingestürztes Mauerwerk vermittelte eine Ahnung von der Vergänglichkeit jeglichen Schaffens von Menschenhand. Ein langer Korridor führte sie beide, wieder eng nebeneinander gehend, auf der unteren Ebene zu einer Loggia mit einem dreibogigen Fenster, an dem sie stehen blieben.

Es gab eine hinreißende Aussicht auf den Lago von hier.

„Dreibogenfenster des Paradieses wird es genannt", meinte Edwina, Toni wispern zu hören.

Sie existierte inzwischen auf allen Ebenen. Schwebte oben und beäugte das Anwesen, ging neben dem Mann, mit dem sie ihr Leben teilte, versuchte, Luft zu schnappen, die Panik zu bekämpfen, sich zu orientieren und über all dem zu begreifen, was mit ihr geschah.

„Die Catullus-Höhlen, wie die Ruinen auch genannt werden, stammen aus der augusteischen Zeit. Also spätes 1. Jahrhundert vor Christus bis frühes 1. Jahrhundert nach Christus." Die Erklärung kam von einer anonymen Sprecherin im Hintergrund. „Der Name Höhlen geht übrigens auf die Berichte der ersten Reisenden zurück, die im 15. Jahrhundert die Ruinen des Gebäudes für natürlich entstandene Grotten hielten. Anzunehmen, weil die Steine mit Vegetation überwuchert waren."

Eine andere Stimme legte sich darüber, männlich und doch schrill und hektisch. „Sie erstickt, pass auf, sie erstickt."

„Im archäologischen Bereich befindet sich das Museum, das die ältesten Funde der Halbinsel Sirmione enthält."

„Lass mich den Sack seitlich aufschneiden. Ich bitte dich. Ich fessle ihr zur Sicherheit die Hände, dann kann sie ihn nicht abnehmen."

Edwina lauschte: der Stimme aus ihrem Unterbewusstsein und der nah an ihrem Ohr.

Erst vernahm sie ein reißendes Geräusch, dann wurden ihre Arme nach hinten gezogen, gefolgt von einem Druckschmerz an beiden Handgelenken. Endlich mehr Sauerstoff gegen die Einschränkung ihrer Bewegungsfreiheit. Das Mehr an Luft bewirkte, dass Edwina endlich durchatmen konnte. Sie wurde ruhiger.

Das geteilte Ich sammelte sich.

Jetzt registrierte sie auch, dass sie und die anderen sich bewegten. Motorenlärm. Sie fuhren in einem Wagen. Sicher in dem mit der roten Tür, das stand für Edwina ohne lange Überlegung fest. Nun erspürte sie auch den Stoff auf ihrer Gesichtshaut und ihrem Hals.

„Ein Sack", hatte der Sprecher eben formuliert.

Edwina roch Schweiß und Panik, aber nicht mehr ihre eigene.

Die Klarheit war zurück.

Schade, dass sie die Strangolapreti, die angepriesenen Spinatnocken, nicht mehr hatte probieren können, dachte Edwina mit einem Hauch von wiederentdeckter Ironie.

Doch das Essen war Nebensache. Fest stand: Sie war entführt worden.

Leider kannte sie den Grund. Und – darüber hätte sie weinen können – sie erkannte die männliche Stimme.

Dann verlor sie eine Weile das Bewusstsein, rutschte in ein tiefes Loch aus glattem, undurchdringlichem Schwarz.

Kurz davor meinte sie den Geruch von Oliven wahrzunehmen. Oder war es der Duft des Lago?

39

Edwina kam mit einem Ruck zu sich.

Ihr Kopf war frei in jeglicher Hinsicht.

Ihre Gedanken aber glichen Fetzen.

Wo? Was? Warum?

Fragen, die noch keine Antwort fanden.

Waberndes Licht, das Wellen malte.

Nein, das war nur Edwinas Schwindelgefühl nach der unruhigen und beängstigenden Autofahrt.

Verschwommen blieb die Sicht trotzdem.

Aber das Atmen ohne den Sack funktionierte wieder einwandfrei.

Die Sitzfläche unter ihr war hart.

Schmerzen im Magen und im Bauch.

Schwindel, der die Welt wieder auf eine schiefe Ebene brachte.

Il vino.

Schlangengift darin vermischt? Eine Beere des Aronstabs als Tüpfelchen dazu?

Gift hier, Gift dort.

Wo war ihr Handy? Wo ihre Umhängetasche?

Hatte man bemerkt, dass sie auf dem Fest nicht mehr anwesend war?

Sicher nicht.

Herrje.

Es stand schlimm.

Nicht aussichtslos.

Das wollte sie nicht annehmen.

Erst, wenn man tot war, hörte die Aussicht auf.

Wer hatte den Spruch gesagt?

Sie selbst.

Das Denken tat weh, es surrte, als hätte sich das Hirn in eine Biene verwandelt.

Der Wein hätte besser geschmeckt, wenn man zu der giftigen Zugabe auch Honig beigemischt hätte.

Hätte – der Konjunktiv war eine unangenehme sprachliche Form, nichts konnte man mit ihm greifen.

Ich habe.

Ich bin.

Dachte sie.

Noch nicht tot.

Aber bald.

Einmal mehr eine Stimme in ihrem Kopf.

Von Papa? Von Toni? Oder war es das Es, das Monster im Hintergrund?

Dann lieber das surrende Bienensummen.

Jemand näherte sich, der Boden knarrte.

Dieser Jemand atmete neben ihr, nervös und hektisch.

Wer? Warum?

Das Ganze von vorn mit mehr Zusammenhang, Chefinspektorin, bemerkte sie zu sich.

Wo bin ich?

Frage nicht, was du bereits weißt.

Stimme, ich mag dich nicht, aber ich gebe dir recht.

Sie hob den Kopf.

Langsam.

Ein Teppich unter ihr, Regale an der Seite, Bücher und ein ausladender Schreibtisch.

Mit harten Kanten.

Rechter Hand baumelte ein Absperrband, stand ein von den Spurenermittlern vergessener Aufsteller.

Nummer 14, las sie.

Schlamperei, wollte sie sagen.

Sie war an den Tatort gebracht worden.

Etwas glitt über ihre Füße.

Eine Schlange?

Ich habe keine Angst, wenn ihr das denkt.

Nein, es war ein Seil oder eine dicke Schnur.

Jemand fesselte ihr erneut die Hände auf dem Rücken. Diesmal machte der Jemand den Knoten an der Stuhllehne fest.

Der hölzerne, blaue Klappstuhl – er war es doch? – hatte eine neue Aufgabe erhalten.

Jemand sprach.

„Bevor sie starb, hat meine Mamma es mir gebeichtet. Keinem sonst. Es täte ihr leid, hat sie hinzugefügt. Was sagen Sie dazu, Signora Teufel?"

Nein, nein, hauchte Edwina zu leise, um gehört zu werden.

Sfortunata piccola vipera.

Unglückliche kleine Natter.

Mir tut es leid.

Für dich.

Für dich, Bruno.

40

Bruno stand da mit geballten Fäusten, atmete schwer ein und aus, wirkte ziemlich wütend.

Doch Edwina ahnte, dass sich aus dem Herzen des jungen Mannes nicht nur Zorn meldete. Da mussten so viele andere Gefühle sein, die sich übereinandertürmten: Scham, Kummer, Einsamkeit und Verzweiflung.

Sie sah Rosa vor sich, seine Großmutter, die Nonna, die ihn mit all ihren Möglichkeiten großgezogen hatte. Rosa, die von dem Verhältnis zwischen Giovanni di Levia und ihrer Tochter Elena wohl nie etwas erfahren hatte. Elenas und Giovannis Affäre, die Elena Bruno erst am Totenbett anvertraut hatte.

Was für eine emotionale Last für ein Kind.

Elf Jahre alt. Ohne Vater aufgewachsen, die schwere Krankheit der Mutter erlebend. Am Ende mit einem Geheimnis betraut, das in seiner Dimension die meisten Erwachsenen überfordert hätte. Vielleicht hatte auch Elena, Rosas Tochter, in ihren letzten Tagen die Last nicht mehr ertragen können.

Kein Vorwurf an sie, dachte Edwina. Nur Trauer über die steinigen Wege, die das Schicksal manchmal einschlug.

Kein Wunder, dass den damals elfjährigen Bruno die Enthüllung seiner Mamma überfordert hatte. Ihr langsames Sterben, der Verlust, der folgte. Einen Monat hatte er nicht gesprochen, hatte Rosa erzählt. Verständlich, dass es in ihm gegärt hatte, es in ihm gewachsen war, es ihn fast aufgefressen hatte.

Alles wäre vielleicht anders gekommen, hätte er sich seiner Nonna anvertraut. Doch das war ebenfalls verschüttetes Wasser, das sich nicht mehr aufsammeln ließ.

Während Edwina weiter mit den Folgen des vergifteten Weins in ihrem Körper kämpfte, rekonstruierte ein Teil in ihrem Hirn nüchtern, wie die Sache mit Brunos Alibi gelaufen war.

Sie selbst hatte seine Abwesenheit in dem ermittelten Todeszeitraum von di Levia verifiziert. Edwina hatte sich auf die Suche nach Zeugen gemacht, die sich an den knatternden Auspuff vom Moped hatten erinnern können. Das Alibi war untermauert worden von mehreren Seiten. Felsenfest war es.

Wo also lag der Fehler?

In Edwinas Denken öffnete sich eine Tür, eine große, gewaltige Flügeltür, hinter der es Offenbarungen gab, die sie bisher nicht einmal in wilden Spekulationen vermutet hatte. Adriano Alceste und sein Team, wie auch Edwina höchstpersönlich, waren falschen Fährten gefolgt.

Natürlich war Bruno schuldig. Letztendlich doch.

Ohne Zweifel hatte er schlimme Verbrechen begangen, aber der Einzige war er nicht. Auch nicht derjenige, der den Plan geschmiedet hatte. Nicht derjenige, der seine eigene Verhaftung inszeniert und seine Entlassung eingefädelt hatte. Bruno war auch kein Mörder. Rosas Enkel hatte niemanden getötet.

Wenn Edwina in den neuen Raum in ihrem Kopf, ein Stück hinter die bildliche Flügeltür, hineinspazierte, lagen da ausgebreitet die Hinweise, die sie hätte erkennen können.

Ciao, Konjunktiv, überlegte sie mit einer kalten Heiterkeit, obwohl sie aus jeder Pore ihrer Haut inzwischen zu schwitzen schien.

Keine der ermittelnden Personen hatte die Wahrheit hinter den Lügen und Täuschungen erkannt. Der

Commissario nicht, augenscheinlich auch niemand aus dem Team hatte sich mit dem großen Stück der giftigen Torte beschäftigt, sie alle waren zu versessen darauf gewesen, die Krümel aufzupicken.

Der Vergleich hinkte, aber seltsamerweise schien die reine Idee von Nahrung ihre Magenschmerzen zu lindern. Jetzt hatte Edwina den Appetit, der ihr auf der Feier gefehlt hatte. Wenn sie hier lebend herauskam, würde sie sich eine Riesenportion Nodi d'amore im Ristorante bestellen. Die herrlichen Tortellini, die Liebesknoten, deren Bezeichnung ebenso auf Bruno und –

Hier stoppte Edwina ihren Rundgang in dem neuen Gedankenareal. Sie wusste Bescheid. Jetzt lag es an ihr, die echte und einzige böse Schlange in dem ganzen Szenario hervorzulocken.

„Bruno, atme den Zorn weg und komm nah zu mir. Sofort."

Sie legte einen autoritären Ton an den Tag, wie sie ihn bei Vernehmungen anschlug oder wenn sie einem Kollegen die Leviten las. Edwina hoffte, dass der junge Mann darauf reagieren würde.

Bruno hatte zwar immer noch seine Finger geballt, aber er bewegte sich auf sie zu.

„Beug dich herunter. Und schau mich an, bitte, Bruno."

Obwohl sich Edwina ganz auf Rosas Enkel konzentrierte, öffnete sie einen weiteren Gedankenstrang, der sich mit einer möglichen Flucht, einem möglichen Entkommen aus ihrer Lage beschäftigte. Solange sie gefesselt war, würde es nicht klappen. Mit freien Händen erst wäre sie in der Lage, überraschend eine Attacke zu starten. Ihr Leben hing an einem seidenen Faden und an einem festen Seil.

„Was wollen Sie, Signora Teufel?" Endlich entspannte sich seine Haltung ein wenig. Er machte einen Schritt auf sie zu und ging in die Knie.

Edwina hatte sich nicht getäuscht, in seinen Augen konnte sie eine noch viel gewaltigere Traurigkeit erkennen als vermutet.

„Ich weiß, dass du kein schlechter Mensch bist, Bruno." Sie wurde leise, was Bruno veranlasste, noch näher zu kommen. Fast berührten sich ihre Gesichter. „Deine Nonna hat einen guten und anständigen jungen Mann erzogen."

„Lassen Sie meine Nonna aus dem Spiel." Er schüttelte den Kopf. „Sie darf nie erfahren, was ich getan habe. Verstehen Sie? Allein deshalb werden Sie, Signora, hier nicht mehr herauskommen. Ich bedaure das wirklich. Aber es geht nicht anders."

„Du drohst mir zwar, Bruno, aber töten wirst du mich nicht."

„Was man einmal getan hat, kann man wieder tun, Signora Teufel."

„Stimmt genau." Vor Edwina verschwamm Brunos Gesicht. „Aber das gilt nicht für dich."

Die Übelkeit kämpfte sich erneut nach vorne, ebenso der Schmerz. So leicht wie erhofft waren die Symptome nicht zu besiegen. Jeglicher Gedanke an Tortellini war wie weggefegt. So also hatte sich der Eistüten-König in seinen letzten Minuten gefühlt. Edwina hatte dieselbe Mischung zu sich genommen, ganz klar.

Es schüttelte sie bei dem Gedanken mehr als bei allem anderen. Nur nicht wieder ohnmächtig werden, hieß ihre neue Devise.

Dagegen redete sie jetzt an. „Ich möchte dich daran erinnern, dass du, Bruno Rinaldi, nie jemanden ermordet hast. Insofern war es richtig, dich nicht wegen eines Tötungsdelikts anzuklagen. Du magst die Schlangen zu uns auf die Terrasse geworfen haben, aber ich denke, du hast nicht ein einziges Mal hinter dem Steuer gesessen bei den Versuchen, mich mit einem Scheinangriff mit dem Wagen von meinen Schnüffeleien abzubringen. Du kannst nicht einmal einschüchtern, noch weniger töten, Junge."

Bruno stieß ein Stöhnen aus, sprang hoch und begann, wild zu gestikulieren. „Nennen Sie mich nicht so. Ich bin kein Junge. Sie wissen nichts über mich und über das, wozu ich fähig bin. Ich hasse Giovanni di Levia. Habe ihn gehasst, seit meine Mamma mir gesagt hat, dass er mein Vater, nein bloß mein Erzeuger ist. Er hat sie getötet, so ist es gewesen."

„Di Levia hatte mit der Krankheit deiner Mutter nichts zu tun. Tut mir leid, Bruno. Für den Jungen entschuldige ich mich ebenfalls. Du bist ein erwachsener Mann, der Entscheidungen treffen kann. Aber kein Mörder."

Erst in dem Moment registrierte Edwina, dass sie im Laufe der Entführung ihre lila Sneaker verloren hatte. Vielleicht hatte man sie ihr auch ausgezogen. Aber ihr Sommerkleid, das hübsche aus Leinen, mit den lila Bordüren an Ausschnitt und Ärmeln, trug sie noch.

Ihr Magen krampfte sich erneut zusammen, gleich würde sie sich übergeben müssen.

„Bruno, denk vernünftig nach. Überlege. Lass nicht zu, dass deine Wut die Führung übernimmt."

„Vernünftig? Ha! Wissen Sie, ich habe das Geheimnis meiner Mamma versucht zu vergessen, ganz und gar. In meinem Herzen verschlossen habe ich es. Es war nicht wichtig. Erst als ich älter wurde, hat es mich wieder beschäftigt. Ich bin zu ihm. Zu dem Vater, der er nie war. Heimlich. Da war ich fünfzehn. Erst hat er mich als seinen Sohn in die Arme geschlossen, beim nächsten Mal die Affäre geleugnet und mich aus der Villa verbannt. Zwei Jahre danach ist er das erste Mal mit diesen lächerlichen Fotos aufgetaucht. Bei uns zu Hause. Hat von meiner angeblichen Schwester gefaselt, dass sie bald im Himmel sei. Dass er uns ein Poem widme. Wieder eine Neuigkeit, mit der ich fertigwerden musste. Ein Segen, dass meine Nonna an dem Tag nicht anwesend war. Ich habe die Gesichter auf den Fotos vor seinen Augen zerkratzt, sie ihm zurückgegeben und ihm verboten, jemals wiederzukommen. Meine heftige Reaktion hat ihn vertrieben. Doch danach ist er ins Fundbüro, hat Rosa die Bilder in einer Börse als Fundsache dagelassen, Blödsinn gefaselt. Wahrscheinlich hat er gehofft, sie würde es sich ansehen, bevor sie es einordnet. Immerhin hat er nicht verraten, dass meine Mamma und er ..." Bruno spuckte aus. „Da hätte ich ihn bereits umbringen können. Ich weiß noch, wie unglücklich ich war, wie zerstört über so viel Ignoranz und Überheblichkeit. Das war der Tag, an dem ich begonnen habe, über einen Weg der Rache nachzudenken."

„Meinst du nicht, dass es die Polizei erneut auf den Plan rufen wird, wenn du wie eine Überraschung aus einer Wundertüte als neuer und einziger Erbe des Vermögens dich zeigst? Wie willst du es anstellen? Wie wird deine Nonna darauf reagieren? Jetzt sag ich doch wieder Junge zu dir. Naiver Bub, der sein Leben und das seiner Großmutter zerstört."

„Lassen Sie das meine Sorge sein. Nichts geht Sie etwas an, Signora." Er begann auf- und abzulaufen. „Warum haben Sie sich überhaupt eingemischt? Sie sollten Espresso schlürfen und sich noch eine bunte Strähne ins Haar färben. Im Fundbüro meine Nonna unterstützen und sich in Sirmione eine Rieseneistüte holen. Basta! Mehr nicht! Warum mussten Sie bohren und graben, dass wir gezwungen waren, Sie zu stoppen?"

Langsam ließ der Magenkrampf bei Edwina nach, die Sicht wurde wieder klarer, die Übelkeit legte eine Pause ein. Mit einem festen Ruck zog Edwina an den Fesseln, doch das Seil gab keinen Millimeter nach, ohne Schmerzen in ihrem Handgelenk zu verursachen. Sie blinzelte zu ihren nackten Füßen, spürte der Schwäche in ihrem Körper nach. An Flucht war im Moment nicht zu denken.

Seidener Faden, schoss es ihr erneut durch den Kopf.

Trotzdem war es an der Zeit, das wirklich Neue aus dem Gedankenraum in die Realität zu holen. Die Erkenntnis zu präsentieren, den Schatten hinter Bruno ans Licht zu bringen.

So weit als möglich richtete sich Edwina auf.

Sie drehte den Kopf einmal von links nach rechts, ließ den Blick an den Regalreihen voller Bücher, am Schreibpult mit den zerknüllten Papieren, an den inzwischen leeren Plätzen der Terrarien vorbei schweifen, bis sie tatsächlich meinte, einen Schatten an einer halbgeöffneten Tür zu entdecken, die in das nächste Zimmer führte.

„Leisten Sie uns Gesellschaft!" Edwina rief in diese Richtung. „Zeigen Sie sich. Ich weiß, dass Ihnen die Ehre der Morde gebührt."

„Da ist niemand." Bruno begann zu brüllen, es hallte durch die Bibliothek der Villa di Levia. „Ich bin es. Ich!"

„Sei still, Liebster. Es ist alles gut." Eine weibliche Stimme erklang. Eine Gestalt trat in die Bibliothek und zeigte sich. Aufrecht, stolz, ein wenig streng.

„Benvenuto", Edwina lächelte. „Wusste ich doch, dass Sie hier sind, Ispettore Punta. Darf ich Giorgia sagen?"

41

„Ciao, Chefinspektorin." Giorgia erschien wie eine Sie-
gerin.

Ihr Auftritt wirkte einem Schauspiel gleich aus
längst vergangener Zeit. Edwina dachte an die Grotten
des Catull, an die Römerzeit und die Spektakel damals.
Ispettore Giorgia Punta und ihre Inszenierung hätten
wunderbar in ein Amphitheater gepasst.

Einzig die schwarze, ärmellose Polizeijacke passte
nicht. Die Waffe im Schulterhalfter konnte Edwina
nicht erkennen, aber sie war sich sicher, dass Giorgia nicht ohne unterwegs war. Obwohl sie damit nicht
schießen würde, auch das eine feste Annahme von Edwina. Bruno hatte Edwina nicht einmal mit den Handschellen einer Polizistin fesseln dürfen, damit auch dabei keine Spur auf jemanden aus Alcestes Team deuten
würde.

Mit erhobenem Haupt kam Giorgia näher, stol-
zierte durch die Bibliothek.

Bei Bruno angekommen, strich sie ihm über Haare
und Wange, wie man ein folgsames Kind belobigen
würde. Sie hatte sich wieder Latexhandschuhe überge-
streift, bemerkte Edwina mit einem Schaudern. Zwischen Giorgias Fingern war ein kompakter schwarzer
Gegenstand zu erkennen, den Edwina nicht sofort zuordnen konnte.

Bruno hob die Hand wie an dem Abend, als Edwina bei Rosa zum Tortellini-Essen eingeladen war
und den Wagen mit der roten Tür vorbeifahren sah.
Alles wäre anders gekommen, wenn sie damals die
Geste nicht nur aus dem Augenwinkel wahrgenommen und die Verbindung erkannt hätte. Ihr Argwohn
wäre erwacht.

Mit einem Ruck zerriss er jetzt das Absperrband, das immer noch dort angebracht war, und zog sich zum Schreibtisch zurück. Edwina hätte viel darum gegeben, statt des Bandes ein paar echte Polizisten in der Villa di Levia zu begrüßen.

Bruno setzte sich auf die Kante der Tischplatte, genau dort hatte Giovanni di Levia seinen letzten Atemzug getan. Ein nächster symbolischer Akt seines unehelichen Sohnes. Er senkte den Kopf, als wollte er alles Weitere nicht mitansehen müssen.

Direkt vor Edwina blieb Giorgia stehen. Mit einem Lächeln holte sie erst mit dem linken Arm aus.

Edwina wappnete sich. Als der Schlag sie traf, war es trotzdem wie ein Donnern in ihrem Schädel. Aus Edwinas Lippen floss sofort Blut.

„Mit Lia hat es begonnen", fügte sie mit weicher Stimme hinzu, die im krassen Gegensatz zu ihrer Handlung stand. „Und heute war, ist es an der Zeit, dass das Kapitel der Einmischung durch eine Außenstehende beendet werden soll. Es ist genug. Wahrlich genug."

„Lia Moldovan. Die Tochter von Giovanni di Levia." Edwina atmete den neuen Schmerz weg. „Wie auch das Baby auf dem Foto sein Sohn ist. Unser Bruno, wenn ich so formulieren darf! Was für eine Fügung im Getriebe der Welt."

„Wie poetisch. Sie machen di Levia Konkurrenz. Wobei seine Ergüsse eher peinlich waren." Giorgia lächelte. Der nächste Hieb, diesmal mit der linken Faust, galt Edwinas Kinn. Fester noch als der erste. Der Latex über den Fingerknöcheln fühlte sich glatt an. „Oh, ich weiß, liebe Signora Teufel, dass Sie längst Schlüsse gezogen haben, die Commissario Alceste erst einfallen werden, wenn es am Gardasee schneit."

Wie gerne hätte Edwina nach Giorgias Dienstwaffe gegriffen, die sie nun im Schulterhalfter der Angreiferin sehen konnte. „Sie unterschätzen Ihren Chef. Das ist ein Fehler."

„Ein Fehler wäre es, Sie zu erschießen." Giorgia hatte Edwinas Blick bemerkt. „Meine Waffe einzusetzen, kommt natürlich nicht infrage, aber ich habe etwas Besseres. Es gehört zur Ausrüstung einer Polizistin, kann aber nicht persönlich rückverfolgt werden und lässt sich gut reinigen."

Der schwarze Gegenstand wurde länger. Edwina erkannte ihn. Keine Schlange, oh nein. Das Auftreffen des Einsatzstocks auf ihrem Oberarm war eine Stichflamme an Pein. Edwina meinte, ein Echo in ihren Ohren zu vernehmen.

Edwina redete weiter. Solange sie den Mund aufmachen konnte, war sie am Leben. „Wie habt ihr euch die Sache mit dem Erbe vorgestellt, würde ich gerne erfahren? Wie wollt ihr an die Villa, das Hotel, die Eisdielen und sicher auch das viele Geld herankommen, ohne den Verdacht auf euch zu lenken? Schlimme Gefühle haben hierbei eine Rolle gespielt, so weit möchte ich es nicht abtun, aber eine gewisse Gier nach mehr doch ebenso."

„Oh, Sie halten sich für schlau, nicht wahr?" Giorgias Lächeln verschwand, sie zog die Augenbrauen zusammen. „Aber Sie haben keine Ahnung. Das Erbe ist das Einzige, was Ihnen einfällt. Das macht mich wütend, so verdammt wütend. Ich könnte die Welt mit ihren Vorurteilen erschlagen, aber Sie reichen mir als Stellvertreterin."

Mit Wut und Zorn kannte sich Edwina aus, aber niemals hätte sie aus diesen Emotionen heraus jemandem Leid zugefügt.

Sie versuchte krampfhaft, sich die Schmerzwellen und ihre Angst nicht anmerken zu lassen. Welche Chancen hatte sie? Höchstwahrscheinlich hatte man ihr Verschwinden vom Fest nicht bemerkt, es waren eine Menge Besucher anwesend. Anzunehmen, dass es erst Toni wirklich auffallen würde, wenn sie später in der Nacht nicht zu Hause auftauchte.

In diesen Stunden konnte alles Mögliche geschehen, ihr Ableben eingeschlossen.

„Wenn es nicht ums Geld ging, worum dann? Ich möchte es verstehen, bitte." Zeit zu schinden, war vielleicht sinnlos, aber solange sie atmete, bestand Hoffnung. „Dass ich mitgeholfen habe, Brunos Alibi zu verifizieren, ist doch ein Pluspunkt, finde ich."

„Das ist nicht wahr. Hätte ich allein meinen Zeugen aufgetrieben, hätte es bestens geklappt, niemand hat Sie gebraucht." Giorgia tippte gegen Edwinas Stirn. „Sie haben mir Kopfzerbrechen bereitet, ab dem Moment, als Sie die Fotos gefunden haben. Als der Zusammenhang zwischen Lia und di Levia klar wurde. Alceste hat auf Sie gehört. Auf Ihre ständigen Einmischungen. Ich konnte mich kaum umdrehen und schon waren Sie da. Von Anfang an bis zu dem Fest heute. Ich konnte es nicht fassen, als ich Sie da hocken gesehen habe wie eine Spinne, die ihr klebriges Netz über uns spinnt. Vor allen Leuten hätte ich Sie erschlagen wollen. Heute war uns klar, dass endlich gehandelt werden muss."

Sie streckte sich. Das dunkelblonde Haar trug sie offen. Edwina stellte sich vor, wie wunderschön sie auf Bruno gewirkt hatte und wie leicht er sich in die ein paar Jahre ältere, aber immer noch junge Frau verliebt haben musste.

Vorsichtig bewegte Edwina erneut die Arme. Mit ihren Fingern begann sie, das Holz der Stuhllehne abzutasten. Eine Unebenheit, ein Span nur, den sie verwenden konnte, um die Fesseln daran zu reiben. „Bruno, sag mir endlich, wie lange du warten willst, bis du mit der Wahrheit herausrückst und deine Nonna mit dem Verhältnis deiner Mutter zu Giovanni di Levia vor den Kopf stößt. *Traurige kleine Nattern*'. Er hatte kein Recht, euch so zu nennen. Es stimmt auch nicht, Bruno. Der Tod deiner Mamma war schlimm, aber das Leben mit Rosa war gut. So ist es doch."

„Meine Nonna liebe ich." Er faltete die Hände wie damals in der Untersuchungshaft. „Giovanni di Levia aber hatte den Tod verdient. Ich schäme mich, dass er mein Erzeuger war. Aber es stimmt, dass uns das Erbe zusteht. Das werden wir uns nicht nehmen lassen. Wir planen noch, wie es am besten gelingen könnte."

„Bruno, schweig!" Giorgia zischte. „Das interessiert die nette Chefinspektorin nicht. Glaub mir, ihre Zeit ist abgelaufen. Sie hat ihre Schuldigkeit getan. Wir machen weiter so wie ursprünglich geplant."

„Wann hast du Giorgia kennengelernt?" Edwina konzentrierte sich auf Bruno. Bei ihm gab es noch die Chance einer Reue, das spürte sie, trotz allem. „Wann dich verliebt?"

„Sie lassen nicht locker, wie ich sehe. Dann lassen Sie mich die schöne Geschichte von Bruno und mir erzählen." Die Drahtzieherin von allem genoss es sichtlich, sich vor Edwina zu brüsten. „Bruno war auf der Suche nach Lia. Ich absolvierte gerade mein erstes Praktikum als Polizeibeamtin. Bruno war so jung und so traurig. Seine Melancholie hat mich auf ganz eigene Weise berührt. Wir trafen uns in einem perfekten Augenblick. Es war wie ein süßer Rausch. Und jetzt für

Sie, Chefinspektorin, mit Trommelwirbel die Enthüllung in einer einzigen Frage: Haben nicht schon die Götter der alten Zeiten keinen Unterschied in ihrer Partnerwahl gemacht, ob nun die Liebenden verwandt waren oder nicht? Der Göttervater Jupiter hat seine Schwester Juno geehelicht. Eine schöne Legende."

Edwina brauchte mehr als einen Moment. „Oh, mein Gott."

„Oh, ihr Götter, wenn schon." Giorgia nickte.

Diese Enthüllung überschwemmte für Augenblicke alles andere. „Das bedeutet, dass Sie, Giorgia, ebenfalls von di Levia abstammen? Aber Sie haben mir doch von Ihrem Vater erzählt."

Der nächste Schlag ließ Edwina nach einem Aufschrei ausspucken.

„Das war gelogen. Nicht, was meinen Stiefvater angeht. Ein Körnchen Wahrheit macht eine Story immer glaubhafter. Wobei mich die Männer früh in meinem Leben schwer enttäuscht haben. Für den einen war ich nur ein weiteres Produkt einer der vielen Affären, für den anderen ein lästiges Anhängsel, das er in Kauf genommen hat, um meine Mutter zu erobern." Giorgia schnaubte. „Ja, Chefinspektorin, damit haben Sie nicht gerechnet. Damit konnte ich Sie verblüffen."

„Durchaus, Giorgia."

„Ich bin die Dritte im Bunde, könnte man sagen. Wer weiß, wie viele Bastarde der geile Bock di Levia noch in die Welt gestoßen hat. Ein Geheimnis mehr im Meer der Geheimnisse. Klingt das poetisch?"

„Wie kamen Sie auf die Idee, dass der Eistüten-König und Ihre Mutter einmal ein Verhältnis hatten?"

„Ich habe Bruno meiner Mamma vorgestellt. Bruno hat ihr sein Schicksal erzählt. Sie hat nach seinem Vater gefragt und ich habe es ausgeplaudert. Mamma hat sofort zu weinen begonnen. In dem Moment wusste ich es. Bruno hat länger gebraucht."

Edwina konnte sich den Schock der Liebenden vorstellen, den diese Enthüllung mit sich gebracht hatte. „Das tut mir leid für euch beide."

„Es ist längst zu spät für Mitgefühl. Meine Mutter hat immer so getan, als wäre mein Vater auf einer langen Reise, würde irgendwann zurückkommen. Die Illusion hat mir als Teenager in den Jahren mit meinem Stiefvater geholfen. Als sie mir allerdings an dem denkwürdigen Tag von der Poesie von di Levia erzählt hat, seinem Charme, als er noch jünger war, habe ich sie geohrfeigt. Das ist die einzige Tat, die mir leidtut."

Einmal mehr sah Edwina den verwahrlosten Mann vor sich, dement und verwirrt, mit der Schlange in der Box und dem Wunsch, seine Abbilder zurückzuholen. Was für eine Tragödie er in seinen früheren Jahren in Gang gesetzt hatte.

„Demnach ist unwissend Giovanni di Levia schuld daran, dass Giorgia und Bruno ihre Liebe nicht ausleben dürfen." Edwina fasste das Unfassbare in einem Satz zusammen. Weder sie noch Alceste wären darauf gekommen.

Das erste Mal zeigte Giorgia Trauer. Sie unterbrach, lief einmal im Kreis, bevor sie sich wieder vor Edwina aufbaute.

„Sie haben keine Ahnung, Signora Teufel, wie grausam in Wahrheit diese Enthüllung für uns war. All das Unglück in unserem jeweiligen Aufwachsen wäre durch die Liebe geheilt worden, stattdessen sind wir in einen tiefen, dunklen Brunnen gestürzt, aus dem keiner dem anderen heraushelfen konnte. Halbgeschwister. Dasselbe Arschloch als Vater. Aber hassen konnten und können wir. Ihn hassen. Der Mann hatte nicht nur unsere Mütter in Verzweiflung gestürzt, sondern auch uns." Giorgia stoppte und knallte den Stock diesmal gegen den Schreibtisch. „Wobei ich ihm nicht einmal ein Foto und einen Satz wert war. Mich hat er vollends vergessen. Selbst das hat mich gekränkt."

„Scham und Geheimnisse sind eine toxische Mischung, Giorgia."

„Sie sagen es. Niemandem mehr haben wir danach unsere Liebe offenbart, den Kummer und die Tränen nur miteinander geteilt und getrocknet. Aus dem Hass wurde Plan, könnte man sagen. Ich gebe allerdings zu, eigentlich dachte ich, der alte Commissario Caspari würde mit dem Fall betraut, Adriano Alceste war mir aber ebenso recht. Ich weiß, wie man ihn nehmen muss. Er ist ein guter Ermittler mit gewissen Schwächen."

Edwinas Magen meldete sich zurück. Ein Brennen, ein Stechen, sie musste aufstoßen. „Hast du meinen Wein vergiftet, Bruno?"

„Wir hatten einen letzten Rest unserer Mischung", wieder antwortete Giorgia. „Davon sterben Sie nicht, keine Angst."

Edwina verknüpfte weiter, so gut sie es in ihrem Zustand schaffte, und kam zu dem Schluss, dass Bruno seinem Erzeuger das Getränk gereicht hatte, das ja. Doch die Aktion, die letztlich zu di Levias Tod führte, hatte jemand anderer durchgeführt. Bruno war kein Mörder. Er nicht.

Es folgte ein Schlag gegen Edwinas Knie, der den Schmerz wie eine lodernde Flamme nach oben trieb. Ein nächster Hieb gegen ihre Rippen fegte alle rationalen Überlegungen fort. Giorgia hatte ein neues Ventil für ihren unstillbaren Groll gefunden, ein Ventil namens Edwina Teufel.

Ich werde sterben, dachte Edwina. Heute war es das mit mir.

Die Ahnung, dass sie hier nicht mehr lebend herauskommen könnte, schaufelte sich ihren Weg aus den Eingeweiden über Knie, Rippen und Schulter zu ihrem Hirn. Es wurde zur Gewissheit.

Wie der Schmerz war der Tod unvermeidbar.

„Schlangengift als Symbol ist mir klar." Edwina presste die Sätze heraus. „Aber warum die Morde? Ihr hättet euch outen können, mit den DNA-Vergleichen vor Gericht gehen. Giovanni war alt, lange hättet ihr nicht warten müssen. Dazu ist genug Erbmasse vorhanden, ihr hättet mit Greta teilen können. Warum also?"

Giorgia schien nun von Edwinas Fragen angewidert. „Weil es eben nur bedingt ums Geld geht, wollen oder können Sie das nicht verstehen? Es war alles von langer Hand vorbereitet. Für unsere Geduld gebührt uns das größte Lob, finde ich. Lias Ende war der Anfang. Anders als bei mir, war ihre Mutter gerade schwanger, als sie Signor Moldovan getroffen hat. Lia hat erst von ihrem wahren Vater erfahren, da war sie bereits erkrankt. Das Schwein di Levia hat Geld gezahlt und die Moldovans haben es genommen. Lia wollte das nie. Sie wollte, dass Giovanni di Levia wahre Gerechtigkeit widerfährt. Zu bedauernswert, dass sie es nicht miterleben durfte."

„Arme Lia, ja."

„Oh ja, schmerzhaft traurig dieser Tod. Ich aber habe meine Ausbildung beendet, mich um eine Stelle hier in der Questura in Desenzano beworben. Bruno und ich, wir träumten und planten weiter. Wir wählten den Tag von di Levias Verderben. Das Schlangengift war eher als Zugabe gedacht." Giorgias Lächeln war zurück. „Wir hatten es selbst vorher ausprobiert. Weil beim Trinken keine Wirkung eintrat, habe ich es mit dem Pulver von getrockneten Beeren des Aronstabs verfeinert. Die verursachen ziemliche Bauchschmerzen. Di Levia sollte unsere seelischen Qualen zumindest körperlich spüren. Meine neue Mixtur haben wir vorher natürlich nicht getestet. Er hätte theoretisch schon daran krepieren können. Auch gut."

„Die arme Greta Galli hat keinem von euch etwas getan."

„Richtig, Chefinspektorin. Die elegante, stets leicht betrunkene Greta hatte bloß einen schlimmen Unfall, mehr nicht. Alkohol am Steuer, dabei hebe ich als Polizistin den strengen Zeigefinger, haha."

„Sie waren dort, Giorgia." Edwina riskierte einen weiteren Schlag. „Sie haben auf den Commissario gewartet und sich zu einem Pirlo überreden lassen. Haben die Gläser getauscht oder einen anderen Weg gewählt, Gretas Drink zu verfeinern, möchte ich sagen."

„Nur zum Spaß, wissen Sie. Alles Weitere war keine Absicht und ist nicht meine Schuld."

„Der Unfall der drei Menschen war kein Spaß. Weil Sie den Giftcocktail mitgebracht haben, gilt der Vorsatz zur Tötung. Erst Rache, dann doch auch Gier, Giorgia. Behaupte ich. Damit haben wir zwei Motive."

„Ach, Edwina, wenn ich Sie nun ebenfalls beim Vornamen nennen darf. An Reichtum ist nichts Schlechtes. Aber auch an meinem Beruf ist nichts, was ich beanstanden kann. Das Gehalt ist nicht üppig, zugegeben. Mein Motiv aber ist Liebe, Edwina. Meine Liebe zu Bruno. Und Liebe zu einer Gerechtigkeit, die kein Gesetz und kein Gericht hätten herstellen können. Giovanni di Levia hat den Preis für seine Arroganz und seine Egomanie bezahlt. Bruno hat ihm die Rechnung vorgelegt und ihn zur Kasse gebeten."

Edwina kam mit ihren Kräften ans Limit.

Wende dich an Bruno, rief jemand in ihrem Kopf. Er kann dich retten, Winnie. Bruno!

„Bruno, du bist kein Mörder." Mit flachem Atmen versuchte Edwina, den Schmerzen, dem nächsten Magenkrampf und Schwindel entgegenzuwirken. Sie hatte keine Ahnung, wie lange sie noch bei Bewusstsein bleiben konnte. „Du hast Giovanni nicht ermordet. Zu dem Zeitpunkt warst du mit deinem Motorino unterwegs, um dein Alibi zu zementieren. Hast es vorher technisch manipuliert."

„Richtig und falsch, Edwina." Erneut Giorgia, die sich mit dem Schlagstock präsentierte, als wäre sie bei einem Fotoshooting und nicht kurz davor, ein nächstes Kapitalverbrechen zu begehen. „Bruno hat mit seinem Erzeuger einen Amaretto Crema getrunken, bevor er ihn gereizt und einen Streit inszeniert hat. Das Vorspiel. Ich habe Giovanni di Levia nach Bruno in der Villa aufgesucht. Habe ihm erzählt, er könne Anzeige wegen Belästigung erstatten. Der Idiot wollte nicht einmal wissen, woher ich Bruno und seine Geschichte kenne. Stattdessen hat er mir vorgejammert, wollte mir aber trotzdem eines seiner Gedichte vorlesen. Als er später auf die Leiter gestiegen ist, um weitere Werke zu suchen, hat ihn die Wirkung des Gifts stürzen lassen. Selbst am Boden hat er versucht zu reimen. Ein wenig geblutet hat er, aber immer weiter gelebt und geredet. Dieser Irre. Ich habe so lange zugesehen, bis er nur noch gewimmert hat. Dann war es an der Zeit, das Finale einzuläuten."

„Der Mann, der Ihr Vater ist, Giorgia. Haben Sie es ihm gesagt?"

„Immer noch so impertinent neugierig, Edwina. Aber nein. Ich wollte es, doch der Ekel hat mich daran gehindert. Wissen Sie, anfangs hat er mir ein schlüpfriges Kompliment gemacht. Er war genug bei Verstand, um sich an die alten Tage zu erinnern." Giorgia machte eine respektlose Geste. „Das Getränk diente hauptsächlich dazu, das Geschehen aufzumischen. Eine kleine Show zu inszenieren. Vergleichbar den Vipern auf Ihrer Terrasse, Edwina. Gelungene Einlagen, das müssen Sie zugeben."

„Wahrlich eine makabre Show." Edwina schluckte, ihr Hals fühlte sich wie Schmirgelpapier an. „Sie haben sich die Latexhandschuhe übergezogen, di Levia nach dem Sturz noch mal hochgestemmt und seinen Schädel gegen die Tischkante geschlagen. Brunos Spuren hingegen haben Sie nicht ganz beseitigt, nur die Gläser mitgenommen. Die Verhaftung war Teil des Plans. Damit Bruno nach der Rehabilitierung auf jeden Fall als Täter ausscheidet. Er war es ja auch nicht."

Endlich meldete sich Bruno zu Wort. „Lassen Sie Giorgia in Ruhe, Signora. Es tut mir leid. Alles. Ich nehme es auf mich."

„Bruno, deine Großmutter hat keinen Mörder großgezogen. Niemals." Edwina biss sich fest. „Mach deine Nonna stolz, beende diese Farce."

„Hören Sie auf. Giorgia und ich werden ewig zusammenbleiben, als Freunde und als Geliebte und als Familie. Jupiter und Juno. Niemand, auch Sie nicht, wird unser Glück verhindern." Bruno klang immer noch wie der verletzte Junge, der seinen Erzeuger konfrontiert hatte. „Nur Giovanni di Levia gilt mein Hass. Sie, Signora, können von mir aus fortgehen. Gehen Sie. Weit, weit weg. Ich will nicht, dass Sie leiden. Giorgia, hör auf. Tu ihr nicht mehr weh. Bitte. Ja?"

Giorgia klemmte den Schlagstock unter der rechten Achsel ein und packte Bruno bei den Oberarmen. „Red keinen Blödsinn. Du weißt, dass wir sie nicht einfach hier hinausspazieren lassen werden. Und ich kann sie nicht mit meiner Dienstwaffe erschießen, auch das muss dir klar sein. Also lass es mich tun, ohne dich darum zu kümmern, wie ich es erledige. Hier wird es ewig dauern, bis sie jemand findet. Die Ermittlungen in der Villa sind abgeschlossen. Oder wir verscharren sie im Garten, noch besser. Es ist der perfekte Ort. Wir sind auf der sicheren Seite, Bruno."

„Hallo! Sie ist aber noch am Leben." Edwina ergriff die gefühlt letzte Chance, die ihr blieb. „Bruno! Mach mich los. Lass nicht zu, dass ich auch ein Opfer werde. Giovanni di Levia mag es verdient haben, aber Greta nicht. Nicht Luis und nicht Felix. Die beiden haben nichts, aber auch gar nichts mit der Sache zu tun. Auch mein Verschwinden würde euch nicht helfen. Im Gegenteil. Commissario Alceste ist clever, egal was Giorgia sagt, egal wie sehr sie die Ermittlungen immer weiter manipuliert. Er wird es herausfinden."

„Bruno, amore mio! Alles wird gut. Ich verspreche es dir. Il mio sangue! La mia vita!"

„Bruno, bitte. Giorgia wird mich töten. Das kann dir nicht egal sein."

„Lass uns allein, Bruno!"

„Hilf mir! Deiner Nonna zuliebe!"

Unvermutet und mit einem Aufschluchzen riss sich Bruno von Giorgia los, rannte hinter den Stuhl und begann, an Edwinas Fesseln zu arbeiten.

„Was machst du?" Giorgias Ton wurde lauter und höher.

Bruno zog und schrie. „Laufen Sie, Signora Teufel. Laufen Sie!"

42

Für ein paar Sekunden blieb Edwina wie erstarrt.

Dann drückte sie sich hoch.

Der Schmerzlevel stieg ebenfalls an, schraubte sich höher, nahm ihr für weitere Sekunden wertvoller Zeit den Atem.

Ich bin zu alt für diesen Scheiß, dachte sie in einem der hintersten Winkel ihres Hirns. Angelehnt an eine Actionfilmreihe, die Toni liebte und sich sicher zehnmal angesehen hatte. Genau jetzt und hier schien sich dieser Winkel unfassbarerweise zu amüsieren.

Aber er half Edwina auf die Beine und durch den Schmerztsunami hindurch.

Aus dem Augenwinkel heraus sah sie, wie Giorgia sich hoch aufrichtete, wahrlich einer Schlange gleich und bereit, sich auf Edwina zu stürzen, um sie an der überraschenden Möglichkeit einer Flucht zu hindern.

Wieder war es Bruno, der sich vor die Furie stellte und ihr den Weg versperrte. „Nicht mehr, bitte, es ist genug", rief er.

„Maledetto!" Giorgia fauchte. „Lass mich! Lass mich!"

Die beiden rangen miteinander.

Jetzt oder nie, Winnie, schrie es in Edwinas Kopf.

Sie startete. Sie rannte. Ihre nackten Füße trommelten auf den Treppen, die von der Bibliothek nach unten führten.

Das Adrenalin drängte für den Moment jeden Schmerz und jede Schwäche in den Hintergrund. Sie war über fünfzig, etwas mollig und zurzeit wahrhaftig heftig angeschlagen, aber hier rannte die unermüdliche Chefinspektorin um ihr Leben.

Durch den weitläufigen Eingangsbereich musste sie es bis an die Türe schaffen. War sie einmal im Freien, konnte sie zu schreien beginnen, was ihre Lungen hergaben. Der keuchende Atem würde sie zwar nicht die Lautstärke erreichen lassen, die sie sonst bei ihren Wutanfällen hervorbrachte, aber Hauptsache, sie war erst einmal aus der Villa draußen.

In letzter Sekunde entdeckte sie die Scherben am Boden.

Eine besonders kantige glitzerte mit den späten Sonnenstrahlen um die Wette, die durch eines der Glasornamente am linken Fenster schienen. Dieser hätte Edwina mühelos ausweichen können, aber die Tausenden kleinen Splitter, mit denen der Marmor übersät war, würden ihre Fußsohlen ziemlich verletzen. Fraglich, ob sie dann noch in der Lage wäre, ihre Flucht über den Kiesweg fortzusetzen.

Entweder durch Unachtsamkeit oder mit purer Absicht hatte jemand hier etwas zerschmettert. Edwina tippte auch hierbei auf Giorgia. Denn beim Hereinkommen hatte Edwina zwar einen Sack über den Kopf gehabt, aber auf Scherben zu laufen, wäre ihr mit Sicherheit schmerzhaft aufgefallen.

Sie verlangsamte ihre Flucht, trippelte zwischen dem Glas wie auf einer Eisfläche, die jederzeit einbrechen konnte.

Nach einer gefühlten Ewigkeit war sie am Eingang. Der hinterste Winkel ihres Hirns wollte schon jubeln, bis sie merkte, dass die Tür verschlossen war.

Edwina schrie. Aus Wut, aus Verzweiflung, aus Trotz.

Wieder beschuldigte sie Giorgia. Edwina hätte nach dem Schrei ohne Übergang losheulen können, aber noch war nichts zu spät.

Also würde sie sich zuerst verstecken, danach erst eine Flucht überlegen. Die Villa war groß.

Edwina dachte an all die schlängelnden und krabbelnden Geschöpfe, die mit di Levia sein Zuhause hatten teilen müssen. Sie beneidete die Tiere darum, mühelos in den vielen Ritzen und dunklen Ecken Unterschlupf zu finden.

Hinter sich, oben, hörte sie Giorgia brüllen.

Nicht nach Edwina, sondern zu Bruno gerichtet. „Du schäbiger Verräter. Du Feigling. Ist das der Dank, dass ich dich vor diesem Weib beschützen will? Jetzt werden wir sie suchen müssen."

Edwinas Überlebenszeitfenster schrumpfte rapide. Denn bei einer Sache hatte Giorgia vorhin völlig recht gehabt. Da die Villa leer stand, würde niemand in absehbarer Zeit die Räumlichkeiten betreten. Bis dahin hätten sich die beiden ihres Körpers wahrscheinlich entledigt. Wer würde im weitläufigen Garten nach ihrer Leiche suchen? Dass Bruno sich durchaus wieder auf die Seite seiner teuflischen Geliebten schlug, lag für Edwina auf der Hand. Der junge Mann war leicht zu manipulieren, in die eine wie auch in die andere Richtung.

Edwina trippelte ein Stück zurück. Im nächsten Moment nahm ihr ein Stechen in der Ferse den Atem. Sie war auf eine der Scherben getreten. Rasch hob sie den Fuß, Blut begann sofort über das Glas zu tropfen. Die Scherbe war aber groß genug, um mit einem Ruck herausgezogen zu werden.

Der Stich beim Ziehen war wie ein Blitzschlag. Edwina unterdrückte einen nächsten Aufschrei. Ihr wurde erneut schwarz vor Augen. Das Adrenalin begann nachzulassen. Sie würde gleich umkippen.

Eddi, Winnie, Edwina, du schaffst das! Die Stimmen ihres Vaters, ihres Liebsten, ihrer Kollegenschaft meldeten sich in einem dröhnenden Chor.

„Ja, ich kriege das hin!", flüsterte sie ihnen zu.

Mit dem Saum ihres Leinenkleides saugte sie das Blut vom Fuß auf, um keine Spur auf dem Boden zu hinterlassen. Dann humpelte sie weiter, den verletzten Fuß nur mit Zehenspitzen aufsetzend.

Sie erinnerte sich, dass es vom Eingang aus rechts in die Küche ging. Immerhin hatte niemand die Flügeltür zu dem Trakt des Gebäudes verriegelt. Dort ließ sich entweder ein Küchenwerkzeug finden, mit dem sie sich verteidigen konnte, oder sie stieg durch eines der Fenster.

Schleppend nur kam sie voran.

Ihren Irrtum erkannte Edwina in dem Moment, als sie das angepeilte Ziel erreichte.

Zuerst wäre sie fast gestürzt. Dass zwei Marmorstufen in den Küchenbereich führten, hatte sie nicht mehr im Kopf gehabt. Giovanni di Levia hatte Treppen wohl geliebt. Rauf und runter hält mich munter, sie musste einfach schmunzeln. Wäre ihre Lage nicht so gefährlich, hätte Edwina zusammen mit dem hintersten Hirnwinkel einiges an peinlicher Poesie erfinden können.

Danach erst fiel ihr ein, dass der Hausherr nie gekocht hatte. Seine letzte Frau war es gewesen, die sich hier mit einem Innenarchitekten ausgetobt hatte. Das Problem war nicht die elegante marmorne Arbeitsplatte, auch nicht die chromverzierten Mahagonischränke, die mit dem Muster im Boden eine harmonische Einheit bildeten, sondern das Fehlen jeglicher Utensilien. Kein Messerblock, leere Haken, an denen weder eine Schere, eine Vorlegegabel, ein Pfannenschieber noch eine Schöpfkelle hingen. Irgendetwas, das sie in die Hand nehmen und gegen die Angreiferin verwenden konnte.

Die war in der Zwischenzeit auf der Suche nach Edwina.

„Ich finde dich, Chefinspektorin!" Giorgias Stimme hatte einen Nachhall, der die Worte bedrohlicher wirken ließ. „Gib auf! Du hast keine Chance, Edwina. Lass mich dir ein Angebot machen."

„Verdammt!" Edwina presste die Lippen zusammen. Sie schmeckte Blut in ihrem Mund.

Ihr Brustkorb im Bereich der Rippen fühlte sich wund und irgendwie aufgerissen an. Das Atmen war nur mit kurzem Luftschnappen möglich. Ihr Knie schien sich auf die dreifache Größe ausgedehnt zu haben. Ganz zu schweigen von der Wunde an der Ferse.

Edwina war in elender körperlicher Verfassung. Nicht mehr viele Kraftreserven, keine große Gegenwehr möglich. In einer direkten Auseinandersetzung mit Giorgia würde sie den Kürzeren ziehen.

Unvermutet dachte sie an das Springmesser im Fundbüro, das mit dem Holzgriff und dem eingeritzten Totenkopf. Wo waren die Dinge, wenn man sie brauchte? Ein Königreich für dieses Fundstück.

Ein Stück Glück empfand sie, als sie merkte, dass Giorgia sich am Ende der Treppe im Eingangsbereich in die entgegengesetzte Richtung bewegte. Das verschaffte Edwina Zeit, die Schubladen aufzuziehen und die Schränke zu inspizieren.

Dunkel war es in dem Bereich. Die Fensterläden außen ließen bloß punktuell Licht herein. Dazu waren alle Küchenschränke leer. Hatte Greta Galli bei ihrem Auszug jeden Topf, jeden Löffel, jedes Glas und jeden Teller mitgenommen? Hatte sich Giovanni nicht einmal einen Tee oder Kaffee in seinem Heim kochen wollen? Dünn und hager war der Mann gewesen. Kein Wunder, wenn Edwina sich in der Küche umsah.

Armer, verwirrter Greis. Sein ganzes Vermögen, das Hotel, die Eisdielen, die Villa, nichts davon hatte ihm Seelenfrieden gebracht. Seinen Untergang hatte kein Geld der Welt verhindert, allein und verloren war er gestorben. Nein, korrigierte sie sich, nicht allein.

Edwina imaginierte sich Giorgia in der Villa, oben in der Bibliothek, während Bruno mit dem Mofa Richtung Limone aufgebrochen war für sein Alibi.

Gut vorstellbar, dass die junge Frau nicht dem Zufall das Feld überlassen hatte, sondern im richtigen Moment mit einem Stoß gegen die Leiter dem Schicksal di Levias auf die Sprünge half. Hätte sich der Hausherr direkt beim Aufprall das Genick gebrochen, umso besser. Doch er hatte noch gelebt. Seinen Hinterkopf gegen die Tischplatte zu schlagen, war für die Täterin keine große Sache gewesen, wie Edwina nach ihren eigenen Qualen nun wusste. Danach war Zeit genug gewesen, den Körper des alten Mannes sowie den Tatort in ihrem Sinne zu manipulieren.

Oder war Giorgia durch das Erscheinen von Felix Stacherer unterbrochen worden? Hatte deshalb die Spurensicherung den falschen Winkel beim Aufprall entdecken können? Auf jeden Fall hatte sie die Villa ungesehen verlassen, nur um kurze Zeit später mit dem Commissario aufzutauchen und jeden Schritt der Ermittlungen mitverfolgen zu können.

Die Vorstellung brachte Edwina zum Zittern, was ihren Rippen und ihrem Knie missfiel. Weitere blitzartige Schmerzen schossen von der Ferse bis zum Kinn.

Schluss mit all den Überlegungen! Es ging ums Überleben, nicht darum, analytisch den Fall aufzurollen.

„Ich finde dich, Schlange!" Giorgia kam zum Eingangsbereich zurück. Ihrem festen Schuhwerk machten die Scherben nichts aus. „Ich packe dich und trete dich tot."

Die Schlange bist du, hätte Edwina gerne zurückgebrüllt. Wobei diese Tiere viel zu schön und perfekt waren, um als Schimpfwort herzuhalten.

„Und ich bin die Teufel", flüsterte sie stattdessen. „Ich überstehe das hier."

Edwina humpelte zu einem der Fenster, das über einem breiten Spülbecken angebracht war. Wenn sie es nur schnell genug öffnen könnte, die Läden aufstieß und hinauskletterte, gab es eine Chance. Mit einem Stöhnen lehnte sie sich nach vorne und fasste nach dem Griff. Nichts bewegte sich. Eine Verriegelung auch hier.

Sie überlegte, sich in einem der unteren Schränke zu verkriechen, doch Giorgia würde sie früher oder später finden. Also blieb nur der Kampf mit den bloßen Fäusten. Verletzt, entkräftet, alt im Vergleich zu einer jungen Furie mit Polizeistock.

Die Chancen waren ungleich verteilt, Edwina hätte nicht auf sich selbst gewettet.

Doch wie einen letzten Sonnenstrahl an diesem unendlich scheinenden Abend zwischen Bardolino und Eintopf, Entführung und Misshandlung entdeckte Edwina einen Gegenstand, der in keiner Küche fehlen sollte. Ein Backutensil, das bei der Räumung übersehen wurde. Etwas, das Edwinas Rettung sein könnte.

Hier mangelte es an allem, aber das eine genügte. Es lehnte einsam seitlich neben der Spüle, am Rand des Fensterrahmens. Ebenfalls aus dunklem Holz und farblich kaum von ihm zu unterscheiden.

Die Tränen schossen Edwina in die Augen, vor Dankbarkeit, dass es vergessen worden war. Es war nicht perfekt, es war nicht einmal scharf und spitz, sondern rundlich wie Edwinas Figur. Es fühlte sich in Edwinas Fingern fest genug an, um Widerstand zu leisten, ja um die Angreiferin k. o. zu schlagen.

Das Nudelholz, der Nudelwalker, il mattarello, war eine göttliche Gabe zum bestmöglichen Zeitpunkt.

Edwina umfasste nun mit beiden Händen einen der Griffe.

Allen Schmerz und alle Erschöpfung ignorierend ging es zu den beiden Stufen zurück. Sie presste sich an die Wand an der linken Seite. Giorgia mochte zwar mit der linken Faust zuschlagen, aber den Stock hatte sie mit der rechten geführt. Rechtshänder schauten meist erst auf die Seite der dominanten Hand.

Was, wenn nicht? Was, wenn Bruno hinter Giorgia war, beschämt ihr folgend und auf Wiedergutmachung aus, weil er sich gegen seine Geliebte gewendet hatte? Bei zwei Gegnern war Edwina ohne und mit Nudelholz machtlos.

Keine Zeit, zu spekulieren.

Die Täterin kam. Mit lauten Schritten, mit mörderischen Absichten betrat sie den Küchenbereich.

Zuerst drehte sie den Kopf nach rechts. Und wie Edwina vorhin stolperte sie über die erste der zwei Stufen. Ihre Aufmerksamkeit galt für Sekunden der Wiedererlangung des Gleichgewichts. Sie drehte Edwina den Rücken zu.

Es gilt, dachte Edwina.

Sie holte aus, als würde sie einen Baseball schlagen. „Du Krampen, du! Du Luder!", schrie sie dabei und zielte auf Giorgias Hinterkopf, umrahmt von den blonden Locken.

Auf den letzten Millimetern, bevor Edwina das Nudelholz aufklatschen ließ, nahm sie etwas Kraft heraus. Sie wollte ihrerseits nicht töten, sich bloß zur Wehr setzen und sich retten.

Das Geräusch beim Aufprall ähnelte dem einer Kugel Eis, die unachtsam aus der Tüte fällt und auf den Boden klatscht. Vielleicht ein *bacio*, ein Schokolade-Haselnuss-Duo.

43

Bruno hockte mit angezogenen Beinen auf der untersten Steinstufe vor dem Eingang zur Villa.

Zuerst hatte Edwina sich Giorgias Waffe angeeignet und ihn dazu gezwungen, die Hände seiner Liebsten mit den Handschellen zu fixieren. Zugleich aber auch die Bewusstlose in eine stabile Seitenlage zu bringen, damit ihre Atemwege frei blieben.

Am Hinterkopf konnte Edwina der Beule, die sie Giorgia mit dem Nudelholz zugefügt hatte, beim Anschwellen zusehen.

Bei Edwina selbst setzte eine bleierne Müdigkeit ein. Ihre Lider flatterten, der Garten mit dem Kiesweg bis zur Einfahrt schwankte vor ihren Augen hin und her, als wäre sie auf einem Boot und das Boot auf bewegten Wasser.

„Wenn du was Blödes versuchst, werde ich nicht zögern, zu schießen oder dich k. o. zu schlagen. Was dir lieber ist." Edwina versuchte immer noch, kraftvoll gegenüber Bruno zu klingen.

Bei einer Attacke seinerseits hätte sie in Wahrheit keine Kraft mehr gehabt. Sie gestand sich ein, dass Bruno, der von ihnen dreien am wenigsten körperlich abbekommen hatte, sie ohne Mühe überwältigen hätte können, ob bewaffnet oder nicht. Doch nach ihrem verlässlichen Bauchgefühl würde Edwina wetten, dass Bruno bereits aufgegeben hatte.

Er zog es vor, zu hocken, vor sich hinzustarren und auf die weiteren Entwicklungen zu warten. Höchstens noch ein paar Minuten, bis Rettung und Polizei eintreffen würden.

In der anderen Hand hatte Edwina ihr Handy umklammert, das sie achtlos auf einem letzten verbliebenen und leeren Terrarium entdeckt hatte. Der Akku zeigte eine rote Linie, lange würde er nicht mehr seinen Dienst tun, wenn sie ihn nicht auflud. Für einen Notruf hatte es gereicht. Sogar für zwei weitere kurze Anrufe.

Einer hatte Commissario Alceste gegolten. Sie hatte sich vorgestellt, wie sein Mobilteil mit schmelzendem Timbre *Azzurro* zu singen begann. Drei Anordnungen hatte sie ihm nach der Standortangabe zugerufen: „Kommen Sie auf der Stelle!", „Zugriff!" und „Retten Sie mich, Adriano!".

Bei Toni war, wie so oft, die Mailbox angesprungen. Er wähnte seine Winnie höchstwahrscheinlich sogar noch bei der Feier, zufrieden plaudernd und sich an den Köstlichkeiten erfreuend.

Seit die beiden Schuldigen ihr den Sack über den Kopf gezogen und sie in die Villa di Levia entführt hatten, waren gerade einmal zwei Stunden vergangen. Unfassbar, wie Zeit sich dehnen konnte.

Hinter Bruno stand Edwina, Sitzen schien ihr zu riskant. Sie blinzelte Richtung Einfahrt, legte den Kopf einmal nach links, dann nach rechts, um das innere Gleichgewicht irgendwie herzustellen. Die schiefe Ebene des Schwindels erzeugte ein unreales Gefühl.

„Die Sirenen von Garda", sagte Bruno unvermittelt.

Edwina zuckte zusammen. Sie streckte Arm und Hand mit der Waffe aus, obwohl Rosas Enkel keine Anstalten machte, sich aus seiner kauernden Haltung zu lösen.

„Was ist damit?"

„Die Legende, Signora Teufel. Kennen Sie sie?"

„Nein, Bruno." Vielleicht war es gut, wenn er redete und damit nicht doch auf den Gedanken kam zu fliehen. „Erzähl sie mir."

„Der Sage nach lebten und schwammen unter den Windmühlen, die das Wasser des Gardasees bewegten und kräuselten, wunderbare Wesen. Halb Frauen und halb Fische. Es soll eine Zeit gegeben haben, in der in heißen Sommernächten die Seejungfrauen sich einigen Fischern in der Bucht offenbarten. Sie luden sie ein, ein wunderbares Getränk zu trinken, das sie belebte und in ihnen Liebe und Lust weckte. L'elisir d'amore haben sie es getauft."

Das Einzige, was Edwina dazu in den Sinn kam, war ein anderes Ammenmärchen, nämlich das vom Gardamonster, das Bennie genannt wurde. Die Mönche der Gardasee-Insel in San Felice del Benaco schrieben bereits im 16. Jahrhundert, sie hätten erlebt, wie eine riesige Kreatur aus einer Höhle am See auftauchte. Die erste Sichtung in der Neuzeit von Bennie, ein Name, der von Benàco, der alten Bezeichnung des Gardasees, abgeleitet war, ging auf etwa zwanzig Jahre zurück, als es von Tauchern vom Brescianer Ufer aus entdeckt wurde. Das Ungeheuer des Gardasees, das seit Langem Einwohner und Touristen mit seinen Abenteuern faszinierte.

Natürlich hatte Beatrice ihr und Toni davon erzählt, die Tratschtante. Beatrice würde die kriminelltragische Liebesgeschichte von Bruno und Giorgia vielleicht ebenfalls zu einer Legende machen.

„Wir haben uns das erste Mal im Wasser geküsst", fügte Bruno seiner Rede hinzu. „Giorgia ist die Liebe meines Lebens, wissen Sie. Tragisch, oder?"

Edwina kniff sich in den Arm, um nicht umzukippen. Eine, höchstens zwei Minuten musste sie noch durchhalten.

„Maria Callas war eine der großen unglücklich Liebenden unserer Zeit." Ihr fiel nichts anderes als Antwort ein. „*Casta Diva* aus der Oper *Norma* war eine ihrer sensationellen Gesangsdarbietungen. Tonis Vater hat sie einmal live erlebt und bis zu seinem Tod von ihr geschwärmt."

„Oh ja. Meine Nonna verehrt sie." Bruno seufzte tief und lang anhaltend. „Liebe und Tod. L'amore e la morte."

Als wäre es das Stichwort für den Auftritt der Kavallerie, waren Sirenen der anderen Art zu hören, die sich rasch näherten.

In Edwinas Kopf mischten sich die Stimmen von Adriano Celentano und Maria Callas zu einem Klangteppich, der sie davontrug.

44

Als würden Welten sich verschieben.

So kam es Edwina vor, als ihre Kräfte endgültig nachließen, ihr Kreislauf kollabierte.

Dass sie umfiel, merkte sie nicht. Sondern sie wechselte vom Anwesen di Levia in einen leeren, großen Raum, der ein Kellergewölbe sein musste.

Der Gesang war ruckartig abgerissen.

Dämmrig war es, Licht kam nur von einer trüben und nackten Birne weit oben. Muffig der Geruch, bedrohlich die Atmosphäre, beängstigend alles um Edwina herum.

Gestapelte Kisten umgaben sie, ein schwerer Schrank stand in der Ecke, seine Umrisse dem eines Riesen gleich.

Ein Regal voller Spinnweben kam in ihr Blickfeld, darauf jede Menge alter Spielsachen, wie man sie manches Mal auf Trödelmärkten fand. Einen Aufziehaffen konnte sie erkennen, der in seinen Pfoten jeweils eine Tschinelle hielt. Ein Stoffhund in Braun, der aussah, als hätte man ihm zwei Drittel seines Fells gerupft, starrte mit seinen Knopfaugen in ihre Richtung.

Wo bin ich hier, fragte sie sich. Zugleich öffnete sich ihr Mund, um zu rufen, doch sie schloss ihn wieder, ohne einen Laut auszustoßen. Denn ihr Bauchgefühl gab eine Warnung aus.

Gefahr lauerte in den Schatten, die weiter hinten, hinter dem Bogengewölbe verharrten. Pechschwarz war es dort.

Trotzdem war alles um sie herum seltsam vertraut. Was die Gänsehaut nicht minderte, aber die Furcht dämpfte.

Von der Treppe her erklangen Schritte, die sich näherten. Das alte Holz knarrte.

Edwina presste sich die Hand gegen die Lippen, nur jetzt nicht schreien. Um das Licht auszumachen, war es zu spät. Sich zu verstecken, rasch, war der bessere Plan. Auf Zehenspitzen umrundete sie das Regal, quetschte ihren zarten Körper in den Spalt zwischen Holz und Mauer. Sie ließ zu, dass sich die Spinnweben über ihren Kopf und Körper legten. Vor ihr krabbelte eines der fleißigen Tiere, floh vor der unerwarteten Störung. Groß war die Spinne, und Edwina klein. Aber vor dem Krabbler hatte sie keine Angst.

„Spinnentiere haben immer zwei Körperabschnitte – Vorder- und Hinterkörper – und acht Beine", hörte Edwina ihre Großmutter sagen. Edwina senior hatte ein Herz für die ungeliebten Wesen gehabt und es, wie ihren Vornamen, an ihre Enkelin weitergegeben. „Im Gegensatz zu Insekten haben Spinnen keine Fühler oder Flügel. Am Ende ihres Hinterleibs befinden sich Spinnwarzen, mit denen Spinnen unterschiedlich feine Seidenfäden herstellen können."

Wieder eine Oma. Warum nur reichten deren Weisheit und Liebe nie aus, um all die kleinen und großen Bösartigkeiten zu verhindern? Edwina wünschte sich in dem Moment ebenfalls eine Spinnwarze, um sich vollkommen einspinnen zu können gegen die Bedrohung, die im Gegensatz zwei Beine hatte und nun unter das Licht der Glühbirne trat.

Es. Das Es ihrer Tausenden Albträume zeigte sich mit einem Strumpf über dem Kopf. Deshalb war es Edwina niemals gelungen, ihren Alb einer Frau oder einem Mann zuzuordnen.

Die Augen und der Mund waren ausgeschnitten. Eine Zunge leckte über die Lippen, die Augen wanderten suchend durch den vollgestopften Raum.

„Edwina Teufel", sagte die Stimme hinter der Vermummung. „Ich weiß, dass du da bist und dich versteckst. Sei ein Engelchen und komm heraus. Niemand wird dir etwas tun."

Das ist gelogen, dachte Edwina. Genau die bestrumpfte Gestalt war es, vor der sich Edwina schützen musste. Einen Teufel würde sie tun und sich bemerkbar machen.

„Spatzerl, Edwina-Kind, Süße. Gib mir deine Hand. Wir spielen. Seifenblasen können wir oben machen. Ich kenn einen Trick, bei dem werden die so groß, dass wir hineinsteigen können."

Beide Arme streckte das Es aus, drehte sich unter dem fahlen Glühlampenlicht einmal im Kreis. Lauschte in den Raum hinein.

Edwina unter den Spinnweben atmete so flach wie irgend möglich.

„Verdammt, Edwina! Wenn ich ohne dich von hier verschwinde, muss es jemand anderer büßen. Deine Freundin Leni oben weint und weint, weil sie ganz allein ist. Willst du Leni so lange weinen lassen, bis sie in ihren Tränen ertrinkt?"

Leni, das so liebe und schüchterne Nachbarskind. Edwina hatte sie zum Spielen eingeladen, als sie über den Zaun geschaut hatte. Arme Leni, dachte Edwina. Arme Leni, die nicht so schnell wie Edwina die Flucht ergriffen hatte.

Das ist nicht gerecht, schoss es ihr weiter durch den Kopf. Leni hatte sich so gefreut, als Edwina vorgeschlagen hatte, Dominosteine aufzubauen zu einer unendlich langen Reihe, die mindestens durch die drei Zimmer im Erdgeschoß gehen würde. Keine zwanzig hatten die Mädchen aufgestellt, als der Überfall stattgefunden hatte.

Die Furcht der kleinen Edwina wurde von einem Zorn verdrängt, den sie in ihrem Leben bis dahin nie empfunden hatte. Weder sie noch Leni hatten irgendjemandem irgendetwas Schlimmes getan. Nur die Tatsache, dass ihre Eltern unterwegs waren und der Babysitter sich verspätet hatte, hatte diese freie, kurze Zeitstrecke ermöglicht, in der das Böse die Gunst der Stunde nutzte.

Zwei waren es, fiel Edwina wieder ein. Zwei, nicht einer. Zweimal jeweils ein Es mit Strumpfmaske. Oben eines bei Leni, unten im Keller bei ihr das andere.

Plötzlich erklang von der Kellertreppe her ein Rufen. „Komm wieder hoch! Das Gfrast kann auch ganz woanders sein. Wir müssen uns beeilen."

„Die is' hier unten. Wohin hätt s' denn sonst rennen sollen. Such nach einer Taschenlampe."

„Nein! Die blöden Kinder sind wurscht."

Die bestrumpfte Gestalt, das Es, verharrte trotzdem noch eine gefühlte Ewigkeit. Lockte, rief, drohte. Machte sogar eine Bewegung in Richtung des Regals, hinter dem Edwina stand. Aber die Spinnweben hielten Es ab weiterzusuchen. Ein Aufschrei des Ekels war eine winzige Genugtuung für Edwina.

Kurz bevor Es den Rückzug antrat, gab es einen Moment, in dem Edwina fast vorgestürzt wäre und sich auf die bestrumpfte Person geworfen hätte. Aus Zorn, aus Wut, aus Ärger und aus Kummer.

In ihrem kindlichen Verstand begriff Edwina, dass der Einbruch, die Verfolgung und die Bedrohung eine

Zäsur darstellten. Niemals mehr würden Leni und sie sich zum Spielen treffen, niemals mehr würde ihr Zuhause für sie ein sicherer Ort sein.

Natürlich, Edwina begriff: Sie war im Keller des Hauses ihrer Eltern. Das Haus, das ihr Papa von der lieben Omama geerbt hatte. Viele Zimmer, alles alt, aber ein paar wertvolle Antiquitäten, hatte Papa öfter gesagt. Sie wohnten seit einem halben Jahr in Hietzing in Wien. Der Tierpark von Schloss Schönbrunn war nicht weit, was das Beste an dem Umzug war. Viel zu entdecken, viel zu erobern, dazu die Leni als nachbarliche Spielkameradin.

Wer hätte ahnen können, dass ein Einbruch alles ändern würde?

Ich krieg euch zwei, rief Edwina in Gedanken. Ich pack euch und sperr euch ein.

Das Es trat den Rückzug an. Fluchend und zur Seite spuckend.

Edwina wartete zu. Von oben hörte sie Rumpeln, etwas fiel krachend um. Sie begann zu weinen, still und leise, falls Es auf der Treppe lauerte.

Plötzlich riss die Mauer hinter ihr auf. Lärm stach in ihre Ohren. Helles Licht ließ sie blinzeln.

„Edwina, Signora Edwina!", wiederholte jemand ihren Namen.

Nicht das Es mit der Strumpfmaske, sondern ein gutaussehender junger Sanitäter in einer orangen Weste, der ihre Wangen tätschelte.

„Sie kommt zu sich", rief der Retter dem Commissario zu, der dahinter stand.

Die Gegenwart hatte Edwina wieder.

VI

Dolore – Trauer

45

„Pronto? Hörst du mich? Ich kann deinen Atem an der Haut meines Ohres vorbeistreichen fühlen. Ich weiß, du lauschst. Deshalb sage ich: Es ist nicht vorbei. Nicht unsere Zeit und nicht unsere Verbundenheit.

Ich verzeihe dir den Verrat, den du begangen hast. Du bist schwach.

Diesen Zug an dir habe ich immer gemocht, aber nie vorhergesehen, dass genau die Eigenschaft mich mit in den Abgrund ziehen wird. Und doch: Ich sehne mich nach deiner Weichheit, deiner Gerechtigkeit, deiner – nein, das Wort Liebe füge ich dem nicht hinzu.

Liebe ist etwas für die Einfältigen, die Dummen und die Verlorenen. Das habe ich jetzt verstanden.

Ja, wir haben verloren, magst du einwenden, aber für mich ist es ein Schritt vor einem nächsten, eine Welle vor einer anderen.

Wir mögen unten sein, caro mio, doch beim nächsten Sturm spült es uns wieder ganz nach oben. Hinaus in die Welt, von der wir wissen, wie sie funktioniert, wie man sie manipulieren kann. Ich zumindest weiß es. Du kannst mir wieder folgen, wenn du dein Gewissen zurück in die Hölle geschickt hast.

Ha! Ich lache, laut und schmerzhaft. Denn es war und ist ein Spiel, das wir spielen. Du bist die tragische Figur, die den Halt verloren hat. Ich bin die Dame, die Königin, das Ziel, der letzte Stein, der den Sieg besiegelt. Niemand wird mich brechen. Niemand mich in Wahrheit verurteilen können. Es ist nicht einmal schlecht auf der anderen Seite des Gesetzes. Ich kenne die Regeln im Gegensatz zu dir.

Bleib am Leben, das ist mein einziger Ratschlag für dich.

Nun lass uns singen, caro mio, lass uns singen und auf einer Melodie davonschweben.

,Via via

Vieni via di qui ...'

Ich habe die ganze Nacht überlegt, welches Lied zu uns passt.

,Niente più ti lega a questi luoghi

Neanche questi fiori azzurri'

Lauschst du? Erkennst du es?

,Via via

Neanche questo tempo grigio

Pieno di musiche

E di uomini che ti son piaciuti'

Paulo Conte – wie passend! Ha! Ich lache. Hör mich lachen und singen.

,It's wonderful

It's wonderful

It's wonderful'

Bist du noch da? Wage es nicht, mich und mein Singen allein zu lassen. Wage es nicht!

,Good luck, my baby.'

Hallo? Pronto, pronto?"

46

Edwina stellte sich für einen kurzen Moment vor, der etwas jüngere Mann mit dem Schnurrbart und den schwarzen Haaren wäre ihr Liebhaber.

Nach einem schaumigen Cappuccino mit Blick Richtung Maria-Callas-Park würden sie erst auf den Steg gehen, der weit ins Wasser hineinragte, sich danach zu einem gepflegten Abendessen auf die Terrasse begeben. Zwischen den Säulen und hohen Bäumen auf dem dicht bewachsenen Hügel den Sonnenuntergang betrachten, während sie Austern schlürften und Champagner genossen.

Maria Callas, die große Sängerin, die in einer Residenz gegenüber dem jetzigen Luxushotel, der klassizistischen Villa Cortine, gelebt hatte, war wie Edwina und mit ihnen Hunderttausende Besucher von Sirmione von dem Standort begeistert gewesen.

Ein Ort, der die Romantik gepachtet hatte.

Der etwas jüngere Schnurrbartträger, heute das erste Mal in einem dunklen Sakko zum weißen Hemd, würde ihr seinen Arm anbieten, Edwina sich unterhaken und sie würden an der Rezeption vorbeischlendern, weiter zu dem Zimmer, das er für sie gebucht hatte. Ach was, Zimmer, eine Suite selbstverständlich.

Diese Suite wäre größer als die gesamte Wohnung, die sie mit Toni bezogen hatte. Blaue, lange Faltenvorhänge an den bodentiefen Fenstern, Parkettboden, Lüster an der Decke. Ehrwürdig die Einrichtung und doch modern. Der Wohnbereich mit einem Sofa voller üppig bestickter Kissen, das Bad mit einer Wanne, die zum Baden zu zweit verführte, und das Kingsizebett, das so gemütlich aussah, dass man es nicht mehr verlassen würde wollen.

Er würde ihr die Tür aufhalten, sie hinter ihnen fest verschließen. Gleich danach würde sich ihr Umgangston von formell auf intim ändern. Edwina würde sich zieren, ihren Lebensgefährten ins Spiel bringen und hauchen, dass sie niemals nicht an eine Affäre gedacht hatte, trotzdem würde sie einen Träger ihres roten Kleides über die Schulter gleiten lassen und er ...

„Das heißt, Sie stimmen mir zu, Signora Teufel?"

Commissario Adriano Alceste nahm einen Schluck aus seiner Tasse. Der Kaffee war schaumig. Das einzige Detail aus dem Tagtraum, das auch in der Gegenwart stimmte. Auf seinem Schnurrbart blieb ein kleiner Rest Milch zurück.

Bei Edwina erzeugte die abrupte Unterbrechung ihrer Fantasie einen solchen Schreck, dass sie innerhalb von Sekunden von einer Hitzewelle zu einer Gänsehaut wechselte.

Warum, Dio mio und Kruzifix, hatte sie solche Gedankenspiele im Kopf? Bisher war ihr der Commissario unangenehm bis arrogant und gefühlskalt erschienen. Er war nicht ihr Typ, sie liebte Toni, war diesem treu, und überhaupt gab es keinen Anlass, sich in eine erotische Szene zu flüchten.

Es lag an der Umgebung.

Wahr war, dass Alceste Edwina in die Villa Cortine, das Palace Hotel, eingeladen hatte. Allerdings ausschließlich auf einen Kaffee. Seine Art, sich zu bedanken für ihre Hilfe, und eine Wiedergutmachung für die Stunden der Entführung und Todesangst, die sie durchlebt hatte.

Zur realen Situation gehörte auch, dass sie unter Schmerzmitteln stand. Der enge Verband um ihre Rippen zwängte sie ein. Ihr Knie war getaped, und das dicke Wundpflaster, das die Wunde auf ihrem Kinn verdeckte, hatte beim Hereinkommen für ein paar erstaunte Blicke gesorgt. An diesem Ort war alles edel, nicht passend für abgekämpfte ältere Chefinspektorinnen.

Zu den schmerzstillenden Mitteln addierte sich das Flair der Umgebung. Der Duft der Vegetation. Der Himmel, der mit den Farben der untergehenden Sonne ein in sich fließendes Gemälde darstellte.

Deshalb war Edwina abgeschweift in ein Szenario, das niemals real werden würde.

Wenigstens wusste sie, was der Commissario mit seiner Rede eben gemeint hatte, nachdem sich Edwina zur Verhaftung von Bruno Rinaldi geäußert hatte.

„Sie haben recht, Commissario", nickte ihm Edwina zu. Sie hoffte, dass er an keinem Wimpernschlag und keiner Rötung in ihrem Gesicht ihre Gedankengänge von vorhin ablesen konnte. „Was ich zusätzlich anmerken möchte, ist, dass ich als Letzten Rosas Enkel im Verdacht hatte. Der Schock war immens, als mir klar wurde, wer hinter den Morden steckt."

„Mir ging es mit meiner Kollegin Giorgia ähnlich, Signora Teufel. Ispettore Punta war fleißig und respektvoll mir gegenüber. Zwar hatte ich erst mit ihr zu tun, als der Mord an Giovanni di Levia passierte, aber ich kannte sie von der Ausbildung. Ich hätte meine Hand für sie ins Feuer gelegt. Wie ich es übrigens für jedes Mitglied meines Teams tue."

„Niemand kann in die Seele eines Menschen blicken." Edwina holte tief Luft, was die Schmerzen an ihren Rippen verstärkte. Sie richtete sich ganz auf, um den Druck zu lindern. „L'amore kann etwas Wunderbares sein, wenn sie nicht in einen Abgrund führt."

„Sehr poetisch formuliert, cara Edwina. Du triffst den Punkt." Es war das erste Mal, dass er sie mit Vornamen ansprach und duzte. „Soll ich uns einen Martini zum Cappuccino bestellen?"

Einerseits war Edwina erfreut über den vertraulichen Ton, andererseits mochte sie Distanz in beruflichen Angelegenheiten.

Wobei es sicher keine neue Gelegenheit mehr geben würde, dass sich die Chefinspektorin und der Commissario zusammenschlössen, um ein Kapitalverbrechen aufzuklären. „Ich nehme einiges gegen die Schmerzen, deshalb verzichte ich auf Alkohol, grazie. Aber bitte, gönn du dir auf jeden Fall einen."

„Den brauche ich auch." Er zwinkerte Edwina zu. Eine Hälfte des Schnurrbarts hob sich leicht. „Vielleicht kann ich dir mit einer Brioche was Gutes tun. Die schmecken hier fantastico."

„Da bin ich dabei, Adriano." Sein Rufname kam ihr leichter über die Lippen als erwartet. „Hast du jemanden bestochen, um hier reservieren zu können?"

„Kramst du wieder Vorurteile heraus, Edwina?"

„Bitte, lass meinen Auftritt in deinem Büro ruhen. Ich schäme mich immer noch. Trotzdem, wie bist du zu dem Plätzchen gekommen?"

„Ich kenne einen, der einen kennt, du verstehst? Also doch ein winziges bisschen Mauschelei."

Er winkte grinsend nach dem Kellner. Der Cameriere huschte heran, verbeugte sich und verschwand nach der Bestellung wieder geräuschlos.

Edwina verglich ihn mit dem Ober in einem der alteingesessenen Kaffeehäuser in Wien. Plötzlich hatte sie Sehnsucht nach dem Stephansdom. „Anmutig ist es hier, Adriano."

„Gute Beschreibung, Edwina. Ich habe diesen Ort gewählt, weil wir hier die Ruhe haben, uns noch einmal auszutauschen." Alceste tupfte sich die Stirn mit einer Serviette ab, obwohl es relativ kühl auf der Terrasse war. „Die Presse setzt meinem Team zu. Der Tourismusverband. Die Politik. Ganz abgesehen von den Tausenden Kommentaren, die durch Giorgias Tat einen Beweis für die Verkommenheit bei der Polizia sehen."

„Die Taten hatten nichts damit zu tun."

„Bitte, stell du dich vor das Blitzlichtgewitter morgen, wenn die große Pressekonferenz stattfindet. Du kannst gerne einen deiner Wutanfälle bekommen, das schüchtert auch die Medienleute ein."

„Glaube ich kaum." Sie musste lachen, was die Schmerzen an den Rippen verstärkte. Besser wäre es, sie würde sich wie die Statue, die in ihrem Blickfeld draußen im Park stand, verhalten. Sie überlegte, ob die steinerne Frau eine Darstellung der Göttin Juno sein mochte.

„Warum Giorgia den Mord an Giovanni di Levia geplant hat, ist mir immer noch ein Rätsel. Sie und ihr Halbbruder hätten öffentlich machen können, dass sie seine unehelichen Kinder sind. Eine Klage anstreben." Der Commissario zwirbelte nun an seinem Schnurrbart. „Dann abwarten, bis der alte Mann eines natürlichen Todes gestorben wäre. Das Drama und das Verbrechen hätten vermieden werden können."

„Die Banalität des Bösen ist oft erschreckend." Edwina überlegte. „Das Erbe war bei den beiden zwar Thema, aber auch Nebensache. Das Motiv liegt mehr in der Zerstörung der Träume, die mit der Liebe zueinander zu tun hatten. Ich kann mir vorstellen, wie groß der Schock sein muss, wie leicht ein Herz bricht, wenn man erfährt, dass es sich bei der großen Liebe um den Halbbruder handelt. Giovanni di Levia hat aus Giorgias Sicht ihre Zukunft zerstört."

„Ich gebe dir recht und widerspreche dir. Beides. Denk an Bruno und seinen Wunsch, mehr zu erreichen. Für sich, seine Nonna und für Giorgia. Mit der Eisdiele am Campingplatz hätte er sich nicht zufriedengegeben."

„Vielleicht bin ich immer noch zu sehr auf Brunos Seite. Allerdings hat die Obsession der beiden, was Giovanni di Levia anging, zu der Tragödie geführt. Vor allem bei Giorgia ist der Hass nach Lia Moldovans Tod noch gewachsen. Für sie gab es nur den Weg des Verbrechens. Wobei nicht jeder zum Mörder wird, der Ungerechtigkeit ausgleichen will, weiß Gott nicht."

„Giorgias Familie war bereits bei mir auf dem Revier. Die Mutter hat still geweint, aber kein Wort gesagt, nur der Stiefvater hat sich beklagt. Über Giorgia, über die Polizei und über das Land im Allgemeinen. Er hat mich in seiner unangenehmen Art ein wenig an Giovanni di Levia erinnert. Es war frustrierend, ihm zuzuhören. Das Auto mit der roten Tür hat sich Giorgia ironischerweise bei einem seiner Verwandten geliehen. Darüber war er besonders erbost. Bei solch einem Mann groß zu werden, war sicherlich nicht einfach. Zugegeben. Das Aufwachsen prägt uns mehr, als wir ahnen."

Edwina nickte wieder. Ihre Berufswahl samt ihren Eigenschaften als sogenannte Zornnatter hingen mit dem Es ihrer Kindheit zusammen.

„Aber, wie du sagst, cara Edwina", der Commissario redete weiter, während er seine Hand auf ihre legte und sie tätschelte. „Eine schlimme Kindheit und spätere Enttäuschungen sind keine Ausrede für einen Mord. Zu etwas anderem: Gegen Rosa wird wegen des gefälschten Papiers keine Anzeige erhoben."

„Danke. Darüber bin ich erleichtert, Adriano."

„Und ich wollte mich bei dir entschuldigen. In aller Form."

„Oh, das kommt unerwartet." Sie zog ihre Hand dezent zurück. Die Berührung war ein Schritt zu viel. „Ich bin ganz Ohr, Adriano."

„Mein Wankelmut. Meine Art, dich einmal einzubeziehen und dich dann wieder auszuschließen." Er seufzte. „Ich war hin- und hergerissen. Einerseits war mir rasch klar, dass du bei der Aufklärung eine Hilfe sein konntest, andererseits bin ich es gewohnt, meine Ermittlungen ohne Einmischung von außen durchzuziehen. Zu viele Köche, du verstehst? Und in mein Team konnte ich dich offiziell nicht aufnehmen. Noch dazu hast du mir den Umgang mit dir nicht leicht gemacht. Also, mi dispiace!"

„Da schmilzt mein Wiener Grant dahin. Passt schon."

„Tommaso Maurizio Eduardo Bianchi ist wieder aufgetaucht. Er trauert um seine Greta. Wie mir scheint, ehrlich."

Edwina sah zu einem der dekorativen Buntglasfenster, das mit seinen Ornamenten in Blau und Rot durchaus Herzen darstellen konnte. Noch dazu erinnerten sie die Farben an das Wutbuch. Höchste Zeit, endlich darin zu schreiben. „Es gibt jedoch noch ein gesichertes Happy End neben unserem, Adriano."

Die Freude war Alceste nun deutlich anzumerken. „Du meinst Luis Brand und Felix Stacherer? Die beiden haben den Unfall überlebt. Stacherer ist gestern von der Intensivstation auf normal verlegt worden. Brand wird folgen. Ich konnte mit ihm reden. Er sagt, die Liebe von Luis hätte ihn beschützt. Sowie umgekehrt."

„Wunderbar. Mein Sohn hat in Wien ebenfalls einen Lebensgefährten. Sie wollen Toni und mich bald besuchen." Über Privates redete Edwina vor dem Commissario zum ersten Mal.

„Hoffentlich hält diese Beziehung wenigstens. Nicht wie bei Maria Callas, die mit Aristoteles Onassis leider unglücklich geworden ist. Je größer die Leidenschaft, desto schwieriger der Alltag."

„Mag sein." Edwina wollte dem Commissario nicht widersprechen, aber bei Toni und ihr war es anfangs ebenfalls leidenschaftlich zugegangen. Im Laufe der Zeit hatten sich erst alltagstaugliche Liebe und dazu noch eine Freundschaft entwickelt. Allerdings waren sie beide bereit gewesen, aneinander zu wachsen und voneinander zu lernen. „Adriano, bist du verheiratet, wenn ich fragen darf?"

„Naturalmente, Edwina. Ich habe eine Frau und drei kleine Bambini. Ich würde dir ja Fotos zeigen, aber auf meinem Diensthandy gibt es keine. Da bin ich strikt."

Der Martini und die Brioche wurden serviert. Der Drink von dem Kellner vorhin, das Gebäck von einer jungen Frau mit Brille und blondem Haar, das zu einem Zopf zusammengebunden war und Edwina einmal mehr an Giorgia denken ließ.

„Ich sage dir, Adriano, es ging nicht ums Geld." Unvermutet kam Edwina auf den Fall zurück. „Es war die Liebe, das Zerbrechen eines Traums. Je länger ich darüber nachdenke, desto klarer wird es mir."

„Der Fall ist gelöst, die Schuldigen sind ermittelt. Das zählt." Er hob sein Glas. „Salute! Ich zitiere: ‚Die große Ambition der Frauen ist die Ermutigung zur Liebe.'"

Mit dem Zitat brachte er Edwina vollkommen aus der Fassung. „Du und Molière?"

„Wie bitte?" Der Commissario war seinerseits verdutzt. „Das sagt Peter Ustinov als Hercule Poirot am

Ende des Klassikers *Tod auf dem Nil*. Kennst du nicht? Ich lese und schaue gerne Krimis. So, jetzt ist es heraus."

„Jeder kennt Agatha Christie, natürlich!" Eines wurde Edwina nach dem harmlosen und auch sympathischen Geständnis ihres Gegenübers klar: Adriano Alceste hatte sich seinen Schnurrbart wachsen lassen, weil er ein Hercule-Poirot-Fan war. „Das schöne Zitat allerdings stammt vom Dichter Molière, lieber Adriano."

Nach einem Schluck war das Martiniglas leer. „Okay, Signora! Ich streite mich nicht mit dir. Zumindest nicht über Filme und Bücher. Koste lieber die Brioche, sie ist göttlich."

Die Brioche war tatsächlich ein Traum aus Flaum. Zuckrig und doch nicht zu süß, bissfest und doch weich, zerfloss sie auf der Zunge und hallte im Geschmack nach.

Mit dem Gaumengenuss war die Fantasie zurück.

Edwina sah sich über die Stufen hinaufschweben, zwischen den Säulen anhalten, einen verführerischen Blick auf ihren Begleiter werfen, mit dem sie gleich einen leidenschaftlichen Kuss austauschen würde. Mit einem Unterschied zum ersten Mal: Der Lover, mit dem sie sich unterwegs sah, war Toni.

Gut so.

47

Schmerz, Leid, Kummer, Gram – all diese Emotionen bildeten sich auf Rosas Gesicht ab, als Edwina sie im Fundbüro aufsuchte. Dazu eine Fassungslosigkeit, die über die gebeugte Gestalt hinausging, sie umhüllte wie ein Mantel aus purer Trauer. Dolore, in einer tiefen und leidenschaftlichen Form.

„Edwina, ciao. Come stai?" Nur Rosas Stimme klang wie immer. Als hätte das Geschehen nie stattgefunden. „Kommst du, um wieder hier zu arbeiten? Ich glaube nicht, dass das eine gute Idee ist. Ganz ehrlich nicht."

Edwina gab Rosa recht. Sie konnte und wollte sich nicht vorstellen, auch nur eine Stunde am Tag in den Räumen zu sein, die sie an den Fall und die Morde erinnerten.

Dass Rosa ihren Platz hinter der Theke eingenommen hatte, schien Edwina mehr als mutig. Aber vielleicht war die Routine ein Heilmittel für sie. Jedoch nicht mit der Ermittlerin an ihrer Seite, die letzten Endes erneut zur Verhaftung von Bruno Rinaldi geführt hatte. Die Seelenwunde bei seiner Nonna brauchte Abstand von Edwina, um zu verheilen.

Im Moment wusste Edwina auf Rosas Frage keine rechte Antwort. „Ich kann nicht sagen, wie es mir geht." Sie merkte, dass sich ihre eigene Stimme rau und brüchig anhörte. „Ich meine, ich trage irgendwie auch Mitschuld an deinem Unglück."

„Du hast getan, was getan werden musste."

Der Satz blieb eine Weile zwischen ihnen stehen, hallte nach. Die Pause danach zog sich in die Länge. Edwina fehlten die Worte, ihr Hirn war wie blankgeputzt.

Unerwartet flatterte ihr Herz, eine Enge in der Brust ließ sie einen tiefen Seufzer ausstoßen. Das intensive Klopfen legte sich so schnell, wie es gekommen war.

Danach erst war sie wieder in der Lage zu sprechen. „Rosa, Bruno ist kein durch und durch schlechter Mensch. Er hat mich gerettet. Hätte er nicht die Fesseln gelöst, wäre ich ebenfalls über den Jordan gegangen."

„Was soll das heißen? Über den Jordan gehen?"

„Ich meine, ich wäre gestorben."

„Edwina! Ich weiß, was es bedeutet. Ich frage mich bloß, warum es so viele Umschreibungen für einen klaren Zustand eines Menschen gibt. Hat jemand seinen letzten Atemzug getan, ist er tot. So einfach. Findest du nicht?"

„Meistens vermeiden wir die Konfrontation mit dem Unvermeidlichen." Ihre Antwort kam Edwina selbst viel zu hochgestochen und künstlich vor. „Was ich meine, ist, dass wir täglich sterben könnten, aber nie daran denken."

Auch nicht besser formuliert, dachte sie.

Sie hatte Todesangst gehabt in der Villa di Levia. Nein, schon davor. Die schlimmsten Momente im Finale der Ereignisse waren die unter dem Sack gewesen. Die Luftnot, das Nichtsehenkönnen, die Unfassbarkeit der Erkenntnis zu dem Fall.

In Rosa spiegelten sich Edwinas Gefühle. Die alte Frau trug einen unsichtbaren Sack über ihrem Herzen, der sich nicht mit einem Ruck wieder entfernen lassen würde. Für Edwina war es vorbei, Rosa stand erst am Anfang einer langen Periode der Verarbeitung.

Spontan breitete Edwina die Arme aus. Stand da und spürte ihre eigenen Tränen fließen. Dass sie weinen würde, hatte sie nicht vorhergesehen. „Tut mir leid. Mi dispiace tanto, Rosa."

Die Klappe an der Theke hob sich. Rosa kam auf Edwina zu, eine ihrer Hände ging weit in die Höhe. Zuerst dachte Edwina, die alte Frau würde sie schlagen. Das wäre in Ordnung gewesen, auch wenn sie es nicht verdient hatte.

Als Nächstes aber kippte Rosas Oberkörper nach vorne und landete in Edwinas Armen. Die Hand aber blieb eigentümlich nach oben gestreckt, eine Fahne der Anklage gegen die grausame Welt.

Edwina drückte ihr Gegenüber an sich, ertrug den Schmerz an ihren Rippen. Ohnehin war Rosas Körper zart, klein. Als wäre sie zu einem Jungvogel mutiert, der viel zu früh aus seinem Nest gefallen war. Beide Frauen weinten und schluchzten, umklammerten sich. Sich Hilfe und Trost spendend.

Das Glöckchen an der Tür unterbrach die rührende Szene. Ein Mann, sofort als Tourist zu erkennen, mit Sonnenbrille, Sonnenhut und Badetasche, betrat das Fundbüro.

Er erblickte die Frauen, klemmte sich den Hut unter die Achsel, schob sich die Brille auf die Stirn und zuckte zusammen. Edwina spekulierte, dass sein Zucken mehr mit der geröteten Stelle auf seinem Haupt zu tun hatte als mit der vorgefundenen Situation.

Wie bei den meisten Urlaubern, startete er seine Anfrage mit großen Gesten, um sich verständlich zu machen. „Mein Sohn hat sein Feuerwehrauto gestern am Strand vergessen." Dazu hob er seine Lautstärke an, als würden die Frauen einen Kilometer entfernt sein. „Feuerwehr, verstehen Sie? Tatüüü tataaa!"

„Sie brauchen weder zu schreien noch mit den Armen zu wedeln, Signore. Wir können Sie verstehen." Rosa hatte sich bereits aus der Umarmung gelöst und stellte sich vor den Kunden. „Gestern, sagen Sie?"

„Entschuldigung." Er war ein Hüne, sie klein und schmächtig. Aber unter ihrem strengen Blick schien der Mann zu schrumpfen. „Ja, gestern Mittag schon. Meiner Frau ging es nicht gut und wir sind früher ins Hotel zurück."

„Warten Sie!" Mit dem Ärmel ihrer Bluse wischte sich Rosa Tränen und Rotz aus dem Gesicht. „Heute früh kam ein Freund von mir, der vergessene Sachen einsammelt. Die sind noch unsortiert. Aber da war ein Feuerwehrauto mit dabei."

„Am Rivoltella-Strand waren wir." Er nickte und hob einen Daumen. „Es wäre großartig, wenn ..."

„Warten Sie einfach, ja?"

Rosa verschwand im Nebenraum.

Edwina, die sich in der Zwischenzeit ein Taschentuch aus ihrer Umhängetasche geholt und sich geschnäuzt hatte, begutachtete weiter die gerötete Stirn des Kunden.

„Sie sollten sich eincremen."

„Oh, wie gut, dass alle hier mich verstehen. Beim Hotelpersonal ist das nicht selbstverständlich. Und erst die Eisverkäufer." Ein erleichtertes Lächeln huschte über seine Lippen. „Ich hab schon mehrfach kein Wechselgeld zurückerhalten. Abzocke, wenn Sie mich fragen. Aber meine Stirn ist der Klassiker. Ich creme und creme, Schichten um Schichten, trotzdem wird die Haut rot und schält sich. Man denkt ja immer, an einem See kann es niemals so heiß werden wie am Meer. Aber eben gestern hat meine Frau ein Sonnenstich erwischt. Die hat gekotzt, kann ich Ihnen sagen. Trag einen Hut wie ich, habe ich ihr geraten, aber nein, das zerstört ihre Frisur." Er plapperte, scheinbar ohne Luft zu holen.

Edwina schaltete ab. Sie sah sich um und wusste, dass sie den kleinen Job vermissen würde.

Wie um die früheren Tage hier zu beschwören, ratterte Edwina ihren Spruch los. „Edwina Teufel, zu Ihren Diensten. Verlorenes wiederzufinden, ist meine Passion, denn ich werde nicht bezahlt."

Der Mann sah sie verunsichert an. Öffnete den Mund, diesmal ohne etwas zu sagen.

Im nächsten Moment tauchte Rosa von hinten mit einem roten Feuerwehrauto auf. „Ist es das, Signore?"

Der Mann strahlte. „Super! Amadeus wird begeistert sein. Was schulde ich Ihnen?"

„Nichts." Rosa warf ihm einen Blick zu, der ein wenig Verachtung ausdrückte. „Das ist kein Einkaufsladen."

„Okay. Muss ich was unterschreiben?"

„Nur Ihren Amadeus glücklich machen."

Er griff mit einer Hand nach dem Spielzeug, mit der anderen legte er unbeholfen einen Zehn-Euro-Schein auf den runden Tisch. „Für Ihre Mühe." Dann huschte er aus dem Fundbüro, als hätte er etwas gestohlen.

„Bellissima giornata, Signore!", rief Rosa.

Dann setzte sie sich auf einen der Stühle. Ihr Oberkörper beugte sich nach vorne, ihre Schultern zogen sich nach oben. Alt und zerbrechlich, fiel Edwina ein. Durchscheinend passte ebenfalls.

Rosa drehte den Geldschein zwischen ihren Fingern. „Wir holen uns zwei Cappuccini davon, was meinst du, Edwina? Ich wollte ohnehin abschließen und Bruno besuchen. Es geht ihm den Umständen entsprechend gut, wie es so schön heißt."

„Ich bezahle, Rosa."

„Vergiss es. Wir nehmen das Geld von der roten Stirn. Tatütata."

Die Frauen lachten.

Ein guter Schritt nach vorne.

48

Ein paar Tage später stand Edwina mit halbgeschlossenen Augen auf der Terrasse. Die Aussicht war klar, der Himmel blau, es herrschte einfach Postkartenwetter.

Sie presste ihren Körper gegen das Geländer, stellte sich diesmal vor, auf einem Schiff zu sein, das Richtung Horizont segelte. Eine starke Windböe ließ ihr weites T-Shirt hochflattern.

„Winnie, was machst du?"

Mit einem Ruck drehte sie sich um. Natürlich war es bloß Toni, der früher nach Hause gekommen war. Doch in der ersten Sekunde hatte sie ein Schrecken durchzogen, auf den direkt ein Gefühl des Ärgers folgte, das von einer spontanen Traurigkeit abgelöst wurde.

In dieser seltsamen Zeit nach der Lösung der Morde wirbelten die Emotionen durch Edwina, als wäre sie auf hoher See in einen Sturm geraten.

Die Schlagzeilen hielten an. Commissario Alceste musste sich wieder und wieder erklären. Edwina wusste aus eigener Erfahrung, dass Täter aus den Reihen der Polizei stets größtes Interesse hervorriefen.

Gestern hatte sie ihn im Fernsehen gesehen. Er hatte sich gegen die Wucht der Journalisten gut gehalten. Wäre Edwina im Dienst und in Wien zugange, würde sie an seiner Seite stehen. Nein, er an ihrer.

Soweit sie die unendlichen Weiten des Internets durchforstet hatte, war erfreulicherweise aber weder ihr Name noch ein Foto von ihr aufgetaucht. Commissario Adriano Alceste war es, der im Sonnenlicht des Fahndungserfolgs stand. Sie hatte sich in seinem Schatten verbergen können.

Bruno tauchte in ihrem Kopf auf, das fassungslose Gesicht von Rosa folgte. Giorgia, so voller Hass. Adriano Alceste, der seinen Schnurrbart zwirbelte. Edwina am Ende selbst, wie sie vor der Villa di Levia nach Atem rang.

Plötzlich wünschte sie sich, jegliche Erinnerung zu verlieren. Das Leben mit über fünfzig erst zu beginnen, eine Frau, die nicht die Last der Jahrzehnte mit sich schleppte, die frei von bösen Träumen und Bildern blieb. Eine weiße Fläche, die unberührt von jeglichen Farben war.

Hier bremste Edwina sich ein, denn das würde bedeuten, auch Toni zu vergessen. Dazu ihren Schatz Carl wie die Freunde und die Kollegenschaft in Wien. Selbst der Commissario hier war ihr ein wenig ans Herz gewachsen.

Alles oder nichts, nie gab es ein Dazwischen.

„Ich atme, mehr nicht." Sie wandte sich wieder der Weite zu, saugte die Luft ein. Ihre angeknacksten Rippen schmerzten noch immer. „Sag, findest du mich schön, Toni?"

„Naturalmente, amore mio."

„Schau", Edwina streckte ihm eine Hand entgegen. „Ich habe mich von etwas getrennt. Vorhin, bevor du aufgetaucht bist. Nimm es und wirf es weg!"

„Was ist das?"

„Hier, meine lila Haarsträhne. Ich hatte keine Lust zu entfärben, deshalb habe ich sie abgeschnitten. Fällt in der Gesamtheit meiner Frisur nicht auf."

Er blinzelte leicht irritiert. „Du bist auch ein wenig verrückt, Winnie. Schön, aber verrückt. Im guten Sinne. Ich stehe auf verrückte, schöne und wilde Frauen. Echt leiwand, wie man in Wien sagt. Stimmt's?"

Edwina startete mit einem Lachen. Kam dann ins Prusten, schließlich ins Japsen, bis ihr die Luft ausging. Der Schmerz in den Rippen war deutlich gestiegen, doch das war es wert.

„Danke, dich und deine Sprüche habe ich gebraucht."

„Wie geht es dir, cara mia?" Er betrachtete die lila Haarsträhne zwischen seinen Fingern. „Sei bitte ehrlich."

Sie dachte an die Momente vor ihrer Ohnmacht. Ehrlichkeit hatte ihre Grenzen. „Machst du uns einen Espresso, Toni? Ich habe uns frische Brioche besorgt."

„Du bist die Beste. Aber erst beantworte meine Frage. Diesmal wirklich."

Wieder wandte sich Edwina der Weite der Landschaft zu, dem Gelb und Grün der Umgebung. Die dunkleren, hohen Bäume ragten wie grüne Stifte in das Blau des Himmels, bis schließlich der Blick auf den Lago alles andere verblassen ließ. Die nach Lavendel und Zitrone duftende Luft einatmend, überlegte Edwina eine Weile.

„Ich bin froh, dass ich mich eingemischt habe. Aber ich bin unglücklich über das Ergebnis."

„Liebste, bisogna prendere la vita così com'è."

„In Ordnung, du kluger Mann, du. Man muss das Leben nehmen, wie es ist. Aber ich hadere, Toni. Bei jedem und jeder anderen hätte es mich ebenfalls getroffen. So viele Jahre mit Verbrechen aller Art haben mich immer noch nicht abgehärtet. Stets ist es die Ungläubigkeit, die mich überrollt. Ich will und kann es nicht begreifen, warum man ein Leben auslöscht. Aus welchen Gründen auch immer."

„Zum Glück, Winnie. Es würde mir nicht gefallen, wenn du kalt bleiben würdest angesichts des Bösen.

Ich für meinen Teil hätte lieber Max Grob als Täter gesehen. Heute hat der mich wieder genervt. Gut, dass ich früher Schluss machen konnte."

„Angesichts des Bösen ... klingt nach einem Filmtitel. Vielleicht schreibe ich ein Drehbuch. Heimse einen Oscar ein." Oder, dachte sie, ich kümmere mich endlich mehr um meine Emotionen und das Wutbuch. „Aber erst brauche ich Kaffee, bitte."

„Alles für dich, küss die Hand." Er ahmte wieder das Österreichische nach. „Wie mein Herzschlag g'hörst' zu mir, Winnie."

Den Kerl habe ich nicht verdient, überlegte Edwina. Aber ohne Antonio Russo hätte ich keinen Anker, der mich im Hafen hält.

„Toni, nach dem Kaffee geht's hinunter an den Strand, ja?"

Bevor Edwinas Liebster ins Innere verschwand, warf er ihr eine Kusshand zu.

Edwina traf eine neue Entscheidung.

Als Toni zurück auf die Terrasse kam, begann sie ihm nach all den Jahren ihrer Beziehung das erste Mal von dem Es und den Schrecken ihrer Kindheit zu erzählen.

Epilog

Edwina schwamm.

Sie teilte mit langen und langsamen Stößen das Wasser. Weiter, immer weiter voran, ohne anzuhalten.

Mit der rhythmischen Bewegung begann alles an ihr abzugleiten: die Melancholie, die Angst, der Schrecken. Ja, selbst die große Wut tauchte ein und unter, versank in den Tiefen des Sees.

Weich fühlte Edwina sich, rund wie ihre Kurven. Anschmiegsam war sie zwischen den leichten Wellen, fügte sich gegen all ihre Gewohnheiten ein in das Nass.

Hier bleibe ich für den Rest meines bescheidenen Daseins, dachte sie. Zumindest so lange, bis ich schrumple und schrumpfe, bis von mir und meinem Zorn nur noch fein geschliffene Steine übrig sind, die am Grund verharren und den Fischen, die über sie hinweghuschten, zusehen.

Einzig Rosa wollte nicht aus ihrem Kopf verschwinden.

Die Augen und das Dahinter, diese unsagbare Traurigkeit, die sie zur Tragik um ihren Enkel empfand. Großmutterliebe war der Grund, warum Bruno Edwina gerettet hatte. Vielleicht war das ein winziger Trost in dem See an Kummer.

Genug gegrübelt und gewälzt, ermahnte sich Edwina. Es war Zeit, sich wieder auf die Auszeit einzulassen.

Welche Auszeit? Damit habe ich nie wirklich begonnen, dachte sie weiter. Jeder Mensch, dem ich begegne, jedes Ereignis, jede Regung meines Gegenübers ordne ich ein, hinterfrage ich, klopfe ich ab. Ich kann nicht anders. Basta!

Toni hatte recht. Sie war eine Ermittlerin und würde es bleiben. Auch das am Ende nicht das Schlechteste. Bei Weitem nicht.

Am Horizont vor ihr schimmerte eine Erinnerung auf, die mit Rosas traurigen alten Augen mithalten konnte. Mehr noch. Ein Szenario, das neben der Trauer, dem Schmerz, il dolore, auch die andere riesige Emotion darstellte, die Edwina verfolgte.

Ich jage die anderen und das eine jagt mich.

Mehr wollte an die Oberfläche, doch Edwina ließ es nicht mehr zu.

Der Fall war gelöst, die Schuldigen überführt.

Commissario Adriano Alceste mochte sie, egal wie genervt er von ihr war. Ein Lächeln huschte über Edwinas Lippen und sie stoppte die Schwimmbewegungen.

Etwas seitlich in ihrem Blickfeld hatte ihre Aufmerksamkeit erregt.

Mit Wassertreten hielt sie sich aufrecht und sah sich um.

Ungefähr zwei Meter entfernt zeigte sich ein dreieckiger, schuppiger Kopf über der Oberfläche des Sees.

Eine Schlange.

Sekunden nur, in denen Edwina die Luft anhielt, vergaß, ihre Beine zu bewegen, und schließlich unterging. Zu kurz, um die Art zu bestimmen, aber lange genug, um die Schönheit des Tieres wahrzunehmen. Eine Zornnatter vielleicht, die mit Edwina den würdigen und passenden Namen teilte.

Edwina ruderte mit den Armen, um den Kopf wieder aus dem Wasser strecken zu können. Sie spuckte aus und drehte sich.

Weit draußen war sie, viel weiter geschwommen als angenommen. Der Rückweg würde anstrengend werden.

Wie klein und winzig alles aus der Ferne aussah. Die Badenden, die Besucherinnen und Besucher des Gardasees. Bunte Miniaturen im Sonnenlicht.

Unerwartet erfasste sie eine wilde Liebe zu allen da vorne am Strand, im See, in den Bergen und auf den Straßen, in den Restaurants und Cafés, in den Booten und den Autos, auf den Rollern und den Fahrrädern.

„Vi amo tutti!", rief sie Richtung Ufer, wohl wissend, dass sie niemand hören konnte.

Sie legte den Kopf zurück, sah in den azurblauen Himmel, entdeckte dort oben eine einzige Wolke, die aussah wie ein Kaninchen, das vor der Schlange vorhin erstarrt war.

Auch Edwina stellte erneut jede Schwimmbewegung ein, streckte die Arme zur Seite und die Beine nach vorne.

Toter Mann hieß die Position der Ganzkörperschwebe im Wasser.

Lebendige Frau nannte sie ihre eigene Variante davon.

FINE

Bacio-Eis zum Selbermachen

Zutaten für 4 Personen:
100 g Haselnüsse, geschält
1 EL Staubzucker bzw. Puderzucker
½ l Sahne, flüssig
200 ml gezuckerte Kondensmilch
1–1 ½ EL Vanillearoma, flüssig
30 g Kakaopulver
½ Tafel Zartbitter-Nuss-Schokolade
Dauer: ca. 5 ½ Stunden

Bei mittlerer Hitze die Haselnüsse in einer beschichteten Pfanne erhitzen und den Puderzucker dazugeben. Einige Minuten rühren, bis die Nüsse mit dem Zucker karamellisieren.

Abkühlen lassen und im Mörser zerkleinern.

Jetzt die Sahne schlagen und zum Ende hin die Kondensmilch und das Vanillearoma zugeben.

Hernach langsam und vorsichtig den Kakao unterheben.

Die Schokolade zerhacken und mit den zerkleinerten, karamellisierten Nüssen vermengen.

Einen kleinen Teil von den Nüssen und den Schokoladestückchen als Dekoration beiseitelegen. Den größeren Teil davon in der Sahnemasse untermengen.

Die Eismasse in frostfeste Formen – zum Beispiel Muffinformen – füllen. Zum Schluss mit der Dekoration bestreuen. Die Stückchen etwas in die Masse eindrücken.

Für mindestens fünf Stunden ins Gefrierfach!

Final in einer Tüte, einem Schüsselchen oder einem Glas servieren.

Leicht antauen lassen für die Cremigkeit – perfetto!

Danksagung

Mille grazie a:

Franco Gigliotti, Dr. Iris Jammernegg, Dr. Katharina & Dr. Dustin Feld, Klaudia Blasl, Elisabeth Horn, Massimo & Klara Bianchi, Regina & Peter Molden, Claudia Matschulla, Christina & Mike Altwicker, Lennart & Laurens Orlinski, Brigitte & Herbert Hesidenz, Astrid Üffing, Beate Gomoluch-Dörr, Dr. Cornelia Assaf, Amir Assaf, Andrea & Martin Friedrich, Tatjana Kruse, Brigitte Glaser, Jutta Wilbertz, Karin Heymann, Katharina Kaschel, Chris Willer, Dorrit & Seppi Archan, Sandra & Michael Kosmus, Irene & Julian Schutting, Ulli Wagner, Jule Gansera, Brigitte Gerharter – und Gabriela.

Ein extragroßes Dankeschön an Linda Müller & Hanna Rusch & das Team vom Haymon-Verlag – und an meine Lektorin Verena Zankl.

www.isabella-archan.de

Tatjana Kruse
Tagebuch einer Wasserleiche aus dem Canale Grande
Eine Venedig-Krimödie
204 Seiten
ISBN 978-3-7099-8196-2

Astrid muss weg von daheim! Sie findet heraus, dass ihr
Partner sie betrügt, und will ihren Herzschmerz in Venedig
kurieren, einem Sehnsuchtsort ihrer Bucketlist. Nichts
lenkt besser von einer traumatischen Trennung ab als die
wunderschöne Serenissima. Denkt Astrid.
Aber: Statt romantischem Dolce Vita und köstlichem Vino
findet sie in der Stadt der Gondeln und Kanäle vor allem
Hitze. Und Leichen. Jede Menge Leichen. Denn die „Familie"
ihres Gastgebers Cesare handelt mit weit mehr als nur mit
Dogenköpfen aus Gips. Astrid gerät unversehens in mafiöse
Verstrickungen. Entführungsversuche, Verfolgungsjagden
in Motorbooten, Schläger und Schmuggler – immerhin wird
Astrid dadurch von ihren privaten Kümmernissen abgelenkt.
Aber wird sie diese ungeplanten Abenteuer auch überleben?
Tatjana Kruses neuer Streich ist wie ein köstliches
italienisches Gelato: ein fröhliches Wechselspiel zwischen
eiskalt und zuckersüß – und schon nach dem ersten Löffel
absolut suchtgefährlich.

„Ein Blick genügt und man weiß, dass jemand so Apartes
und Elegantes wie Tatjana Kruse niemals eine langweilige
Geschichte erzählen könnte."
Martin Walker

Auflage:
4   3
2028 2027 2026 2025

HAYMON tb 332

Originalausgabe
© 2025 by Isabella Archan, © 2025 dieser Ausgabe
by Haymon Krimi, Innsbruck-Wien
Haymon Verlag Ges.m.b.H.
Erlerstraße 10
A-6020 Innsbruck
office@haymonverlag.at
www.haymonverlag.at

ISBN 978-3-7099-7984-6

Inhaltliche Betreuung: Haymon Krimi / Linda Müller
Lektorat: Haymon Krimi / Linda Müller / Verena Zankl
Projektleitung: Haymon Krimi / Hanna Rusch
Buchinnengestaltung nach Entwürfen von himmel. Studio für Design
und Kommunikation, Innsbruck/Scheffau – www.himmel.co.at
Umschlaggestaltung: Bürosüd – www.buerosued.de
Umschlagabbildung: Ansicht Sirmione: mauritius images / Freeartist /
Alamy / Alamy Stock Photos
Satz Innenteil: Dörlemann Satz, Lemförde
Autorinnenfoto: C. Assaf

Gedruckt auf umweltfreundlichem,
chlor- und säurefrei gebleichtem Papier.